Morgan Matson

Dreizehn Wünsche für einen Sommer

cbj

© Meredith Zinner

DIE AUTORIN

Morgan Matson studierte Schreiben für junge Leser an der New School in New York. Road-Trips quer durchs Land sind ihre große Leidenschaft und sie hat schon drei Mal die USA durchreist ... bis jetzt. Zurzeit lebt sie in Los Angeles.

Von Morgan Matson ist bei cbj außerdem erschienen:

Amy on the Summer Road (40132)
Vergiss den Sommer nicht (40181)

Morgan
Matson

Dreizehn Wünsche für einen Sommer

Aus dem Englischen
von Edith Beleites

cbj

Dieses Buch ist auch als E-Book erhältlich.

MIX
Papier aus verantwortungsvollen Quellen
FSC
www.fsc.org
FSC® C014496

Verlagsgruppe Random House FSC® N001967

2. Auflage
Erstmals als cbj Taschenbuch Juni 2016

Die Originalausgabe erschien 2014 unter dem Titel
»Since you've been gone« bei Simon & Schuster, New York.

Published by Arrangement with Morgan Matson
Dieses Werk wurde vermittelt durch die
Literarische Agentur Thomas Schlück GmbH, 30827 Garbsen.
Aus dem amerikanischen Englisch von Edith Beleites
Lektorat: Christina Neiske
Umschlaggestaltung: semper smile, München
Umschlagmotive: plainpicture/OJO/Tom Merton
und Shutterstock/Valerie Potapova
kk · Herstellung: wei
Satz: KompetenzCenter, Mönchengladbach
Druck und Bindung: GGP Media GmbH, Pößneck
ISBN: 978-3-570-40334-1
Printed in Germany

www.cbj-verlag.de

Für Amalia

Duncan:
Du musst mir vertrauen. Wir sind doch Freunde.

Cecily:
Wohl kaum. Auf Freunde kann man sich verlassen, egal, was passiert. Sie trauen sich in den finstersten Wald, um dich zu suchen und dir den Weg nach Haus zu zeigen. Und sie brauchen dir nicht extra zu versichern, dass sie deine Freunde sind.

Bug Juice: A Play © Andrea Hughes & Scott Hughes
Gotham Dramatists

1

Die Liste

Als die Liste kam, war Sloane schon seit zwei Wochen verschwunden.

Zuerst bekam ich es gar nicht mit, weil ich wieder mal auf dem Weg zu ihr war, obwohl ich inzwischen kaum noch Hoffnung hatte, sie zu Hause anzutreffen. Die Hände ums Lenkrad geklammert und ohne meinen I-Pod einzuschalten, dachte ich nach und beschloss, auf eine Erklärung zu verzichten, wenn sie einfach nur da wäre. Sie müsste mir nicht sagen, warum sie plötzlich nicht mehr ans Handy gegangen war, nicht auf SMS und E-Mails reagiert hatte oder überhaupt verschwunden war, samt ihren Eltern und dem Wagen. Dabei wusste ich, dass es reines Wunschdenken war, wenn ich mir einbildete, mit einer Art kosmischem Superdealer darüber verhandeln zu können, nach dem Motto: Du schaffst mir Sloane her, ich verzichte auf eine Erklärung. Trotzdem hielt ich an diesem Gedanken fest, als ich der Randolph Farms Lane langsam näher kam. Ich war bereit, alles dafür zu geben, dass Sloane wieder da wäre und mein Leben wieder einen Sinn bekäme.

Denn ganz ehrlich: Die letzten zwei Wochen waren die

schlimmsten meines Lebens gewesen. Am ersten Ferienwochenende hatten mich meine Eltern zu einem Familienausflug mitgeschleift – gegen meinen Willen und unter schwerem Protest. Als wir wieder zurück in Stanwich waren und mir von all den Antiquitätenläden und Kunstgalerien im Norden Connecticuts noch der Kopf schwirrte, rief ich sie sofort an. Ungeduldig wartete ich darauf, dass sie ans Handy ging und sagte, wo sie sich herumtrieb oder – falls sie zu Haus war – dass ich sie abholen sollte. Aber sie ging nicht ran. Auch nicht, als ich es eine Stunde später wieder versuchte. Genauso wenig wie später am Abend und kurz vorm Zubettgehen.

Am nächsten Tag fuhr ich zu ihr, aber der Wagen ihrer Eltern stand nicht in der Einfahrt, und das ganze Haus war wie ausgestorben. Auf SMS und Anrufe reagierte sie nicht. Ich sprach ihr auf die Mailbox, aber Sorgen machte ich mir noch nicht. Es kam öfter vor, dass ihr Akku leer war, und sie wusste nie, wo sie das Ladegerät hingelegt hatte. Hinzu kam, dass ihre Eltern, Milly und Anderson, ihre Reisepläne nie rechtzeitig bekannt gaben. Stattdessen scheuchten sie Sloane von jetzt auf gleich nach Palm Beach oder Nantucket, und ein paar Tage später kehrte sie dann braun gebrannt, mit einem Mitbringsel für mich und einem Haufen interessanter Geschichten zurück. Ich war mir sicher, dass es auch dieses Mal so sein würde.

Erst als ich nach drei Tagen immer noch nichts von ihr gehört hatte, begann ich mir Sorgen zu machen, und nach fünf Tagen bekam ich regelrecht Panik. Zu Haus hielt ich es nicht mehr aus, weil ich nur noch auf mein Handy starrte, als könnte ich es durch Hypnose zum Klingeln bringen. Also fing ich an, durch die Gegend zu fahren und Sloane an allen möglichen Orten zu suchen, an denen wir uns sonst oft aufhielten. Auf dem Weg dahin stellte ich mir jedes Mal vor, dass ich sie gleich sehen würde, aber dann entpuppte sich alles als Sloane-freie Zone. In der Plantage aalte sie sich nicht sonnenbadend auf einem Picknicktisch, bei Zweite Chance, unserem Lieblings-Secondhandladen, war sie nicht auf Schnäppchensuche, und im Captain Pizza knabberte sie nicht an einer Scheibe Ananas. Sie war einfach weg.

Und ich wusste nicht, was ich mit mir anstellen sollte. Sonst sahen wir uns fast jeden Tag, telefonierten und schrieben in einer Tour, nichts war tabu, nichts zu trivial. Manchmal schrieben wir so was Belangloses wie *Wenn ich mit dem neuen Rock aussehe wie eine Amische, musst du es mir sagen!!!* (ich) oder *Ziemlich lange her, dass jemand Nessie gesichtet hat, oder?* (sie). In den zwei Jahren, die wir beste Freundinnen waren, hatte ich ihr fast alles erzählt, was ich dachte und erlebte, und die plötzliche Funkstille war wie ein künstliches Koma. Ich wusste nicht, was ich tun sollte, außer weiter SMS zu schreiben und nach ihr zu suchen. Andauernd griff ich zum Handy, weil ich ihr sagen wollte, wie schrecklich es war, sie nicht erreichen zu können.

Ich hielt die Luft an, als ihr Haus in Sicht kam, wie früher als kleines Mädchen, wenn ich das letzte Geburtstagsgeschenk öffnete und hoffte, dass es die *eine* Sache war, die ich noch nicht hatte, das Einzige, was ich mir wirklich wünschte.

Aber die Einfahrt war leer und das Haus lag wie ausgestorben da. Trotzdem hielt ich an, legte den Parkgang ein und schaltete den Motor aus. Dann sackte ich in mich zusammen und kämpfte gegen den Kloß an, der sich in meinem Hals bildete. Ich wusste nicht mehr weiter und hatte keine Ahnung, wo ich noch suchen sollte. Sloane konnte doch unmöglich weggezogen sein! Nicht ohne mir Bescheid zu sagen.

Aber wo steckte sie dann?

Als mir die Tränen kamen, stieg ich aus und blinzelte gegen die Morgensonne. Dass so früh am Tag niemand zu Hause war, sagte alles, denn Milly und Anderson standen grundsätzlich nicht vor zehn auf. Ich wusste also, dass es keinen Sinn hatte, ging aber trotzdem auf das Haus zu und die breite Steintreppe hinauf, die mit saftigen grünen Blättern bedeckt war. Das Laub lag so dick auf den Stufen, dass ich es links und rechts zur Seite kicken musste – ein weiterer Beweis, dass niemand da war. Dass schon länger niemand mehr da gewesen war. Trotzdem ging ich an die Tür mit dem Löwenkopf aus Messing, der als Türklopfer diente, und machte mich bemerkbar. Wie schon fünf Mal diese Woche. Dann wartete ich und versuchte, durch das Fenster neben der Tür zu spähen – immer noch mit einem Rest Hoffnung, dass ich im nächsten Moment Sloanes Schritte im Flur hören und sie die Tür aufreißen würde, um mich stürmisch zu umarmen und mit einem Redeschwall zu überschütten.

Aber das Haus blieb still, und das Einzige, was ich durch das Fenster erkennen konnte, war die Plakette im Hauseingang, die das Haus als »ein architektonisches Juwel von Stanwich« auswies und ständig voller Fingerabdrücke war, obwohl ich noch nie gesehen hatte, dass jemand das Ding berührte.

Sicherheitshalber wartete ich ein paar Minuten, dann machte ich kehrt, setzte mich auf die oberste Stufe und versuchte mich zu beruhigen. Es fehlte gerade noch, dass ich hier mit einem Nervenzusammenbruch ins Laub sank.

Irgendwie hoffte ich immer noch, dass sich das Ganze als ein ungewöhnlich realistischer Albtraum entpuppte, aus dem ich jeden Moment erwachen würde. Dass Sloane bei meinem nächsten Anruf wie selbstverständlich ans Handy ginge und bestimmt schon einen Plan hätte, was wir heute machen könnten.

Sloane wohnte sechzehn Kilometer von uns im sogenannten »Hinterland«, wo die Häuser größer und von riesigen Gärten umgeben waren. In meiner athletischen Phase, als ich topfit war, konnte ich diese Strecke locker laufen. Aber obwohl es keine große Entfernung war, hätten unsere Wohnviertel nicht unterschiedlicher sein können. Hier kam nur ab und zu mal ein Wagen vorbei, und alles war so still, dass ich meine Einsamkeit noch mehr spürte. Niemand war zu Hause, und womöglich würde auch niemand zurückkommen. Ich beugte mich vor, bis mir das Haar wie ein Vorhang vors Gesicht fiel. Wenn keiner da war, konnte ich ruhig einen Augenblick sitzen bleiben, ohne dass jemand kommen und mich wegscheuchen würde. Wahrscheinlich könnte ich sogar den ganzen Tag hierbleiben. Ich wusste ja ohnehin nicht, was ich sonst tun sollte.

Da hörte ich ein Motorengeräusch, schaute schnell auf und strich mir das Haar aus dem Gesicht. Neue Hoffnung flackerte in mir auf. Aber es war nicht Andersons verbeulter BMW, der die Einfahrt heraufkam, sondern ein gelber Pick-up, mit Rasenmähern und Harken auf der Ladefläche. Vor der Treppe blieb er stehen, und ich konnte das aufgemalte Firmenlogo lesen: *Gartenbau Stanwich – Pflanzen, Säen, Pflegen, Mähen. Wir erledigen alles und noch mähr*. Sloane liebte Firmennamen mit Wortspielen. Dabei ging es ihr nicht so sehr um die Sprache, sondern um die Vorstellung, wie sich die Firmenchefs das Hirn zermarterten, bis ihnen etwas Witziges einfiel, und wie sie sich dann zu ihrem Geistesblitz selbst beglückwünschten. Ich versuchte mir dieses Logo zu merken, um Sloane davon zu berichten, aber schon im nächsten Moment wurde mir klar, wie sinnlos das war.

Drei Männer stiegen aus dem Pick-up, zwei von ihnen gingen um den Wagen herum, um die Arbeitsgeräte abzuladen. Sie sahen aus wie Collegestudenten. Wie versteinert saß ich auf der Treppe und starrte sie an. Vielleicht konnten sie mir ja etwas über die Pläne der Williams' sagen, aber um mit ihnen zu reden, hätte ich aufstehen und sie ansprechen müssen. Ich war von Geburt an schüchtern, erst in den letzten zwei Jahren hatte sich das geändert. Mit Sloane an meiner Seite hatte das Leben plötzlich Netz und doppelten Boden. Wenn nötig, übernahm sie jederzeit die Führung, und wenn nicht, wusste ich zumindest, dass sie da war und mich retten würde, falls ich die Nerven verlor. Sogar wenn ich allein war, blieb ich gelassen, wenn ich einen Fehler machte oder etwas nicht hinbekam, weil ich wusste, dass es für eine Story gut war, über die ich mich später mit Sloane totlachen würde. Aber jetzt, da sie nicht in Reichweite war, fühlte ich mich so verloren, dass ich nicht mal in der Lage war, diese jungen Gartentypen anzusprechen.

»Hey!«

Ich zuckte zusammen, als einer der Gärtner mich ansprach. Er sah zu mir auf und schützte die Augen mit der Hand vor der Sonne, während die anderen beiden den Rasenmäher von der Ladefläche des Pick-ups hievten.

»Wohnst du hier?«

Die anderen beiden stellten den Rasenmäher auf den Boden, und plötzlich erkannte ich einen von ihnen: Letztes Jahr hatte er denselben Englischkurs besucht wie ich, und aus irgendwelchen Gründen war mir das Ganze jetzt umso peinlicher.

»Nein«, krächzte ich und erschrak über meine eigene Stimme. Die letzten zwei Wochen hatte ich nur das Nötigste mit meinen Eltern und meinem jüngeren Bruder gesprochen. Wirklich geredet hatte ich nur mit Sloane. Beziehungsweise mit ihrer Mailbox. Ich räusperte mich und versuchte es noch einmal: »Keine Ahnung, warum ich hier sitze.«

Der Typ, der mich angesprochen hatte, wölbte die

Augenbrauen, und ich wusste, was er damit sagen wollte: Ich sollte mich verziehen. In den Augen der Gärtner befand ich mich unbefugt auf fremdem Territorium und würde ihnen womöglich bei der Arbeit im Weg stehen. Inzwischen starrten alle drei mich an und warteten darauf, dass ich endlich gehen würde. Aber wenn ich jetzt aufgab und den Männern in ihren gelben T-Shirts kampflos das Feld überließ – wie sollte ich dann etwas in Erfahrung bringen? Das würde ja bedeuten, dass ich mich widerstandslos mit Sloanes Verschwinden abfand!

Der Typ verschränkte nun die Arme vor der Brust und verlor sichtlich die Geduld, und mir wurde klar, dass ich nicht einfach weiter dasitzen konnte. Wäre Sloane jetzt hier, hätte ich bestimmt den Mund aufgekriegt. Und sie hätte mindestens zwei der Gärtner um den kleinen Finger gewickelt und dazu überredet, sie den Aufsitzrasenmäher bedienen und ihren Namen ins Gras fräsen zu lassen. Andererseits wäre ich gar nicht erst in diese Situation gekommen, wenn Sloane jetzt hier wäre. Meine Wangen glühten, als ich aufstand und schnell die Stufen hinunterging. Meine Flip-Flops rutschten auf dem Laub, aber ich behielt die Balance und verhinderte, dass alles noch peinlicher wurde, als es ohnehin schon war. Ich nickte den Gärtnern zu und ging zu meinem Wagen zurück, den Blick stur auf die Einfahrt gerichtet.

Sobald ich den Rückzug antrat, begannen die anderen Männer mit der Arbeit, teilten die Geräte untereinander auf und debattierten darüber, wer was tun sollte. Ich hatte die Hand schon an meiner Wagentür, machte sie aber noch nicht auf. Sollte ich wirklich einfach klein beigeben? Ohne den geringsten Versuch, etwas in Erfahrung zu bringen?

»Also ...«, begann ich, aber offenbar nicht laut genug, denn die Männer redeten miteinander und achteten nicht auf mich. Zwei stritten sich darüber, wer das Düngen übernehmen sollte, während der Typ aus meinem Englischkurs seine Baseballkappe in den Händen hielt und daran herumknetete. »Also«, sagte ich noch einmal, dieses Mal allerdings viel zu laut. Die Männer hörten auf zu reden und sahen zu mir herüber. Ich bekam feuchte Hände, aber nachdem ich einmal angefangen hatte, musste ich weitermachen. Jetzt wortlos zu gehen, hätte ich mir niemals verziehen. »Ich wollte bloß ... ähm ...« Ich holte tief Luft. »Meine Freundin wohnt hier. Ich bin auf der Suche nach ihr. Wisst ihr vielleicht ...« Plötzlich kam mir das Ganze wie eine ziemlich lächerliche Szene aus dem Fernsehen vor. Woher sollten die Gärtner wissen, wo meine beste Freundin steckte? »Ich meine, habt ihr einen Auftrag für diesen Job? Haben ihre Eltern euch bestellt? Milly oder Anderson Williams?« Fast gegen meinen Willen klammerte ich mich an diese Möglichkeit. Wenn die Williams' die Gärtner geholt hatten, bedeutete es doch wohl, dass sie nur verreist waren und die Gartenarbeiten während ihrer Abwesenheit machen lassen wollten, um nicht davon belästigt zu werden. Vielleicht machten sie in einer Gegend ohne Handynetz und E-Mail-Empfang Urlaub. Das wäre die einfachste Erklärung.

Aber die Männer sahen einander an, als hätten sie diese

Namen noch nie gehört. »Sorry«, sagte der, der mich angesprochen hatte. »Unser Boss hat uns hergeschickt. Wer ihn beauftragt hat, wissen wir nicht.«

Ich nickte. Meine letzte Hoffnung war geplatzt. Bei näherer Überlegung wurde mir klar, dass die Anwesenheit von Gärtnern mehr als suspekt war, denn Anderson hatte sich nie um den Rasen gekümmert, obwohl ihm die Historische Gesellschaft von Stanwich ständig im Nacken saß, weil der Garten nicht ihren Anforderungen entsprach.

Zwei von den Männern gingen hinters Haus. Der Typ aus meinem Englischkurs setzte sich die Baseballkappe auf und fragte mich: »Bist du nicht die Freundin von Sloane Williams?«

»Genau.« So kannten mich alle in der Schule: die Freundin von Sloane Williams. Das hatte mich aber nie gestört, und jetzt machte es mich beinahe glücklich, so angesprochen zu werden. Vielleicht wusste er ja etwas ... oder hatte etwas gehört. »Ich bin auf der Suche nach ihr. Sie wohnt hier, und ich dachte, dass ihr vielleicht ...«

Der Typ nickte, dann zuckte er bedauernd mit den Schultern und sagte: »Sorry, ich hab keine Ahnung, wo sie ist. Hoffentlich findest du sie.« Nach meinem Namen fragte er nicht und ich stellte mich nicht vor. Wozu auch?

»Danke«, bekam ich irgendwie heraus. Aber zu spät, denn er hatte sich schon in Bewegung gesetzt und folgte den anderen. Ich drehte mich noch einmal nach dem Haus um, und plötzlich hatte ich das Gefühl, dass Sloane nicht mehr hier wohnte. Mir blieb nichts anderes übrig, als zu gehen.

Ich fuhr aber nicht direkt nach Haus, sondern machte einen Zwischenstopp im Stanwich Coffeeshop, für den Fall, dass dort ein Mädchen am Ecktisch säße, das die zerzausten Haare mit einem Bleistift auf dem Kopf festgesteckt und einen britischen Roman in der Hand hatte, mit lauter komischen Ausdrücken und Schreibweisen. Aber Sloane war nicht da. Auf dem Rückweg zu meinem Wagen wurde mir endgültig klar, dass sie nicht in der Stadt sein konnte, denn sonst hätte sie mich im Laufe der Zeit irgendwann zurückgerufen. Inzwischen war sie seit zwei Wochen verschwunden und irgendetwas stimmte hier ganz und gar nicht.

Merkwürdigerweise gab dieser Gedanke mir Auftrieb, als ich heimfuhr. Wenn ich die letzten zwei Wochen morgens aus dem Haus ging, hatte ich meine Eltern in dem Glauben gelassen, dass ich mich mit Sloane träfe, und wenn sie mich nach meinen Plänen fragten, sagte ich etwas Ausweichendes ... dass ich mich nach einem Ferienjob umsehen wolle oder so. Aber jetzt war es an der Zeit, ihnen zu sagen, dass ich mir Sorgen machte und endlich herausbekommen wollte, was los war. Vielleicht wussten sie ja etwas, obwohl meine und Sloanes Eltern kaum Kontakt hatten. Kennengelernt hatten sie sich, als Milly und Anderson ihre Tochter einmal vom Übernachten bei uns abholten, zwei Stunden nach der verabredeten Zeit. Nachdem die Erwachsenen ein paar höfliche Worte miteinander gewechselt und Sloane und ich uns voneinander verabschiedet hatten, schloss mein Vater die Tür, sah meine Mutter an und stöhnte: »Das war ja gerade wie in einem Stück von Gurney.« Ich wusste damals nicht, was das heißen sollte, aber nach seinem Tonfall zu urteilen, konnte es nichts Nettes sein. Meine Eltern waren mit Sloanes also nicht gerade befreundet, aber vielleicht wussten sie ja trotzdem etwas. Oder konnten eher etwas herausfinden als ich.

Je näher unser Haus kam, desto mehr klammerte ich mich an diesen Gedanken. Wir wohnten nahe einem der vier Geschäftsviertel von Stanwich. Unsere Wohngegend war fußgängerfreundlich und belebt, aber es gab auch viel Verkehr, hauptsächlich in Richtung Strand, der zehn Minuten von unserem Haus entfernt lag. Stanwich, Connecticut liegt am Long Island Sound, wo es zwar keine Wellen, aber einen schönen Sandstrand gibt, atemberaubende Meerblicke und noch atemberaubendere Häuser mit dem Meer direkt hinterm Haus.

Unser Haus dagegen, ein sogenanntes viktorianisches, war alt, und mein Vater reparierte daran herum, seit wir vor sechs Jahren eingezogen waren. Die Fußböden waren uneben, die Decken niedrig, und das Erdgeschoss war in viele winzige Räume unterteilt, die ursprünglich als Salons oder Kaminzimmer dienten. Trotz dieser Nachteile konnten meine Eltern ihr Glück gar nicht fassen, als sie das Haus fanden, nachdem sie mit mir und später auch meinem Bruder jahrelang winzige Wohnungen gemietet hatten, meist über einem Delikatessengeschäft oder einem Thai-Imbiss. Dass es eine Bruchbude war, störte sie nicht weiter, auch nicht, dass man wegen der drei Stockwerke andauernd treppauf und treppab lief, dass es zugig war und im Winter Unsummen an Heizkosten verschlang. Klimaanlagen gab es nämlich noch nicht, als das Haus erbaut wurde, sodass es im Sommer meist überhitzt war. Aber wie gesagt: All das störte meine Eltern vor sechs Jahren nicht, stattdessen verliebten sie sich spontan in den alten Kasten.

Damals war das Haus kreischlila angestrichen, aber die Farbe war über die Jahre verblichen, und übrig geblieben war ein blasser Lavendelton. Unten gab es eine große Veranda, oben einen riesigen Balkon und überall so viele Fenster, dass man sich fragte, wozu. Den krönenden Abschluss bildete ein Turmzimmer, das sich meine Eltern als Arbeitszimmer eingerichtet hatten.

Als ich vor dem Grundstück hielt, saß mein Bruder auf den Stufen der Veranda und rührte sich nicht. Das allein war schon verdächtig. Beckett war zehn und normalerweise ständig in Bewegung. Mit Vorliebe kletterte er auf alles, was hoch und gefährlich war, ansonsten übte er seine Ninja-Kampftechnik oder radelte durch die Gegend, meist mit seiner besten Freundin, Annabel Montpelier. Die beiden waren der Albtraum aller Kinderwagen schiebenden Mütter im Umkreis von zehn Kilometern.

»Hey!«, sagte ich, als ich ausgestiegen war und aufs Haus zuging. Ich fragte mich, ob ich die letzten zwei Wochen etwas Wichtiges verpasst hatte, als ich wie eine Schlafwandlerin mit meiner Familie am Esstisch gesessen und kaum wahrgenommen hatte, was um mich herum passierte. Aber vielleicht hatte Beckett bloß gerade Ärger mit unseren Eltern. Ich würde es früh genug erfahren, denn ich wollte ja sowieso mit ihnen reden, wegen Sloane. »Alles in Ordnung?«, fragte ich, als ich die drei Stufen zur Veranda hochging.

Er sah zu mir auf, senkte aber sofort wieder den Blick und sah auf seine Sneakers. »Es geht wieder los.«

»Sicher?« Ich ging weiter, zog die Haustür auf und hoffte, dass Beckett sich irrte. Vielleicht missdeutete er die Anzeichen; schließlich hatte er so was erst zwei Mal miterlebt.

Beckett folgte mir in das ehemalige Empfangszimmer, das wir jetzt aber als Windfang benutzten, wo wir unsere Jacken, Schals, Schlüssel und Schuhe in irgendeine Ecke schmissen. Ich ging weiter ins Haus und musste mich erst mal an das Zwielicht gewöhnen, das hier immer herrschte.

»Mom?«, rief ich und überkreuzte die Finger in meinen Jeansshorts. Hoffentlich hatte Beckett sich geirrt!

Aber als ich mich an die Lichtverhältnisse gewöhnt hatte und besser sehen konnte, fiel mein Blick durch die offene Küchentür auf ein Riesendurcheinander von Einkäufen, die vom Discounter aus der Nachbarstadt stammten. Überall auf dem Küchentresen und den Arbeitsplatten lagen Haufen von Lebensmitteln – mehrere Tüten Makkaroni mit Käse, riesige Cornflakes-Schachteln, literweise Milch und bergeweise Minibagels. Während ich mich umsah, wurde mir klar, dass Beckett recht hatte: Unsere Eltern arbeiteten an einem neuen Stück.

»Hab ich's nicht gesagt?«, seufzte er und stellte sich neben mich.

Meine Eltern schrieben Theaterstücke, im Team. Während des Semesterbetriebs arbeiteten sie am Stanwich College, der örtlichen Uni. Deswegen waren wir hierhergezogen. Meine Mom unterrichtete angehende Theaterautoren, mein Dad Textanalyse im Fachbereich Englisch. Während des Unibetriebs waren beide schwer beschäftigt bis gestresst, vor allem wenn meine Mom nebenbei noch bei einem neuen Stück Regie führte und mein Dad zum Semesterende die Hausarbeiten seiner Studenten lesen musste. Aber in den Semesterferien kamen sie zur Ruhe. Manchmal kramten sie dann ein Stück hervor, das sie vor Jahren angefangen hatten, und schrieben ein wenig daran herum, aber im Wesentlichen hatten sie drei Monate frei. Unsere Sommer folgten einem immer gleichen Muster, nach dem man die Uhr stellen konnte. Im Juni verkündete mein Vater, die gesellschaftlichen Zwänge engten ihn ein, und das könne sich ein *richtiger Mann* nicht bieten lassen. Was im Prinzip nur bedeutete, dass er von jetzt an alles, was in unserem Haus gegessen werden sollte, vorher grillen würde, sogar so was wie Lasagne. Und er ließ sich einen Bart wachsen, mit dem er spätestens Mitte Juli wie ein Almöhi aussah. Währenddessen legte sich meine Mom ein neues Hobby zu, als »kreatives Ventil«. So besaßen wir beispielsweise am Ende des Sommers, in dem sie versuchte, stricken zu lernen, alle einen schiefen Schal. In einem anderen Sommer konnten wir keinen einzigen Tisch im Haus benutzen, weil angefangene und/oder fertige Puzzles darauf lagen, sodass wir unsere Teller mit Grillgut beim Essen auf den Knien balancierten mussten. Letzten Sommer beschloss sie, einen Gemüsegarten anzulegen, aber das Einzige, was gedieh, waren die Zucchini, die sämtliche Rehe der Umgebung anlockten, sodass die ganzen Ferien im Zeichen der Rehbekämpfung standen. Spätestens Ende August hing uns das angekokelte Essen jedes Jahr zum Hals heraus und mein Dad hatte die mitleidigen Blicke der Leute leid. Dann rasierte er sich den Bart wieder ab, wir durften wieder den Herd benutzen und meine Mom gab das Stricken oder Puzzeln oder Zucchinizüchten auf. Völlig bescheuert eigentlich, aber so war das nun mal bei uns, und wir waren es gewohnt.

Wenn unsere Eltern jedoch ein Stück schrieben, war alles anders. Allerdings war das erst zwei Mal vorgekommen. In dem Sommer, als ich elf war, schickten sie mich deswegen in ein Feriencamp. Für mich war das ganz schrecklich, aber meine Eltern zogen aus meinen Horrorerlebnissen Ideen für ihr Stück. Der nächste Schreibsommer brach über uns herein, als ich dreizehn und Beckett sechs war. Eines Abends war meinen Eltern die Idee für ein neues Stück zugeflogen, und sie zogen sich ins Esszimmer zurück, aus dem sie praktisch den ganzen Sommer nicht wieder herauskamen. Vorher hatten sie bergeweise Lebensmittel eingekauft, und alle paar Tage steckte einer von ihnen den Kopf aus der Tür, um nachzusehen, ob mein Bruder und ich noch am Leben waren. Ich wusste, dass sie uns nicht ignorieren wollten, aber schon Jahre vor unserer Geburt hatten sie zusammen Stücke geschrieben, und wenn es sie überkam, fielen sie sozusagen in alte Verhaltensmuster zurück, in ein Leben, das komplett dem Schreiben gewidmet und in dem nichts außer ihrem neuen Stück von Bedeutung war.

Diese Schreibanfälle waren nicht schön, aber wir kamen damit zurecht. Im Moment passte mir das allerdings gar nicht, denn ich brauchte meine Eltern. »Mom!«, rief ich noch einmal.

Meine Mutter kam aus dem Esszimmer, und mir rutschte das Herz in die Hose, als ich sah, dass sie Jogginghose und T-Shirt trug – ihre Schreibklamotten – und das lockige Haar hochgesteckt hatte. »Emily?«, fragte sie und sah sich suchend um. »Wo ist dein Bruder?«

»Ähm, hier«, sagte Beckett und winkte ihr zu.

»Oh, gut«, sagte meine Mutter. »Wir wollten euch gerade zum Familienrat rufen.«

»Moment!«, sagte ich schnell und machte einen Schritt auf sie zu. »Ich muss mit dir und Dad reden. Es geht um Sloane ...«

»Familienrat!«, brüllte mein Dad aus der Küche. Wegen seiner tiefen, lauten Stimme gab man ihm an der Uni gern frühe Kurse, gleich morgens um acht. Mit seinem Organ war er einer der wenigen Professoren, die Englischstudenten um diese Uhrzeit wach halten konnten. »Beckett! Emily!« Er kam aus der Küche und stutzte, als er uns sah. »Oh, das ging ja schnell.«

»Dad«, sagte ich und hoffte immer noch, Gehör zu finden, bevor sie richtig loslegten. »Ich muss mit euch reden.«

»Und wir mit euch«, sagte meine Mutter. »Als euer Vater und ich uns gestern Abend unterhielten, kamen wir auf die Idee ... Sag mal, Scott, weißt du eigentlich noch, *wie* wir darauf gekommen sind?«

»Deine Leselampe hat den Geist aufgegeben«, sagte mein Dad und ging einen Schritt auf meine Mom zu. »Da waren wir plötzlich beim Thema Elektrizität.«

»Stimmt.« Meine Mutter nickte. »So war's. Jedenfalls waren wir dann schnell bei Edison und Tesla, einzeln und im Doppelpack, und wir ...«

»Wir glauben, das ist Stoff für ein Stück«, beendete mein Dad den angefangenen Satz meiner Mom und schaute ins Esszimmer.

Ich folgte seinem Blick und stellte fest, dass die beiden schon ihre Laptops auf gegenüberliegende Seiten des Esstischs gestellt hatten, sodass sie beim Arbeiten vis-à-vis sitzen konnten. »Erst mal müssen wir ein paar Ideen ventilieren und sehen, ob das Thema trägt. Wenn nicht, lassen wir es sein.«

Ich nickte, aber mir war klar, dass es dazu nicht kommen würde. Meine Eltern hatten schon genug Stücke geschrieben, um einschätzen zu können, wann es sich lohnte, einen Großeinkauf beim Discounter zu machen. Und ich kannte sie gut genug, um zu wissen, dass sie vielversprechende Ideen am Anfang immer kleinredeten. Wenn sie dagegen Feuer und Flamme waren und von einem neuen Stück schon schwärmten, bevor sie richtig angefangen hatten, konnte man ziemlich sicher sein, dass es ein Strohfeuer war, das nach ein paar Tagen verglühte.

»Das bedeutet, wir haben ein Stückchen Arbeit vor uns«, sagte meine Mutter, und es war jetzt schon klar, dass es *die* Untertreibung des Sommers sein würde. »Wir haben schon mal eingekauft«, fuhr sie fort und zeigte in Richtung Küche, wo die extragroßen Tüten Tiefkühlerbsen und Burritos langsam aufzutauen begannen. »Für Notfälle findet ihr etwas Geld in der Muschel.« Die Muschel war ein Requisit der Broadway-Inszenierung von *Bug Juice* gewesen, dem erfolgreichsten Stück meiner Eltern, und diente als Buchstütze für unsere vierzehn Millionen Kochbücher. Da man sie öffnen konnte, war sie gleichzeitig unser Versteck für extra Haushaltsgeld. »Beckett geht tagsüber ins Feriencamp, er ist also versorgt«, fuhr meine Mutter fort, und als mein Bruder das Gesicht verzog, fügte sie schnell hinzu: »Annabel geht auch hin.«

»Und was ist mit unserem Campingausflug?«, fragte er.

»Den machen wir noch«, sagte mein Dad. Als er meinen entsetzten Blick sah, beruhigte er mich: »Nur dein Bruder und ich. Die Hughes-Männer in der Wildnis.«

»Aber …« Mit gerunzelter Stirn warf Beckett einen Blick ins Esszimmer.

Mein Dad machte eine wegwerfende Handbewegung und sagte: »Wir wollten doch sowieso erst im Juli los. Außerdem glaube ich nicht, dass sich unsere Idee als besonders tragfähig erweist.«

»Und du, Em?«, fragte meine Mom und bewegte sich langsam Richtung Esszimmer, als würde sie von einer unsichtbaren Kraft angezogen. »Hast du dir inzwischen überlegt, was du diesen Sommer machen willst?«

Ich biss mir auf die Lippen. Sloane und ich hatten große Pläne für diesen Sommer gehabt. Wir hatten Konzertkarten bestellt, wollten uns durch sämtliche Pizzerien der Stadt futtern (Sloanes Idee) und die besten Cupcakes finden (meine). Außerdem hatte Sloane beschlossen, dass wir uns beide einen »summer boy« zulegen sollten. Bislang hatten wir allerdings nur sehr vage Vorstellungen davon, wie wir das anstellen sollten. An den Wochenenden wollten wir die Flohmärkte im Norden von Connecticut abgrasen, die Sloane während der letzten Monate entdeckt hatte, und ich hatte mir das Programm des Autokinos besorgt und Filme ausgesucht, die wir uns unbedingt ansehen mussten. Dann hatte Sloane sich noch vorgenommen, mit jemandem Freundschaft zu schließen, der einen Pool besaß, und sie hatte beschlossen, mich dieses Jahr endlich im Minigolf zu schlagen (aus irgendwelchen Gründen war ich darin ein Naturtalent, und dass der Sieger oft ein Kuscheltier geschenkt bekam, hatte Sloanes Ehrgeiz geweckt). Ich wollte den Zombietanz von *Thriller* lernen, sie den Tanz aus dem neuen Video von £ondon Moore, der kürzlich zu einem Aufschrei besorgter Eltern geführt hatte.

Dass wir uns auch einen Job suchen mussten, war uns klar, aber wir hatten beschlossen, etwas Relaxtes zu machen, das keine besonderen Anforderungen an uns stellte. Und wir wollten es zusammen machen, wie schon letzten Sommer, als wir im Stanwich Country Club gekellnert hatten (Sloane hatte mehr Trinkgeld bekommen als irgendjemand sonst, meine Spezialität war das blitzartige Nachfüllen der Ketchup-Flaschen nach Feierabend).

Aber wir hatten noch nicht den ganzen Sommer verplant, sondern Raum für Strandbesuche, Spaziergänge und süßes Nichtstun gelassen. Was mich betraf, brauchte ich sowieso keinen Plan; mein Plan hieß Sloane. Sie war der beste Garant für wunderbare Ferien.

Ich musste schlucken, als ich daran dachte. Vor zwei Wochen hatten all unsere Pläne angefangen, sich in Luft aufzulösen. Was umso bedauerlicher war, als sich nun herausstellte, dass meine Eltern zu beschäftigt sein würden, um auf Dinge wie pünktliches Nachhausekommen zu achten. Was für grandiose Ferien hätten das werden können! Aber natürlich nur mit Sloane. Ich konnte mir geradezu plastisch vorstellen, wie genial dieser Sommer geworden wäre. Aber es war eine Fata Morgana, die verblasste, kaum dass sie sich am Horizont abgezeichnet hatte.

»Emily?«, hakte meine Mutter nach. Sie befand sich im selben Zimmer wie ich und sah mich an, aber ich spürte, dass meine Eltern nur noch körperlich anwesend waren, während ihre Gedanken schon um das neue Stück kreisten. Für den Bruchteil einer Sekunde überlegte ich, ob ich ihnen nicht doch noch von Sloanes Verschwinden erzählen und sie bitten sollte, mir bei der Suche zu helfen. Aber ich wusste, dass sie »Ja, ja« sagen und es sogar ernst meinen würden, um es dann allerdings sofort wieder zu vergessen, weil sie weiter über Tesla und Edison nachdenken mussten.

»Ich plane gerade«, sagte ich.

»Na, prima«, sagte mein Dad, und meine Mom lächelte, als hätte ich exakt die Antwort gegeben, die sie hören wollten, obwohl es genau genommen keine Antwort war. Mir war klar, dass sie einfach nur freie Bahn haben, ihre Kinder versorgt wissen und sich so schnell wie möglich an die Arbeit machen wollten. Inzwischen bewegten sich beide wie ferngesteuert aufs Esszimmer zu, wo die Bildschirme ihrer Laptops verführerisch leuchteten. Ich seufzte und setzte mich Richtung Küche in Bewegung, um die Tiefkühlsachen zu verstauen, bevor sie verdarben.

»Ach, Em!«, rief meine Mutter und steckte den Kopf noch einmal aus der Esszimmertür. Als ich mich zu ihr umdrehte, sah ich, dass mein Vater sich bereits an seinen Platz gesetzt hatte und die Finger lockerte, bevor er die Tastatur seines Laptops attackierte. »Da ist ein Brief für dich gekommen.«

Mein Herz setzte kurz aus, dann schlug es doppelt schnell weiter. Es gab nur einen Menschen, der mir Briefe schrieb. Keine Briefe im eigentlichen Sinn, sondern eher Listen. Ich fragte nur: »Wo ist er?«

»Vor der Mikrowelle.« Damit zog sich meine Mutter endgültig ins Esszimmer zurück.

Ich raste in die Küche, obwohl mir inzwischen egal war, ob irgendwelche Burritos auftauten. Ich schob eine Großpackung Papiertaschentücher zur Seite, und da war er. Er lehnte an der Mikrowelle wie ein x-beliebiges Stück

Papier, direkt neben der Rechnung von dem Typen, der unsere Hecke geschnitten hatte.

Aber er war an mich adressiert. In Sloanes Schrift.

* * *

JUNI

Ein Jahr zuvor

»Du hast mir eine Liste geschickt?«, fragte ich.

Sloane sah mich vielsagend an und ließ beinahe die riesige grüne Sonnenbrille fallen, die sie gerade aufprobieren wollte.

Ich hielt ihr den Brief hin, der am Morgen an der Mikrowelle gelehnt hatte. Ich war früh aufgestanden, um sie abzuholen, weil wir uns einen neuen Flohmarkt ansehen wollten, den sie entdeckt hatte, eine gute Autostunde von Stanwich entfernt. Statt eines Absenders war zwar nur ein Herz auf den Umschlag gemalt, aber ich hatte Sloanes Schrift sofort erkannt – ihre ganz eigene Mischung aus Druckbuchstaben und Schreibschrift. »Das kommt dabei heraus, wenn man bis zur dritten Klasse drei Mal die Schule wechselt«, hatte sie mir ihre Schrift einmal erklärt. »Da fehlt einem eine solide Grundlage.« Sloane und ihre Eltern führten ein Wanderleben. Wann immer ihnen danach war oder sie Lust auf neue Abenteuer hatten, packten sie ihre Sachen und zogen um. So etwas kannte ich nur aus Filmen, und ich hätte nie gedacht, dass es das im richtigen Leben gab.

Inzwischen wusste ich, dass Sloane diese ewige Umzieherei als Entschuldigung für alles Mögliche benutzte – nicht nur für ihre Schrift, sondern auch für ihre Matheschwäche, die Unfähigkeit, im Sportunterricht an Seilen oder Stangen hochzuklettern, und die Tatsache, dass sie nicht Auto fahren konnte. Sie war die Einzige in unserem Alter, die keinen Führerschein hatte, und behauptete, immer an Orten gewohnt zu haben, wo man so jung keinen Führerschein machen durfte. Aber ich glaube, dass Milly und Anderson einfach keine Lust hatten, ihre Tochter zur Fahrschule zu kutschieren und beim Abendessen den theoretischen Fragebogen mit so langweiligem Zeug wie Verkehrszeichen und der Straßenverkehrsordnung mit ihr durchzugehen – so wie mein Dad, als ich das Fahren lernte. Wenn ich zu ihr sagte, dass sie doch hier in Connecticut ihren Führerschein machen könne, winkte sie ab und sagte so etwas wie: »Im Prinzip kann ich ja fahren. Sollte ich mal in einem gehijackten Bus sitzen, könnte ich das Steuer übernehmen, wenn der Fahrer erschossen wird. Kein Thema.« Außerdem ging sie gern zu Fuß. Das hatte sie sich in den großen Städten angewöhnt, wo sie früher gewohnt hatte – außer Manhattan und Boston auch London, Paris und Kopenhagen. Deswegen machte es ihr nichts aus, keinen Führerschein zu besitzen. Ich dagegen fuhr gern und hatte nichts dagegen, als Chauffeurin zu fungieren, solange Sloane neben mir saß, sich als DJ und Navi betätigte und rechtzeitig Bescheid sagte, wenn unser Proviant knapp wurde.

Eine ältere Frau, die unbedingt ein Paar altmodische Manschettenknöpfe inspizieren wollte, scheuchte mich weg, und ich ging zur Seite. Dieser Flohmarkt unterschied sich nicht groß von anderen, die ich mit Sloane besucht hatte. Eigentlich waren wir hier, um nach Stiefeln für sie zu schauen, aber als wir jede unsere zwei Dollar Eintritt bezahlt und den Parkplatz der Mittelschule betreten hatten, der für dieses Wochenende zum Kaufparadies umfunktioniert war, steuerte Sloane zielstrebig auf diesen Stand mit Sonnenbrillen und Schmuck zu. Seit ich ihren Brief bekommen hatte, wartete ich auf eine Gelegenheit, sie darauf anzusprechen. Dazu brauchte ich ihre volle Aufmerksamkeit, und die Fahrt hierher war nicht der geeignete Moment gewesen, weil wir laut Musik hörten und mitsangen, uns über Gott und die Welt unterhielten und auf den Weg achten mussten.

Sloane lächelte mich an und setzte die hässliche grüne Sonnenbrille auf, sodass ich ihre Augen nicht sehen konnte und das Gefühl bekam, die Sache mit dem Brief sei ihr irgendwie peinlich. Das kam bei ihr höchst selten vor. »Du solltest ihn erst morgen kriegen«, sagte sie, beugte sich vor und sah in einen winzigen Spiegel. »Er sollte erst morgen ankommen, kurz bevor ihr zum Flughafen fahrt. Die Post hier ist einfach zu schnell.«

»Aber was hat das alles zu bedeuten?«, fragte ich und wedelte mit den beiden Blättern vor ihrer Nase herum. *Emily in Schottland* stand oben auf der ersten Seite. Darunter:

1. Haggis probieren
2. Mindestens drei Mädchen mit »Lassie« ansprechen
3. Mindestens einmal (laut und in aller Öffentlichkeit) sagen: »Ihr könnt mir das Leben nehmen, aber nicht die Freiheit!«

So ging es immer weiter, zwei Seiten lang. Ich sollte Fliegenfischen gehen und die Einheimischen fragen, wo ich J. K. Rowling finden könne – lauter Sachen, zu denen ich nicht die geringste Lust hatte, und zwar nicht nur, weil ich bloß fünf Tage da sein würde. In Edinburgh wurde ein Stück meiner Eltern für das Fringe Festival geprobt, und sie fanden, dass es die perfekte Gelegenheit für einen Familienausflug war. Erst jetzt sah ich plötzlich, dass unter der Liste noch etwas in winzigen Sloane-Buchstaben stand: *Wenn du alles erledigt hast, komm zu mir und berichte, wie es dir ergangen ist.* Ich blickte zu ihr auf. Inzwischen hatte sie die grüne Sonnenbrille wieder abgesetzt und inspizierte eine mit kreisrunden Gläsern, Modell Eule.

»Das sind Dinge, die du in Schottland tun sollst«, sagte sie, sah die Eulenbrille skeptisch an und hielt sie mir zur Beurteilung hin. Als ich den Kopf schüttelte, nickte Sloane und legte sie weg. »Ich möchte, dass du das Beste aus der Reise machst.«

»Ich weiß nicht, ob ich das alles hinkriege«, sagte ich, faltete den Brief wieder zusammen und steckte ihn in den Umschlag zurück. »Aber danke, das ist echt eine coole Idee.«

Sie zwinkerte mir zu, dann konzentrierte sie sich wieder auf die Sonnenbrillen, sie schien etwas Bestimmtes zu suchen. Das ganze Frühjahr über hatte sie daran gearbeitet, sich in eine zweite Audrey Hepburn zu verwandeln – geschwungener Lidstrich, Klamotten mit Streifen, hautenge schwarze Hosen und flache Schuhe. Erst kürzlich hatte sie diese Phase für beendet erklärt und war auf »Kalifornierin in den Siebzigern« umgeschwenkt. Ihre Vorbilder waren Marianne Faithfull und Anita Pallenberg, von denen ich noch nie gehört hatte, und Penny Lane in *Almost famous – Fast berühmt*, die ich natürlich kannte. Heute trug sie ein bodenlanges geblümtes Vintagekleid und Römersandalen. Das wellige dunkelblonde Haar fiel ihr offen über die Schultern bis tief in den Rücken. Bevor ich sie kennengelernt hatte, hätte ich es nicht für möglich gehalten, dass sich jemand so kleidete. Jedenfalls nicht, wenn er nicht auf dem Weg zu einem Fotoshoot war. Aber inzwischen hatte sich auch mein eigener Kleidungsstil verändert; die meisten Sachen wählte sie jetzt für mich aus, und manchmal fand ich auch selbst etwas Stylishes. Allerdings traute ich mich nur, so etwas zu tragen, wenn wir zusammen unterwegs waren.

Sie griff nach einer Pilotenbrille mit leicht verbeultem Goldrand, setzte sie auf und sah mich fragend an. Ich nickte. Dann fiel mir ein Junge auf, der etwas jünger als wir zu sein schien und Sloane ganz ungeniert anstarrte. Er hatte eine geflochtene Halskette in der Hand, Makramee oder so, was ihm aber gar nicht bewusst zu sein schien. Wahrscheinlich wäre er tausend Tode gestorben, wenn ihm klar gewesen wäre, dass er mit so einem Ding in der Hand dastand. Und meine beste Freundin anstarrte. Aber Sloane war nun einmal die Sorte Mädchen, die alle Blicke auf sich zog. Ihr welliges Haar, die hellblauen Augen und ihre perfekte, leicht sommersprossige Haut konnten dieses Phänomen aber nicht allein erklären. Sie hatte etwas Geheimnisvolles und benahm sich, als würde sie einem ihr Geheimnis eventuell anvertrauen – aber erst, wenn sie einen gut genug kennengelernt hatte.

»Super«, sagte ich und löste den Blick von dem Jungen mit der Halskette. »Die sieht super aus.«

Sloane grinste. »Finde ich auch. Handeln wir sie runter?«

»Kein Ding«, sagte ich, ging auf den Mann mit der Kasse zu und tat so, als interessierte ich mich für ein Paar ganz scheußlicher Ohrringe, die aus so was wie Lametta zu bestehen schienen. Aus dem Augenwinkel sah ich, dass Sloane nach einer zweiten Sonnenbrille griff, einer eckigen schwarzen, die sie ebenfalls mit zur Kasse brachte. Der Mann, der sie bewachte, war mittleren Alters und saß in einen Comic vertieft hinter seinem Stand.

»Was kostet die Pilotenbrille?«, fragte Sloane, und ich tat so, als sähe ich jetzt erst, was sie da in der Hand hielt.

»Fünfundzwanzig«, sagte der Mann, ohne aufzusehen.

Ich schüttelte den Kopf. »Das ist sie nicht wert. Die ist ja ganz verbeult.«

Sloane warf mir ein winziges Lächeln zu, dann setzte sie wieder ihr Pokerface auf. Als wir vor einigen Monaten mit dieser Feilscherei angefangen hatten, konnte sie gar nicht glauben, wie gut ich darin war. Aber da ich mehr oder weniger im Theater groß geworden war, fiel es mir leicht zu improvisieren. »Du hast recht«, sagte sie und sah sich die Brille genauer an.

»Wieso verbeult?«, fragte der Mann und legte seinen Comic, *Super Friends*, beiseite. »Das ist Vintage!«

Ich zuckte mit den Schultern. »Ich würde dafür nicht mehr als fünfzehn geben«, sagte ich und sah zu spät, dass

Sloane ganz entsetzt die Augen aufriss. »Quatsch, zehn!«, sagte ich schnell. »Auf keinen Fall mehr als zehn.«

»Genau«, sagte sie und legte die Pilotenbrille vor dem Mann auf den Tisch, zusammen mit der eckigen schwarzen. »Außerdem sind wir gerade erst angekommen. Wir sollten uns lieber erst ein bisschen umsehen, bevor wir was kaufen.«

»Finde ich auch«, sagte ich und tat so, als wollte ich gehen.

»Moment!«, sagte der Mann schnell. »Ihr könnt die Brille für fünfzehn haben, aber das ist mein letztes Wort.«

»Beide Brillen für zwanzig«, sagte Sloane und sah ihm direkt in die Augen.

»Einundzwanzig«, sagte der Mann, und Sloane holte ihr Geld aus der Tasche.

Eine Minute später gingen wir weiter, Sloane mit der Pilotenbrille auf der Nase. »Gut gemacht«, sagte sie.

»Tut mir leid, dass ich fünfzehn gesagt habe«, sagte ich und ging jemandem aus dem Weg, der ein riesiges Ölgemälde von einem Kätzchen durch die Gegend schleppte. »Ich hätte gleich zehn sagen sollen.«

Sloane zuckte mit den Schultern. »Wenn man zu niedrig einsteigt, blocken die Händler manchmal gleich ab«, sagte sie. »Hier.« Sie gab mir die schwarze Sonnenbrille, und erst jetzt konnte ich sehen, dass es eine echte alte Ray-Ban war. »Für dich.«

»Im Ernst?« Ich setzte die Brille auf, und da kein Spiegel in der Nähe war, sah ich Sloane fragend an.

Sie trat einen Schritt zurück, die Hände in die Hüften

gestemmt, als müsse sie scharf nachdenken, ob mir die Brille stand. Dann lächelte sie breit. »Sieht super aus«, sagte sie und begann, in ihrer Handtasche zu kramen. Sie holte eine der Einwegkameras heraus, die sie immer bei sich hatte, und machte einen Schnappschuss von mir, bevor ich protestieren oder die Hände vors Gesicht halten konnte. Sloane liebte diese Kameras, obwohl sie natürlich ein Fotohandy besaß. Eine hatte sie immer dabei, manchmal sogar zwei. Sie besaß welche mit Weitwinkel und für Schwarz-Weiß-Bilder, und eine war sogar wasserfest. Letzte Woche hatten wir zum ersten Mal in diesem Jahr im Meer gebadet und Sloane hatte uns unter Wasser fotografiert. Danach war sie aufgetaucht und hatte die Kamera triumphierend durch die Luft geschwenkt. »Kann man das etwa mit einem Fotohandy machen?«, fragte sie, als sie wieder zu Atem gekommen war. »Kann man nicht!«

»Steht mir die Brille wirklich?«, fragte ich jetzt, obwohl ich Sloane natürlich glaubte.

Sie nickte. »Du siehst toll aus.« Sie steckte die Kamera in ihre Handtasche zurück und wir setzten den Flohmarktbummel fort.

Ich folgte ihr zu einem Stand mit Vintage-Klamotten und dann zu einem mit Stiefeln. Ich bückte mich, um in einen niedrigen Spiegel zu sehen, und überprüfte dann, ob ihr Brief noch sicher in meiner Handtasche verstaut war.

»Hey«, sagte ich und ging hinter den Schuhstand, wo sie sich inmitten einer nicht zu knappen Auswahl von Stiefeln auf den Boden gehockt hatte und die Sandalen auszog. Ich hielt ihr den Brief hin. »Warum hast du das mit der Post geschickt und es mir nicht persönlich gegeben?« Ich sah auf den Umschlag, die Briefmarke und den Stempel und fragte mich, warum sie sich solche Mühe gemacht hatte. »Warum überhaupt schriftlich? Du hättest es mir doch auch sagen können.«

Lächelnd sah sie zu mir auf, sodass ich ihre schneeweißen, etwas schiefen Zähne sehen konnte. »Das hätte doch keinen Biss gehabt.«

* * *

1. Einen Fremden küssen
2. Nackt baden
3. Etwas klauen
4. Etwas kaputt machen
5. Penelope
6. Reiten wie ein Cowgirl
7. In der S. Ave. 55 nach Mona fragen
8. Das rückenfreie Kleid kaufen und einen Anlass finden, es zu tragen
9. Bis zum Morgengrauen tanzen

10. Ein Geheimnis im Dunkeln teilen
11. Eine Person namens Jamie umarmen
12. Nachts Äpfel pflücken
13. Unterm Sternenzelt schlafen

Ich saß auf dem Bett und umklammerte diese neue Liste so fest, dass meine Fingerspitzen ganz weiß wurden.

Bei den meisten Punkten hatte ich keine Ahnung, was sie bedeuten sollten, aber immerhin hatte ich etwas von Sloane in der Hand. Von Sloane! Eine neue Liste.

Als ich sie aus dem Umschlag geholt hatte, konnte ich sie zuerst nur ganz verdattert anstarren, unfähig, die Buchstaben zu sinnvollen Worten zusammenzusetzen. Aber das war gar nicht nötig. Es genügte mir, dass Sloane mir etwas geschickt hatte. Irgendetwas. Dass sie nicht einfach abgehauen war, ohne mir etwas anderes als Fragen und Erinnerungen zu hinterlassen. Das bedeutete mir viel, und der Nebel, durch den ich zwei Wochen lang gewankt war, begann sich zu lichten und ließ wieder erste Sonnenstrahlen durch.

Wie schon bei den anderen Listen, die sie mir geschickt hatte, wenn ich mal nicht da war – und sei es nur für ein paar Tage –, lag keine Erklärung dabei. Und wie bei den anderen handelte es sich um lauter verrücktes Zeugs. Sachen, die ich hasste und nie freiwillig tun würde. Diese Listen waren zu einer Art Running Gag zwischen uns geworden, und wann immer bei mir eine Reise oder auch nur ein Ausflug anstand, fragte ich mich, welche Aufgaben sie sich nun wieder für mich ausgedacht hatte.

Das letzte Mal, als ich mit meiner Mom für ein verlängertes Wochenende nach New Haven gefahren war, sollte ich beispielsweise einen Handsome Dan klauen, das Maskottchen der Sportmannschaften von Yale, und mit einem Mitglied der Whiffenpoofs ausgehen, dem Männerchor von Yale (erst später erfuhr ich, dass ihr Vater in Yale studiert hatte; daher wusste sie also so viel über diese Uni). Über die Jahre konnte ich nur die wenigsten Aufgaben erfüllen, aber was ich erledigt hatte, schilderte ich ihr hinterher in allen Einzelheiten. Das interessierte sie allerdings weit weniger als die Frage, warum ich nicht alle Aufgaben erfüllt, die jeweilige Liste also komplett abgearbeitet hatte.

Ich überflog die aktuelle noch einmal und merkte, dass sie sich von den früheren insofern unterschied, als einige Aufgaben wirklich beängstigend waren – etwa das Nacktbaden oder das Reiten (seit ich denken konnte, hatte ich Angst vor Pferden – wenn ich bloß daran dachte, bekam ich schon feuchte Hände). Andere Aufgaben hingegen waren nicht sooo schwierig und manche kamen mir beinahe machbar vor.

Als ich die Liste noch einmal in Ruhe durchlas, wurde mir klar, dass es sich bei den Aufgaben nicht um Dinge handelte, die Sloane zufällig eingefallen waren, wie bei denen, die sie mir für Kalifornien, Austin und Edinburgh geschickt hatte. Einige leuchteten mir zwar nicht ein – warum sollte ich beispielsweise eine Person namens Jamie umarmen? –, aber ich begriff, welche Überlegung dahintersteckte. Es handelte sich nämlich samt und sonders um Dinge, vor denen ich Angst hatte. Einige Aufgaben ähnelten welchen, die Sloane mir schon öfter gestellt hatte, obwohl diese hier schwieriger waren. Deswegen nahm ich an, dass sie dieses Mal gründlich darüber nachgedacht hatte. Es sollte so etwas wie ein Test sein, eine Herausforderung.

Ich drehte das Blatt um, aber auf der Rückseite stand nichts. Dann sah ich mir noch einmal den Umschlag an. Statt eines Absenders hatte Sloane eine Palme und eine Mondsichel in die linke obere Ecke gemalt, und der Stempel auf der Briefmarke war so verwischt, dass ich die Postleitzahl nicht entziffern konnte. Also nirgends ein Hinweis darauf, wo Sloane jetzt steckte. Ich musste daran denken, was sonst oft unter den Aufgaben gestanden hatte, so etwas wie *Wenn du alles erledigt hast, komm zu mir und berichte, wie du es angestellt hast.* Mein Herz begann, schneller zu schlagen, als mir der Gedanke kam, dass ich Sloane wiederfinden könnte, wenn ich alle Aufgaben erledigt hätte. Ich hatte zwar keine Ahnung, wie ich das anstellen sollte, aber zum ersten Mal seit zwei Wochen brauchte ich nicht mehr ziellos durch die Gegend zu irren, sondern wusste, was ich tun musste. Sloane hatte mir so etwas wie einen Plan gegeben, an den ich mich halten konnte, eine Art Wegweiser, der mich zu ihr führen würde.

Ich sah mir die einzelnen Aufgaben noch einmal an und überlegte, welche mir am wenigsten Angst machte. Mit der würde ich anfangen, gleich jetzt, heute noch. Ich wollte nämlich keine Zeit verlieren. Diese Liste würde mich zu Sloane führen und das duldete keinen Aufschub.

Mit »S. Ave.« (Aufgabe 7) musste die Stanwich Avenue gemeint sein, die Hauptgeschäftsstraße der Stadt. Es konnte ja wohl nicht so schwer sein, hinzufahren und nach einer Mona zu fragen. Ich wusste nicht, welches Gebäude die Nummer 55 war, aber es schien die mit Abstand leichteste Aufgabe zu sein. Zum ersten Mal seit zwei Wochen hatte ich ein Ziel vor Augen! Ich sprang vom Bett und ging zur Tür.

»Emily?«

»O mein Gott!«, japste ich erschrocken. Mein Bruder war an meiner Tür, aber er lehnte nicht am Türrahmen, wie jeder normale Mensch es getan hätte, sondern hing mittendrin, die Füße an den rechten, den Rücken an den linken Türrahmen gedrückt. Das übte er, seit er es in einem Ninja-Film gesehen hatte. Zuerst hatte er uns alle damit erschreckt, aber inzwischen hatten wir uns angewöhnt, erst mal nach oben zu sehen, bevor wir durch eine Tür gingen. Zu sagen, dass Beckett keine Höhenangst hatte, wäre maßlos untertrieben. Schon mit fünf war er auf unser Dach geklettert, und wenn wir ihn suchten, schauten wir immer zuerst nach oben.

»Sorry«, sagte er, aber es tat ihm kein bisschen leid.

»Wie lange hängst du da schon?«, fragte ich, und mir wurde klar, dass er schon da gewesen sein musste, als ich noch in Sloanes Brief vertieft war.

Er zuckte mit den Schultern und sagte: »Ich dachte, du hättest mich gesehen. Kannst du mich fahren?«

»Ich wollte gerade los«, sagte ich und warf einen Blick auf Sloanes Liste, die ich auf meinem Bett liegen gelassen hatte. Unser Kater war nicht oft im Haus, aber er schien übersinnliche Fähigkeiten zu besitzen und immer zu wissen, was gerade besonders wichtig war, und genau das machte er dann kaputt. Also nahm ich den Brief, faltete ihn, steckte ihn in den Umschlag zurück und legte ihn in die oberste Schublade meiner Kommode. Dort bewahrte ich meine Schätze auf – Kindheitserinnerungen, Fotos sowie Zettel, die Sloane mir zwischen den Schulstunden in die Hand gedrückt oder durch den Schlitz meines Spinds gesteckt hatte.

»Wohin?«, fragte Beckett, immer noch von oben.

»In die Stanwich Avenue«, sagte ich und legte den Kopf in den Nacken, um ihn besser sehen zu können. War das der Grund für diese Turnübung? Wollte er, dass wir alle zu ihm aufsahen, statt auf ihn herab?

»Kannst du mich ins IndoorXtreme fahren?«, fragte er. Seine Stimme klang ganz piepsig, wie immer, wenn er aufgeregt war. »Annabel hat mir davon erzählt. Es soll ganz toll sein, mit Bikerparcours und Kletterwänden, sogar Paintball kann man da spielen.«

Ich wollte schon sagen, dafür hätte ich keine Zeit, aber irgendetwas in seinem Blick hielt mich davon ab, und mir wurde klar, dass ich ein schlechtes Gewissen bekommen würde, wenn ich ihn nicht mitnahm. »Wie lange willst du denn dableiben?«, fragte ich. »Ich hab nämlich selber was zu erledigen und würde dich da nur absetzen.«

Beckett grinste und sagte: »Stunden. Den ganzen Nachmittag.« Ich nickte. Er stieß sich vom Türrahmen ab und landete mit einem Satz auf dem Fußboden. »Wir treffen uns am Wagen.« Damit rannte er los und ich warf noch einen letzten Blick auf meine Kommode.

Bei der Gelegenheit sah ich mich im Spiegel, der darüber hing, und bürstete mir aus gegebenem Anlass noch schnell das Haar. Ich konnte nur hoffen, dass Mona – wer immer das sein mochte – keine besonderen Ansprüche an Outfit und Styling stellte, denn ich trug ein Vintage-T-Shirt, das Sloane mir aufgeschwatzt hatte, und abgeschnittene Jeans. Ich war ziemlich groß – gut zehn Zentimeter größer als Sloane, es sei denn, sie trug High Heels –, und das einzig Interessante an mir waren meine Augen, weil sie verschiedene Farben hatten. Eins war braun, das andere braun und blau. Sloane war völlig aus dem Häuschen, als sie das zum ersten Mal bemerkte, und probierte alle möglichen Lidschatten an mir aus, um zu sehen, ob man durch irgendeine Farbkombination einen Effekt erzielen konnte, der beide Augen gleich aussehen ließ. Mein glattes braunes Haar war so lang, dass es mir bis zur Mitte des Rückens herunterhing. Ich hatte schon öfter überlegt, ob ich es nicht abschneiden sollte, aber Sloane hatte heftig protestiert. Sie behauptete, ich hätte »Prinzessinnenhaar«, und meinte: »Kurze Haare sind doch nichts Besonderes.«

Ich strich mir das Haar hinter die Ohren und öffnete noch einmal die oberste Schublade, um sicherzugehen, dass der Brief an seinem Platz lag. Dann ging ich nach unten und schärfte mir ein, was ich zu tun hatte – »In der S. Ave. 55 nach Mona fragen«.

2

Nachts Äpfel pflücken

Beckett saß schon auf dem Beifahrersitz meines Wagens, als ich aus dem Haus kam. Ich fuhr einen alten grünen Volvo, den mein Vater einem Studenten abgekauft hatte, der nach Kalifornien gezogen war. Ich selbst hatte diesen Studenten nie zu Gesicht bekommen, aber ich hatte das Gefühl, ihn gut zu kennen, denn er hatte jede Menge Sticker auf den Volvo geklebt: *Rettet die Wale, Freien Flug für die Purpurschwalbe, Dieser Wagen hat den Mount Washington geschafft.* Auf dem Rückfenster klebte der offizielle Sticker einer Uni, den er aber zerschnitten und anders zusammengesetzt hatte: *Unichusetts of Massaversity*. Einen Sticker vom Stanwich College suchte man jedoch vergebens, was zu erklären schien, warum er die Uni gewechselt hatte. Ich hatte versucht, die Sticker zu entfernen, aber das war nicht möglich, und mit der Zeit hatte ich mich sowohl an die Sticker als auch an Leute gewöhnt, die mich deswegen wütend – oder zustimmend – anhupten, weil sie die gesammelten Botschaften für meine Meinung hielten. Die linke Hintertür war verbeult, im Winter dauerte es ewig, bis die Heizung warm wurde, und die Tankanzeige war defekt. Der Zeiger stand immer in der Mitte der Skala, als wäre der Tank noch halb voll, wenn ich in Wahrheit schon auf Reserve fuhr. Deswegen musste ich mir merken, wann ich zuletzt getankt hatte und wie viele Kilometer ich seitdem ungefähr gefahren war. Das war natürlich ein höchst unzuverlässiges System, aber bis jetzt war mir das Benzin glücklicherweise noch nie ausgegangen.

Das eigentliche Problem bei diesem Wagen war, dass das Schiebedach sich nicht schließen ließ. Das ging schon nicht mehr, als mein Dad den Volvo kaufte, und ich konnte nur hoffen, dass es bei der Fahrt auf den Mount Washington noch funktioniert hatte. Im Sommer spannte ich bei Regen eine Abdeckplane darüber, und meine Eltern hatten einen Kulissenbauer vom Theater dazu gekriegt, eine Holzplatte zuzuschneiden, die genau in die Öffnung passte und mich im Winter vorm Erfrieren bewahren sollte. Sloane liebte meinen Wagen gerade wegen dieses kaputten Schiebedachs und wollte immer ohne Abdeckplane fahren, auch wenn es so kalt war, dass wir die Heizung voll aufdrehen und uns in Wolldecken einwickeln mussten. Wenn wir unterwegs waren, streckte sie immer die Arme aus dem Dach und ließ den Wind über ihre Hände streichen. Bei gutem Wetter setzte sie sich so zurecht, dass sie die Sonne abbekam, die direkt auf die Vordersitze schien.

»Bist du startklar?«, fragte ich, setzte meine schwarze Ray-Ban auf und knallte die Fahrertür zu. Ich hatte nur aus Gewohnheit gefragt, denn ich konnte sehen, dass Beckett mehr als startklar war. Ich ließ den Motor an und fuhr aus der Einfahrt, nachdem ich mich vergewissert hatte, dass der Bürgersteig vor unserem Haus frei war.

»Wer ist eigentlich dieser Tesla?«, fragte Beckett, als ich Richtung Innenstadt abbog. Bevor ich aus dem Haus gegangen war, hatte ich die Adresse von IndoorXtreme gegoogelt, weil ich keine Zeit mit Umwegen verschwenden wollte, die wir mit Sicherheit gemacht hätten, wenn ich mich darauf verlassen hätte, dass Beckett den Weg kannte. Als ich in seinem Alter war, konnte ich selbstständig in New York – oder wenigstens in Brooklyn – U-Bahn fahren, aber ich hatte eine andere Kindheit gehabt als er, und solche Fähigkeiten gingen ihm völlig ab. Als ich klein war, hatten meine Eltern um Anerkennung als Theaterautoren gekämpft und waren von einem Aufführungsort zum anderen gezogen, oder – wenn sie befristete Lehraufträge ergattert hatten – in diverse Universitätsstädte, immer mit mir im Schlepptau. Deswegen hatten wir in Brooklyn (New York), San Francisco (Kalifornien) und Portland (sowohl Maine als auch Oregon) gewohnt, meist in winzigen Wohnungen, in denen ich auf dem Sofa schlafen musste. Wenn ich kein eigenes Zimmer hatte, hängte ich meine Boygroup-Poster gar nicht erst auf und gab auch meinen anderen Schätzen keine besonderen Plätze, denn ich wusste, dass wir dort nicht lange bleiben würden. Aber dann kam *Bug Juice* und die Dinge änderten sich. Während ich in dem schrecklichen Feriencamp war, hatten meine Eltern Zeit, das

Stück zu schreiben, das dann erfolgreich am Broadway aufgeführt, ganz grauenvoll verfilmt und von vielen kleineren Bühnen und Schultheatern gespielt wurde. Es entwickelte ein regelrechtes Eigenleben, und nach zehn Jahren Krebserei hatten meine Eltern quasi über Nacht einen Riesenerfolg gelandet. Noch wichtiger war aber, dass beide eine feste Stelle an derselben Uni bekamen, und sogar ich begriff damals schon, wie fantastisch das war. Wir zogen also nach Stanwich, und obwohl mein Bruder behauptete, er könne sich an unsere früheren Winzwohnungen erinnern, war er eigentlich von Anfang an in stabilen Verhältnissen aufgewachsen und konnte seine Poster von klein auf an in seinem eigenen Zimmer aufhängen.

»Was?«, fragte ich und sah von der Karte auf meinem Handy auf. Ich hatte gerade überlegt, ob ich ihn bitten sollte, die Wegbeschreibung vorzulesen. Aber ich fürchtete, dass er anfangen würde, *Space Hog* zu spielen, sobald ich ihm mein Handy überließ.

»Tesla«, sagte er so unsicher, als wüsste er nicht genau, wie man den Namen aussprach. »Was ist das für ein Kerl, dass sie ein Stück über ihn schreiben wollen?«

»Ach so.« Ich wusste es genauso wenig, aber es interessierte mich auch nicht. Was meine Eltern vorhatten, war zweitrangig, für mich zählte nur Sloanes Liste. »Keine Ahnung«, sagte ich. »Guck doch nach!« Ich gab ihm mein Handy und schon Sekunden später hörte ich den Jingle von *Space Hog*.

Ich wollte gerade sagen, dass er lieber auf die Wegbeschreibung achten solle, als er ganz leise fragte: »Glaubst du, dass sie noch lange damit beschäftigt sind?«

»Mit dem neuen Stück?«, fragte ich, und Beckett nickte, ohne von seinem Spiel aufzusehen. Seine Locken wippten, als er die Spieltasten bearbeitete. Mit meinem glatten Haar und meiner Größe kam ich nach meinem Vater, während Beckett mit seinen Locken und den blauen Augen wie eine Miniaturausgabe meiner Mutter aussah. »Keine Ahnung«, sagte ich, und es war die Wahrheit. Momentan sah es zwar wie ein großes Projekt aus, aber meine Eltern hatten schon öfter einen Fehlstart hingelegt.

»Dad wollte doch mit mir zum Camping fahren«, sagte Beckett und drückte die Handytasten so ungestüm, dass mir ganz anders wurde. »Alles war so schön geplant! Wir wollten uns von den Fischen ernähren, die wir tagsüber fangen, und nachts wollten wir draußen schlafen.«

»Du magst doch gar keinen Fisch«, erinnerte ich ihn, aber das brachte mir nur einen genervten Blick ein.

»Darum geht's doch beim Camping! Dass man lauter Sachen tut, die man sonst nie tun würde.«

»Bestimmt fahrt ihr trotzdem«, sagte ich und kreuzte die Finger unter dem Steuerrad, weil ich es wirklich hoffte.

Beckett drehte sich zu mir um und lächelte. »Das wär cool. Ich will nämlich ...« Plötzlich setzte er sich kerzengerade auf und zeigte aus dem Fenster. »Da ist es.«

Ich bog auf den nur halb gefüllten Parkplatz eines großen Gebäudes ein, das früher eine Lagerhalle gewesen zu sein schien. Ich legte den Parkgang ein, und noch bevor ich den Motor ausschaltete, löste Beckett seinen Sicherheitsgurt, sprang aus dem Wagen und rannte auf das Gebäude zu, ohne auf mich zu warten. Unter anderen Umständen hätte ich mich darüber geärgert, aber heute war es das Beste, was mir passieren konnte, weil es zeigte, dass es ihm wirklich nichts ausmachte, wenn ich meiner eigenen Wege ging. Trotzdem stieg ich aus und warf dabei einen Blick auf die Tankanzeige, was natürlich völlig sinnlos war, aber als ich jetzt darüber nachdachte, glaubte ich, bald tanken zu müssen. Obwohl das ein weiterer Grund war, schnell weiterzufahren, folgte ich meinem Bruder über den Parkplatz und drückte eine schwere Stahltür auf, die wie eine Bergflanke geformt war.

IndoorXtreme erwies sich als eine riesige Halle mit der höchsten Decke, die ich je gesehen hatte. Abgesehen von einem Tresen mit Kasse, wo man sich anmelden musste und Schuhe und Ausrüstung ausleihen konnte, schien hier alles nur einem einzigen Zweck zu dienen: sich eine Sportverletzung zuzuziehen – trotz Dach überm Kopf und Klimaanlage. In einer Halfpipe rasten Skateboarder rauf und runter, Biker hopsten mit ihren Rädern über einen Hindernisparcours, und an einer senkrechten Kletterwand ganz hinten in der Halle, die bis fast an die Decke reichte, arbeiteten sich Kletterer von Tritt zu Tritt nach oben oder seilten sich wieder ab. Alles schien aus Stahl und Granit zu sein, die dominierende Farbe war Grau, hier und da unterbrochen von etwas Rotem. Es war ziemlich kalt, und das Surren der riesigen Klimaanlage mischte sich mit den Rufen der Skater und der Technomusik, die lauter als gewöhnliche Hintergrundmusik aus den Lautsprechern kam.

Beckett wartete schon am Tresen auf mich und hatte sich daran hochgezogen, um zu sehen, was alles angeboten wurde, sodass seine Füße ein gutes Stück über dem Fußboden baumelten. Er sagte, er hätte sich für das »All-inclusive-Kinderticket« entschieden, mit dem er alle Angebote außer Paintball nutzen konnte. Ich fand das eigentlich zu teuer, aber ich kaufte ihm das Ticket, weil es die beste Garantie dafür war, dass er möglichst lange hierbleiben würde und ich vielleicht noch eine Aufgabe von Sloanes Liste in Angriff nehmen konnte. Ursprünglich hatte ich mir zwar nur eine vorgenommen, aber wenn ich zwei schaffen konnte – umso besser. Sobald mir klar würde, wie ich die schwierigsten angehen konnte, war vielleicht sogar die ganze Liste binnen einer Woche zu schaffen.

Ich drückte dem gelangweilten Typen an der Kasse das Geld in die Hand. Doug, wie sein Namensschild ihn auswies, griff sofort wieder zu seinem dicken Taschenbuch, als wir den Tresen verließen, stützte die Ellenbogen auf und vertiefte sich in die Lektüre. Beckett lief zu einer Bank, die wie ein echter Felsbrocken aussah – vermutlich war es einer –, und zog sich die Kletterschuhe an, die Doug gegen seine normalen Sneakers getauscht hatte.

»Alles klar?«, fragte ich, ohne mich erst hinzusetzen. In Gedanken war ich schon dabei, mir die beste Route von hier zur Stanwich Avenue zurechtzulegen. Wenn ich zwischendurch nicht tankte, könnte ich in zehn Minuten da sein. »Ich hab dir ja gesagt, dass ich ... ein paar Sachen zu erledigen habe.«

»Alles klar«, sagte Beckett, befestigte die Klettverschlüsse seiner Schuhe und sprang auf. »Du kannst dir ein paar Stunden Zeit lassen.«

»Gut«, sagte ich. Beckett grinste mir zu und rannte zur Kletterwand. Ich blickte mich noch einmal in der Halle um und fand, dass es der ideale Ort für meinen kleinen Bruder war. Hier konnte er sich locker bis in den Nachmittag hinein beschäftigen. Trotzdem blieb ich noch zwei, drei Minuten da, um mich nicht wie die mieseste Schwester der Welt zu fühlen, und beobachtete, wie Beckett sich in der Kletterschlange anstellte und dabei von einem Fuß auf den anderen hüpfte – wie immer, wenn er aufgeregt war oder sich auf etwas freute.

»Neununddreißig?«, fragte jemand hinter mir.

Ich drehte mich um, aber was ich sah, machte keinen Sinn. Erstens handelte es sich um Frank Porter und zweitens hielt er mir ein Paar Schuhe hin.

Natürlich kannte ich ihn, aber das war kein Kunststück, denn jeder kannte Frank Porter, den unangefochtenen Star der Stanwich Highschool. Kein Schuljahr, in dem er nicht die Liste der verdienstvollsten Schüler anführte. Er hatte jede Menge landesweite Leistungswettbewerbe gewonnen und war schon seit zwei Jahren Jahrgangssprecher. Nebenbei hatte er sich anscheinend vorgenommen, die Welt – oder wenigstens unsere Schule – zu verbessern, indem er eine Petition nach der anderen in Umlauf brachte, Vereine und Komitees gründete – stets bemüht, etwas zu schützen, zu erhalten oder zu retten. Dass er nie Jahrgangsbester war, lag an seiner Freundin, Lissa Young, die genauso talentiert und strebsam war wie er. Die beiden waren schon seit der neunten Klasse oder so zusammen, aber im Gegensatz zu anderen Paaren knutschten sie nie in der Garderobe herum und schrien sich nicht auf dem Parkplatz an. Sie schienen ein Topf und ein Deckel zu sein, ihre Beziehung ein faires, vernünftiges Arrangement. Ich hatte gehört, dass sie in den Ferien gemeinsam an Sommerkursen für Schüler in Princeton teilnahmen, deswegen konnte ich nicht fassen, dass Frank jetzt vor mir stand. Er gehörte zu den wenigen Jungen meines Jahrgangs, die sich bei offiziellen Feiern mit Schlips-und-Anzug-Zwang wohlfühlten, und ich musste erst mal damit klarkommen, ihn hier in einem grauen T-Shirt zu sehen, auf dem *Xtreme Attitude!* stand, in einer Schrift, die an Graffiti erinnerte. Aber er trug ein Namensschild, auf dem *Frank* stand, sodass jeder Irrtum ausgeschlossen war.

Er ließ die ausgestreckten Schuhe sinken und legte den Kopf schief. »Emily?«

Ich nickte, und obwohl wir seit drei Jahren dieselbe Schule besuchten, wunderte ich mich, dass er meinen Namen kannte. Seit Sloane hergezogen war, wurde ich von den meisten nur als ihre Begleitung wahrgenommen, und ich war es gewohnt, dass man sie mit Namen rief und mir nur zuwinkte. Ich hätte schwören können, dass mich – genau wie der Gartentyp – sogar die meisten unseres Jahrgangs als »die Freundin von Sloane Williams« bezeichnet hätten. Das machte mir aber nichts aus, denn als Sloanes Freundin war ich viel interessanter, als ich es auf mich allein gestellt je hätte sein können.

»Hi«, sagte Frank Porter und lächelte knapp. »Wie geht's?« Das T-Shirt änderte nicht viel an seinem Erscheinungsbild. Er war groß, fast eins neunzig, und ziemlich schlaksig. Sein rotblondes Haar war kurz geschnitten und ordentlich gekämmt, nur im Nacken wuchs es langsam aus und kräuselte sich ein wenig. Seine Augen waren hellbraun und er hatte viele Sommersprossen. Trotz T-Shirt und ausgestreckter Leihschuhe strahlte er Autorität aus, und man konnte jetzt schon sehen, dass er seinen Weg jenseits der Stanwich High machen würde. Beruflich und gesellschaftlich würde er Spitzenpositionen einnehmen und nebenbei noch eine bahnbrechende Erfindung machen, irgendetwas Elektronisches, ohne das nichts mehr ging, sobald Frank es erschaffen haben würde. So kam er rüber – kompetent und vertrauenswürdig und in jeder Hinsicht mustergültig. Abgesehen von seinen intellektuellen Fähigkeiten konnte ich ihn mir auch auf Werbeplakaten für Erdnussbutter und Frühstücksflocken vorstellen. Als Sloane auf der Stanwich High noch neu war, hatte sie ihn beeindruckt von oben bis unten gemustert und gefragt: »Wer ist denn dieser Pfadfinder?«

»Hey«, stammelte ich, als ich merkte, dass ich ihn schon viel zu lange anstarrte. Auch Frank sah mich an und schien auf etwas zu warten, und plötzlich fiel mir wieder ein, dass er mich etwas gefragt hatte und ich ihm die Antwort schuldig geblieben war. »Gut«, sagte ich hastig. »Danke, gut.«

»Brauchst du die hier?«, fragte er und hielt die Schuhe wieder höher. Ich wusste nicht, was das sollte, und schüttelte den Kopf. »Ach so.« Er ließ die Schuhe wieder sinken. »Ich habe gehört, dass jemand Kletterschuhe braucht, und ich dachte, das seist du. Die Größe habe ich geschätzt.« Er sah auf meine Flip-Flops, genau wie ich, und ich wünschte, ich hätte mir die Zehennägel frisch lackiert. Der Lack vom letzten Mal, als ich sie zusammen mit Sloane angemalt hatte – knallrot mit einer schwarzen Katze auf dem großen Zeh – war bis auf ein paar Flecken abgeblättert. »Hatte ich recht?«, fragte Frank. »Ist neununddreißig deine Größe?«

»Ähm …«, sagte ich und merkte, dass ich auf Unterstützung wartete, aber da ich allein war, lief diese Begegnung völlig aus dem Ruder. Sloane hätte gewusst, was zu sagen war. Etwas Witziges, ein kleiner Flirt. Dann wäre auch mir das Richtige eingefallen. Ich hätte auf ihre Linie einschwenken oder eine der cleveren Bemerkungen machen können, die mir immer nur in ihrer Gegenwart einfielen. Auf mich allein gestellt war ich aufgeschmissen, und ich hatte nicht die geringste Lust zu lernen, mich in solchen Situationen allein zu behaupten. Im Laufe der letzten drei Jahre hatte ich höchstens ein paar Sätze mit Frank Porter gewechselt, und ich konnte gar nicht fassen, wie lange wir hier schon herumstanden und über meine Schuhgröße sprachen. Was übrigens nicht gerade mein Lieblingsthema war, weil ich größere Füße hatte, als mir lieb war. »Das liegt daran, dass du so groß bist«, hatte Sloane immer gesagt und das Thema mit der Gelassenheit behandelt, die nur jemand mit hübschen kleinen Füßen an den Tag legen konnte. »Mit kleineren Füßen würdest du ganz komisch aussehen. Oder ständig umkippen.«

»Einundvierzig«, sagte ich schließlich und verzichtete auf das »-einhalb«. Wozu hätte ich Frank Porter auch meine genaue Schuhgröße nennen sollen?

Er zuckte mit den Schultern. »Ach so. Na ja, ich lerne noch.« Wäre Sloane dabei gewesen, hätte ich jetzt so etwas wie »Das merkt man« oder »Dann gib dir mal Mühe« gesagt, aber sie war ja nicht da. Also wandte ich mich ab und versuchte, meinen Bruder an der Kletterwand zu finden, um mich zu vergewissern, dass mit ihm alles in Ordnung war und ich gehen konnte.

»Porter!« Wir drehten uns beide nach der Stimme um und sahen Matt Collins, der in einem Klettergurt hing, irgendwo zwischen Decke und Fußboden. Ich kannte ihn aus der Schule, hatte aber noch nie mit ihm gesprochen. Er trug das gleiche T-Shirt wie Frank und einen roten Helm und versuchte gerade, sich zu uns umzudrehen, indem er sich von der Kletterwand abtrat und sein Seil in Schwingung versetzte. »Heute Abend in der Plantage, oder?«

Die Plantage war früher einmal gewesen, was der Name vermuten ließ, nämlich eine große Wiese mit Unmengen von Obstbäumen, aber jetzt war es ein verwilderter Park, in dem nachts Partys gefeiert wurden, vor allem im Sommer. Er befand sich schön abgelegen im Niemandsland zwischen Stanwich und der Nachbarstadt Hartfield, was bedeutete, dass die Polizei in der Regel einen großen Bogen darum machte, weil angeblich unklar war, in wessen Zuständigkeit das Areal fiel. Ich war ein paarmal dagewesen, hauptsächlich dieses Frühjahr, mit Sloane, Sam und Gideon. Ich musste daran denken, wie ich ganz nah neben Gideon gesessen hatte, verlegen eine Flasche zwischen den Händen hin und her rollend, während ich fieberhaft überlegte, was ich sagen sollte.

Frank nickte, und Collins – den kein Mensch Matthew nannte, nicht mal die Lehrer – grinste und sagte: »Heute kommen ein paar süße Dinger.«

Neben ihm kletterte eine Frau, die schon in den Dreißigern zu sein schien und eine professionelle Kletterausrüstung trug. Sie warf ihm einen gereizten Blick zu, aber Collins grinste sie nur an und sagte: »Auch *Ihnen* einen schönen guten Tag.«

Frank seufzte und schüttelte den Kopf.

»Also dann«, sagte ich und bewegte mich langsam auf den Ausgang zu. Beckett hatte ich zwar nicht entdeckt, aber bestimmt war er in seinem Element und brauchte mich nicht. Hauptsache, ich konnte dieses peinliche Gespräch mit Frank Porter beenden und endlich in die Stanwich Avenue fahren. Ich hatte mich hier schon viel zu lange aufgehalten. »Ich muss dann ...« Ich machte eine Kopfbewegung Richtung Tür und ging weiter. Frank sollte mich nicht für eine Kundin halten, um die er sich kümmern musste.

»Alles klar«, sagte er und klemmte sich die verschmähten und ohnehin zu kleinen Schuhe unter den Arm. »War nett, dich mal …«

»Hey, ihr zwei!« Collins raste so schnell auf uns zu, dass er mit Frank zusammenstieß, ihn beinahe umwarf und auch selbst fast hinfiel, sodass er mit den Armen rudern musste, um das Gleichgewicht zu behalten. Da er immer noch den Helm aufhatte, sah er ziemlich bescheuert aus. Er war einen Kopf kleiner als Frank und offenbar sogar kleiner als ich. Dafür ging er ziemlich in die Breite, hatte ein rundes Gesicht, eine Stupsnase und dunkelblondes Haar.

»Collins«, sagte Frank etwas genervt, während er ihm half, das Gleichgewicht wiederzufinden.

»Was geht?«, fragte Collins. »Worüber unterhaltet ihr euch?« Dabei sah er hauptsächlich mich an, erst fragend, dann grinsend. »Ach, dich kenne ich doch. Wo hast du deine Freundin gelassen? Du heißt Emma, oder?«

»Emily«, korrigierte Frank. »Emily Hughes.« Es war ein regelrechter Schock, dass er sogar meinen Nachnamen kannte. »Hast du nicht Aufsicht an der Kletterwand?«

»Der schon wieder!« Collins haute Frank auf die Schulter, sah mich an und schüttelte den Kopf. »Ich arbeite seit einem Monat hier, er erst seit zwei Wochen, aber er führt sich schon auf wie der Boss. Wirklich beeindruckend!«

»Was ist denn nun mit deiner Aufsicht?«, hakte Frank

nach, aber Collins machte eine wegwerfende Handbewegung.

»Alles in Ordnung an der Wand«, sagte er. »Ich hab sogar so aufmerksam Aufsicht geführt, dass ich euch beide entdeckt habe. Was geht?« Sein Blick fiel auf die Schuhe, die Frank sich unter den Arm geklemmt hatte. »Willst du klettern?«, fragte er mich. Ohne eine Antwort abzuwarten, nahm er Frank die Schuhe ab, sah prüfend auf meine Füße, dann auf die Hacken der Schuhe, wo die Größe angegeben war. »Aber nicht mit diesen Schuhen. Du brauchst doch eine ... Einundvierzigeinhalb, oder?«

Ich warf einen kurzen Blick auf meine Füße, sodass mir das Haar vors Gesicht fiel, was mir nur recht sein konnte, weil ich merkte, dass ich knallrot wurde. Musste ich antworten? Es gab kein Gesetz, das Menschen verpflichtete, immer und überall ihre genaue Schuhgröße anzugeben, oder? Vielleicht war es in diesem Fall aber ratsam, denn ich hatte das Gefühl, dass Collins mich womöglich zwingen würde, die zu kleinen Schuhe anzuziehen, wenn ich keine oder eine falsche Antwort gab, und womöglich würde er sogar eine große Show daraus machen und Wetten von den Umstehenden annehmen. Ich machte einen weiteren Schritt Richtung Ausgang, als ein Schrei durch die Halle gellte und die Technomusik übertönte. Es war keiner der ausgelassenen Schreie, die hier zur normalen Geräuschkulisse gehörten. Alle drei drehten wir uns in die Richtung, aus der der Schrei gekommen war. Unsere Blicke landeten auf der Frau mit der professionellen Kletterausrüstung, die jetzt wie erstarrt darin hing und nach oben zeigte. Und zwar auf meinen Bruder, der zu meinem Entsetzen über den Rand der Kletterwand spazierte.

»Ach, du Scheiße!«, sagte Collins, bevor ihm die Kinnlade herunterfiel. »Wie ist der da denn raufgekommen? Und wieso ist er nicht angeschnallt und trägt keinen Helm?«

Ehe ich etwas sagen konnte, setzten sich Frank und Collins in Bewegung, und ich folgte ihnen. Eine Menschentraube bildete sich, und alle starrten nach oben, während sich die meisten Kletterer abseilten, um den Rettern Platz zu machen.

»Emily!«, rief Beckett und winkte mir zu. Da alle anderen jetzt ganz still waren, hallte seine Stimme von den Wänden wider. »Guck mal, wie hoch ich bin!«

Frank und Collins drehten sich zu mir um und ich knetete meine Finger hinter dem Rücken. »Mein Bruder«, sagte ich und überlegte, welche Erklärung ich nachschieben könnte – etwa warum er mir das jetzt antun und die Haftpflichtversicherung von IndoorXtreme auf die Probe stellen musste. Aber natürlich bekam ich kein weiteres Wort heraus.

»Wie heißt er?«, fragte Collins.

»Beckett«, sagte ich. »Aber ich glaube, er braucht keine Hilfe. Er wollte bloß ...«

»Micky?«, fragte Collins nach, dann nickte er und grinste. »Wie die Maus, die überall hinkrabbeln kann, was?« Er drehte sich wieder zur Kletterwand um und rief:

»Hey, Micky! Komm da runter, okay? Nein, warte! Setz erst deinen Helm auf! Nein! Erst musst du dich anschnallen, dann den Helm aufsetzen! Und dann komm gefälligst runter, okay?«

Beckett sah auf die Menge herab, die ihn beobachtete, dann sah er mich an. Ich versuchte ihm pantomimisch zu verstehen zu geben, dass er tun sollte, was Collins gesagt hatte, und zwar sofort.

»Okay«, sagte er, zuckte mit den Schultern und legte sich den Klettergurt an.

Durch die Halle ging ein vielstimmiger Seufzer der Erleichterung, die Menge löste sich auf, und alle machten mit dem weiter, was sie vorher gemacht hatten, kletterten weiter oder fuhren zu ihrem Parcours zurück.

»Siehst du? Nichts passiert«, sagte Collins und winkte meinem Bruder zu, der gerade seinen Helm festschnallte.

»Genau deshalb solltest du Aufsicht führen«, erwiderte Frank, ließ sich von Doug einen Helm geben und ging kopfschüttelnd auf die Kletterwand zu.

»Er kommt doch schon runter«, verteidigte sich Collins. Tatsächlich tastete mein Bruder nach den ersten Klettergriffen, die ihn sicher nach unten führen würden. »Du brauchst ihm nicht zu helfen.« Aber entweder hörte Frank ihn nicht, oder er ignorierte seine Ansage, denn er begann, Beckett entgegenzuklettern. »Herrgott noch mal!«, murmelte Collins und beobachtete Frank mit gerunzelter Stirn.

»Mach dir keine Sorgen«, sagte ich. »Mein Bruder klettert andauernd in die höchsten Höhen.«

»Um deinen Bruder mache ich mir keine Sorgen«, sagte Collins. »Um Porter dagegen schon.«

Ich sah zu ihm hinüber. Frank war jetzt auf halber Höhe und tastete sich schnell und geschickt vorwärts. Ich hatte nicht den Eindruck, dass er in Gefahr war, deshalb fragte ich Collins: »Warum denn?«

Collins nahm seinen Helm ab und wischte sich über die Stirn. Sein Haar war so verschwitzt, dass es dunkler aussah als sonst und an seinem Kopf klebte. Nicht besonders vorteilhaft. Dann sagte er: »Porter hat Höhenangst.«

Ich sah mich in der Halle um. Fast alles hier hatte mit Höhe zu tun. »Oh«, sagte ich und hätte gern gefragt, warum Frank ausgerechnet hier arbeitete, aber ich wusste nicht, wie ich es formulieren sollte, ohne unhöflich zu klingen. »Aber …«

»Ich weiß«, sagte Collins schnell und schien ein schlechtes Gewissen zu haben. »Mein Onkel hat das Gleiche gesagt, als ich Porter den Job besorgt habe. Aber er ist eine super Hilfe beim Paintball.« Ich nickte und wünschte, ich hätte nichts gesagt. »Auch beim Bikerparcours gibt es keinen besseren Mitarbeiter«, fuhr Collins fort. »Er richtet die Rampen gerader aus als sonst wer. Keiner ist so zuverlässig wie er. Deswegen ist er für die Pfandverwaltung verantwortlich. Als ich das früher gemacht habe, war es eine Katastrophe.« Wieder nickte ich, dieses Mal, weil ich mir das lebhaft vorstellen konnte. »Aber sobald es um Höhe geht …« Collins schüttelte den Kopf.

Ich sah zu Frank auf, der Beckett jetzt fast erreicht hatte. »Warum ist er dann raufgeklettert?«, fragte ich und merkte, dass ich beinahe so panisch wurde, wie Frank vermutlich schon die ganze Zeit zumute war.

»Weil er Frank Porter ist«, sagte Collins, und es klang ziemlich ätzend. »Mister Perfect.«

Ich sah wieder auf die Kletterwand und hoffte, dass alles gutgehen würde. Aber in diesem Moment streckte Frank die Hand nach dem nächsten Griff aus und sah dabei in die Tiefe. Dann rührte er sich nicht mehr und hing wie erstarrt in der Kletterwand, den Arm immer noch ausgestreckt.

»Hab ich's doch gewusst«, sagte Collins leise und ohne jede Schadenfreude. Frank hatte jetzt beide Hände an der Wand, bewegte sich aber immer noch nicht weiter.

»Und jetzt?« Ich hatte das Gefühl, etwas gesehen zu haben, das ich nicht sehen sollte.

»Manchmal kriegt er sich wieder in den Griff«, sagte Collins leise. »Zur Not müssen wir die große Leiter holen, die hinter der Wand steht.«

»O nein!«, sagte ich und versuchte wegzusehen, aber das konnte ich nicht. Was hatte Beckett bloß angerichtet? Genau genommen ich?

»Du sagst es«, murmelte Collins.

Beckett und Frank waren jetzt auf gleicher Höhe. Frank sagte etwas zu Beckett, das ich nicht verstehen konnte, dann stieg mein Bruder weiter ab, während Frank blieb, wo er war. Selbst Doug war hinterm Tresen vorgekommen und beobachtete das Spektakel. Sein Buch hatte er zurückgelassen. »Die Leiter?« Er sah Collins fragend an.

Der nickte und sagte: »Ich fürchte schon.«

Aber gleich darauf änderte Beckett die Richtung und kletterte zu Frank zurück, bis sie wieder auf gleicher Höhe waren, und sagte etwas zu ihm. Frank schüttelte den Kopf. Mein Bruder blieb, wo er war, und redete weiter auf Frank ein. Nach einer Weile tastete der nach dem nächstunteren Griff. Beckett nickte, kletterte ebenfalls ein Stückchen nach unten und gab Frank ein Zeichen, dass er folgen sollte. Dann zeigte er ihm die Stellen, auf die er die Füße stellen sollte. Wieder brauchte Frank ein wenig Bedenkzeit, dann kletterte er ein Stück weiter runter. Kein Zweifel: Mein zehnjähriger Bruder half einem Mitarbeiter von IndoorXtreme die Kletterwand herunter. Ich konnte nur hoffen, dass es nicht für alle so offensichtlich war wie für mich.

»Nicht schlecht«, sagte Collins mit Blick auf den langsamen, aber stetigen Abstieg der beiden. »Braucht dein Bruder einen Job?«

»Ha-ha«, sagte ich humorlos. Es schnürte mir die Luft ab, die beiden zu beobachten, und erst als Beckett wieder auf dem Boden war und Frank die letzten Griffe für den Abstieg zeigte, konnte ich wieder durchatmen. Den letzten Meter plumpste Frank mehr zu Boden, als dass er sprang, und als er sich zu uns umdrehte, sah ich, dass sein Kopf fast so rot war wie sein Helm. Doug zuckte mit den Schultern und schlurfte an den Tresen zurück.

Collins rief: »Porter, du Idiot! Ich dachte schon, ich

müsste die Leiter holen und dich retten, wie eine Katze vom Baum.« Der besorgte Freund, der er eben noch gewesen war, hatte sich in Luft aufgelöst, stattdessen gab er sich wieder so, wie ich es aus der Schule gewohnt war: voller Hohn und Spott und so arrogant, dass die begehrtesten Mädchen, die er mit Vorliebe anbaggerte und zu Schulfesten und sonst welchen Partys einlud, ihm regelmäßig die kalte Schulter zeigten.

»Beckett!«, rief ich und winkte ihn zu mir. Er nickte, hakte sich aus dem Klettergurt und hob die Hand zum High Five, bis Frank lustlos einschlug. Jetzt, da er wieder festen Boden unter den Füßen hatte, schien er sich zu wünschen, er könnte darin versinken, weil ihm das Ganze megapeinlich war.

Beckett kam angelaufen, und ich packte ihn am T-Shirt, weil ich nicht wollte, dass er sich ungesichert gleich ins nächste Abenteuer stürzte, in der Halfpipe oder so. »Man sieht sich«, sagte ich zu Collins, aber es war nur ein Spruch.

»Du sagst es«, erwiderte er, und auch das war nur ein Spruch. »Also dann.« Er ging auf Frank zu, der immer noch vor der Kletterwand stand, und ich sah ihm einen Moment lang nach, bevor ich mir meinen Bruder vorknöpfte, der genau wusste, was er angerichtet hatte, und sich dafür zu schämen schien.

»Sorry«, sagte er. »Ich wollte bloß mal sehen, was für einen Ausblick man von da oben hat, und dann ...«

»Lass uns gehen«, sagte ich und schob ihn Richtung Tresen.

Er stemmte sich gegen mich und protestierte: »Ich will noch nicht gehen! Ich verspreche dir auch, dass ich so was nicht noch mal mache. Wenn ich ein bisschen bike, kann doch nichts passieren!«

Ich verzichtete auf eine Antwort. Am Tresen zog er die Kletterschuhe aus. Ihn jetzt am Hals zu haben, passte mir ganz und gar nicht, denn das hieß wahrscheinlich, dass ich heute nicht mehr dazu kommen würde, Sloanes Liste in Angriff zu nehmen. Aber ich war mir ziemlich sicher, dass man ihn rausschmeißen würde, wenn ich ihn nicht freiwillig mitnahm, und das hätte alles noch viel peinlicher gemacht, als es ohnehin schon war. Ich schob die Kletterschuhe auf dem Tresen in Dougs Richtung, der wieder in sein Buch vertieft war. *Diabolische Versuchung* stand auf dem Cover, und darunter war das Bild eines aggressiven Vogels, der sich auf einem flammenden Schwert niederließ. Ohne von dem Buch aufzusehen, holte er Becketts Schuhe aus einem Fach und stellte sie vor ihm hin.

»Aber Emily!«, quengelte Beckett.

Ich schüttelte nur den Kopf, und wir marschierten schweigend auf den Parkplatz, während ich mich innerlich für das Folgende wappnete. Normalerweise machte ich nicht auf große Schwester, dafür verstanden wir uns viel zu gut. Mit meinen sieben Jahren Vorsprung hatte ich ein ganz relaxtes Verhältnis zu ihm, und Konkurrenz gab es kaum, weil wir uns für ganz unterschiedliche Dinge interessierten, sodass ich mir oft eher wie sein Babysitter vorkam. Aber jetzt hatte er eine Situation heraufbeschworen, in der ich meine schwesterliche Autorität in die Waagschale werfen musste, denn meine Eltern würden nicht erzieherisch eingreifen. Nicht, nachdem sie mit ihrem neuen Stück gerade erst angefangen hatten. Ich steckte den Zündschlüssel ins Schloss, startete den Wagen aber noch nicht, sondern sah meinen Bruder ernst an, der mit übereinandergeschlagenen Beinen auf dem Beifahrersitz saß und auf seine Hände starrte. »So was geht nicht, Beck«, sagte ich und fragte mich, ob es nicht besser gewesen wäre, wenn er sich beim Klettern schon einmal verletzt hätte; vielleicht hätte ihm das den nötigen Respekt vor Höhen verschafft oder wenigstens vor Augen geführt, welche Konsequenzen Leichtsinn haben konnte. »So etwas Waghalsiges darfst du nicht tun! Wenn du zu Hause auf alles Mögliche kletterst, ist es mir egal, aber hier hast du eine Menge Leute in Gefahr gebracht. So ein Verhalten ist einfach nur rücksichtslos, ist dir das klar?«

Ich startete den Wagen und fuhr nach Haus. Beckett sagte kein Wort und starrte weiter auf seine Hände. Ich wusste, dass er sauer auf mich war und wahrscheinlich den ganzen Weg über schmollen würde. Umso mehr überraschte es mich, als er an unserer Straßenecke plötzlich das Wort ergriff.

»Gar nicht wahr«, sagte er. Ich wusste nicht gleich, was er meinte, aber da sprach er auch schon weiter. »Mir ist ja nichts passiert – und jemand anderem auch nicht. Außerdem hatte ich von da oben einen 1-a-Ausblick. Mir den zu vermiesen – das ist einfach nur gemein!«

Ich schüttelte bloß den Kopf. Seine Argumentation hinkte natürlich gewaltig, aber wie sollte ich ihm das klarmachen? »Versuch einfach ...«, begann ich.

»Ich weiß«, unterbrach er mich. »Ich muss vorsichtiger sein.« Ich bog in unsere Einfahrt. »Mach ich. Versprochen.« Aber schon im nächsten Moment praktizierte er das Gegenteil, indem er sich abschnallte und aus dem Wagen sprang, bevor ich den Parkgang eingelegt hatte. »Ich geh zu Annabel«, rief er. »Bis später.« Er knallte die Tür zu und rannte hinters Haus. Annabel wohnte an der nächsten Straßenecke, und im letzten Sommer hatten sie verschiedene Schleichwege zwischen den beiden Häusern gefunden, die sie niemandem verrieten.

Ich sah ihm nach, dann griff ich zu meinem Handy und drückte aus lauter Gewohnheit die Kurzwahltaste für Sloanes Nummer, bevor ich merkte, was ich da tat. Ich legte gleich wieder auf, hörte aber noch, dass sich wieder die Mailbox meldete, wie schon tausend Mal in den letzten zwei Wochen. Ihre Ansage hatte sie aufgenommen, als wir zusammen unterwegs waren, und am Ende hörte man mich sogar lachen. Ich legte das Handy auf den Beifahrersitz, aber es war schrecklich, Sloane nicht brühwarm alles erzählen zu können. Es war fast, als sei gar nicht wirklich passiert, was ich gerade erlebt hatte. Ich hatte mich total daran gewöhnt, alles mit ihr zu besprechen und beim Rekapitulieren einzuordnen, was wichtig war und was nicht. Wäre sie jetzt hier oder wenigstens telefonisch zu erreichen, würde ich ihr erzählen, wie überrascht ich war, dass Frank Porter bei IndoorXtreme arbeitete, und wie unmöglich Collins sich benommen hatte. Und natürlich, was die beiden heute Abend vorhatten ...

Plötzlich wurde mir etwas klar. Ich sah zu meinem Zimmerfenster hinauf und dachte an die Liste in der obersten Schublade meiner Kommode – genauer gesagt: an die Nummer zwölf. Damit war keine Obsternte gemeint, vielmehr wollte Sloane, dass ich eine Party in der Plantage besuchte.

Ich wartete bis zehn, als Beckett im Bett war und meine Eltern sich ins Arbeitszimmer oben im Haus zurückgezogen hatten. Sie benahmen sich genau wie in ihrem letzten Schreibsommer vor ein paar Jahren: Tagsüber arbeiteten sie im Esszimmer, vergaßen sämtliche Mahlzeiten, und abends gingen sie nach oben, um noch einmal durchzusehen, was sie zustande gebracht hatten, und den nächsten Tag zu planen.

Das letzte Mal war ich dreizehn gewesen und abends noch nicht ausgegangen, deswegen hatte ich bislang nicht ausprobiert, welche Möglichkeiten diese Situation barg. Das war jetzt anders. Wenn Schule war, musste ich um Punkt zwölf zu Haus sein, aber Sloane – die nie zu einer bestimmten Zeit heimkommen musste – war sehr einfallsreich im Umgehen dieser Einschränkung. Und jetzt, da meine Eltern anderweitig beschäftigt waren, konnte ich ein Zeitlimit als eine rein theoretische Ansage betrachten. Vorsichtshalber schrieb ich ihnen trotzdem einen Zettel und stellte ihn vor den Küchenfernseher, damit sie nicht die Polizei riefen, falls sie merken sollten, dass ich nicht da war.

Als ich mich in meinem Zimmer zurechtgemacht hatte – Jeans statt Shorts, Sweatshirt über dem Tanktop und ein bisschen Lipgloss – ging ich noch einmal die Liste durch. Einige Aufgaben verstand ich immer noch nicht, am allerwenigsten diese hier. Was sollte daran so besonders oder so schwierig sein? Ich war doch schon öfter in der Plantage gewesen. Noch kurz vor Sloanes Verschwinden waren wir eines Nachmittags da gewesen. Wir hatten Milchshakes getrunken – ich Vanille, sie Kaffee – und uns stundenlang auf den Picknicktischen gesonnt und unterhalten. Im Laufe des Frühlings waren wir ein paarmal da gewesen, meist nachts, manchmal aber auch tagsüber, wenn Sloane einfach nur chillen, sich bräunen oder unter den Bäumen spazieren gehen und quatschen wollte.

Ich ließ die Scheinwerfer meines Volvos aus, bis ich die Straße erreichte, obwohl die Vorhänge im Arbeitszimmer meiner Eltern zugezogen waren und von dort keine Gefahr drohte. Als ich auf der Straße war, ohne dass mein Handy klingelte oder eine SMS mich zurückpfiff, wusste ich, dass die Luft rein war.

Ich schaltete die Scheinwerfer und meine Musik an, das Album von Luke Bryan, das ich letzten Monat downgeloaded, bis heute aber noch nicht gehört hatte, und schlug den Weg zur Plantage ein. Das Album war halb durch, als ich von der Hauptstraße in eine Seitenstraße abbog. Hier wurden die Abstände zwischen den Häusern immer größer, bis es nur noch die unbewohnte Landstraße gab, von der ein unscheinbarer Weg zur Plantage abzweigte. Ich drosselte das Tempo. Der Eingang war so zugewuchert, dass man ihn leicht verpassen konnte, wenn man eine Sekunde nicht aufpasste. Ich dachte schon, das sei mir wieder mal passiert und ich müsste umkehren, als ich das verblichene Schild und den schmalen Schotterweg sah. Ich setzte den Blinker, obwohl kein anderer Wagen in der Nähe war, und bog ab. Dann blieb ich kurz stehen, um mir das Schild genauer anzusehen. In dem dichten Buschwerk war es kaum zu erkennen, und das bisschen, was man noch sah, war verwittert und ganz unleserlich. Aber ich wusste, dass ich hier richtig war, und fuhr weiter.

* * *

MÄRZ

Drei Monate zuvor

»Gleich da vorn«, sagte Sloane, drehte sich zu mir um und zeigte auf eine Einfahrt. »Siehst du?«

»Warst du wirklich noch nie in der Plantage?«, fragte Sam, der am Steuer saß, und es klang, als wäre es das Allerletzte.

»Nein, hab ich dir doch gesagt«, sagte Sloane. Es fehlte nicht viel und sie hätte gelacht. Dann fügte sie hinzu: »Vor vier Wochen war ich ja selbst zum ersten Mal hier, zusammen mit dir.«

»Hätte ja sein können, dass sie schon mal allein hier war«, sagte Sam und schüttelte den Kopf.

Sloane drehte sich wieder zu mir um, und wir grinsten

uns so unauffällig an, dass es außer uns keiner mitbekam. Ich wollte Sam nicht widersprechen, aber natürlich wäre ich ohne Sloane niemals hergekommen, und Sloane wusste das. Sie zwinkerte mir zu, als wollte sie sagen: *Amüsierst du dich gut? Ist es nicht cool, hier zu sein?*

Ich lächelte zurück und hoffte, dass es nicht wie ein *Du musst mich retten*-Lächeln rüberkam. Auf keinen Fall wollte ich ihr den Abend verderben, den wir so mühsam arrangiert hatten. Sloanes Lächeln wurde breiter, und sie sah wieder Sam an, rutschte so nah an ihn heran, wie ihr Sicherheitsgurt es zuließ, und fuhr ihm mit den Fingern durchs lockige Haar.

Auf der Rückbank saßen Gideon und ich so weit auseinander, wie es nur ging – das krasse Gegenteil von dem Gekuschel auf den Vordersitzen. Ich drückte mich beinahe an den Türgriff, aber wahrscheinlich war das gar nicht nötig, denn wir saßen in einem geräumigen SUV, und zwischen uns hätten noch zwei Passagiere gepasst. Unauffällig sah ich zu Gideon hinüber, den ich erst vor ein paar Stunden kennengelernt hatte.

Sloane kannte ihn schon seit Wochen, genauer gesagt: seit sie mit Sam ... was auch immer war. Ich wurde nicht schlau daraus, was die beiden als Duo eigentlich darstellten. »Wir passen in keine Schublade«, hatte Sloane gesagt, als ich sie danach fragte. Dann hatte sie gegrinst und ihre Vintage-Strickjacke glatt gezogen. »Du weißt doch, wie sehr ich Schubladen hasse.« Aber als sie dann öfter mit Sam zusammen war, begann sie immer mehr von Gideon zu erzählen, Sams bestem Freund, der solo war, genau wie ich.

Und sie sagte immer wieder, dass es doch super wäre, wenn er und ich ...

Diesen Satz sprach sie nie zu Ende und ließ immer offen, worauf genau sie hinauswollte, aber ich konnte die Aufforderung unmissverständlich heraushören. Irgendwann hatte ich mich dann weichklopfen lassen und gesagt, das wäre wirklich super. So kam es, dass ich an diesem Abend mehr Make-up trug als sonst und zusammen mit ihm auf der Rückbank von Sams Wagen saß, unterwegs zur Plantage.

Gideon beanspruchte eine Menge Platz im Wagen, denn er war groß, hatte breite Schultern, große Hände und Füße. Als wir uns eine Stunde zuvor in einem kleinen Diner gegenübergesessen hatten und Sloane die Pommes von Sams Teller wegfutterte, hatte ich ihn gefragt, ob er Sport trieb. Er sah nämlich wie ein Athlet aus, und ich konnte mir sein Profil direkt auf der Homepage der Stanwich Academy vorstellen, einen Lacrosse-Schläger lässig über die Schulter gelegt. Aber er hatte gerade von seinem Burger abgebissen, als ich ihn fragte. Er kaute und schluckte, trank einen Schluck Cola, wischte sich den Mund ab und sagte nur: »Nein.« Mehr hatten wir praktisch noch nicht miteinander geredet.

»Was ist *das* denn?«, fragte Sam jetzt und stieg stöhnend in die Bremse. Ich beugte mich vor und sah, dass der SUV der Letzte in einer endlosen Schlange war, die sich vor der Einfahrt zu einem Schotterweg staute.

»Da kannst du mal sehen«, sagte Sloane. »Das hier ist ein richtiger Hotspot.« Sie klang aufgekratzt und schien richtig glücklich darüber zu sein, dass wir hier waren, dass sie mit Sam zusammen und dass auch ich dabei war, und zwar in Begleitung, also nicht als fünftes Rad am Wagen.

Als wir uns der Einfahrt zur Plantage näherten, sang Sam und trommelte mit den Fingern aufs Lenkrad. Ich warf wieder einen verstohlenen Blick auf Gideon und überlegte krampfhaft, was ich sagen sollte, als ich das Schild erblickte, das sich hinter seinem Fenster befand. Ich rutschte ein kleines Stück näher, und beugte mich vor, um es besser erkennen zu können. Draußen war es dunkel, aber die superhellen Scheinwerfer des SUVs, die keinerlei Ähnlichkeit mit denen meines klapprigen Volvos hatten, beleuchteten das Schild.

»Seht ihr das?«, fragte ich und zeigte darauf. Ich erschrak, als ich hörte, wie rau meine Stimme klang, aber das lag wohl daran, dass es das Erste war, was ich seit ungefähr einer Stunde sagte. Alle sahen hin, aber nur Sam reagierte.

Er zuckte mit den Schultern und sagte: »Das stammt noch aus der Zeit, als hier eine richtige Obstplantage war. Das steht hier schon ewig.«

Ich rutschte weiter in die Mitte der Rückbank, um es entziffern zu können. Es war ziemlich verwittert, aber man konnte noch erkennen, dass es einmal in leuchtenden Farben bemalt gewesen war. *Kilmer Obst!* stand da in stilisierten Buchstaben. *Äpfel, Pfirsiche, Kirschen! Beeren nach Saison! Frischer Obstkuchen!* Darunter war eine Zweierkirsche gemalt. Beide Kirschen hatten ein breites Lächeln im Gesicht und drehten die Augen nach oben, als wollten sie die Aufschrift lesen. Ich betrachtete die vielen Ausrufezeichen, die ebenso verblasst wie sinnlos waren, da hier schon lange nichts mehr verkauft wurde. Man sah, dass das Schild handgemalt und kein Profi am Werk gewesen war, denn die Kirschen waren ganz unsymmetrisch und kippten beinahe um, was das Ganze noch hoffnungsloser machte.

»Was hast du denn?«, fragte Sloane.

Ich sah zu ihr hinüber. Offenbar konnte sie mir ansehen, dass etwas nicht stimmte. »Ach ... bloß das Schild«, sagte ich und merkte selbst, wie blöd das klang. Wäre ich mit Sloane allein gewesen, hätte ich darüber reden können, aber die Anwesenheit der beiden Jungen änderte alles. »Ich weiß auch nicht«, sagte ich, lachte verkrampft und rutschte an den Türgriff zurück. »Irgendwie finde ich es traurig.«

Sloane wollte gerade etwas sagen, aber da fing Sam an zu lachen. In der Schlange ging es jetzt weiter, er fuhr an, und schneller und lauter als Sloane sagte er: »Ist doch bloß ein Schild, Emily.«

»Ich weiß«, sagte ich und versuchte, einigermaßen gelassen zu klingen. »Ist nicht so wichtig.«

Sam beugte sich zu Sloane und sagte etwas zu ihr, das ich nicht verstehen konnte, während ich aus dem Fenster sah, wo die ersten Obstbäume im Dunkeln auftauchten, und wünschte, ich hätte nichts gesagt. Im nächsten Moment berührte mich etwas am Arm.

Ich zuckte zusammen und drehte mich zu Gideon, der seinen Gurt abgeschnallt hatte und ein Stück zu mir herübergerutscht war. Er lächelte verlegen, nahm meinen Arm und zog ihn an sich.

Den ganzen Abend lang war er meilenweit auf Distanz

geblieben - also warum tat er das jetzt? Ich holte tief Luft, um etwas zu sagen, als er einen dünnen Filzstift aus der Tasche holte und abwechselnd fragend auf meinen Arm und den Stift sah.

Ich nickte, aber eigentlich nur, weil ich völlig überrumpelt war. Er nahm die Kappe vom Stift und malte etwas auf mein Handgelenk. Leicht wie eine Feder strich die Filzmine über meine Haut, sodass es beinahe kitzelte. Ich versuchte zu erkennen, was er da malte, aber er zog meinen Arm noch näher an sich und drehte ihn ein wenig, damit er besser und ich nichts mehr sehen konnte. Ich fragte mich, was er da malte, und war froh, dass Sloane und Sam auf den Vordersitzen nichts mitkriegten, denn wahrscheinlich sah die ganze Aktion ziemlich bescheuert aus.

Gideon beugte den Kopf dicht über meinen Arm und machte immer weiter. Ich hatte sein dunkles Haar vorm Gesicht, das ultrakurz geschnitten war, und auch seine großen Hände konnte ich gut sehen. Wahrscheinlich hätte er mein Handgelenk mit zwei Fingern umspannen können. Als der SUV über eine Bodenwelle fuhr, schnellte mein Arm in die Höhe und wäre ihm beinahe ins Gesicht geklatscht. Er sah mich an und ich lächelte entschuldigend. Er wartete einen Moment, bis ich den Arm wieder stillhalten konnte, dann nahm er ihn in beide Hände, vielleicht um abzuwarten, ob noch mehr Bodenwellen kamen, aber als alles ruhig blieb, malte er weiter, schneller als vorher. Dann richtete er sich auf, steckte die Kappe auf den Stift, und im nächsten Moment fuhr Sam in eine Parklücke.

Ich hob den Arm, um zu sehen, was er da gemalt hatte,

und war total überrascht, als ich erkannte, dass es die Kirschen von dem Schild waren. Nur dass Gideon offenbar ein besserer Künstler war als der Schildermaler. Auch bei ihm waren die Kirschen asymmetrisch, aber er hatte sie genauso getroffen wie auf dem Original, und bei ihm war es Absicht. Die eine Kirsche sagte etwas, aber ich musste den Arm noch weiter anheben, um es entziffern zu können.

Keine Sorge, Emily! Wir sind nicht traurig!

Ich musste grinsen und fuhr mit den Fingern über die akkurate Blockschrift. Dann sah ich zu Gideon auf, der immer noch dicht neben mir saß, und sagte: »Danke.«

Sam schaltete den Motor aus und die Innenbeleuchtung des Wagens ging kurz an. In dem Moment konnte ich sehen, dass Gideon den Kopf einzog, als schämte er sich. Dann rutschte er auf seine Seite. Bevor das Licht wieder ausging, sah ich aber noch, dass er mir zulächelte.

* * *

Vom Parkplatz aus sah die Plantage eigentlich genau so aus, wie ich sie vom letzten Mal in Erinnerung hatte. Es war eine große, offene Wiese mit Bäumen, und das Gras war von den vielen Autos und Menschen ganz platt gefahren und getreten. Alle stellten ihre Wagen ab, wo es ihnen passte, und marschierten dann zu den kreisförmig am Rand einer Lichtung aufgestellten Picknicktischen, die noch aus der Zeit stammten, als die Plantage ein Wirtschaftsbetrieb war. An manchen Bäumen lehnten sogar noch Leitern, aber bei den meisten war mindestens ein Tritt gebrochen, und nur die mutigsten – oder betrunkensten – Partygänger wagten sich hinauf. Mehr als einmal hatte ich jemanden eine Leiter herunterkrachen sehen. Manche Cliquen brachten Bierkästen mit, aber meist kam jeder mit seinem eigenen Getränk. Manchmal gab es auch jemanden mit Unternehmergeist, der lauwarme Bierdosen zu horrenden Preisen aus einer schon lange nicht mehr kühlenden Kühltasche im Kofferraum seines Wagens verkaufte.

Wir schienen ziemlich früh dran zu sein. Wann eine Partynacht den Höhepunkt erreichte, merkte man daran, dass man auf der Wiese keinen Parkplatz mehr fand und irgendwo an der Straße parken musste, von der der Schotterweg zur Plantage abzweigte. Wenn das passierte, hielten sich alle an ein ungeschriebenes Gesetz, das einen Abstand von mindestens sechs-, siebenhundert Metern zur Einfahrt der Plantage vorschrieb, damit die Polizei nicht merkte, dass wieder eine Party im Gange war.

Ein offenes Cabrio, vollgestopft mit Leuten, parkte mit quietschenden Reifen in einem schrägen Winkel neben meinem Wagen ein. Ich kannte die Leute nicht, aber als ich gerade wieder wegschauen wollte, sahen mich einige von ihnen beim Aussteigen an. Ich drehte mich schnell weg, aber plötzlich wurde mir klar, was ich mir eingebrockt hatte. Ich hatte mich so auf Sloanes Liste konzentriert, dass ich als Single zur angesagtesten Party-Location der Stadt gekommen war. Die Einzigen, die ich je als Singles in der Plantage gesehen hatte, waren schräge

Typen vom Stanwich College, die sich an Schulmädchen ranzumachen versuchten.

Der Motor des Volvos begann zu winseln. Ich beugte mich vor, um ihn auszuschalten, dann lehnte ich mich wieder zurück. Als ich mir die Liste im Laufe des Tages immer wieder durchgelesen und mich auf diesen Abend vorbereitet hatte, war es fast so gewesen, als sei Sloane dabei. Aber jetzt landete ich wieder in der Realität. Ich war völlig auf mich allein gestellt und hatte keine Ahnung, wie ich klarkommen sollte. Aus der Plantage drangen wummernde Bässe, vereinzelte Rufe und Gelächter herüber. Obwohl ich niemanden genau erkennen konnte, war mir klar, dass jede Menge Leute hier waren, alle mit Clique oder Freund beziehungsweise Freundin. Und ich? Sollte ich mich ganz allein in die Party stürzen?

Ein Wagen parkte auf meiner anderen Seite ein. Ich griff nach meinem Handy und tat so, als beschäftigte ich mich damit, bis ich merkte, dass aus dem neu angekommenen Wagen niemand ausstieg. Ich sah nicht direkt hin, aber es wurde auch so klar, dass ein Pärchen darin saß und rumzumachen begann.

Überstürzt stieg ich aus und knallte die Tür hinter mir zu. Ich sah Richtung Plantage und überlegte. Sollte ich nicht lieber wieder nach Haus fahren? Immerhin war ich hergekommen, und Sloane hatte nicht verlangt, dass ich hier etwas Besonderes tun sollte. Aber mir war natürlich klar, dass sie eine sooo kurze Stippvisite nicht gemeint hatte. Wenn ich schon ihre Liste abarbeitete, musste ich es richtig machen. Ich atmete tief durch und zwang mich, einen Fuß vor den anderen zu setzen, Richtung Lichtung, und versuchte mich daran zu erinnern, was ich normalerweise mit meinen Händen tat.

Ich war es nicht gewohnt, auf mich allein gestellt zu sein. Die letzten zwei Jahre war ich immer mit Sloane zusammen gewesen, fast als seien wir an der Hüfte zusammengewachsen, und sie war wie geschaffen für Situationen wie diese. Sie hatte nicht die geringsten Hemmungen, auf ungewohnte Situationen und neue Leute zuzugehen. Meine eigenen Fähigkeiten auf diesem Gebiet – sollte ich je welche besessen haben – waren seither total verkümmert, weil ich ja wusste, dass Sloane die Sache in die Hand nehmen würde. Und bevor sie nach Stanwich zog, war ich Teil einer verschworenen Gemeinschaft von Klassenkameradinnen gewesen, die sich gegenseitig halfen, das erste Jahr an der Highschool zu überstehen, ohne sich zum Affen zu machen.

Auf dem Weg zur Lichtung rutschte mir das Herz in die Hose, denn mir wurde immer klarer, dass es nichts und niemanden gab, zu dem ich hingehen könnte. Es waren vielleicht vierzig Leute da, von denen mir höchstens ein Drittel bekannt vorkamen, die meisten von der Stanwich High, aber auch einige von der Stanwich Academy. Ich hatte sie auf Partys gesehen, zu denen ich Sloane und Sam mit Gideon begleitet hatte. Die Picknicktische waren von Cliquen in Beschlag genommen worden. Man saß auf Tischen und Bänken, lachte und schnatterte mit Freunden. Außer mir war hier keiner allein.

Ein Stück weiter, wo die Obstbäume dichter standen, trieben sich knutschende oder streitende Pärchen herum. Noch ein Stück weiter pafften Raucher vor sich hin. Neben einem Picknicktisch stand ein Typ mit einem kleinen Bierfass, einem Stapel roter Plastikbecher und einer offenen Kühltasche. Etliche Partygänger strömten in seine Richtung. Ich überlegte, ob ich auch hingehen sollte, nur um ein Ziel zu haben, aber dann fragte ich mich, was ich tun sollte, wenn ich seinen Ein-Mann-Laden erreicht hatte. Ich war so unsicher, dass ich langsam das Gefühl bekam, alle starrten mich an und sähen, dass ich ganz allein war, nicht hierhergehörte und keine Freunde hatte. Wahrscheinlich hielten mich manche sogar für einen desorientierten Junkie.

Ich wusste, dass es nicht mehr lange dauern würde, bis ich in Tränen – oder Panik – ausbrach. Um nicht gar so verloren zu wirken, stopfte ich meine Hände in die Taschen und schaute mich um, als suchte ich etwas Bestimmtes, etwa meinen Freund oder meine Clique. Bei der Gelegenheit entdeckte ich Collins, der lässig an einer Leiter lehnte und sich mit Callie Dwyer unterhielt, einem der hübschesten und beliebtesten Mädchen unserer Schule, das eindeutig nicht seine Liga war. Entsprechend gelangweilt, beinahe genervt, sah sie aus, aber Collins schien nicht zu bemerken, dass sie sich langsam, aber sicher von ihm wegbewegte.

An einem Picknicktisch in seiner Nähe saß Frank Porter mit Leuten, die auch in der Schule oft seine Entourage bildeten, mit denen ich aber nichts zu tun hatte. Alles

Überflieger. Bevor sie merken konnten, dass ich sie anstarrte, schaute ich schnell in eine andere Richtung. Sie sollten bloß nicht auf die Idee kommen, ich wollte mich an sie ranschmeißen, nachdem ich im IndoorXtreme mitbekommen hatte, dass sie heute Abend hier sein würden.

Ich sah auf meine Füße und den abblätternden Nagellack, als sei das mordsspannend, und fragte mich, wie lange ich mich hier noch herumdrücken musste, bis ich die erste Aufgabe als erledigt betrachten und wieder heimfahren konnte.

Plötzlich legte mir jemand eine Hand auf die Schulter, und ich erschrak so sehr, dass ich einen Satz zur Seite machte. Als ich mich umdrehte, stand Gideon vor mir.

»Oh«, sagte ich überrascht und hoffte, er würde mir nicht ansehen, dass ich gerade erst an ihn gedacht hatte. Dann wurde mir klar, dass meine Reaktion nicht besonders höflich war, und ich sagte: »Ähm ... Hi, wie geht's?«

»Gut«, sagte Gideon und grinste schief. Dann sah er mich lange an, bevor er weitersprach. »Schön, dich zu sehen, Emily.«

»Find ich auch«, sagte ich mechanisch und fragte mich, ob das stimmte. Natürlich war ich froh, mit jemandem reden zu können und nicht mehr wie bestellt und nicht abgeholt hier herumzustehen. Aber ausgerechnet Gideon hier zu treffen, war suboptimal, denn wir waren unschön auseinandergegangen.

Er sah genauso aus wie bei unserer letzten Begegnung

im Mai, die eine schlichte Katastrophe gewesen war. In der Zeit, als wir jedes Wochenende miteinander rumhingen – oder wie immer man bezeichnen sollte, was wir da taten –, hatte ich mich langsam daran gewöhnt, wie groß er war, aber das war jetzt so lange her, dass ich mich wieder darüber wunderte. Seine blauen Augen waren so undurchdringlich wie eh und je, nur das dunkle Haar schien frisch geschnitten zu sein. Ich fand es erstaunlich und beinahe schmeichelhaft, dass er mich angesprochen hatte. Hätte ich ihn zuerst entdeckt, wäre ich bestimmt nicht auf ihn zugegangen. Aber vielleicht hatte er es nur getan, weil ich so eine traurige Figur abgab und er das Gefühl hatte, mich retten zu müssen. »Also ...«, sagte ich nach einer längeren Pause, in der immer klarer wurde, dass Gideon nichts mehr sagen würde, »was hast du in letzter Zeit so getrieben?«

»Na ja«, sagte er, und dann war erst mal wieder Sendepause. Gideon war nie gut in Small Talk gewesen, sondern machte stets wohldurchdachte, ernst gemeinte Statements und erwartete umgekehrt dasselbe. Nie hatte ich erlebt, dass er einfach drauflosplapperte wie viele andere, aber da das, was auch immer zwischen uns gewesen war, jetzt vorbei war, hätte es mich nicht gewundert, wenn er irgendwas Belangloses von sich gegeben hätte. Aber nein. »Mir geht's gut«, sagte er schließlich, drehte sich zur Seite und machte eine Kopfbewegung nach hinten. »Sam wollte heute Abend herkommen, und da dachte ich ...«

Ich hörte nicht mehr zu, sondern sah in die Richtung,

die Gideon angedeutet hatte, und entdeckte Sam. Es war, als träfe mich der Schlag. Er lehnte an einem Picknicktisch, auf dem ein Mädchen saß. Lächelnd und wild gestikulierend redete sie auf ihn ein, während er die Augenbrauen hochzog und gelegentlich nickte. Warum war ich nicht gleich darauf gekommen, dass Sam hier sein musste? Wo Gideon war, konnte Sam nicht weit sein, vor allem an einem Ort wie diesem. Bevor ich wieder wegsehen konnte, hatte er mich entdeckt. Unsere Blicke trafen sich und ich bekam Herzklopfen. Dann sah ich schnell wieder auf meine Füße, aber ich spürte, dass er mich noch ansah, und war der Panik nah. Würde er zu mir kommen? Musste ich mit ihm reden? Verstohlen warf ich einen zweiten Blick in seine Richtung. Glücklicherweise sah er nicht mehr her, aber er hörte auch nicht mehr dem Mädchen zu. Ich entspannte mich ein wenig. Natürlich würde er nicht zu mir kommen. Er war immer schon ein Feigling gewesen.

»Emily?« Ich wandte mich wieder Gideon zu, der mich fragend ansah und eine Antwort auf etwas zu erwarten schien, das ich nicht gehört hatte.

»Sorry«, sagte ich schnell. »Was hast du gesagt?«

»Nichts«, sagte er und lächelte verkniffen. Dann holte er tief Luft, und ich merkte, dass er nervös war. Er schluckte, dann fing er noch einmal an: »Emily?«

»Tut mir leid«, sagte ich schnell. Ich wollte nicht hören, was er zu sagen hatte. Ich wusste zwar nicht, was es war, vermutete aber, dass er eine Erklärung für mein Verhalten von damals erwartete, und diese Schlangengrube wollte ich um keinen Preis öffnen. »Ich muss los«, sagte ich und setzte mich in Bewegung. »Ich ... ähm ... muss mit jemandem reden.«

Gideon sah mich an, ohne etwas zu sagen, und plötzlich wurde mir wieder klar, was mich immer an ihm gestört hatte. Wenn ich mich mit ihm unterhielt, verbrachte ich die meiste Zeit damit, seine langen, bedeutungsvollen Pausen abzuwarten. Ich war mir vorgekommen wie in einem Stück von Pinter, und irgendwann war mir das einfach zu anstrengend geworden. Andauernd schien er rätselhafte stumme Botschaften auszusenden, die ich verstehen sollte, obwohl er sie nicht mal ansatzweise formulierte, sodass ich meist weit davon entfernt war, seine Gedanken zu erraten. Was er jetzt sagte, war typisch für seine Art, zu kommunizieren, nämlich schlicht und einfach: »Okay.«

»Mach's gut«, sagte ich, drehte mich um und ging. Und zwar auf den Typen mit dem kleinen Bierfass zu, denn was anderes fiel mir auf die Schnelle nicht ein. Erst als ich nicht mehr die Richtung wechseln konnte, ohne völlig gaga zu wirken, wurde mir klar, dass ich an Sam vorbeimusste. Ich blickte stur geradeaus, aber als ich auf seiner Höhe war, musste ich doch mal kurz hinsehen. Das Mädchen auf dem Picknicktisch redete immer noch und gestikulierte wilder als zuvor, während er reglos daneben stand. Schon immer hatte mich an ihm aufgeregt, dass er praktisch nie lachte und einem das Gefühl gab, zu stumpfsinnig zu sein, um ihn amüsieren zu können. Und obwohl ich es nie darauf anlegte, fühlte es sich wie ein

Triumph an, wenn ich ihn doch mal zum Lachen brachte. Bevor sich unsere Blicke treffen konnten, sah ich wieder weg und starrte auf den Boden, bis ich den Typ mit dem Bierfass erreichte.

Er saß auf einem der klapprigeren Picknicktische, neben ihm ein Mädchen, das er verträumt ansah. Ich kannte keinen von beiden und war mir ziemlich sicher, dass sie in Hartfield zur Schule gingen.

Ich wartete einen Moment, ob sie mich von allein bemerken würden, dann räusperte ich mich und sagte: »Ein Bier, bitte.«

»Fünf Dollar«, sagte der Typ, ohne den Blick von dem Mädchen abzuwenden. Nicht mal als ich einen zerknitterten Geldschein aus der Tasche holte und rüberreichte, sah er mich an, sondern zeigte nur auf die mittlerweile stark dezimierten roten Plastikbecher und das Fass.

»Danke«, sagte ich und hielt einen Becher ans Fass, als das Mädchen in schallendes Gelächter ausbrach. Ich wusste, dass es nicht mir galt, aber ein komisches Gefühl war es doch, als ich den Zapfhahn betätigte. Das Fass war schon ziemlich leer, und ich konnte mit diesen Dingern noch nie richtig umgehen. Folglich zapfte ich praktisch nur Schaum. Aber das war mir egal, denn das Bier sollte mir ja sowieso nur als eine Art Requisite dienen. Hastig trank ich einen kleinen Schluck und zuckte zusammen, als die warme, metallisch schmeckende Flüssigkeit meine Zunge berührte. Ich fragte mich, wie lange ich mich hier noch herumdrücken musste.

Eine Stunde später wusste ich, was ich tun konnte, um

nicht als der größte Loser aufzufallen: mich den Blicken der anderen entziehen. Ich hatte eine abgelegene Stelle zwischen den Bäumen gefunden, wo niemand aus purer Angeberei klettern gehen würde, mich hingesetzt und an einen Baumstamm gelehnt. Ich versuchte, nicht zu weinen. Obwohl ich längst wusste, dass Sloane verschwunden war, wurde mir jetzt erst richtig bewusst, was das für mich bedeutete. Als ich mit meinem Bier in der Hand durch die Plantage geschlendert war, hatte ich viele Schulkameraden gesehen. Manche hatten kurz zu mir rübergenickt, aber die meisten ignorierten mich einfach, als wäre ich ohne Sloane an meiner Seite unsichtbar. Ich hatte so getan, als steuerte ich ein bestimmtes Ziel an, und mich mit zusammengebissenen Zähnen auf die abgelegene Stelle zwischen den Bäumen zubewegt.

Ohne Sloane klarzukommen, war schwerer, als ich gedacht hatte. Es lief darauf hinaus, dass ich mutterseelenallein an einem Baum saß, mit einem Bier in der Hand, das nur als Staffage diente, während alle anderen mit ihren Freunden Spaß hatten. Ich goss das Bier in die Baumwurzel und stand auf. Es reichte. Ich wollte nach Haus. Bestimmt hatte ich es lange genug in der Plantage ausgehalten, um Sloanes Aufgabe zu erfüllen. Allerdings hatte ich keinen Schimmer, was sie damit bezweckte. Die Aktion hatte lediglich bewirkt, dass ich den Verlust umso schmerzlicher spürte.

Ich ging zur Lichtung zurück und merkte einen Augenblick zu spät, dass neben mir zwei Leute praktisch im Gleichschritt in dieselbe Richtung liefen. Noch einen

Augenblick später sah ich, dass es Frank und Collins waren. Ausgerechnet die beiden!

»Hey!«, sagte Collins und grinste mich an. Er trug ein zu enges rosa Polohemd und Cargoshorts. »Wo kommst du denn plötzlich her, Emma?«

»Lee«, korrigierte Frank.

»Lee?« Collins warf ihm einen irritierten Blick zu und sah mich fragend an. »Nein, so heißt sie nicht.«

»Emily«, erklärte Frank geduldig. »Das hatten wir heute doch schon mal, bei der Arbeit.« Er sah mich an und lächelte fast. »Hi, übrigens.«

»Hey«, murmelte ich. Ich nahm an, dass sie zu dem Typen mit dem Bierfass wollten, und sah zum Parkplatz hinüber. Glücklicherweise würden sich unsere Wege also gleich wieder trennen. Endlich würde ich wieder allein sein und müsste nicht noch ein anstrengendes Gespräch über mich ergehen lassen. »Man sieht sich«, sagte ich und drehte Richtung Parkplatz ab, während ich innerlich die Sekunden zählte, bis alles vorbei war.

»Wir ... ähm ...« Frank nickte Richtung Parkplatz. Sie hatten also den gleichen Weg. Wie peinlich!

»Ach so«, sagte ich. »Super.« Was sollte ich auch sonst sagen? Schweigend gingen wir weiter. Als wir den Parkplatz erreichten, mussten wir zwischen den Wagen einer hinter dem anderen gehen, wie eine Räuberbande in einer Komödie, die sich irgendwo anschleicht. Als mein Wagen in Sicht kam, sagte ich: »Man sieht sich«, und merkte erst, als es heraus war, dass ich das gerade schon mal gesagt hatte. Aber das war jetzt auch egal. Bloß weg hier!

»Ja, bis später, Emma-*Lee*«, sagte Collins und betonte die letzte Silbe wie einen Eigennamen. Dann blieb er vor einem braunen Minivan stehen und drückte auf seinen Autoschlüssel. Sofort fuhr die Seitentür zurück. Stolz zeigte er auf die offene Tür und grinste mich an. »Nicht schlecht, was?«

Ich wusste nicht, was ich sagen sollte – oder warum er stattdessen nicht die Fahrertür geöffnet hatte. Aber bevor ich etwas sagen konnte, streckte Collins Frank die Hand zum Abklatschen hin, zwinkerte mir zu und kletterte durch die Seitentür und umständlich über die Vordersitze auf seinen Platz. Dann rauschte er mit Vollgas ab und schloss die Seitentür erst, als er schon unterwegs war.

Ich ging zu meinem Volvo und sah, dass Frank ein paar Wagen weiter in einen blauen Pick-up-Truck stieg. Er nickte mir zu, und ich lächelte knapp, während ich meinen Wagen aufschloss, einstieg und den Motor anließ. Ich schaltete die Scheinwerfer ein und atmete durch. Gott sei Dank war dieser grausame Abend so gut wie vorbei! Ich wartete nicht, bis Frank losgefahren war, sondern gab Gas. Als ich die Straße fast erreicht hatte, kurz vor dem Schild mit den Kirschen, fing mein Motor plötzlich an zu stottern. Ich trat stärker aufs Gas, aber das änderte nichts. Der Motor stotterte weiter, bis er gar nichts mehr von sich gab und der Wagen nur noch ausrollte. Ich legte den Parkgang ein und drehte den Zündschlüssel. Nach ein paar Sekunden versuchte ich einen Neustart. Aber außer dass der Motor einmal kurz aufkeuchte, tat sich nichts. War die Batterie leer? Ich sah auf das Armaturenbrett, als könnte es meine Frage beantworten. Die Tankanzeige stand, wie üblich, auf halb, aber als mein Blick darauf fiel, begriff ich, was los war: Ich hatte kein Benzin mehr.

Ich schloss die Augen und wünschte, es wäre ein Albtraum, aus dem ich jeden Moment erwachen würde. Aber das half natürlich nichts. Als ich die Augen wieder aufschlug, näherten sich im Rückspiegel Scheinwerfer. Da schwante mir, dass der wahre Albtraum noch bevorstand.

Natürlich war es Franks Truck. Ich versuchte noch einmal, den Motor zu starten, als gäbe es einen Reservetank, den ich dadurch aktivieren könnte, aber den gab es natürlich nicht, und der Motor blieb stumm. Stattdessen hörte ich Franks Motor hinter mir. Ich kurbelte das Fenster herunter und streckte die Hand heraus, um Frank zu signalisieren, dass er mich überholen solle. Der Weg war eng, aber es gab einen grasigen Seitenstreifen, sodass zwei Wagen bequem aneinander vorbei passten. Doch Frank rührte sich nicht. Ich winkte ihm noch einmal zu und wünschte, er würde endlich abhauen, damit ich in Ruhe überlegen konnte, was ich tun sollte. Doch dann schaltete er die Warnblinkanlage ein, stieg aus und kam zu mir.

Ich sah in die andere Richtung und biss mir auf die Lippen – ungefähr fünf Sekunden von einem Weinkrampf entfernt. Ich wollte doch nur nach Haus! War das zu viel verlangt? Und warum machte sich Frank Porter zum Augenzeugen meiner Blamage? Plötzlich wurde ich furchtbar wütend auf Sloane. Schließlich war ich nicht freiwillig hier und hatte die gesammelten Peinlichkeiten des Abends nicht aus freien Stücken über mich ergehen lassen, sondern weil sie es so wollte. Wäre sie nicht verschwunden, sondern da, wo sie hingehörte, wäre nichts von alledem passiert.

»Hey!« Ich sah aus dem Fenster. Frank beugte sich zu mir herunter, und sein Kopf war meinem viel näher, als ich erwartet hatte. Ich lehnte mich ein Stück zurück und umklammerte den Autoschlüssel mit zitternder Hand. »Alles in Ordnung?«, fragte Frank.

»Alles bestens«, sagte ich und versuchte zu lächeln. Dabei wollte ich nur eins: dass er endlich abhaute. Frank sah mich so merkwürdig an, dass ich mich fragte, ob er es als Beleidigung empfand, dass ich behauptete, alles sei bestens, wo doch ein Blinder mit Krückstock sah, dass das nicht der Fall war. Ich wünschte, der Wagen hinter mir wäre nicht ausgerechnet Franks. Aber es war nun mal seiner, und ein Frank Porter stieg natürlich aus, um sich davon zu überzeugen, dass alles in Ordnung war, während die meisten anderen einfach vorbeigefahren wären und keinen Gedanken daran verschwendet hätten, warum mein Wagen die Ausfahrt der Plantage blockierte. »Außer ...«, sagte ich nach einer Weile kleinlaut und holte Luft, »... dass ich kein Benzin mehr habe. Aber das ist schon okay, ich komme klar.«

»Wirklich?« Hinter Franks Wagen hupte jemand, und Frank signalisierte ihm, dass er vorbeifahren solle. Der andere Fahrer gab Gas, gefolgt von zwei weiteren Wagen.

Erst jetzt begriff ich, dass ich die Ausfahrt für *alle* blockierte, und bekam langsam Panik. Da sagte Frank: »Ich kann dich zur nächsten Tankstelle fahren.«

»Nicht nötig«, sagte ich. »Ich komme klar.« Fakt war jedoch, dass ich keinen Plan hatte. Sollte ich meine Eltern aus dem Schlaf klingeln, um ihnen zu sagen, dass ich auf einer Party gestrandet war, über die ich sie nicht mal informiert hatte? Keine gute Idee. Obwohl sie sich wahrscheinlich mehr darüber aufregen würden, dass ich ihnen den Schlaf stahl und damit den morgigen Arbeitstag verdarb, als über die Party als solche. Sollte ich einen Abschleppdienst holen? Ich hatte keine Ahnung, was das kostete und ob dafür genug Geld in der Muschel lag.

Zwei weitere Wagen fuhren an uns vorbei, und einer der Fahrer rief uns etwas zu, das ich aber nicht verstehen konnte, weil er gleichzeitig seinen Motor aufheulen ließ. Der andere Wagen hielt so wenig Abstand, dass Frank näher an mein Fenster treten musste, um ihm auszuweichen.

Auge in Auge sagte er zu mir: »Na, komm schon! Ein Stück die Straße rauf ist eine Tankstelle. Da fahr ich dich schnell hin.«

Ich sah auf die nutzlose Tankanzeige und kam zu dem Schluss, dass Franks Vorschlag dummerweise die beste Lösung war. Als der nächste Wagen hupend an uns vorbeifuhr, sagte er auffordernd: »Emily?«

»Ja, ich komme«, sagte ich. Ich musste mir eingestehen, dass Franks Angebot unheimlich nett war, und vermutete, dass er keine Lust hatte, die halbe Nacht darauf zu warten, dass ich aus der Hüfte kam. Ich atmete tief durch, bevor ich ausstieg.

Schweigend fuhren wir die Straße entlang, nachdem wir den Volvo auf den Seitenstreifen geschoben hatten, fast unter das Schild mit den Kirschen. Dann hatte Frank mir die Beifahrertür des Trucks aufgehalten. Danke zu sagen, fiel mir erst ein, als er die Tür geschlossen hatte und um den Wagen herum zur Fahrerseite ging. Ich legte den Sicherheitsgurt an, und plötzlich wurde mir bewusst, dass es Nacht war und ich allein in dem Wagen eines Jungen saß. Und in was für einem Wagen! Ich hatte mir nie Gedanken darüber gemacht, wie es wohl in Franks Wagen aussah, aber jetzt war ich doch überrascht. Hätte ich je über seinen Wagen nachgedacht, hätte ich ihn mir sauber und aufgeräumt vorgestellt, vielleicht mit ein paar Büchern für die Vorbereitung zu Eignungstests diverser Unis, die ordentlich auf der Rückbank lagen. Stattdessen herrschte hier Chaos pur. Im Fußraum vor mir lagen eine Digitalkamera, eine dicke Biografie über John Lennon und eine Baseballkappe, die statt eines Vereinslogos ein kleiner Roboter schmückte. Auf der Rückbank konnte ich ein Paar Sneakers, einen I-Pod und eine Tüte aus einem Laden für Künstlerbedarf in der Stanwich Avenue sehen. Im Becherhalter vor mir steckte ein Limobecher mit abgeknicktem Strohhalm, in dem für die Rückbank ein kleiner gefalteter Papierfrosch. Sosehr ich auch versuchte, diesen Befund in mein bisheriges Bild von Frank Porter zu integrieren, traf mich die Erkenntnis doch wie ein Schlag, dass er ein Mensch aus Fleisch und Blut war, und zwar einer, über den ich trotz seiner Allgegenwart an der Stanwich High nichts, aber auch gar nichts wusste. Und das machte die Situation, in der wir uns gerade befanden, irgendwie noch unheimlicher.

Das alles ging mir durch den Kopf, bevor Frank einstieg, die Warnblinkanlage ausschaltete und losfuhr. Dann schaltete sich die Stereoanlage ein, aber es ertönte keine Musik, sondern Gelächter und Applaus, bevor Frank die Anlage schnell wieder ausschaltete. Da er nichts dazu sagte, verzichtete auch ich auf Kommentare oder Fragen. In der Dunkelheit schienen wir die Straße für uns zu haben, und ich war mir nicht sicher, in welche Richtung wir überhaupt fahren mussten. Umso erleichternder war der Gedanke, dass Frank wusste, wo sich diese verfluchte Tankstelle befand. So weit außerhalb der Stadt war die Nacht pechschwarz, aber dafür war der Himmel sternenübersät. Es mussten mehr als doppelt so viele sein, wie ich von zu Hause aus sehen konnte. Eine Weile betrachtete ich Franks vom Armaturenbrett beleuchtetes Profil aus dem Augenwinkel, dann schaute ich wieder aus dem Fenster und versuchte zu bilanzieren, was eigentlich Sache war. Ich war mit Frank Porter allein, im Dunkeln.

Ich muss zugeben, dass ich es nicht gewohnt war, mit einem Jungen allein zu sein. Selbst als ich mit Gideon zusammen war, befanden wir uns meist auf einer Party, oder wenigstens Sam und Sloane waren dabei. Ich konnte mich nicht daran erinnern, wann ich zuletzt mit einem

Jungen allein in einem Auto gesessen hätte – falls überhaupt. Jedenfalls nicht im Dunkeln.

»Hast du dich gut amüsiert?«, fragte Frank nach ein paar Minuten und sah zu mir herüber. Ich saß mit angezogenen Füßen da, um nicht auf seinen John Lennon zu treten. Da ich nicht sofort antwortete, fügte er hinzu: »Vor dem Ärger mit dem Wagen, meine ich natürlich.«

»Na ja«, sagte ich ausweichend. Als ich den Blick senkte, sah ich, dass es ein Wagen mit mechanischer Gangschaltung war. Frank wechselte die Gänge, ohne hinzusehen und ohne den Wagen ins Stocken zu bringen. »War ganz okay.« Das Letzte, was Frank jetzt brauchte, war eine detaillierte Schilderung meines gesammelten Elends.

Er nickte und sah auf die Straße, und wieder einmal fiel mir einen Tick zu spät ein, dass ich ihn jetzt fragen müsste, wie der Abend *für ihn* gelaufen war. Säße an meiner Stelle Sloane im Wagen, wären sie längst miteinander im Gespräch, würden wie gute Kumpels zusammen lachen und hätten noch vor Erreichen der Tankstelle eine gemeinsame Sprache gefunden. Und wäre ich als Dritte dabei gewesen, hätte ich in aller Ruhe zugehört, mitgelacht und mich dazugehörig gefühlt. Ab und zu hätte ich sogar einen eigenen Kommentar eingeworfen, wohl wissend, dass die eigentliche Gesprächsachse an mir vorbeilief.

»Und du?«, fragte ich schließlich. »Ich meine, hast du dich gut amüsiert? Heute Abend?« Es war eine simple Frage, aber ich hatte es geschafft, mich mehrfach zu verhaspeln. Genervt sah ich aus dem Fenster und verdrehte die Augen.

Frank räusperte sich, bevor er antwortete, dann sagte er: »War ganz okay.« Ich nickte und nahm an, keiner von uns würde sich weiter um so etwas wie Konversation bemühen, als Frank fortfuhr: »Normalerweise gehe ich da nicht hin. Es ist nicht unsere Szene.« Und gleich darauf setzte er hinzu: »Meine und Lissas.« Aber ich hätte auch so gewusst, wen er mit *unsere* meinte. Wieder nickte ich, und mir wurde klar, dass ich ihn tatsächlich noch nie in der Plantage gesehen hatte. »Aber Collins hatte mich um Flankenschutz gebeten, und da …« Er zuckte mit den Schultern.

»Und wie …«, begann ich, wieder mit Verzögerung, »wie ist es gelaufen?« Ich glaubte es jedoch schon zu wissen, denn ich hatte ja gesehen, dass das Mädchen, an das Collins sich ranmachen wollte, nicht gerade begeistert wirkte.

»Wie immer«, sagte Frank und schüttelte den Kopf.

Erleichtert sah ich wieder aus dem Fenster und fand, dass wir jetzt genug Small Talk gemacht hatten. Von mir aus brauchte Frank sich also nicht weiter um Konversation zu bemühen. Er schaltete das Fernlicht ein, und gleich war viel mehr von der Welt zu sehen, inklusive eines Opossums, das direkt vor den Wagen lief.

Frank stieg in die Bremsen. Ich wurde nach vorn geschleudert und vom Sicherheitsgurt wieder zurückgerissen, und unter meinem Sitz rutschte etwas heraus, das mir an den Knöchel stieß. Glücklicherweise stellte sich das Opossum nicht mitten auf der Straße tot, sondern flüchtete in die Bäume auf der anderen Straßenseite. »Tut mir leid«, sagte Frank und sah zu mir herüber, als er den Gang einlegte und wieder anfuhr. »Alles in Ordnung?«

»Alles bestens«, sagte ich und bückte mich nach dem, was unter dem Sitz herausgerutscht war. Es war eine CD mit einem traurig dreinblickenden Typen auf dem Cover, der im Regen auf einem Bordstein saß und ein Mikrofon in der Hand hielt. Die CD schien schon etwas älter zu sein. *Curtis at the Commodore* stand in Kursivschrift darauf. Frank sah wieder herüber, und ich legte die CD neben mir auf den Sitz. Hoffentlich dachte er nicht, ich schnüffelte in seinen Sachen herum. »Sorry«, sagte ich. »Das lag unter meinem Sitz, und als du bremsen musstest ...«

»Alles klar«, sagte Frank, nahm die CD und ließ sie hinter seinen Sitz fallen. »Danke.« Dann sah er wieder auf die Straße.

Ich fragte mich, ob ich etwas gesehen hatte, das nicht für meine Augen bestimmt war. Aber ich wusste nicht, wie ich mich dafür entschuldigen sollte, ohne der Sache noch mehr Gewicht zu geben, also versuchte ich es gar nicht erst. Bevor unser Schweigen unangenehm wurde, tauchte die grelle Neonbeleuchtung der Tankstelle auf, *Route 1 Fuel*. Wahrscheinlich wäre das Schild auch am helllichten Tag aufgefallen, weil vor und hinter der Tankstelle sonst weit und breit nichts war. Wie aus dem Boden gewachsen stand sie da und wirkte auf der unbeleuchteten Straße wie eine Fata Morgana, und zwar eine höchst willkommene. Mit nur vier Zapfsäulen und einem Minimarkt, der wirklich ausgesprochen mini war, war sie ziemlich klein. Hinterm Tresen saß ein gähnender Verkäufer und am Schaufenster flackerte ein Neonschild mit der Aufschrift *Snacks – Getränke – Süßigkeiten*.

»Also, das ist wirklich ...«, sagte ich und begann gleich noch einmal von vorn: »Ich meine, ich bin wirklich froh, dass du diese Tankstelle kennst. Ich wäre nicht darauf gekommen, dass es hier mitten im Nirgendwo so was gibt.«

Frank nickte und steuerte eine Zapfsäule an. Er zeigte in die Dunkelheit hinter dem Minimarkt. »Siehst du die Bäume da?«, fragte er. »Das ist der Lebensraum des Grauen Baumfroschs. Letztes Jahr sollte diese Tankstelle erweitert und eine Waschanlage angebaut werden. Lissa und ich haben den Protest organisiert, der die Pläne letzten Endes in die Schublade verbannte.«

»Ach.« Ich nickte beeindruckt. Aber obwohl ich mich für den Grauen Baumfrosch freute, wäre mir eine Tankstelle lieber gewesen, wo Frank nicht der meistgehasste Kunde war – und ich als seine Begleitung gleich mit in Ungnade fiel. »Ich bin gleich wieder da«, sagte ich, schnallte mich ab und öffnete die Wagentür.

»Ich komme mit.« Frank schnallte sich ebenfalls ab. Dass man uns rausschmeißen könnte, bevor wir etwas kaufen konnten, schien ihm nicht in den Sinn zu kommen. Aber ich traute mich nicht, ihm zu widersprechen, und ging in den Minimarkt. Frank war schneller und hielt mir die Tür auf, bevor ich sie überhaupt erreichte. »Danke«, murmelte ich und hoffte, dass es in diesem winzigen Laden einen Behälter gab, den ich mit Benzin füllen konnte. »Hi«, sagte ich, als ich auf den Typ hinterm Tresen zuging, der von seiner Zeitung aufsah und nicht viel älter als wir zu sein schien. Er hatte einen Bleistift in der Hand und war dabei, das Wortsuchspiel auf der Rätselseite zu machen, wie ich an ein paar eingekreisten Wörtern erkannte, als ich den Tresen erreichte.

»Hey«, sagte er. Frank stellte sich neben mich, reckte den Hals und legte den Kopf schief. Offenbar interessierte er sich für das Rätsel. »Womit kann ich dienen?«, fragte der Verkäufer.

»Gibt es hier irgendwas, wo ich Benzin einfüllen kann?«, fragte ich und sah mich um, aber es schien nur das übliche Sortiment zu geben - Chips, Getränke, Süßigkeiten und Illustrierte.

Der Verkäufer nickte und zeigte nach hinten. »An der Wand.«

Ich bedankte mich und ging schnell auf die Wand zu, denn ich wollte Franks Hilfe so kurz wie möglich in Anspruch nehmen. Aber der schien es nicht eilig zu haben, sondern beugte sich ganz relaxed über die Zeitung.

»Du machst das Worträtsel?«, hörte ich ihn zu dem Verkäufer sagen, als ich vor der Wand stand, wo es eine Handvoll technischer Waren gab - Motoröl, Einfülltrichter, Reifendruckmesser. Und einen riesigen Plastikkanister mit angehängtem Einfüllstutzen. So viel Benzin brauchte ich nicht, und leisten konnte ich mir dieses

Riesenteil vermutlich auch nicht. Nachdem ich einen Wucherpreis für das Bier bezahlt hatte, das ich nicht mal getrunken hatte, waren gerade noch zwanzig Dollar in meiner Tasche. Zwar besaß ich eine Bankkarte für Notfälle, aber die lief über das Konto meiner Eltern, und ich fand, sie brauchten nicht zu wissen, dass ich nachts um eins irgendwo in der Wildnis tanken ging. Glücklicherweise fand ich noch einen anderen Kanister, der nur ein Drittel so groß war. Als ich damit zum Tresen zurückkehrte, waren Frank und der Verkäufer über die Zeitung gebeugt.

»*Renaissance*«, sagte Frank und fuhr mit dem Finger über das Rätsel. Warum überraschte es mich nicht, dass die beiden in das Rätsel vertieft waren? Der Verkäufer sah genau hin, dann kreiste er das Wort ein.

»Rückwärts geschrieben«, sagte er und schüttelte den Kopf. »Warum machen die es einem so schwer?«

»War's das?«, fragte Frank mit Blick auf die Zeitung. »Alle Wörter gefunden?«

In dem Moment bemerkte mich der Verkäufer und richtete sich auf. Dann griff er nach dem Kanister, scannte ihn und gab ihn mir zurück. »Für den Rest nehme ich Benzin von Zapfsäule vier«, sagte ich und gab ihm meinen Zwanziger.

»Gut gemacht«, sagte Frank mit Blick auf das Rätsel, das jetzt ein einziges Gewirr von Bleistiftkringeln war. Auf der Wörterliste darunter war alles durchgestrichen, und nur hier und da befanden sich noch Einzelbuchstaben, die zu keinem Wort gehörten. »Siehst du, Emily?«

»Hmm«, machte ich, weil ich nicht wusste, was ich sonst sagen sollte. Ich war noch nie zuvor in der Verlegenheit gewesen, jemandem ein Kompliment für das Lösen eines Suchrätsels aussprechen zu müssen. Sollte ich etwa sagen, dass die Jungs sich viel Mühe gegeben hatten und prima Ratefüchse waren?

Ich dachte noch darüber nach, als Frank meinen Kassenbon vom Tresen nahm und den Typen fragte: »Machst du auch Sudokus?«

»Nein«, sagte der Verkäufer und steckte sich den Bleistift hinters Ohr. »Ist nicht mein Ding.«

»Versuch's ruhig mal«, sagte Frank, und ich setzte mich Richtung Tür in Bewegung, weil ich mich überflüssig fühlte. »Sobald man geschnallt hat, wie es geht, kann man gar nicht wieder aufhören. Ich weiß, wovon ich spreche, Mann!«

Ich hörte den Verkäufer lachen, bevor sich die Tür hinter mir schloss, und ging an die Zapfsäule. Obwohl ich mich darauf konzentrierte, den Einfüllstutzen tief genug in den Kanister zu stecken und kein Benzin zu verschütten, konnte ich nur daran denken, dass es zwei Sorten Menschen zu geben schien – welche, die mit allen reden und leicht Freundschaften schließen konnten, und welche, die sich auf Partys hinter Bäumen versteckten.

»Hey!« Ich sah auf und sah Frank auf mich zukommen. »Kommst du klar? Ich wollte dir doch helfen!«

»Ich glaube, ich hab's«, sagte ich. Die Tankanzeige lief schon ganz langsam. Als sie ganz stehen blieb, hängte ich den Zapfstutzen wieder ein und schraubte den Kanister vorsichtig zu. Dann bückte ich mich, um ihn hochzuheben, aber er rührte sich nicht von der Stelle.

»Lass mich mit anpacken«, sagte Frank und ergriff den Kanister von der anderen Seite. Zusammen hoben wir ihn hoch und trugen ihn zur Ladefläche des Trucks. Erst dann fiel mir ein, dass ich genauso gut den Kanister hätte benutzen können, den Frank im Wagen hatte. Schon wieder etwas, das ich heute Abend verbockt hatte! »James sagt, man soll immer einen dabeihaben«, sagte er, als wir den neuen Kanister auf die Ladefläche hievten. »Auch wenn er leer ist«, fügte er hinzu und zeigte grinsend auf seinen Kanister.

»James?«, fragte ich auf dem Weg zur Beifahrertür. Ich hatte kein Namensschild an dem Verkäufer gesehen, aber vielleicht war Frank aufmerksamer gewesen, oder sie hatten sich beim Rätseln mit Namen vorgestellt.

»Ja.« Frank machte eine Kopfbewegung Richtung Minimarkt, und ich sah, dass der Verkäufer uns zunickte. »Netter Typ. Ich glaube, er wird's mit den Sudokus mal versuchen.«

Wir stiegen ein, Frank schaltete den Motor an und ließ ein Stück Papier in den Becherhalter mit dem Papierfrosch fallen. Als ich genauer hinsah, war es mein Kassenbon, aus dem inzwischen ein nach allen Regeln der Kunst gefalteter Kranich geworden war. Ich wollte fragen, wie er das machte, aber dann ließ ich es, schnallte einfach nur den Sicherheitsgurt fest und sah aus dem Fenster. Wäre Sloane jetzt dabei gewesen, hätte ich sie nur anzusehen brauchen, und sie hätte verstanden, dass sie Frank nach dieser Faltsache fragen sollte. Nicht nur das – sie hätte es auch getan. In den zwei Jahren, die ich sie kannte, hat sie sich vor keiner Herausforderung gedrückt.

Wir waren auf halbem Weg zurück zur Plantage, als ich das Schweigen brach. Gleich würden wir auseinandergehen und ich hatte nichts mehr zu befürchten. »Danke noch mal«, sagte ich, nachdem ich in Gedanken verschiedene Varianten ausprobiert hatte. »Ich weiß das wirklich zu schätzen. So was ist mir noch nie passiert ... also dass mir das Benzin ausgeht.«

»Na ja, wahrscheinlich wird es dir nicht noch mal passieren.« Frank nickte Richtung Armaturenbrett. Es leuchtete wie ein Ufo und tauchte seine Hälfte des Wagens in ein kaltes Blau. »Meine Tankanzeige blinkt und piept, wenn der Tank weniger als viertel voll ist. Das ist so nervig, dass ich dann meist sofort tanken gehe.«

»Meine Anzeige ist kaputt«, erklärte ich. Normalerweise verriet ich das keinem, aber ich wollte nicht, dass Frank Porter mich auch noch für verantwortungslos hielt, nachdem er schon wusste, dass mein präpubertärer Bruder ein Adrenalinjunkie war. »Deswegen versuche ich immer zu überschlagen, wie viel ich gefahren bin.«

Frank sah mich überrascht von der Seite an. »Dann wundert es mich aber, dass dir das noch nicht öfter passiert ist.«

»Normalerweise passe ich gut auf«, sagte ich. »Aber diese Woche ...« Meine Stimme wurde ganz brüchig, und ich merkte, dass ich drauf und dran war, Frank zu erzählen, dass Sloane aus meinem Leben verschwunden war, sodass ich in der ganzen Stadt nach ihr gesucht hatte, und dass ich jetzt dabei war, ihre Liste abzuarbeiten. »Diese Woche war einfach der Wahnsinn«, brachte ich den Satz schließlich zu Ende.

Er nickte und bog in den Schotterweg zur Plantage ein. Inzwischen war hier kaum noch etwas los, und nur eine Handvoll Autos standen noch auf dem Parkplatz. Frank fuhr neben meinen Wagen. Ich dachte, er würde mich nur aussteigen lassen und dann weiterfahren, aber er half mir, den Kanister von der Ladefläche zu hieven, und fasste mit an, als ich das Benzin in meinen Tank kippte. Dann stellte ich den leeren Kanister in meinen Kofferraum, und als ich auf die Fahrerseite des Volvos ging, sah ich, dass Frank die Sticker studierte. Dann sah er mich fragend an, aber ich stieg einfach ein und hoffte, der Motor würde anspringen. Erst stotterte er nur, doch dann lief er rund.

»Alles klar?«, fragte Frank und beugte sich ins Fenster.

»Alles klar«, bestätigte ich und zeigte auf die Tankanzeige. »Danach darf man nicht gehen. Wie gesagt, die zeigt immer einen halb leeren Tank an.«

Mit Blick auf die Tankanzeige beugte Frank sich weiter in den Volvo. Dann sagte er: »Wieso? Der Tank ist doch halb voll.« Er grinste, und erst dann kapierte ich den Witz. Aber ich lachte nicht und sagte auch nichts, sondern setzte nur ein vages Lächeln auf und sah aufs Lenkrad. Frank richtete sich auf und ging zu seinem Truck zurück. Plötzlich kam ich mir schrecklich unhöflich vor.

»Aber mal im Ernst«, sagte ich und beugte mich aus dem Fenster, »vielen Dank! Sag Bescheid, wenn ich was tun kann, um mich zu revanchieren!«

Er nickte, stieg ein und fuhr los. Als er wendete, winkte er mir zum Abschied zu. Dann wollte er an mir vorbeifahren, blieb aber plötzlich noch einmal stehen und sah zu mir herunter. »Da wüsste ich was«, sagte er. »Du könntest mir das Laufen beibringen.«

Das kam so unerwartet, dass ich nicht gleich wusste, wie ich reagieren sollte. Ich musste ihn so verdattert angesehen haben, dass er eine Erklärung nachschob. »Also, wie man läuft, weiß ich schon, aber ich will besser werden. Am liebsten würde ich auf zehn Kilometer oder so trainieren. Du machst doch Geländelauf, oder?«

Ich nickte und war einigermaßen schockiert, dass Frank darüber Bescheid wusste, welche Kurse ich an der Schule belegte – beziehungsweise dass er überhaupt etwas von mir wusste. Abgesehen davon war ich mir nicht sicher, ob ich nach den Sommerferien mit Geländelauf weitermachen durfte, denn im letzten Vierteljahr hatte ich ziemlich viele Trainingsstunden und Teambesprechungen geschwänzt. Aber das musste ich Frank ja nicht auf die Nase binden. Stattdessen sagte ich: »Ja, klar.« Ich war mir ziemlich sicher, dass ich nie wieder etwas davon hören würde. Bestimmt würde er vergessen, worum er mich gebeten hatte. Überhaupt würde ich ihn frühestens im September wiedersehen, am ersten Schultag nach den Ferien, wenn er uns als Schulsprecher, der er dann sein würde, begrüßte. Wahrscheinlich hatte er nur gefragt, um mir das Gefühl zu geben, dass ich ihm nichts schuldig war. »Jederzeit.«

»Super«, sagte er. Er lächelte zum Abschied und setzte den Blinker, als er abbiegen musste, obwohl weit und breit kein anderer Wagen zu sehen war. Ich sah seinen Rücklichtern nach, dann schaltete ich den I-Pod ein, der an die antike Stereoanlage des Volvos angeschlossen war, stellte die Automatik auf *Drive* und fuhr los, um einen Abend – eigentlich eher eine Nacht – zu beenden, die ereignisreicher war, als ich je für möglich gehalten hätte.

Zu Hause angekommen, machte ich die Tür in Zeitlupe auf, damit sie nicht quietschte, und schlich ins Haus. Es war fast halb zwei, und ich hielt den Atem an, weil ich fürchtete, im Hausflur könnte das Licht angehen und meine Eltern würden wütend die Treppe herunterkommen, um eine gute Erklärungen von mir zu verlangen. Aber alles blieb ruhig. Nur die große Standuhr tickte, die schon im Haus war, als wir hier einzogen. Eigentlich wollten wir sie rausschmeißen, aber sie war so schwer, dass wir sie nicht anheben konnten, und so hatten wir sie einfach behalten. Erleichtert atmete ich auf, als mir plötzlich etwas an die Beine stieß.

Ich erstarrte und mein Herz schlug bis zum Hals. Doch als ich nach unten sah, war es bloß unser Kater. »Hau ab!«, flüsterte ich, denn noch bevor ich die Haustür wieder geschlossen hatte, setzte er sich auf die Türschwelle und begann sich die Pfoten zu lecken, als wüsste er nicht ganz genau, dass er im Weg stand. Als wir ein Jahr in diesem Haus wohnten, hatte er eines Nachts maunzend vor der Tür gestanden. Ich war überglücklich, denn ein Haustier hatte ich mir schon lange gewünscht. Doch obwohl wir ihm ein Halsband anlegten und ihn fütterten, wurde schnell klar, dass er kein Haustier im eigentlichen Sinne war. Vielmehr kam und ging er, wann er wollte, und wenn er sich überhaupt in geschlossenen Räumen aufhielt, dann meistens in unserer Garage. Nur wenn es im Winter kalt wurde, kam er ins Haus. In der wärmeren Jahreszeit blieb er dafür oft so lange weg, dass man schon dachte, er würde nie wiederkommen. Doch dann stand er morgens plötzlich in der Küche, marschierte ungeduldig vor seinem Fressnapf auf und ab und tat so, als sei er nie weg gewesen. Mein Vater hatte ihn Godot getauft, und im Laufe der Jahre hatten wir uns alle daran gewöhnt, dass er nur bei uns war, wenn es ihm gerade passte.

»Los, mach schon!«, sagte ich und schubste ihn vorsichtig mit dem Fuß. Die Vorsicht war angesagt, denn ich hatte nur Flip-Flops an, und Godot hatte keinerlei Hemmungen, seine Krallen zu benutzen, wenn er sich angegriffen fühlte. Aber es war spät, und ich war ziemlich erledigt. Es war ein langer Tag gewesen, und ich hatte keinen Nerv, ausgerechnet jetzt größere Verhandlungen mit unserem Kater zu führen. Ich wollte nur noch in mein Zimmer, »Nachts Äpfel pflücken« abhaken und dann ins Bett fallen. Doch plötzlich kam mir ein erschreckender Gedanke. Hatte ich diese Aufgabe wirklich erfüllt? Okay, ich war nachts in der Plantage gewesen, aber einen Apfel hatte ich nicht gepflückt und leider auch keine Ahnung, wie wörtlich Sloanes Aufgaben zu nehmen waren. Spekulationen darüber anzustellen, war müßig. Da half nur eins. Ich machte die Tür wieder zu, und zwar von außen. Der Kater sprang fauchend in den Garten und ich stapfte wild entschlossen in die Dunkelheit.

Als ich die Plantage erreichte, waren auch die letzten Wagen verschwunden. Kein Mensch war mehr hier. Nur ein paar zertretene rote Plastikbecher erinnerten an die Party. Jetzt, da ich diesen magischen Ort für mich allein hatte, erinnerte nichts mehr an das einschüchternde Schlachtfeld, das er noch vor ein paar Stunden für mich gewesen war, und ich fühlte mich viel selbstsicherer. Als ich über die Wiese ging, gewöhnten sich meine Augen langsam an die Dunkelheit, und dann kroch auch noch der Mond hinter den Wolken hervor, sodass es nicht mehr besonders dunkel war. Ich erreichte die Bäume und hielt Ausschau nach einer Leiter, die einigermaßen heil und von den Picknicktischen aus nicht auf den ersten Blick zu sehen war. Je versteckter die Leitern, desto größer die Chance, dass sie nicht von Betrunkenen kaputtgeturnt waren. Schließlich fand ich eine, die okay aussah. Nur die unterste Sprosse war kaputt, aber die konnte ich leicht auslassen. Vorsichtig kletterte ich hinauf. Als ich heil oben angekommen war, entspannte ich mich. Ich befand mich mitten in einem Wipfel und hatte einen guten Blick auf den Parkplatz, auf dem nur mein Wagen stand, und die endlose Straße, die in die Stadt führte.

Die Äpfel würden erst in einigen Monaten reif sein, aber ich hoffte, trotzdem welche zu finden. Alle, die ich entdeckte, waren jedoch klein und sahen schrecklich sauer aus. Ich wollte mich schon damit abfinden, dass ich wohl so einen pflücken müsste, als ich einen dickeren sah, der allerdings fast außerhalb meiner Reichweite hing. Er war nicht so groß oder so wohlgeformt wie die Äpfel im Supermarkt, aber es war mit Abstand der beste, der auf diesem Baum wuchs. Ich hielt mich mit einer Hand an der Leiter fest, während ich mich danach streckte, und als ich ihn erreichte, zog ich, bis er abriss. Ich polierte ihn an meinem Tanktop, machte es mir auf der Leiter bequem und biss hinein.

Er schmeckte gar nicht mal übel, obwohl er noch nicht reif war, und plötzlich fand ich, dass die Plantage eigentlich ein recht netter Ort war. Beinahe konnte ich sogar Beckett mit seinem Höhenfimmel verstehen. Ich hielt mich an der Leiter fest und versuchte so viel wie möglich von der Landschaft zu sehen, während ich den Apfel aß und der Mond seinen Job tat.

3

In der S. Ave. 55 nach Mona fragen

Ich stand auf dem Parkplatz vor dem Haus in der Stanwich Avenue 55 und las das neonfarbene Ladenschild: *Eisparadies für jeden – wie im Garten Eden!*

Der Laden gehörte zu einem kleinen Einkaufszentrum abseits der Hauptstraßen, die quer durch die Stadt führten. Ich war schon oft hier gewesen, hatte aber nie auf die Hausnummern geachtet. Deswegen war mir erst klar geworden, was sich in der Nummer 55 befand, als ich, geleitet von der Wegbeschreibung meines Handys, auf den Parkplatz einbog. Hier gab es nur wenige Läden: unsere Leib-und-Magen-Pizzeria Captain Pizza, eine Parfümerie, ein Sportgeschäft (meine letzten Sneakers stammten von hier), das Büro eines Steuerberaters und ganz am Ende das Eiscafé.

Es war der Tag nach der Party in der Plantage. Als ich am Morgen aufgewacht war, hatte ich aus alter Gewohnheit nach meinem Handy gegriffen, um Sloane anzurufen, und ein paar Sekunden gebraucht, bis mir wieder einfiel, dass das keinen Sinn hatte. Aber anders als in den letzten zwei Wochen hatte mich dieser Gedanke nicht niedergeschmettert, denn jetzt hatte ich ja ihre Liste und wusste, was ich tun musste. Eine Aufgabe hatte ich bereits abgehakt und hoffte, dass ich den Rest genauso schnell erledigen könnte. Ich hatte also einen Plan.

Ich atmete tief durch, bevor ich ausstieg und an der Pizzeria vorbei über den Parkplatz ging. Mir knurrte der Magen, als ich die frisch gebackene Pizza roch, obwohl es noch nicht mal zwölf war und ich gerade gefrühstückt hatte. Durchs Schaufenster sah ich ein blondes Mädchen hinterm Tresen, das sich an den Typen an der Kasse schmiegte, ihm übers Haar strich und kicherte.

Als ich das Eiscafé erreichte und die Tür öffnete, schlugen mir kalte Luft und grelles Licht entgegen – weiße Wände und Tische, Neonlampen an der Decke. Es war ein kleiner Laden mit nur fünf Tischen. Die Eistheke mit den in Bauchhöhe eingelassenen Eiscontainern hinter einer Glasscheibe lief von der Tür bis zur hinteren Wand, an der ein Gefrierschrank mit Eistorten und Eis in Pappbechern zum Mitnehmen stand. Die anderen Wände waren mit großen gerahmten Postern behängt. Die Fotos darauf zeigten Models in einem Style, der schon seit Jahren out war. Alle hielten irgendein Eis in der Hand, das sie über die Maßen glücklich zu machen schien. *Probier mal was anderes!*, stand unter einer jungen Frau, die eine Waffel mit fünf Kugeln Eis anstrahlte. *Und wovon träumst DU?*, stand unter einem wie weggetreten grinsenden kleinen Jungen, der vor einem Eisbecher saß.

Hinter der Theke stand ein Mädchen, auf dessen

T-Shirt ein Regenbogen prangte. Sie musste etwa in meinem Alter sein, vielleicht etwas jünger. Als ich hereingekommen war, hatte sie mich nicht beachtet, weil sie zu sehr damit beschäftigt war, die Spitzen ihrer geflochtenen Zöpfe auf Spliss zu untersuchen.

»Hi«, sagte ich und trat auf sie zu. Auf ihrem Namensschild stand *Kerry*. Schade! Aber klar, es wäre ja auch viel zu einfach gewesen, hätte da Mona gestanden.

»Was kann ich dir geben?«, fragte sie, ließ ihr Haar los und griff nach dem Eisportionierer, der in einer Wasserschüssel steckte.

»Ähm ... nein«, sagte ich. »Ich meine, ich will kein Eis.« Kerry hatte inzwischen begonnen, den Portionierer auszuschütteln, damit er abtropfte, aber nun hörte sie damit wieder auf und sah mich an, als wollte sie sagen: *Was willst du dann hier?* Ich schluckte und nahm mir vor, diese Sache irgendwie durchzustehen. »Ich wollte ... Ist Mona da?«

»Nein«, sagte Kerry und sah mich misstrauisch an, was ich ihr nicht mal übelnehmen konnte.

Ich nickte und überlegte, ob es nicht klüger gewesen wäre, erst ein Eis zu kaufen. So stand ich jedenfalls ziemlich dumm da und wusste nicht, wie ich weitermachen sollte. Bestimmt wäre es leichter, wenn ich wüsste, wer Mona war, oder wenigstens, warum ich nach ihr fragen sollte. »Ich wollte bloß ...« Wie konnte man eine Frage formulieren, die man selbst nicht kannte? Ich atmete durch und beschloss, Kerry alles zu erzählen, auch wenn es etwas verrückt klang. Also sagte ich: »Eine Freundin hat mich gebeten, hierherzukommen und nach Mona zu fragen. Deswegen ...« Deswegen – was? Ich hatte doch schon nach Mona gefragt. Was sollte ich noch sagen? Darauf bestehen, dass Kerry diese Mona herbeischaffte? Bis jetzt war zwar noch nicht viel passiert, aber das Ganze war mir peinlicher als erwartet, was merkwürdigerweise ziemlich befreiend war.

»Also, hier ist Mona jedenfalls nicht«, sagte Kerry so langsam und überdeutlich, als läge der Grund dafür, dass ich immer noch vor ihr stand, ohne ein Eis zu kaufen, vielleicht darin, dass ich unsere Sprache nicht beherrschte. »Also dann, wenn du nichts kaufen willst ...« In dem Moment klingelte das Ladentelefon, und Kerry ging ran. »Hallo, hier Eisparadies«, sagte sie, ohne mich aus den Augen zu lassen, als sei ich die Vorhut eines Überfallkommandos. »Hey, Mona ... Nein, keine Kundin, nur eine –«

»Ist das Mona?«, fragte ich schnell und beugte mich über die Eistheke. Mit dem Mut der Verzweiflung pfiff ich darauf, meine Würde zu wahren. »Kann ich mit ihr sprechen?«

»Nein«, sagte Kerry zu Mona und wahrscheinlich auch zu mir, dann ging sie ein Stück von mir weg und sprach weiter ins Telefon. »Irgend so ein Mädchen, das kein Eis kaufen, sondern nur mit dir sprechen will.« Dann hörte sie eine Weile zu, nahm den Hörer vom Ohr und fragte mich: »Was willst du von ihr?«

»Also, meine Freundin ...«, sagte ich schnell, bevor Kerry es sich anders überlegte, »sie hat mir eine Liste geschrieben ... Ihr Name ist Sloane Williams, falls das von

Interesse ist. Jedenfalls steht auf dieser Liste, dass ich hier nach Mona fragen soll. Also bin ich da und frage nach Mona.«

Kerry sah mich mit großen Augen an und fragte ins Telefon: »Hast du das mitgekriegt?« Sie legte den Kopf schief und horchte in den Hörer. »Ach so. Dann weiß ich nicht, warum sie das nicht gleich gesagt hat. Okay, ja. Ich frag sie. Bis später.« Sie legte auf, und ich starrte verzweifelt auf das Telefon, das sie auf die Eistheke gelegt hatte. Hätte ich mich mehr ins Zeug legen sollen, um persönlich mit Mona zu sprechen? Kerry griff unter die Theke und holte einen großen braunen Umschlag heraus. Dann blätterte sie in den Papieren, die sich darin befanden. Dabei achtete sie darauf, alles so zu halten, dass ich nicht sehen konnte, was es war. Irgendwann hielt sie inne, sah mich an und fragte: »Wie heißt du?«

Mein Herz begann, schneller zu schlagen, aber nicht vor Nervosität, sondern weil ich spürte, dass ich meinem Ziel näher kam. »Emily«, sagte ich und überlegte, ob ich mich ausweisen sollte. »Emily Hughes.«

Sie nickte, zog ein Blatt aus dem Umschlag und legte es auf die Theke. »Du solltest dich eigentlich schon letzte Woche vorstellen«, sagte sie. »Mona dachte schon, du wolltest den Job nun doch nicht.«

Ich sah sie völlig perplex an. »Den Job?«

Kerry verdrehte die Augen und verlor langsam die Geduld. »Ja, den Job«, sagte sie, als spräche sie mit einem Kleinkind. »Den, für den du dich beworben hast? Bei Mona, der Managerin?« Sie schüttelte den Kopf und holte noch mehr unter der Theke hervor. Währenddessen zog ich das Blatt Papier näher zu mir, damit ich es lesen konnte.

Es handelte sich tatsächlich um eine Bewerbung für einen Ferienjob im Eisparadies. Alles war mit Sloanes Handschrift ausgefüllt, und da standen auch Sloanes E-Mail-Adresse und Telefonnummer, allerdings mit meinem Namen und meinen Joberfahrungen. Als Person, die im Notfall kontaktiert werden sollte, hatte sich Sloane selbst angegeben, und unter *Sonstiges* hatte sie geschrieben: *Ich kann zupacken, bin freundlich, pünktlich, humorvoll, loyal, rücksichtsvoll und überhaupt ein super Typ. Und bescheiden.*

Ich musste grinsen, als ich das las, und gleichzeitig hätte ich heulen können. Außerdem fragte ich mich, was Mona und Kerry wohl von dieser bizarren Bewerbung gehalten hatten.

»Kann ich das haben?«, fragte ich mit der Bewerbung in der Hand, als Kerry hinter der Theke mit zwei weißen T-Shirts auftauchte.

»Nein«, sagte sie und schien nun endgültig genug von mir zu haben. Sie nahm mir das Blatt aus der Hand und legte es wieder zu den anderen Papieren. »Das brauchen wir für unsere Unterlagen. Wir müssen ja irgendwas in der Hand haben, wenn du den Laden abfackelst oder so.« Sie sah mich an, als traute sie mir das ohne Weiteres zu. »Mona hat dir ja bestimmt schon gesagt, was du hier verdienst. Aktuell brauchen wir jemanden für fünf Schichten die Woche, zwei davon am Wochenende. Heute Abend schreibt Mona den neuen Dienstplan, den kann sie dir dann ja mailen.«

Ich starrte sie ungläubig an. »Soll das heißen, ich habe den Job?«

Kerry antwortete nicht, sondern blätterte wieder in den Papieren. »Mona will wissen, ob deine Freundin auch noch Interesse hat.« Sie zog ein anderes Blatt heraus, das ebenfalls Sloanes Handschrift trug – eine Bewerbung für sich selbst. In der Zeile, wo es um Wünsche für die Arbeitszeiten ging, hatte sie in Großbuchstaben geschrieben: *UNBEDINGT DIESELBEN SCHICHTEN WIE EMILY HUGHES!!!*

Endlich begriff ich. Sie hatte uns einen gemeinsamen Ferienjob besorgt! Und zwar den idealen, wie ich fand, denn hier im Eiscafé war nichts los. Im Gegensatz zu unserem letzten Ferienjob, als wie unsere Plaudereien andauernd unterbrechen mussten, weil Bestellungen zu Kunden gebracht oder neue Bestellungen aufgenommen werden mussten. Das hier wäre im wahrsten Sinne des Wortes paradiesisch gewesen. Wir wären dafür bezahlt worden, dass wir den ganzen Tag zusammen waren, ohne groß von Kundschaft belästigt zu werden.

Kerry seufzte ungeduldig, und mir fiel ein, dass ich ihre Frage noch nicht beantwortet hatte. »Nein«, sagte ich schnell. Da Sloane in ihrer Bewerbung unter *Sonstiges* nichts eingetragen hatte, konnte ich irgendetwas erfinden und sagte: »Sie hat keine Zeit mehr.«

»Okay.« Kerry legte Sloanes Bewerbung zu den anderen Papieren zurück. »Und du? Willst du den Job nun oder was? Wenn nicht, rufen wir jetzt die anderen Bewerber an.«

Ich dachte darüber nach und sah auf die ordentlich gefalteten weißen T-Shirts, die jetzt auf der Theke lagen. Eigentlich war es keine schlechte Idee. Ich brauchte ja ohnehin einen Job. Warum nicht den nehmen, den Sloane mir besorgt hatte? Dass sie es auf ihre Liste gesetzt hatte, bedeutete wohl, dass ich unbedingt davon erfahren sollte, selbst wenn sie dann schon weg sein sollte. Außerdem hatte ich den Eindruck, dass ich mir hier kein Bein ausreißen müsste. Ich nickte. »Ja«, sagte ich. »Ich nehme den Job.«

»Super.« Kerry klang alles andere als begeistert, als sie die T-Shirts in meine Richtung schob. »Willkommen im Paradies.«

In der größten Mittagshitze kam ich wieder nach Hause. Die Klimaanlage meines Volvos funktionierte mehr schlecht als recht, deswegen schaltete ich sie meist gar nicht erst ein. Heute hatte ich es wieder mal versucht, aber mir war nur heiße Luft entgegengeschlagen, und so hatte ich sie gleich wieder ausgeschaltet. Normalerweise brachte das offene Dach etwas Abkühlung, aber heute hatte es mich einfach nur der Sonne ausgesetzt. Als ich in unsere Einfahrt fuhr, nahm ich mir vor, das Holzbrett aus der Garage zu holen und wieder einzusetzen. Mit den neuen Paradies-T-Shirts in der Hand ging ich auf unser Haus zu (zu meinem Entsetzen hatten sie genau wie Kerrys einen Regenbogen auf der Brust), und mir war so heiß, dass ich bedauerte, kein Eis gegessen zu haben.

Leise ging ich ins Haus, um meine Eltern nicht bei der Arbeit zu stören. Aber als ich am Esszimmer vorbeikam, saß nur mein Dad am Tisch. Sein Laptop war zwar aufgeklappt, aber er saß zurückgelehnt in seinem ergonomischen Schreibtischstuhl und las so konzentriert in einem dicken Buch, dass er mich wohl gar nicht bemerkte.

Meine Mom war in der Küche und spülte einen Pfirsich ab. Als sie mich hörte, drehte sie sich zu mir um und lächelte mir müde zu. Sie sah aus, als hätte sie den ganzen Morgen gearbeitet. »Hey, Em«, sagte sie und sah auf meine neuen T-Shirts. »Warst du einkaufen?«

»Ich hab einen Job«, verkündete ich und breitete ein T-Shirt aus, damit sie es ansehen konnte. »Im Eisparadies.«

»Oh!« Meine Mom zog die Augenbrauen hoch. »Das ist aber ... schön. Da ist es bestimmt schön kühl, was?« Ohne eine Antwort abzuwarten, fragte sie: »Hast du schon gegessen?« Sie sah sich um, dann hielt sie mir den Pfirsich hin. »Möchtest du den?«

»Nein, danke.« Ich ging zum Kühlschrank, nahm eine Flasche Wasser heraus und trank gierig.

»Ich wollte dich noch was fragen«, sagte meine Mom und trocknete ihren Pfirsich ab. »Ist mit dir und Sloane eigentlich alles in Ordnung? Wir haben sie schon lange nicht mehr gesehen.«

»Tja ...« Ich sah auf die abgenutzten Holzbohlen unseres Küchenfußbodens und überlegte, was ich sagen sollte. Gestern noch hätte ich nichts lieber getan, als meinen Eltern alles zu erzählen und sie zu bitten, mir bei der Suche nach Sloane zu helfen. Aber das war vor der Liste.

Seit ich sie hatte, glaubte ich, dass Sloane einen Plan hatte, und der sah bestimmt nicht vor, dass ich zu meinen Eltern lief und um Hilfe bat. »Sie ist über den Sommer verreist«, sagte ich schließlich, sah meine Mom wieder an und beruhigte mich mit dem Gedanken, dass es im Grunde nicht mal gelogen war, wenn ich es so ausdrückte.

»Ach, wie schade«, sagte meine Mom und runzelte die Stirn. Sie reagierte emotional auf alles und jedes, und sie konnte schneller in Tränen ausbrechen als irgendjemand sonst, den ich kannte. Deswegen wollte keiner von uns neben ihr sitzen, wenn wir uns einen traurigen Film ansahen. »Das ist aber gar nicht schön für dich, Em.«

Sie biss in ihren Pfirsich, aber ich spürte, dass sie mich noch mehr fragen wollte. Ich konnte das *Wo* und *Warum* und *Wie lange* schon direkt hören, und nichts davon konnte oder wollte ich beantworten. Deswegen kam ich ihr zuvor, indem ich schnell sagte: »Beckett freut sich tierisch auf den Campingausflug.« Ich war mir ziemlich sicher, dass er heute tagsüber im Feriencamp war, aber sicherheitshalber sah ich mich nach ihm um.

»Ja«, sagte meine Mutter. »Euer Dad auch.« Dann stand der Plan wohl noch, und ich hatte nichts falsch gemacht, als ich es meinem Bruder gegenüber behauptet hatte. »Allerdings verstehe ich nicht, warum.« Meine Mom schüttelte de Kopf, drehte den Pfirsich und suchte nach einer besonders schönen Stelle zum Abbeißen. »Warum will jemand im Freien schlafen, wenn er zu Haus ein wunderbares Bett hat? Das habe ich noch nie ...«

»Hör mal, Andrea!«, rief mein Vater und platzte in die Küche. Er hatte das dicke Buch mitgebracht und sprach schnell und aufgeregt. »Tesla war mit Edison *befreundet*, als er aus Paris in die Staaten kam. Edison bezeichnete ihn als Genie.«

»Scott«, sagte meine Mutter tadelnd, »ich unterhalte mich gerade mit Em.« Aber ich spürte, dass sie in Gedanken schon nicht mehr bei unserem Gespräch, sondern bei ihrem Stück war und weiterarbeiten wollte. Bestimmt hatte sie das Thema Beckett und Camping längst vergessen.

»Schon in Ordnung«, sagte ich und zog mich zurück. »Macht ruhig weiter.«

Meine Mom biss sich auf die Lippen und sah mich an. Ich grinste sie breit an und ging nach oben. Ich war noch nicht in meinem Zimmer, als ich meine Eltern schon debattieren hörte, einer aufgeregter als der andere, und ich konnte Wörter wie *Labor* und *Patent* und *Wechselstrom* ausmachen.

Auf der Treppe wurde es mit jeder Stufe wärmer. In meinem Zimmer warf ich mich aufs Bett und starrte an die Decke, wo ein paar Flecke an die Klebestreifen erinnerten, mit denen die Heldengalerie der Teenieschwärme dort einst befestigt war. Ich griff zu meinem Handy, auf dem natürlich keine SMS oder entgangenen Anrufe warteten. Ich wusste, dass ich wahrscheinlich wieder nur die Mailbox erreichen würde, aber ich drückte die Taste für Sloanes Nummer. Wie erwartet machte die Mailbox die Ansage, die ich schon lange auswendig kannte. Ich wartete bis zum Piep, dann atmete ich tief durch, bevor ich loslegte.

»Hey, ich bin's. Ich hab den Job im Eisparadies. Danke, dass du das für uns klargemacht hast.« Erst als ich das gesagt hatte, traf mich die Erkenntnis wie ein Schlag in die Magengrube, dass es kein *wir* und *uns* geben würde. Nur ich würde im Eisparadies arbeiten, und zwar in einem T-Shirt mit Regenbogen auf der Brust. »Ich muss dir erzählen, wie alles kam. Es war wirklich lustig, und die Verkäuferin da muss mich anfangs für hirnamputiert gehalten haben ...« Ich lauschte in das Nichts, das den Platz von Sloanes Stimme einnahm. Wäre sie am anderen Ende, würde sie jetzt lachen und mich mit Fragen bestürmen. Jede ihrer Reaktionen würde hundertprozentig ins Schwarze treffen. »Na ja ... Ich erzähl's dir dann später.«

Ich beendete das »Gespräch« und stand auf. Nachdem ich die neuen T-Shirts in der Kommode verstaut hatte, holte ich Sloanes Liste heraus. Ich bezweifelte, dass ich heute noch eine andere Aufgabe erledigen konnte, und beschloss, dass ich erst mal darüber nachdenken musste, bevor ich eine in Angriff nahm. Fein säuberlich strich ich die Nummer sieben durch, steckte die Liste wieder in den Umschlag und legte ihn in die Schublade. Dann wusste ich nicht weiter.

In meinem Zimmer wollte ich nicht bleiben. Hier oben war es so heiß, dass es wahrscheinlich schon ungesund war, und um am Hitzschlag zu sterben, war ich zu jung. Unten im Haus um meine Eltern herumschleichen wollte ich aber auch nicht. Genauso wenig wie zum Campus oder allein in die Stadt fahren. Mir war ganz klaustrophobisch zumute, ich fühlte mich in dem überhitzten Zimmer regelrecht gefangen. Dabei war ich doch gerade erst zurückgekommen. Wo sollte ich bloß hin? Ich zog die Flip-Flops aus und warf sie in den Schrank, wo sie auf meinen Sneakers landeten und mir damit die Antwort gaben.

Ohne weiter nachzudenken, holte ich die Sneakers aus dem Schrank und öffnete die Schublade mit meinen Sportsachen. Ich war mir nicht sicher, ob davon irgendetwas besser würde, aber es war das Einzige, wozu ich jetzt wirklich Lust hatte: eine Runde laufen zu gehen.

* * *

JUNI

Zwei Jahre zuvor

Ich schüttelte die Arme aus und versuchte, schneller zu laufen, obwohl ich nur noch ganz flach atmen konnte. Seit die Ferien vor zwei Wochen begonnen hatten, war ich nicht mehr gelaufen, und das machte sich jetzt bei jedem Schritt bemerkbar. Schon im ersten Highschooljahr hatte ich Geländelauf als Schulfach gewählt, aber meist war ich nur hinter den anderen hergelaufen. Wenn ich im nächsten Schuljahr wieder ins Läuferteam aufgenommen werden wollte, musste ich die Ferien nutzen, um schneller zu werden, denn die Konkurrenz würde größer sein als im Vorjahr.

Da es in meinem Wohnviertel zu viele Leute gab, bei denen ich stehen bleiben würde, um ein Schwätzchen zu halten, hatte ich mir eine Strecke ausgeguckt, die gut fünfzehn Kilometer entfernt lag. Allerdings hatte ich keine Ahnung, wie ich wieder nach Hause kommen sollte, und war mir ziemlich sicher, dass ich die letzten Kilometer nur noch schleichen könnte. Hier, am verschlafenen Stadtrand von Stanwich, kannte ich mich kaum aus. Es gab keine Bürgersteige, aber das schien kein Problem zu sein, weil es hier praktisch keinen Verkehr gab.

Ich fing gerade an, mit mir zu diskutieren, ob ich noch ein Stück weiterlaufen konnte oder mich auf den Heimweg machen sollte, als mir ein Mädchen auffiel.

Sie ging in der Einfahrt eines Hauses auf und ab, blieb aber stehen, als sie mich kommen sah, und hielt die Hand über die Augen, um gegen die Sonne anblinzeln zu können. Dann winkte sie mir überraschenderweise zu, aber es war nicht das übliche Hallo-Winken, sondern erinnerte eher an die verzweifelte Geste eines auf einer einsamen Insel Gestrandeten, der ein vorüberziehendes Schiff auf sich aufmerksam machen wollte.

»Ich bin ja so froh, dass du da bist«, rief sie, als ich mich auf Hörweite näherte. »Ich hab schon die ganze Zeit auf dich gewartet.« Ich wechselte vom Laufen ins Gehen und blieb vor ihr stehen. Sie musste ungefähr in meinem Alter sein, war aber besser gestylt als irgendjemand sonst, den ich kannte – seidig fließendes Top über den Jeansshorts, grellroter Lippenstift und Mascara. Aber das alles kam kaum zur Geltung, weil sie ihr Haar turbanartig in ein Handtuch gewickelt hatte.

»Auf mich?«, fragte ich noch ganz außer Atem und sah

mich um, ob sie jemand anders gemeint hatte. Wieso sollte sie auf mich gewartet haben? Wir kannten uns ja gar nicht. Aber hinter mir war niemand.

»Also nicht direkt auf dich.« Das Mädchen grinste. »Aber auf jemanden, der nicht wie ein Freak oder ein Spießer aussieht. Wobei ich mich mittlerweile, ehrlich gesagt, sogar mit so jemandem zufriedengeben würde. Jedenfalls bist du die Erste, die seit ... ich weiß nicht ... mindestens einer Stunde hier vorbeikommt. Ich hab mich schon wie in einem Zombiefilm gefühlt, wo die Menschen alle ausgestorben sind.« Sie unterbrach sich, um zwischendurch einmal Luft zu holen, während ich ganz verdattert dastand und zu verstehen versuchte, was hier eigentlich passierte. Das Mädchen sprach sehr schnell und schien einerseits extrem gestresst und andererseits einem Lachkrampf nahe zu sein – eine Mischung, die ich so noch nicht kannte.

»Was ... ähm ...«, begann ich und hörte gleich wieder auf, weil ich nicht wusste, was ich eigentlich sagen wollte. Also beschränkte ich mich darauf, sie zu fragen: »Alles in Ordnung mit dir?«

»Nein«, sagte sie, um sich dann gleich zu korrigieren. »Na ja, also ... körperlich gesehen ist alles in Ordnung. Es ist bloß ...« Sie holte Luft. »Kannst du mir helfen, in unser Haus einzubrechen?« Sie zeigte hinter sich und mir fiel die Kinnlade herunter.

Das Haus war riesig, alt und ziemlich respekteinflößend. In meiner Vorstellung gehörten Häuser wie dieses Stahlbaronen, die ständig glamouröse Partys für Gäste in Smokings und Abendkleidern schmissen, es sei denn, es wurde gerade ein steifes Dinner für Herzoginnen und Senatoren gegeben, die an der Tür von einem weiß behandschuhten Butler empfangen wurden.

»Ich wohne hier«, sagte das Mädchen. »Ehrlich! Ich will hier nichts klauen oder so, ich hab mich nur ausgeschlossen.« Sie schüttelte so heftig den Kopf, dass sie das Handtuch festhalten musste. »Normalerweise würde mir das nichts ausmachen, ich könnte einen Spaziergang machen oder mich sonnen, bis meine Eltern nach Haus kommen, was sie früher oder später wahrscheinlich tun werden, aber ich hab Schiss, dass meine Haare monatelang grün bleiben.« Dann musste sie so lachen, dass ihre Schultern bebten.

Ich hatte keine Ahnung, was so witzig war, und versuchte immer noch zu verstehen, wo ich hier hineingeraten war, aber ich grinste und tat so, als müsste ich auch gleich lachen.

»Sorry«, sagte das Mädchen nach einer Weile und riss sich sichtlich zusammen. »Aber es ist wirklich nur lächerlich.«

»Warum sollten deine Haare denn grün werden?«, fragte ich.

Sie nahm das Handtuch ab, und ich machte große Augen. Ihr Haar war mit einer grünen Paste verschmiert, die schon so angetrocknet war, dass ihr das Ganze wie ein Helm auf dem Kopf saß. »Das sollte nur zwanzig Minuten einwirken«, sagte sie und tastete nach der grünen Pampe. »Aber jetzt ist fast schon eine Stunde um. Oder mehr. Wahrscheinlich mehr. O Gott!«

»Verstehe«, sagte ich. »Wie kann ich dir helfen?« Ich war selbst überrascht, als ich mich das sagen hörte, aber ich meinte es ernst.

»Oh, danke!« Das Mädchen ließ erleichtert die Schultern sinken. »Wir sind erst vor ein paar Wochen eingezogen, deswegen weiß ich noch gar nicht, wo man am besten einsteigt. Aber bestimmt steht irgendwo ein Fenster offen, das ich erreichen kann, wenn du mir eine Räuberleiter machst.«

»Okay«, sagte ich. Das Mädchen grinste und ging die Einfahrt hoch. Ich folgte ihr und sah jetzt erst, dass sie barfuß war und dass der abblätternde Nagellack auf ihren Zehen genau dieselbe Farbe hatte wie ihr Lippenstift. Je näher ich dem Haus kam, desto imposanter fand ich es, und plötzlich wurde mir klar, dass ich es schon einmal gesehen hatte. Als wir zum ersten Mal in Stanwich waren und meine Eltern nach einem geeigneten Haus für uns suchten, war der Makler mit uns hierhergefahren und hatte erklärt, dass es ein architektonisches Juwel der Stadt war. Dabei benutzte er Worte, die ich noch nie gehört hatte, wie *Portikus* und *Vestibül*. »Ein tolles Haus«, sagte ich, folgte dem Mädchen zur rechten Seite des Hauses und blinzelte hinauf.

»Danke«, sagte das Mädchen und zuckte mit den Schultern. Offenbar fand sie das Haus nicht so beeindruckend wie ich. »Siehst du das Fenster da?« Sie zeigte auf ein Fenster, das beängstigend weit oben lag, aber immerhin offen stand. Beigefarbene Vorhänge bauschten sich in der leichten Brise.

»Ja«, sagte ich, aber mir war schleierhaft, wie sie da hinaufkommen wollte, selbst mit meiner Hilfe.

»Wenn wir gut zusammenarbeiten, kann ich da einsteigen«, sagte sie. »Und endlich dieses Zeug auswaschen. Drück mir die Daumen, dass meine Haare keinen bleibenden Schaden davontragen oder sogar ausfallen!«

»Bestimmt passiert nichts Schlimmes«, sagte ich, obwohl ich keine Ahnung von so was hatte. Die Anführerin meiner Clique hätte jetzt die Augen verdreht und gefragt, woher ich das wissen wollte. Aber dieses Mädchen hier grinste einfach nur.

»Vielen Dank«, sagte sie. Bevor ich noch etwas sagen konnte, stemmte sie die Hände in die Hüften und taxierte das offene Fenster. »Ich glaube, das ist machbar«, sagte sie, klang aber schon nicht mehr so zuversichtlich wie gerade eben noch. Sie sah mich an, und plötzlich wünschte ich, besser gestylt zu sein - was völlig daneben war, weil ich vom Laufen kam und jeder das sehen konnte. Aber trotzdem! Dieses Mädchen sah so cool aus, dass ich mir in meinen alten, zu kurzen Laufshorts und dem uralten T-Shirt meiner Mutter mit der Aufschrift *Williamstown Theater Festival Crew* unmöglich vorkam. »Gut, dass du so groß bist«, sagte sie. »Das macht mich richtig neidisch.«

»So klein bist du doch gar nicht«, sagte ich, denn ich war wirklich nur etwa zehn Zentimeter größer.

»Doch«, sagte sie und schüttelte den Kopf. Als ich sah, dass sich ihr Haar dabei kein Stück bewegte, begann ich mir Sorgen zu machen. »In Kopenhagen war es am schlimmsten. Da waren alle so was von groß, dass ich praktisch weit und breit die Kleinste war. Du hättest da gut hingepasst. Tolles T-Shirt übrigens. Vintage?«

»Ähm ...« Ich sah an mir herunter und fand, dass Vintage wohl nicht das richtige Wort für diesen alten Fetzen war, aber ich nickte. »Sozusagen. Früher hat es meiner Mom gehört.«

»Super«, sagte sie. »Man sieht, dass es schon ewig benutzt wird. Baumwollklamotten dünnen nämlich erst aus, wenn sie jahrelang gewaschen werden. Ich kenne ein Versandhaus in San Francisco, das dir hundert Ocken dafür geben würde.« Dann schien ihr einzufallen, dass wir eigentlich was ganz anderes vorhatten, als über Klamotten zu plaudern, denn sie sah wieder zu dem offenen Fenster hoch.

Auch ich sah hinauf und wünschte, Beckett wäre hier. Für ihn wäre die Kletterpartie kein Problem gewesen.

»Okay«, sagte das Mädchen und sah jetzt zwischen dem Fenster und mir hin und her. »Räuberleiter?«

»Alles klar«, sagte ich und klang zuversichtlicher, als mir zumute war. Als unsere Blicke sich trafen, mussten wir beide lachen, obwohl ich nicht wusste, warum.

»O mein Gott«, sagte sie nach einer Weile und versuchte sich zu konzentrieren. »Dann also los.«

Ich faltete die Hände und sie trat hinein. Ich versuchte sie hochzustemmen, aber das funktionierte nicht richtig. Wir probierten es immer wieder in verschiedenen Varianten, bis sie mir praktisch auf den Rücken stieg und sich nach dem Fenstersims streckte.

»Alles in Ordnung?«, fragte sie. »Tut mir echt leid, dass ich auf dir herumtrampele. Tut's weh?«

»Halb so schlimm«, sagte ich mit letzter Kraft, während

ich mich ein wenig aufzurichten versuchte, um sie höher zu heben.

»Jetzt hab ich's!«, rief sie nach einer Weile triumphierend. Als ihr Gewicht mich nicht mehr drückte und ich mich wieder aufrichtete, sah ich, dass sie die Sache ein wenig zu optimistisch beurteilt hatte, denn sie hing am Fenstersims und konnte sich nicht hinaufhieven. Vielmehr sah es so aus, als würde sie sich jeden Moment fallen lassen. »Oder doch nicht?«, meldete sie eigene Zweifel an.

»Warte!«, sagte ich und griff nach einem ihrer Füße, mit denen sie wie wild in der Gegend herumzappelte. »Vielleicht kann ich dich noch ein Stück hochdrücken.«

»Gute Idee!«, sagte sie. »Du bist genial.« Ich hielt ihren Fuß fest und drückte ihn hoch, und sie versuchte sich abzustoßen. Es dauerte ein Weilchen, aber dann konnte sie erst ein Bein über den Fenstersims schwingen, dann das andere, und fiel krachend ins Zimmer. »Aua!«, hörte ich sie schreien.

»Alles in Ordnung?«, rief ich hinauf.

Im nächsten Moment steckte sie den grünen Kopf aus dem Fenster und rief: »Alles gut. Danke! Du hast mir das Leben gerettet. Oder wenigstens meine Haare.« Grinsend zog sie sich ins Haus zurück. Ich nahm an, dass sie sich das grüne Zeug so schnell wie möglich aus dem Haar spülen wollte, ging aber nicht gleich weg, sondern blieb noch einen Moment unter dem Fenster stehen und fragte mich, ob es das jetzt gewesen war. Als sie nicht wieder auftauchte, machte ich kehrt und ging die Einfahrt hinunter. Kurz vor der Straße fiel mir plötzlich ein, dass ich nicht mal wusste, wie das Mädchen hieß.

Am nächsten Tag lief ich dieselbe Strecke, obwohl ich einen schrecklichen Muskelkater hatte. Aber ich wollte das Mädchen wiedersehen und hoffte, dass sie mich nicht für eine Stalkerin halten würde. Ich hatte das Gefühl, die ersten fünf Minuten eines Films gesehen zu haben, von dem ich unbedingt wissen wollte, wie er weiterging. Allerdings nahm ich mir vor, nicht zu klingeln, wenn sie nicht da wäre, und so konnte ich nur hoffen, dass sie sich wieder vor dem Haus aufhielt. Als ich näher kam, platzte diese Hoffnung jedoch wie eine Seifenblase, denn in der Einfahrt und im Garten war niemand zu sehen. Was hatte ich denn erwartet? Dass sie den ganzen Tag da rumhing, um mich abzupassen? Ich wollte schon wieder umdrehen, als ich sah, dass jemand etwas aufs Straßenpflaster gekritzelt hatte, in Kreide und mit einer ungelenken Schrift, die hauptsächlich aus Druckbuchstaben bestand.

Hey, Läuferin!! Danke!
Haare sind okay.
xo, SW

Am dritten Tag versuchte ich gar nicht erst zu laufen, denn nach zwei langen Läufen ohne Kondition taten meine Beine höllisch weh. Stattdessen bat ich meine Mutter, mich ein Stück von dem grandiosen Haus entfernt abzusetzen, weil ich angeblich eine neue Laufstrecke austüfteln wollte. Normalerweise hätte sie mich mit Fragen gelöchert, aber Beckett inszenierte einen Wutanfall auf der Rückbank, sodass sie abgelenkt war. Sie sagte nur, ich solle sie anrufen, wenn ich fertig war, damit sie mich dann abholen könne. Und ich solle nicht zu lange wegbleiben, weil wir alle gemeinsam zu Abend essen wollten.

Um eine Schulkameradin zu beeindrucken, hätte ich mich anders zurechtgemacht, ein nettes Kleid angezogen oder den Rock, den meine Mom mir vor Kurzem gekauft hatte - Klamotten, in denen ich mir immer wie verkleidet vorkam. Stattdessen hatte ich wieder ein altes T-Shirt meiner Mom an, das ich öfter trug, wenn ich laufen ging oder einfach nur im Haus herumhing. Dafür hatte ich aber Lippenstift aufgelegt, obwohl ich keinen besaß, der auch nur annähernd so knallrot war wie der, den das Mädchen getragen hatte. Seit ich mich in diesem Outfit im Spiegel betrachtet hatte, fühlte ich mich ganz wie ich selbst - auch wenn es ein neues Selbst war, das ich an diesem Tag zum ersten Mal ausprobierte.

Langsam ging ich auf das Haus zu und nahm all meinen Mut zusammen. Dieses Mal hatte ich mir vorgenommen zu klingeln. Immerhin hatte das Mädchen etwas für mich auf die Straße geschrieben, und das konnte man doch als Einladung interpretieren, oder? Doch je näher ich kam, desto mehr bezweifelte ich, ob ich dazu fähig war. Bei wildfremden Leuten zu klingeln, war schon schlimm genug, aber wenn tatsächlich jemand aufmachte, wüsste ich ja nicht mal, nach wem ich fragen sollte! Mit jedem Schritt fand ich meinen Plan hirnverbrannter, aber ich zwang mich, wenigstens bis zur Einfahrt zu gehen. Die Kreidebotschaft war verschwunden. Wahrscheinlich hatte das Gewitter sie ausgewaschen, von dem ich nachts um zwei aufgewacht war. Ich sah in die Einfahrt und merkte, dass mich das letzte bisschen Mut verließ. Also machte ich kehrt.

»Hey!« Ich sah zum Haus hinauf, wo sich das Mädchen grinsend aus einem Fenster im zweiten Stock beugte. »Bleib, wo du bist, okay?« Ich nickte und sie verschwand.

Ich trat von einem Fuß auf den anderen, zupfte mein T-Shirt zurecht und fragte mich, warum ich so nervös war. Wenn ich mich im Kreis meiner Schulfreundinnen so fühlte, lag es daran, dass ich fürchtete, etwas Dummes zu sagen oder aus sonst einem Grund ausgeschlossen zu werden. Aber das hier war doch etwas ganz anderes!

»Da bist du ja wieder!« Ich sah auf und sah das Mädchen durch die Einfahrt auf mich zukommen. Sie ging sehr schnell und lief sogar ein paar Schritte. Als sie näher kam, erkannte ich, dass sie ein Paar Sandalen in der Hand hielt und sie an den langen Lederriemen herumschleuderte. Als sie bei mir war, ließ sie die Schuhe auf den Boden fallen. »Ich bin froh, dass du da bist! Ich wollte mich nämlich bei dir bedanken und wusste nicht, wie. Schau mal!« Sie senkte den Kopf und schüttelte ihr Haar. Ich sah, dass es keinen Schaden genommen hatte und nicht die Spur grün war.

»Nichts passiert?«, fragte ich, als sie den Kopf wieder hob.

»Überhaupt nichts!« Sie hielt sich eine Strähne vor die Augen, um sie zu begutachten, dann strich sie sie hinters Ohr. »Bis jetzt jedenfalls nicht. Aber wer weiß, ob mir die Haare nächsten Dienstag büschelweise ausfallen?«

»Spätfolgen.« Ich nickte ernst. »Gut möglich. Vielleicht hast du aber auch eine magische Substanz entdeckt, die erst entsteht, wenn man das Zeug zu lange einwirken lässt. Nur um diese magische Substanz vor der Öffentlichkeit geheim zu halten, wird ständig davor gewarnt, Haarzeugs zu lange einwirken zu lassen.«

»Das gefällt mir – meine Haarkur als radioaktive Spinne«, sagte sie, und ich lachte und kam gar nicht erst auf die Idee, dass dieses Mädchen von mir gelangweilt sein oder meine Ideen blöd finden könnte. Dann fragte sie: »Wie heißt du eigentlich?«

»Emily«, sagte ich, und sie lächelte, als hätte ich genau den Namen genannt, den sie gern hören wollte.

»Ich bin froh, dass wir uns kennengelernt haben«, sagte sie. »Ich heiße Sloane.«

* * *

LAUF, EMILY, LAUF!

Galveston	Glen Campbell
Any Way You Want It	Journey
Crash My Party	Luke Bryan
Heat of the Moment	Asia
True North	Jillette Johnson
Take On Me	a-ha!
The Moment I Knew	Taylor Swift
Just Like Heaven	The Cure
It Goes Like This	Thomas Rhett
Mr. Blue Sky	ELO
All Kinds of Kinds	Miranda Lambert
Nightswimming	R.E.M.
What About Love	Heart

The Downeaster »Alexa«	Billy Joel
Short People	Randy Newman
Dancin' Away with My Heart	Lady Antebellum
Take Me Home Tonight	Eddie Money
You Make My Dreams	Hall & Oates
Even if it Breaks Your Heart	Eli Young Band
Aw Naw	Chris Young
The Power of Love	Huey Lewis & The News
This	Darius Rucker
Fancy	Reba McEntire
Run	Matt Nathanson feat. Sugarland
A Lot to Learn About Livin'	Easton Corbin
Centerfold	J. Geils Band
Quittin' You	The Band Perry

Ich war wirklich nicht mehr in Form. Das spürte ich gleich in den Waden, und schon nach gut einem Kilometer fing ich an zu keuchen. In der Schule hatte ich mich an den Geländeläufen zuletzt nur noch sporadisch beteiligt, und seit Sloanes Verschwinden war ich gar nicht mehr gelaufen. Es war eine Schande, dass ich etwas, das ich fast mein ganzes Leben lang so gern betrieben hatte, so hatte schleifen lassen und in so kurzer Zeit so schlecht darin geworden war.

Seit meiner Kindheit war ich regelmäßig gelaufen. Rückblickend verstand ich auch, warum meine Eltern immer darauf gedrängt hatten, dass ich mich Sportvereinen mit Laufabteilungen anschloss. Wenn einer von beiden einen Lehrauftrag hatte, konnte ich im Stadion des Colleges oder der Universität trainieren, und es war eine kostengünstige Sportart, die man unabhängig von einer Mannschaft und einem festen Ort ausüben konnte. Geld und Beständigkeit waren in meiner Kindheit nämlich Mangelware.

Sloane dagegen hatte alle möglichen Sportarten ausprobiert. Sie konnte reiten und kannte sich mit Standardtänzen aus, Ballett und Stepptanz hatte sie auch gelernt. Sie konnte segeln, Tennis spielen, sich fließend auf Französisch unterhalten, und aus Gründen, die ich nie richtig verstanden hatte, konnte sie sogar Bridge spielen. Im Feriencamp hatte ich schwimmen gelernt, aber mein Sport war das Laufen. Es war die einzige Disziplin, in der ich richtig gut war, und deswegen war es mir unendlich peinlich, als ich jetzt gleich nach dem ersten Kilometer wie eine lahme Ente watschelte.

Ich stellte meinen I-Pod lauter, als könnte ich damit meine Energiereserven aufladen, was natürlich nicht der Fall war, aber ich wollte mich noch einmal antreiben, obwohl ich schon japste. Ich hatte eine neue Playliste zusammengestellt und ihr einen motivierenden Titel gegeben – ziemlich peinlich, ich weiß. Von den meisten Songs würde ich niemals zugeben, dass ich sie gern hörte – Country und Pop aus den Achtzigern. Damit die Musik für den ganzen Lauf reichte, hatte ich diese Liste mehrfach hintereinanderkopiert, weil die Repeat-Funktion meines I-Pods kaputt war. Er hatte noch ein paar andere Macken, seit ich ihn im Auto vergessen und ein kräftiger Regenschauer alles in meinem Wagen durchtränkt hatte.

Ich lief im Bogen durch eine Gegend nahe unserem Viertel, die ich letztes Jahr entdeckt hatte. Die Strecke führte am Wasser entlang, wo es etwas kühler war und ab und zu eine leichte Brise wehte. Auf solche Erleichterungen war ich zurzeit nämlich angewiesen. Normalerweise hätte ich einen Sieben-Kilometer-Lauf wie diesen ganz locker absolviert, aber normalerweise war ich auch nicht in so schlechter Verfassung.

Ich folgte einer Straßenkurve, und dahinter sah ich einen anderen Läufer - einen Jungen, ungefähr in meinem Alter. Er drehte den Kopf, um etwas an dem I-Pod einzustellen, den er sich an den Arm geschnallt hatte, und als ich sein Gesicht sah, wäre ich beinahe gestolpert. Ich konnte gerade noch rechtzeitig abbremsen. Gott sei Dank. Denn der andere Läufer war Frank Porter.

Offenbar bemerkte er mich nicht, denn als er mit seinem I-Pod fertig war, schaute er wieder geradeaus auf die Straße. Weiße Kopfhörer steckten in seinen Ohren. Ich lief so langsam weiter, dass ich praktisch nur noch ging. Dabei überlegte ich, was ich tun sollte. Wenn ich noch einmal einen Zahn zulegte, konnte ich Frank überholen, aber danach müsste ich das Tempo halten, bis ich die Abzweigung nach Haus erreichte. Außerdem würde er mich dann die ganze Zeit von hinten sehen, es sei denn, ich zöge das Tempo so an, dass ich schnell außer Sichtweite war, was ich aber nicht schaffen würde. Mich von hinten zu zeigen, war heute nicht so günstig, denn ich hatte die erstbesten Shorts angezogen, die mir in die Hände gefallen waren, und hintendrauf stand *GO SH!*. Das sollte *Go Stanwich High!* bedeuten, aber erst als wir die Shorts alle bestellt und bezahlt hatten, wurde uns klar, dass es aussah, als stünde *GOSH!* auf unseren Pobacken. Trotzdem musste ich in normalem Tempo weiterlaufen. Hinter Frank herzuschleichen und zu hoffen, dass er sich nicht nach mir umdrehte, wäre feige gewesen, und ich wäre mir wie eine Stalkerin vorgekommen.

Die andere Möglichkeit war, einfach umzudrehen und in einem engeren Bogen durch unser Viertel zu laufen. Die jetzige Route war ohnehin nicht der Burner. Natürlich war es nett gewesen von Frank, mir mit dem Wagen zu helfen, aber ich hatte nicht die geringste Lust, wieder quälenden Small Talk mit ihm zu machen. Noch schlimmer wäre es, wenn er sich verpflichtet fühlte, mich beim Laufen zu begleiten, obwohl er gar keine Lust dazu hatte. Nein, eine Begegnung mit Frank Porter pro Sommer war vollkommen ausreichend!

Ich wollte gerade kehrtmachen, als er plötzlich stehen blieb und sich bückte, um seine lockeren Schnürsenkel zu binden. Dabei sah er in meine Richtung und erkannte mich. Grüßend hob er die Hand, nahm die Kopfhörer aus den Ohren und rief: »Emily?«

Ich biss mir auf die Lippen. Wie sollte ich aus dieser Nummer rauskommen, ohne unhöflich zu werden? Ich zog ebenfalls die Kopfhörer aus den Ohren und stellte meinen I-Pod auf Pause. »Hey«, sagte ich und winkte ihm zu. Ich bewegte mich weiter so, als würde ich laufen, trat dabei aber auf der Stelle. So konnte ich schnell wieder durchstarten, wenn ich von diesem Intermezzo genug hatte.

»Dachte ich mir doch gleich, dass du es bist«, sagte Frank, als er sich wieder aufrichtete, auf mich zuging und meine Hoffnung auf ein schnelles Ende dieser Begegnung zunichte machte. Als er näher kam, hörte ich, dass er ziemlich außer Atem war. Sein Haar war so verschwitzt, dass es dunkelrot aussah, und auf seinem ausgewaschenen blauen T-Shirt prangte *Tri-State Latin Decathlon*, das Logo eines Latein-Zehnkampfs, an dem Schulen aus drei Bundesstaaten teilnahmen. Er sah mich fast beleidigt an und sagte: »Das ist deine Schuld.«

Ich sah ihn fragend an. Was hatte ich verbrochen? Wovon redete er? »Was ist meine Schuld?«

Er wischte sich durchs Gesicht und übers Haar. »Du wolltest mir doch beim Lauftraining helfen.«

Ich machte den Mund auf, schloss ihn aber gleich wieder, denn ich wusste nicht, was ich dazu sagen sollte. Hatte ich etwa verlangt, dass er das Laufen zu seinem Hobby machte? Oder erwartete er, dass ich ihn überall suchte, um ihn zu trainieren? »Sorry«, stammelte ich und sah auf die himmlisch leere Straße hinter mir. Hätte ich bloß ein paar Sekunden eher kehrtgemacht oder Frank sich seinen Schuh sorgfältiger zugebunden!

Er grinste und schüttelte den Kopf, während er langsam wieder zu Atem kam. »Das sollte ein Witz sein«, sagte er. »Ich versuche doch nur davon abzulenken, wie schlecht ich bin.«

Ich nickte und sah auf den Straßenbelag und meine Schuhe. Dann holte ich Luft und sagte: »Na, jedenfalls sollte ich jetzt –«

»Läufst du in die Richtung?«, unterbrach er mich und zeigte in meine ursprüngliche Laufrichtung. Ich wusste nicht, was ich sagen sollte, ohne ihn zu brüskieren.

»Genau«, sagte ich nach einer viel zu langen Bedenkzeit.

»Ich auch«, sagte er, dann bückte er sich, um seinen anderen Schuh fester zu binden, und sah zu mir auf. »Dann können wir ja ein Stück zusammen laufen. Es sei denn, natürlich, ich bin dir zu langsam.«

»Das macht nichts«, sagte ich und fragte mich sofort, ob das zu unhöflich war. Deswegen fügte ich schnell hinzu: »Ich meine, ich glaube nicht, dass du mich bremst. Ich bin zurzeit nicht besonders in Form.«

»Ausgezeichnet«, sagte er. Dann machte er eine auffordernde Kopfbewegung, und ich lief los. Er setzte sich neben mir in Bewegung und stöhnte leise, als er sich meinem Tempo anpasste. Ich lief links am Straßenrand, er in der Fahrbahnmitte. Kaum waren wir losgelaufen, merkte ich, dass er mir immer näher kam. Ich wich aus und bewegte mich weiter nach links. Ich dachte mir nicht viel dabei, bis Frank das Manöver wiederholte. Wieder wich ich zurück, aber jetzt hatte ich keinen Asphalt mehr unter den Füßen, sondern lockere Erde.

»Ähm …« sagte ich und bekämpfte den Hustenreiz, den die Staubwolke unter meinen Füßen auslöste. »Frank?«

Er sah mich an und schien zu merken, was passiert war. »Oh, sorry!«, sagte er. »Lass uns die Seiten tauschen.«

»Alles klar«, sagte ich und joggte um ihn herum in die Straßenmitte. Ein paar Minuten liefen wir schweigend weiter, dann sah ich ihn von der Seite an, aber nur ganz kurz, bevor ich wieder auf die Straße blickte. Ich hatte keine Ahnung, wie man sich in so einem Fall verhielt. Sollte sich jeder wieder seine eigene Musik ins Ohr stöpseln? Oder ohne Soundtrack weiterlaufen, in vollkommener Stille? Wäre das nicht ziemlich öde?

»*Bug Juice*?«, fragte Frank. Ich sah ihn verständnislos an, dann begriff ich, dass er mein T-Shirt meinte. Es stammte aus der Broadway-Inszenierung, und als ich es damals bekam, konnte ich es als Nachthemd tragen. Jetzt war es ein ganz normales T-Shirt.

»Ach so«, sagte ich. »Ja, genau.« Ich lief weiter und Frank hielt das Tempo. Das Schweigen zwischen uns wurde unangenehm, und langsam dämmerte mir, dass ich etwas mehr zum Thema *Bug Juice* sagen musste, wenn Frank nicht denken sollte, dass ich einem Stück nachtrauerte, das schon seit Jahren nicht mehr gespielt wurde. »Meine ... ähm ... Eltern haben es geschrieben.« Mehr brauchte er nicht zu wissen. Ich musste ihm ja nicht erzählen, dass ich das Vorbild für die Hauptfigur, Cecily, war, jedenfalls am Anfang des Stücks. Zuerst ist sie nämlich sehr schüchtern und wird dann immer selbstbewusster und mutiger, bis sie am Ende einen gewagten Coup landet und das ganze Feriencamp aufmischt.

Frank sah mich überrascht an. »Ach, wirklich? Ist ja

cool! Ich glaube, ich habe es mal gesehen, als ich zwölf war oder so ...«

Ich nickte. Das Stück war nicht nur am Broadway gelaufen, sondern an unzähligen kleineren Theatern, und viele waren damit irgendwo in Berührung gekommen. Also machte ich mich auf die unvermeidliche nächste Frage gefasst, die auch prompt kam.

»Haben deine Eltern sonst noch was geschrieben?«

Ich sah die Straße entlang, bevor ich antwortete. Inzwischen wusste ich, was das Problem bei plötzlichem und unerwartetem Erfolg war. Bevor *Bug Juice* seinen Weg an den Broadway fand, hatten meine Eltern schon zehn Jahre lang Stücke geschrieben, und auch nach *Bug Juice* hatten sie welche geschrieben, aber die anderen Stücke waren nicht besonders erfolgreich. Zum Teil waren meine Eltern selbst daran schuld, denn was den Leuten an ihrem Stück über ein Feriencamp für Kinder gefallen hatte, war das krasse Gegenteil von dem über einen selbstmordgefährdeten Countrysänger, das sie danach geschrieben hatten. »Sie arbeiten gerade an einem neuen Stück«, sagte ich und war froh, diese Antwort geben zu können, statt über die erfolglosen Stücke meiner Eltern sprechen zu müssen.

»Ach ja?« Frank sah mich an und keuchte.

»Über Tesla«, sagte ich, und Frank nickte, als sagte ihm der Name etwas. Das überraschte mich so sehr, dass ich nicht nachdachte, bevor ich fragte: »Du weißt, wer das ist?«

»Ja, klar«, sagte Frank. »Er war ein Genie. Die Röntgen-

und Radartechnik gehen auf ihn zurück. Er war seiner Zeit weit voraus.« Wie hatte ich nur vergessen können, mit wem ich es hier zu tun hatte? Auch wenn er jetzt einen roten Kopf hatte und so außer Atem war, dass er kaum sprechen konnte, war er immer noch Frank Porter, der die Schule nächstes Jahr wahrscheinlich als Bester beenden würde. »Können wir ...«, keuchte er, »können wir ein Stück gehen?«

»Klar«, sagte ich. Ich war besser in Form als Frank, aber es würde nicht mehr lange dauern, bis auch ich keuchte. Wir wurden langsamer und Frank schnaufte tief durch.

»Tut mir leid«, sagte er, als er wieder sprechen konnte, und wischte sich mit dem Ärmel übers Gesicht. »Ich halte dich auf. Wenn du lieber weiterlaufen willst, tu's einfach.«

»Schon in Ordnung«, sagte ich und erkannte zu spät, dass ich den Ausweg verpasst hatte, den er mir geboten hatte. Ich hätte einfach weiterlaufen können, ohne dass es für einen von uns peinlich gewesen wäre. Fakt war allerdings, dass ich selbst eine Verschnaufpause brauchte, obwohl ich aus Erfahrung wusste, wie schwer es war, wieder ins Laufen zu kommen, wenn man zwischendurch zu lange ging. Aber momentan waren meine Beine wie Blei, und ich war mir nicht sicher, ob ich ohne Erholungspause überhaupt weiterlaufen konnte.

Frank hob sein T-Shirt an und wischte sich den Schweiß vom Gesicht. Bei dem Anblick kam ich beinahe wieder ins Stolpern. Frank Porter hatte einen tollen Körper. Er war schlank und seine Bauchmuskeln waren perfekt definiert. Da seine Shorts tief auf der Hüfte saßen, war gerade eine Menge von diesen Bauchmuskeln zu sehen gewesen. Ich musste schlucken, sah schnell in die andere Richtung und versuchte mich aufs Geradeausgehen zu konzentrieren. Wenn ich nach Haus kam, musste ich Sloane sofort davon berichten.

Was natürlich nicht möglich war. Jedenfalls noch nicht.

»Darf ich dich was fragen?«, sagte Frank nach ein paar Minuten. Ich sah ihn von der Seite an und versuchte den Jungen wiederzuerkennen, der er für mich bis vor Kurzem gewesen war – Frank Porter, der kompetente Jahrgangssprecher, und nicht der Typ mit dem Sixpack.

Ich nickte, obwohl ich ahnte, dass es eine unangenehme Frage sein würde, wenn er schon so anfing. »Neulich Abend in der Plantage ...«, begann er, wandte den Blick ab und schüttelte den Kopf. »Tut mir leid, wenn ich dir jetzt zu nahe trete, aber ... Ich muss immer noch an den Abend denken, als ich dich zur Tankstelle gebracht habe, und ...« Er sah mich an und rang offensichtlich um Worte. »Also, was ich fragen wollte: Warst du allein da?«

Ich merkte, dass mir ganz heiß wurde, und das lag nicht am Laufen. Frank wusste ganz genau, dass ich allein da gewesen war, wie der letzte Loser.

»Nicht, dass ich was dagegen hatte, dich zu fahren«, sagte er schnell. »Ganz und gar nicht. Ich hab mich bloß gefragt, wie es kam, dass niemand bei dir war.«

Ich lächelte ihn kurz an, dann sah ich wieder auf die

Straße und wünschte, ich hätte vorhin die Gelegenheit zum Weiterlaufen genutzt. Konnte ich nicht immer noch abhauen? Musste ich seine Frage wirklich beantworten? Was konnte schon groß passieren, wenn ich einfach losliefe? Schließlich waren wir keine Freunde, die einander in irgendeiner Weise verpflichtet waren. Doch dann dachte ich plötzlich: Warum nicht die Wahrheit sagen?

Vielleicht lag es genau daran, dass wir keine Freunde waren, oder vielleicht dachte ich, dass ich ihn in diesem Sommer sowieso nicht wiedersehen würde, jedenfalls sagte ich: »Ja, ich war allein da.« Dann atmete ich tief durch, bevor ich ihn fragte: »Kennst du Sloane Williams?«

»Natürlich«, sagte er erwartungsgemäß. »Deine andere Hälfte, richtig?«

»Ja.« Ich wusste nicht recht weiter, weil ich noch mit niemandem darüber gesprochen und immer noch keine vernünftige Erklärung für ihr Verschwinden hatte. Aber ich hatte das Gefühl, dass Frank geduldig genug war, um zuzuhören, bis mir alles klarer wurde. Vielleicht traute ich ihm das zu, weil ich oft genug an Schulversammlungen teilgenommen hatte, die er leitete. Bei solchen Veranstaltungen hatte er immer geduldig mit dem Mikrofon im Auditorium gestanden, während irgendeine Dumpfbacke eine halbgare Beschwerde wegen der Getränkeautomaten vortrug. »Gleich zu Anfang der Ferien ist sie verschwunden«, sagte ich. »Ich hab keine Ahnung, wohin und warum. Aber sie hat mir eine Liste hinterlassen, die ...« Ich überlegte, wie ich die Liste beschreiben sollte. »Es geht um dreizehn Aufgaben, die ich erfüllen soll. Zur

Plantage zu fahren war eine davon.« Verstohlen sah ich Frank an und hätte mich nicht gewundert, wenn er mich verwirrt angesehen oder einfach nur höflich genickt und dann schnell das Thema gewechselt hätte. Stattdessen sah er mich ganz begeistert an. Damit hatte ich nicht gerechnet.

»Das ist ja fantastisch«, sagte er. »Dass Sloane verschwunden ist, natürlich nicht. Das tut mir leid. Aber dass sie dir so etwas hinterlassen hat. Hast du die Liste dabei?«

»Nein.« Wie konnte er das fragen? Zum Laufen nahm ich die Liste doch nicht mit! »Was findest du daran so *fantastisch*?«

»Bestimmt steckt was dahinter, das sich nicht auf den ersten Blick erschließt, meinst du nicht? Eine simple Auflistung wird es kaum sein. Wahrscheinlich enthält diese Liste einen Code oder eine geheime Botschaft ...«

»Glaube ich nicht«, sagte ich und dachte an die dreizehn Aufgaben, die schon ohne Code rätselhaft genug waren.

»Kannst du ein Foto davon machen und es mir schicken?«, fragte Frank und schien es ernst zu meinen. »Falls doch so etwas darin verborgen ist, bekomme ich es bestimmt heraus.«

Mein erster Impuls war, Nein zu sahen, denn hier ging es um etwas sehr Persönliches. Außerdem waren Aufgaben wie »Einen Fremden küssen« und »Nackt baden« dabei. Wie peinlich, Frank das sehen zu lassen! Aber was, wenn er recht hatte und tatsächlich noch mehr in der

Liste steckte? Dass ich es nicht sehen konnte, bedeutete ja nicht, dass da wirklich nichts war. Statt eine konkrete Antwort zu geben, sagte ich nur: »Du bist ein echter Rätselfreak, was?«

Frank grinste, aber peinlich schien es ihm nicht zu sein. »Fällt das so sehr auf?«

Ich nickte. »In der Tankstelle hast du dem Typen das Rätsel ja regelrecht aus der Hand gerissen.«

Frank lachte. »James«, sagte er. »Er ist in Ordnung. Ich weiß ja selber, dass es eine Macke ist. Schon seit Jahren. Geheimschriften, Puzzles, Mustererkennung ... So funktioniert mein Gehirn nun mal.« Ich nickte und dachte, wir seien jetzt quitt. Ich hatte ihm etwas anvertraut und er mir, und nun konnten wir weiterlaufen. Aber Frank redete weiter, wenn auch etwas zögerlich. »Ich glaube, es hat mit den Beatles angefangen. Mein Cousin hat sie andauernd gehört und behauptete, in den Texten seien geheime Botschaften versteckt. Da habe ich mich dann voll reingesteigert.«

»In Geheimbotschaften?«, fragte ich und sah ihn an. Inzwischen konnte man unsere Fortbewegung kaum noch als Gehen bezeichnen, vielmehr war es ein gemächliches Dahinschlendern. Aber uns hetzte ja keiner. »Oder in die Beatles?«

»Na ja ... beides. Nach einer Weile habe ich auch Collins damit angesteckt. Als Kinder haben wir ständig die Beatles gehört.« Er zeigte auf die Straße vor uns. »Was meinst du? Sollen wir weiterlaufen?«

Ich nickte und wunderte mich über seinen Durchhaltewillen, denn das Laufen schien ihm inzwischen wirklich schwerzufallen. Aber ich hatte es mit Frank Porter zu tun. Am Ende des Sommers war er wahrscheinlich so weit, dass er für den Marathon trainierte. Wir liefen also weiter, wenn auch etwas langsamer als anfangs.

»Gott!«, japste Frank nach gut einem Kilometer. »Warum tun Menschen sich das an? Es ist doch schrecklich, und einfacher wird's mit der Zeit auch nicht.«

Ich sah ihn von der Seite an. Erleichtert stellte ich fest, dass er fürchterlich schwitzte und sein Kopf puterrot war, denn ich war mir ziemlich sicher, dass ich genauso aussah. »Wie lange läufst du denn schon?«, fragte ich.

»Viel zu lange«, keuchte er.

»Nein.« Ich musste lachen, und weil ich ziemlich außer Atem war, klang es peinlicherweise wie ein Erstickungsanfall. Ich versuchte, es in ein Husten umzuwandeln, und als ich wieder normal sprechen konnte, sagte ich: »Ich meine insgesamt.«

»Jedenfalls laufen wir für meinen Geschmack schon viel zu lange«, sagte er.

»Dann weiß ich, was dein Problem ist«, sagte ich und wünschte, es gäbe eine kürzere Erklärung, weil ich vom gleichzeitigen Laufen und Reden bereits Seitenstiche bekam. »Du bist nie lange genug gelaufen. Je länger man läuft, desto einfacher wird es nämlich.«

Frank schüttelte den Kopf und sagte: »In einem wohlgeordneten Universum wäre das nicht der Fall.« Ich sah ihn fragend an. Die ersten Worte hatte er mit einem merkwürdigen Akzent ausgesprochen, und ich fragte mich, ob er Sprachstörungen bekam, weil er sich zu viel zugemutet hatte, und besser aufhören sollte. Er sah mich an und sagte: »Curtis Anderson«, als würde das alles erklären.

Aber dieser Name sagte mir nichts und ich schüttelte den Kopf. Dann fiel mir die CD ein, die unter dem Sitz rausgerutscht war, als er wegen des Opossums plötzlich bremsen musste. »Der Typ von der CD in deinem Wagen?«, fragte ich.

»Genau. Der Comedian. Das ist ein stehender Spruch von ihm.« Frank holte tief Luft und zeigte auf einen Punkt drei Häuser weiter. »Da wohne ich. Wer zuerst da ist!«

»Ha-ha!«, sagte ich und dachte, es sollte ein Witz sein, aber Frank zog das Tempo tatsächlich an. Irgendwo musste er noch eine Energiereserve gehabt haben. Ich wollte nicht abgehängt werden, zumal ich hier als die Expertin galt, also lief ich mit. Meine Muskeln protestierten laut und deutlich, aber ich legte einen Sprint hin, schloss zu Frank auf und überholte ihn wenige Schritte vor dem Haus, auf das er gezeigt hatte, um dann taumelnd zum Stehen zu kommen.

»Gut ... gemacht«, keuchte er, beugte sich vor und stützte die Hände auf die Knie. Ich war zu sehr außer Atem, um etwas sagen zu können, und streckte nur die Daumen in die Luft. Dann merkte ich, was ich da tat, und nahm die Hände schnell wieder runter.

Ich machte ein wenig Stretching, und als mein Atem ruhiger wurde, sah ich das Haus, vor dem wir gehalten hatten, zum ersten Mal richtig an. »Krass!«, entfuhr es mir. Aber das war es wirklich. Es war hellgrau und sah aus wie aus einer Zeitschrift für moderne Architektur, sodass es sich deutlich absetzte von den im traditionellen Kolonialstil erbauten Häusern, die in dieser Gegend üblich waren.

»Es ist ganz in Ordnung«, sagte Frank und zuckte mit den Schultern.

Auf einem kleinen Schild mit stilisierten Buchstaben stand: *Konzept: Porter & Porter.* Ich zeigte darauf und fragte: »Sind das deine Eltern?«

»Ja«, sagte Frank knapp, fügte dann aber noch hinzu: »Mein Dad ist Architekt, meine Mutter Dekorateurin.« Das war's dann aber auch schon, und ich fragte mich, ob ich ihm zu nahe getreten war.

»Ich wusste gar nicht, dass du bei mir in der Nähe wohnst«, sagte ich. »Ich wohne ein Stück weiter im Driftway.« Kaum hatte ich das gesagt, bereute ich es und hoffte, dass er jetzt nicht dachte, es sei mir wichtig, wie nah wir zusammen wohnten. Ich hatte das nur gesagt, weil ich erstaunt war, denn ich hatte immer gedacht, ich wüsste, welche Mitschüler bei mir in der Nähe wohnten. Zumindest war das der Fall, als wir alle noch keinen Führerschein hatten und mit dem Schulbus fuhren.

»Wir wohnen hier erst seit knapp einem Jahr«, erklärte er. »Wir ziehen ziemlich oft um.« Ich nickte und hakte nicht weiter nach, weil ich merkte, dass Frank nicht näher darauf eingehen wollte.

Ich wickelte meine Kopfhörer vom I-Pod. Wenn Frank

hier zu Hause war, hatte unser Lauf wohl ein unerwartetes Ende gefunden.

»Wiederholen wir das demnächst?«, fragte Frank, grinste und atmete immer noch so schwer, dass ich es für einen Witz hielt.

»Na klar«, sagte ich und grinste ebenfalls, um ihm zu signalisieren, dass auch mein Spruch ein Witz sein sollte. »Jederzeit.« Ich steckte mir die Kopfhörer ins Ohr, aber Frank stand immer noch da und sah mich an. Er machte keinerlei Anstalten, ins Haus zu gehen.

»Läufst du jetzt den ganzen Weg zum Driftway?«, fragte er.

»Ich glaube, ich gehe einfach«, sagte ich. »Es ist ja nicht mehr weit.«

»Möchtest du reinkommen?«, fragte er. »Ich kann dir ein Glas Wasser spendieren.«

»Ich brauche nichts«, sagte ich schnell. »Trotzdem danke.«

Frank schüttelte den Kopf. »Komm schon!« Er ging auf das Haus zu. Etwas unschlüssig folgte ich ihm, und er wartete, bis wir nebeneinander die Einfahrt hochgingen. Sie war hübsch eingefasst, mit Blumen, die in präzisen Abständen gepflanzt waren. Frank ging zu einem Seiteneingang, holte einen Schlüssel unter der Türmatte hervor, schloss auf und ließ mir den Vortritt. Ich betrat ein lichtdurchflutetes Foyer mit hohen Decken und wollte gerade sagen, wie beeindruckend ich es fand, als oben im Haus etwas krachend zu Boden fiel.

Ich erstarrte, genau wie Frank hinter mir. Ich drehte

mich um und sah, wie erschrocken er war. »Was …« Weiter kam ich nicht.

»Weil es mein Projekt ist!«, hörte ich eine Frau schreien. »Ich habe Tag und Nacht daran gearbeitet, während du dich in Darien rumgetrieben hast!«

»Komm mir nicht so!«, schrie ein Mann zurück, genauso laut und wütend wie die Frau. »Ohne mich wärst du doch nichts! Du segelst im Windschatten meines Erfolgs und …« Eine Frau huschte an uns vorbei, und ich konnte nur kurz ihren roten Kopf sehen, bevor sie auch schon wieder verschwunden war. Ein Mann mit genauso rotem Kopf folgte ihr und war ebenso schnell wieder weg. Ich erinnerte mich dunkel daran, Franks Eltern auf Zeitungsfotos und Schulfesten gesehen zu haben. Auf Letzteren standen sie ruhig und gelassen hinter ihrem Sohn und lächelten stolz, wenn er wieder mal einen Preis überreicht bekam.

Ich sah Frank an, der ganz blass geworden war. Er starrte auf seine Schuhe, und ich hatte wieder das Gefühl, etwas zu sehen, das nicht für meine Augen bestimmt war. Mir war klar, dass die ganze Sache schon ohne mich als Augen- und Ohrenzeugin schlimm genug für ihn gewesen wäre. »Ich gehe jetzt lieber«, sagte ich leise. Er nickte, ohne mich anzusehen. Ich bewegte mich zur Tür und irgendwo weiter hinten im Haus ging das Geschrei wieder los.

Hastig verließ ich das Haus und ging schnell die Einfahrt hinunter. Ich wünschte, ich hätte mich auf den Heimweg gemacht, bevor ich sehen konnte, was die

Schreierei seiner Eltern mit Frank machte. Als ich die Straße erreichte, ging ich immer schneller, bis ich wieder ins Laufen kam. Meine Muskeln hatten etwas dagegen, aber ich lief weiter.

Erst kurz vor unserem Haus merkte ich, dass ich die ganze Zeit dieselbe Spur gehalten hatte wie vorher, als Frank noch am Straßenrand neben mir hergelaufen war.

4

Eine Person namens Jamie umarmen

Ich stand hinter der Theke im Eisparadies und sah sehnsüchtig zur Tür. In den vier Tagen, die ich jetzt hier arbeitete, hatte ich exakt fünf Kunden bedient, von denen einer bloß reingekommen war, weil er Kleingeld für die Parkuhr haben wollte. Hätte ich mit Sloane zusammen gearbeitet, wäre so viel Leerlauf natürlich fantastisch gewesen, der dickste Pluspunkt dieses Jobs. Aber da ich hier den ganzen Tag allein war, sah ich jedes Mal zur Tür, wenn jemand am Laden vorbeiging, und drückte die Daumen, dass er reinkommen und ein Eis kaufen würde. Die meisten sahen zwar durchs Schaufenster, gingen dann aber weiter und verschwanden oft in der Pizzeria.

Trotzdem fand ich diesen kundenarmen, schweigsamen Job immer noch besser als das Nachhausekommen zu einem Telefon, mit dem ich doch niemanden erreichen konnte, und einem Haufen Freizeit, in der ich allein war.

Ich war noch nicht dazu gekommen, eine weitere Aufgabe von der Liste in Angriff zu nehmen, aber als ich vor zwei Tagen einen Depri hatte, hatte ich sie fotografiert und das Foto an Franks E-Mail-Adresse unseres Schul-Accounts geschickt. Um es gleich darauf zu bereuen, aber da Frank sich seither nicht gemeldet hatte, nahm ich an, dass er seine Schul-E-Mails in den Ferien nicht abrief oder vergessen hatte, worüber wir uns bei unserer zufälligen Begegnung unterhalten hatten. Wie auch immer – ich kam nicht voran, und das machte mich langsam nervös.

Ich wandte den Blick von der Tür ab und sah auf die Serviette, die vor mir auf der Theke lag. Darauf hatte ich sämtliche Jamies aufgelistet, die ich aus der Schule kannte, Jungen wie Mädchen. Aber außer dass wir dieselbe Schule besuchten, hatte ich nichts mit ihnen zu tun. Folglich bezweifelte ich, ob ich eine oder einen von ihnen anrufen würde, um zu fragen, ob ich mal kurz vorbeikommen und sie oder ihn umarmen dürfe. Gerade war mir noch einer eingefallen – ich war mir ziemlich sicher, dass der Typ, der letztes Jahr im Kostüm unseres Schulmaskottchens gesteckt hatte, auch Jamie hieß, und ich wollte ihn eben auf meine Liste setzen, als die Glocke über der Ladentür läutete und ein Mädchen in den Laden gestürmt kam.

Ich legte die Serviette zur Seite und machte ein professionelles Gesicht. »Willkommen im Paradies«, sagte ich und lächelte.

Gleich hinter der Tür blieb das Mädchen wie angewurzelt stehen, und ich begriff, warum sie mir gleich bekannt vorgekommen war: Sie hatte einen Ferienjob in der Pizzeria zwei Türen weiter. »Hi«, sagte sie mit brüchiger Stimme. Ich sah sie genauer an. Ihre Wangen waren gerötet und aufgedunsen und ihre Augen ganz feucht. Abgesehen davon war sie ausgesprochen hübsch. Hübsch und kurvig, mit weizenblonder Ponyfrisur und hellblauen Augen, die doppelt so groß waren wie die von normalen Menschen. Sie fuhr sich mit der Hand durchs Haar und kam einen Schritt näher. »Tut mir leid«, sagte sie. »Ich will gar kein Eis kaufen.« Ich seufzte und fragte mich, warum mich das jetzt nicht wunderte. Sie atmete zittrig durch, dann sagte sie: »Ich musste da nur mal einen Moment raus. Zu meinem Wagen konnte ich nicht, weil mich da alle gesehen hätten …« Die Gesichtszüge entglitten ihr und sie tupfte sich die Augen ab. »Tut mir leid«, sagte sie mit erstickter Stimme. »Gleich bin ich wieder weg.«

»Ähm …«, fing ich an und sah mich hinter der Theke um, als könnten mir die Schilder mit Anweisungen für regelmäßiges Händewaschen und Checken der Gefrierschranktemperatur in dieser Situation irgendwie weiterhelfen. Dann umrundete ich die Theke, knetete die Hände und ging auf das Mädchen zu. »Alles in Ordnung mit dir?«

Sie nickte und versuchte zu lächeln, was aber gründlich misslang. Dann sagte sie: »Nein«, schluchzte auf und fing furchtbar an zu weinen. Ich zog einen Serviettenständer von der Theke heran und reichte ihn ihr. Sie ließ sich auf einen der Metallstühle fallen und drückte sich eine Serviette ans Gesicht. »Ich komme mir so blöd vor. Ich hätte es merken müssen. Es hat sich doch genau vor meiner Nase abgespielt! Aber meine Cousine Stephanie hat immer schon gesagt, dass ich zu leichtgläubig bin.«

»Was hättest du merken müssen?«, fragte ich und kam ein Stück näher. Parallel überlegte ich, ob es herzlos oder mitfühlend wäre, sie darauf hinzuweisen, dass Eisessen – zumindest in Filmen – über emotionale Krisen hinweghalf.

Das Mädchen tupfte sich die Tränen von den Wangen, putzte sich die Nase und sah dann zu mir auf. »Dass mein Freund mich betrügt.«

»O Gott«, sagte ich und legte ihr mehr Servietten hin. »Das tut mir leid.«

»Mit meiner besten Freundin!«

»Oh.« Ich musste schlucken.

»Wir sind alle Kollegen.« Sie zeigte Richtung Pizzeria. Darüber zu sprechen schien alles noch schlimmer zu machen, und prompt brach sie wieder in Tränen aus.

Ich ging noch einen Schritt näher und fragte: »Kann es nicht sein, dass du etwas missverstanden hast? Vielleicht meint deine Freundin es gar nicht so, oder vielleicht hast du etwas gesehen, das in Wirklichkeit ...« Ich konnte nicht weitersprechen, weil mir plötzlich eine Erinnerung hochkam, auf die ich lieber verzichtet hätte. Ich sah wieder jenen Maiabend bei Sam vor mir und die Art, wie Sloane mich angesehen hatte, und das Glas, das zu ihren Füßen in tausend Stücke sprang.

»Nein«, sagte das Mädchen, immer noch mit erstickter Stimme, und schüttelte den Kopf. »Ich war Pizza ausliefern, und die letzten beiden Kunden wohnten ganz nah beieinander, sodass ich schnell zurück war.« Ihr drohte die Stimme zu versagen. »Da hab ich die beiden dann erwischt, Bryan und Mandy, wie sie im Mitarbeiterzimmer rummachten, hinter den Fächern für interne Mitteilungen.« Sie sah zu mir auf, ihre Augen waren randvoll mit Tränen. »Das war *unser* Platz! *Wir* haben da immer rumgemacht!«

»Tut mir wirklich leid«, sagte ich und gab ihr noch mehr Servietten. Bald würde ich einen neuen Ständer holen müssen.

»Also habe ich sie zur Rede gestellt und war bereit, mir alles erklären zu lassen, falls es nicht war, wonach es aussah ...« Sie drückte sich eine Serviette an die Augen. »Aber dann hat Bryan Mandys Hand genommen und gesagt, wir müssten reden. Ist das zu fassen?« Sie fing wieder an zu weinen und ich streichelte ihr zaghaft über den Rücken.

»Das tut mir wirklich leid ...«, sagte ich. Plötzlich fiel mir etwas ein und ich fragte hoffnungsvoll: »Du heißt nicht zufällig Jamie?« Immerhin umarmte ich sie fast schon.

»Nein.« Sie setzte sich ein wenig auf und zeigte auf ihr T-Shirt, das wie eine Uniformjacke aussah. Wo normalerweise Medaillen angeheftet wurden, saßen hier aber Pizzabeläge – Champignons, Salami und Peperoni. Über dem Herzen stand in militärisch anmutenden Buchstaben: *DAWN*. »Dawn Finley«, sagte sie.

»Emily«, erwiderte ich. »Hughes.«

»Freut mich«, sagte Dawn und lächelte fast. »Tut mir wirklich leid, dass ich hier so reingeschneit bin.« Sie stand auf und sammelte ihre zerknüllten Servietten ein. »Danke fürs Zuhören.«

»Ist doch klar«, sagte ich. »Möchtest du wirklich kein Eis? Geht aufs Haus.« Ehrlich gesagt wusste ich gar nicht, ob ich das anbieten durfte, aber da noch kein Kunde um eine Kostprobe gebeten hatte, konnte ich mir nicht vorstellen, dass eine oder zwei Kugeln am Ende des Tages vermisst würden.

»Nein, danke«, sagte Dawn. »Und entschuldige bitte.«

»Du brauchst dich nicht zu entschuldigen«, sagte ich. »Wirklich nicht.«

Dawn lächelte noch einmal unglücklich, dann straffte sie die Schultern, atmete tief durch und ging zur Tür, um in die Pizzeria zurückzukehren. Die Türglocke läutete, und als es still wurde, war ich wieder allein. Ich ging hinter die Theke zurück und stellte fest, dass mir die Stille jetzt beinahe in den Ohren dröhnte.

Der Nachmittag verging quälend langsam. Ich putzte die Glasvitrinen erst ein Mal, dann ein zweites Mal, dann packte ich das Eis in der Selbstbedienungstruhe um, erst nach Geschmack, dann in alphabetischer Reihenfolge. Den Laden zumachen durfte ich nicht, das war die Aufgabe der Managerassistentin Elise, die abends extra deswegen vorbeikam. Ich behielt die Hintertür im Auge, durch die sie immer hereinkam, und wartete darauf, endlich heimgehen zu können. Dass da nichts auf mich wartete außer Eltern, die nicht gestört werden wollten, und einem kleinen Bruder, der wahrscheinlich in irgendeinem Türrahmen herumhing, versuchte ich zu verdrängen.

Hauptsache raus hier! Ich konzentrierte mich so sehr auf die Hintertür, dass ich die Glocke der Eingangstür nicht hörte und erst merkte, dass jemand hinter mir stand, als dieser Jemand sich räusperte.

»Sorry!« Ich drehte mich schnell um. Da stand Dawn vor mir, eine Warmhaltebox und mehrere Lieferscheine in der Hand. »Oh, hi!«, sagte ich. Sie sah etwas besser aus als vorhin, aber ihre Augen waren noch rot gerändert und ihre Wangen aufgedunsen.

»Hey«, sagte sie und lächelte verschämt. »Ich wollte mich nur noch mal bedanken und für meinen Auftritt von vorhin entschuldigen.«

»Das ist doch nicht nötig«, versicherte ich ihr und war selbst überrascht, dass mich plötzlich interessierte, was in der Zwischenzeit passiert war und wie Bryan und Mandy reagiert hatten. Aber ich kannte Dawn ja gar nicht, also konnte ich sie nicht einfach fragen. Außerdem war ihr die Sache so peinlich, dass sich ihre Unsicherheit auf mich übertrug.

»Wenn ich was für dich tun kann, lass es mich wissen«, sagte sie und nahm die Warmhaltebox in die andere Hand. »Ich kann dir meinen Mitarbeiterrabatt für ein Special Lunch anbieten. Du brauchst bloß wochentags vorbeizukommen und ...«

Sie redete immer weiter und zählte lauter Angebote auf, die sie mir machen konnte, inklusive eines Getränks meiner Wahl, aber ich hörte gar nicht mehr zu. Stattdessen starrte ich auf den obersten Lieferschein, der auf eine oder einen Jamie Roarke in Stanwich ausgestellt war.

War das ein Zeichen? Und wenn schon kein Zeichen, so war es immerhin eine Gelegenheit, die ich nicht verstreichen lassen wollte. »Ehrlich gesagt«, unterbrach ich sie, »kannst du tatsächlich was für mich tun.« Sie sah mich gespannt an, und ich atmete tief durch, bevor ich sie fragte: »Kannst du mich auf deine Liefertour mitnehmen?«

* * *

»Und dann hat Mandy mir die Ohren vollgejammert, dass sie mich überhaupt nicht mehr zu sehen bekäme und ob ich ihr nicht auch einen Job bei Captain Pizza besorgen könnte«, erzählte Dawn, als wir im Wagen saßen. Sie fuhr wie der Henker. Ich nickte, hielt mich an der Tür fest und bremste trocken mit. Keine Ahnung, ob Dawn so schnell und unkonzentriert fuhr, weil ihr die ganze Bryan-und-Mandy-Saga wieder hochkam, als sie mir davon erzählte, oder ob das ihr normaler Fahrstil war. Jedenfalls stand außer Frage, dass wir die knappe Lieferzeit einhalten würden, die Captain Pizza seinen Kunden garantierte. »Also habe ich mich für sie eingesetzt und ihr den Job besorgt. Anfangs lief es auch super, zumal sie sich mit Bryan gut verstand. Ich dachte, alles sei bestens, und habe nichts davon mitgekriegt, was sich da vor meinen eigenen Augen abspielte, verstehst du?«

»Woher hättest du es auch wissen sollen?«, sagte ich, als sie mit quietschenden Reifen an einer roten Ampel hielt, sodass sich die Wackelfiguren auf ihrem Armaturenbrett – darunter auch ein halb nackter Hulatänzer, der, wie ich erfuhr, Stan hieß – wie verrückt verbogen. Als ich

Dawn gefragt hatte, ob sie mich mitnehmen könnte, war ich erstaunt gewesen, wie schnell sie Ja sagte, aber als ich sie dann fragte, auf welche Schule sie ging (Hartfield, gleicher Jahrgang wie ich) und sie die Gelegenheit nutzte, um mir das Drama ihrer Schulkarriere zu schildern, wurde mir klar, wie froh sie war, in mir jemanden gefunden zu haben, mit dem sie reden konnte. Und das konnte ich nur zu gut verstehen.

»Eben«, sagte sie und sah nach der Wegbeschreibung auf ihrem Handy. Die Ampel wurde grün und sie raste wieder los. »Trotzdem hätte ich was merken müssen. Aber nichts da. Ich dachte, es würde der schönste Sommer aller Zeiten. Vielleicht hab ich die ganze Sache mit meinem Wunschdenken überhaupt erst heraufbeschworen.« Sie riss das Steuer herum, um links abzubiegen, und betätigte den Blinker für eine Sekunde, als wir schon mitten in der Kurve waren, während Stan wieder gewaltig die Hüften schwang. »Und jetzt kann ich einfach nicht fassen, dass ich beide verloren habe«, sagte sie kopfschüttelnd. »An ein und demselben Tag. Normalerweise würde ich mit Mandy lang und breit darüber reden, aber genau das geht ja nun nicht ...« Ratlos sah sie mich von der Seite an. »Verstehst du, was ich meine?«

»Aber hallo«, sagte ich, ohne nachzudenken. Sie hatte soeben exakt formuliert, was mich die letzten drei Wochen fast umgebracht hatte. »Meine beste Freundin ...«, begann ich und war mir nicht sicher, ob ich wirklich weitersprechen sollte. Doch dann tat ich es einfach. »Sie verbringt den Sommer woanders.« Ich musste ja nicht gleich mit der ganzen Wahrheit herausplatzen und gelogen war es in dieser Version nicht. »Sonst waren wir jeden Tag zusammen oder haben wenigstens telefoniert. Ich kann mich ... nur schwer daran gewöhnen.«

»Verstehe.« Dawn nahm eine Rechtskurve auf die gleiche Weise wie eben die nach links. Dann wurde sie langsamer und sah nach den Hausnummern. »Aber warum rufst du sie nicht einfach an?«

»Weil ...« Jetzt musste mir schnell etwas einfallen. »Sie ist ... Zelten.« Dawn sah mich fragend an. »In Europa«, fügte ich schnell hinzu.

»Oh.« Dawn schien beeindruckt zu sein. »Tatsächlich?«

»Ja.« Ich bereute es schon jetzt und wünschte, ich hätte etwas anderes erzählt, weil ich übers Zelten so gut wie nichts wusste. Ganz zu schweigen von Europa.

»Wo denn?«, fragte Dawn, und wieder musste ich mir schnell etwas einfallen lassen.

»In Paris«, sagte ich und fragte mich, was ich hier eigentlich tat. Am liebsten hätte ich mit der Lügerei aufgehört, aber wahrscheinlich war es schon zu spät, um zuzugeben, dass ich alles nur erfunden hatte.

»Ich wusste gar nicht, dass man in Paris zelten kann«, sagte Dawn.

»Ich auch nicht.« Zur Abwechslung war das mal die Wahrheit. »Jedenfalls ist sie jetzt da.« Ich konnte nur hoffen, dass Dawn keine weiteren Fragen stellte, denn ich wusste, dass ich diese Geschichte nicht mehr lange durchhalten würde.

Dawn machte den Mund auf, als wollte sie etwas sagen

oder fragen, doch dann stieg sie in die Bremsen und beugte sich zu dem Fenster auf meiner Seite. »Ist das da Nummer einunddreißig?« Ich nickte, und sie bog so zackig in die Einfahrt des Hauses ein, dass sie beinahe den dekorativen Briefkasten umgenietet hätte. Sie legte den Parkgang ein, stieg aus und kippte ihren Sitz nach vorn, um die Warmhaltebox vom Rücksitz zu holen. Ich stieg ebenfalls aus und mein Herz begann bis zum Hals zu schlagen. Während der Fahrt war ich abgelenkt gewesen, sowohl von Dawns Geschichte als auch von ihrem Fahrstil, aber jetzt ging es um die Sache, wegen der ich überhaupt mitgekommen war. Ich musste einen Kunden oder eine Kundin von Captain Pizza umarmen. Oder waren wir noch gar nicht bei Jamie Roarke?

»Wer wohnt hier?«, fragte ich und hoffte, dass es unaufgeregt klang. Ich wusste, dass sie vier Kunden beliefern musste, aber wann Jamie dran war, wusste ich natürlich nicht.

Dawn griff nach einem Lieferzettel und las den Namen vor. »Greg Milton«, sagte sie und stöhnte. »Er bestellt immer dreihundert verschiedene Fleischbeläge. Ich kann seine Pizzen kaum tragen, so schwer sind sie. Willst du mit zur Tür kommen?«

»Nein, schon okay«, sagte ich. Ich brauchte Zeit, um mir selbst Mut zu machen, wenn ich Jamie Roarke heute noch umarmen wollte, und ein Augenblick Ruhe kam mir gerade recht. »Ich warte hier auf dich.«

»Alles klar«, sagte Dawn und ging aufs Haus zu. »Bin gleich zurück.«

Ich sah ihr nach und lehnte mich an den Wagen, während sie an der Haustür klingelte. Es war ein grüner VW Cabrio mit einem dreieckigen Captain-Pizza-Schild. Doch statt auf dem Dach, wo sich solche Werbeschilder normalerweise befanden, war dieses hier am Kofferraum befestigt, wie eine Haifischflosse.

Gleich darauf kehrte Dawn zurück und steckte ein paar Münzen in die Tasche ihrer Shorts. Wir stiegen beide wieder ein. Ich redete mir ein, dass es okay war, wenn Dawn mich komisch finden oder ich diesen Jamie-Menschen mit meiner Umarmung erschrecken sollte. Selbst wenn es bedeutete, dass ich mich bei Captain Pizza nie wieder blicken lassen durfte – ich musste mein Ding durchziehen.

»Letzte Lieferung?«, fragte ich zwanzig Minuten und zwei weitere Jamie-freie Lieferungen später. Ich hoffte, dass ich nicht so nervös klang, wie ich mich fühlte, als Dawn vor der Einfahrt eines kleinen hellblauen Hauses hielt.

»Jepp«, sagte sie und sah mich mitfühlend an. »War es sehr langweilig? Jamie Roarke ist die Letzte. Sie ist total nett und hat einen süßen kleinen Mops.«

Sie stieg aus, und ich versuchte, es spontan aussehen zu lassen, als ich meinen Gurt abschnallte und sagte: »Ich glaub, dieses Mal komme ich mit, okay?«

»Klar.« Dawn holte zum letzten Mal die Warmhaltebox von der Rückbank. »Los geht's.«

Als ich ausstieg, klopfte mir das Herz bis zum Hals. Glücklicherweise war diese Jamie eine Frau, wahrscheinlich würde das die Sache einfacher machen. Ich folgte

Dawn und bemerkte zum ersten Mal den Text auf dem Rücken ihres T-Shirts: *Captain Pizza – der GENERAL-Lieferant!* Ich stellte mich neben sie auf die Türmatte und sie klingelte. Der Klingelton war der Kanon von Pachelbel. Die Frau, die öffnete, war in den Vierzigern, zwischen ihren Füßen steckte ihr Hund neugierig den Kopf aus der Tür.

»Hi«, sagte sie und suchte in ihrem Portemonnaie nach den richtigen Scheinen. »Du bist immer so schnell, dass ich das Geld noch gar nicht passend zurechtgelegt habe. Tut mir leid.«

»Nur die Ruhe«, sagte Dawn, holte die Pizza aus der Warmhaltebox und stellte die nun leere Box auf den Boden.

Ich starrte Jamie Roarke an und mein Herz klopfte wie wild. Ich wünschte, sie träte einen oder zwei Schritte vor, denn ich konnte ja schlecht ihr Haus betreten. Stattdessen blieb sie so weit hinter der Tür, dass sie davon halb verdeckt war. Was sollte ich also tun? Die Tür weiter aufstoßen und die Frau umarmen? Was, wenn sie glaubte, ich wollte sie angreifen?

»Ich hätte schwören können, dass ich gestern Einer bekommen habe«, murmelte sie, während ich schluckte und Mut zu fassen versuchte. Klar, konnte ich das! Eine Fremde umarmen – warum nicht? Als ahnte er, dass etwas Merkwürdiges im Gange war, begann der Mops zu knurren. »Still!«, sagte Jamie Roarke, und der Hund fletschte die Zähne – in meine Richtung, wie mir schien. »So, jetzt«, sagte die Frau, sah Dawn lächelnd an und reichte ihr ein paar Geldscheine. Dann sah sie mich an. Da ich keine Captain-Pizza-Uniform trug, wurde ihr Blick misstrauisch.

»Das ist Emily«, erklärte Dawn, während sie die Scheine einsteckte und die Pizza übergab. »Sie ... schaut nur zu.«

Jamie Roarke nickte mir zu, und ich wusste: Das war der richtige Augenblick. Ich musste es tun. Es war doch egal, was diese Frau oder Dawn dachten! Ich brauchte bloß die Arme auszustrecken. Eine bessere Gelegenheit würde ich nicht bekommen. Ich wollte es wirklich tun, aber irgendwie konnte ich nicht. Stattdessen stand ich einfach nur wie erstarrt da, spürte mein Herzklopfen und sah untätig zu, wie sich meine Chancen in Luft auflösten. Jamie Roarke bedankte sich bei Dawn und schloss die Tür.

»Siehst du? So funktioniert das«, sagte Dawn, hob die leere Warmhaltebox auf und sah mich an. Ich stand im Schein der Verandalampe, die von den ersten Motten umschwirrt wurde, weil es langsam dunkel wurde. »Alles in Ordnung mit dir?«

Ich nickte und ging wortlos zum Wagen zurück, denn ich war so wütend auf mich, dass ich nichts sagen konnte. Warum verlangte Sloane so etwas von mir? Aber sie hatte es nun mal getan und es war sogar eine der leichteren Aufgaben. Und nicht mal das bekam ich hin. Sobald es schwierig wurde, machte ich schlapp. Ich knallte die Tür hinter mir zu, als ich eingestiegen war, starrte aus dem Fenster und hasste mich.

Dawn ließ den Motor an und sah zu mir herüber. »Ist wirklich alles in Ordnung?«

»Bestens«, sagte ich. »Ich bin nur müde.«

»Ich auch.« Dawn seufzte. »Es fühlt sich an, als wäre es der längste Tag aller Zeiten gewesen. Geht dir das auch manchmal so? Als ob manche Tage fünf Jahre lang wären und andere nur eine Minute?« Beim Fahren plapperte Dawn immer weiter, es schien ihr gar nicht aufzufallen, dass ich praktisch nichts mehr sagte. Mir war es nur recht, dass sie für Konversation sorgte, weil es mich von der Tatsache ablenkte, dass ich komplett versagt hatte.

Auf dem Parkplatz des kleinen Einkaufszentrums stellte sie den Wagen schräg zwischen zwei Parkbuchten ab. Beim Aussteigen sah ich, dass sie sich auf die Lippen biss, als sie auf die Pizzeria blickte.

»Das wird schon werden«, sagte ich, ohne groß nachzudenken. Aber vielleicht hätte ich das lieber nicht sagen sollen, denn ich hatte ja keine Ahnung, ob es stimmte. Dawn lächelte mir dankbar zu, und sie war längst nicht mehr so verzweifelt wie bei unserer ersten Begegnung im Eisparadies.

»Hoffentlich«, sagte sie. »Danke, dass du mitgekommen bist. Das hat mir sehr geholfen.«

»Ach, wirklich?«, sagte ich unsicher. Sie lächelte mich so warmherzig an, dass ich ihr nicht sagen konnte, warum ich sie begleitet hatte. »Freut mich«, sagte ich, und es war die Wahrheit. Dawn hob grüßend die Hand, dann ging sie in ihre Pizzeria zurück und ich über den Parkplatz zu meinem Wagen.

Ich fuhr nach Haus. Wo sollte ich auch sonst hin? Aber je weiter ich fuhr, desto unwohler wurde mir, wenn ich mir das stille Haus und mein stickiges, leeres Zimmer vorstellte. Also drehte ich ab Richtung Innenstadt. Viel schien dort allerdings nicht los zu sein. Es war ja schon recht spät, und in dieser Stadt ging man zeitig zu Bett, vor allem wochentags. Im Diner brannte aber noch Licht und einige Tische am Fenster waren besetzt. Wer in Stanwich unter der Woche nach zehn etwas essen wollte, hatte kaum eine Möglichkeit, woanders noch etwas zu bekommen. Die meisten Geschäfte waren auch schon geschlossen und hatten das Licht ausgeschaltet. Durch die Glastür des Kinos sah ich, wie ein gähnender Mitarbeiter die Popcornmaschine reinigte.

Ich wusste, dass es reine Benzinverschwendung war, aber ich fuhr weiter. Das Fahren an sich und eine neue Playliste auf meinem I-Pod lenkten mich von meinem Versagen in der Jamie-Sache und von dem Gedanken ab, dass ich wahrscheinlich die beste Chance vertan hatte, diese Aufgabe je zu erfüllen.

Ich fuhr immer weiter und ließ die Innenstadt hinter mir, aber erst als es keine Straßenbeleuchtung mehr gab und die Sterne zu sehen waren, wurde mir klar, dass ich Richtung Plantage fuhr. Ich drosselte das Tempo, als ich sie erreichte. Ein paar Wagen standen direkt davor, aber keiner auf der Straße, sodass es nur eine kleine Gruppe sein konnte, die da heute feierte, kein Vergleich zu den Wochenendpartys. Ich fuhr weiter, und als ich das Schild der *Route-1*-Tankstelle sah, fand ich es keine schlechte

Idee, vorsichtshalber zu tanken. Ich war so ziellos durch die Gegend gefahren, dass ich kaum einschätzen konnte, wie viel Benzin ich noch hatte.

Ich betrat den Minimarkt, wo derselbe Typ hinterm Tresen saß wie neulich. Er lächelte mir zu, als ob er mich wiedererkannte, legte sein dickes Buch hin und nahm meinen Zwanziger. Dann stellte sich heraus, dass ich mehr Benzin im Tank hatte als befürchtet, sodass ich nur für fünfzehn Dollar zu tanken brauchte. Also ging ich in den Laden zurück, um mein Wechselgeld abzuholen, und der Typ legte sein Buch wieder hin, dieses Mal mit dem Cover nach oben, sodass ich den Titel lesen konnte: *Sudokus – Tipps und Tricks*.

Plötzlich sah ich wieder vor mir, wie Frank dem Typen nahelegte, es einmal mit Sudokus zu versuchen, und nahm mir vor, ihm von seinem Erfolg zu berichten, wenn ich ihn das nächste Mal sah. Dann fiel mir ein, dass Frank sogar den Namen des Rätselfreunds herausbekommen hatte: James! Er gab mir einen Fünfer, und ich fragte mich, ob ich es wirklich tun sollte. Dann sagte ich: »Du heißt doch James, oder?«

»Jaaa«, sagte er gedehnt, sah mich misstrauisch an und schien sich zu fragen, woher ich das wusste, denn er trug kein Namensschild.

»Super«, sagte ich forsch. Es war mir egal, ob er mich für verrückt halten würde. »Wirst du manchmal Jamie genannt?«

»Nur früher, als ich klein war«, sagte er sichtlich verwundert. »Von meiner Nanny.«

Das konnte man doch gelten lassen, oder? Es musste reichen. »Okay«, sagte ich und versuchte, nicht weiter nachzudenken, denn sonst wäre ich bestimmt wieder davon abgekommen. Ich beugte mich einfach über den Tresen und umarmte diesen Jamie so flüchtig, dass meine Arme nur kurz auf seinem Nacken landeten. Dann trat ich einen Schritt zurück und er sah mich verwirrt an. »Ich wünsche dir noch einen schönen Abend«, sagte ich und beeilte mich, zu meinem Wagen zu kommen. Überraschenderweise war es mir nicht annähernd so peinlich, wie ich erwartet hatte. Eher fühlte es sich wie ein Triumph an. Ich hatte etwas getan, das niemand außer mir verstehen konnte, und das war irgendwie stark.

Ich ließ den Volvo an und sah mich noch einmal nach dem Minimarkt um. James stand immer noch hinterm Tresen, aber er las nicht in seinem Buch, sondern schaute in die Richtung, in die ich verschwunden war, und grinste.

Als ich durch die Dunkelheit fuhr, war ich so aufgekratzt und vor allem überrascht von mir selbst, dass ich lachen musste. Ich versuchte nicht, das Lachen zu unterdrücken, sondern ließ es raus. Es war wirklich nicht zu fassen! »Jamie umarmt«, sagte ich, und es klang wie »Auftrag erledigt, Sir!«. Ich wusste nur nicht, zu wem ich es sagte – zu mir oder zu Sloane. Bestimmt wäre sie ganz begeistert gewesen, hätte sie die Aktion miterlebt, und hätte zwei Wochen lang darüber gelacht. Ich grinste immer noch und stellte die Musik wieder an, lauter als sonst. Den ganzen Weg nach Haus trommelte ich im Takt aufs Lenkrad.

* * *

FEBRUAR

Vier Monate zuvor

Ich wachte erschrocken auf und blinzelte an meine Zimmerdecke, auf die ungenau platzierten Sternbilder, die nachts leuchteten. Dann sah ich mich um und versuchte herauszukriegen, was passiert war, warum ich aufgewacht war. Ich setzte mich auf, und da funkelten mich vom Fußende des Bettes ein Paar gelb glühende Augen an.

»Godot!«, zischte ich und warf mein Kissen in seine ungefähre Richtung. Ich wollte den Kater nicht verletzen, aber er hatte mich so erschreckt, dass mir das Herz bis zum Hals klopfte. Offenbar hatte ich sogar so weit daneben gezielt, dass das Vieh nicht mal zuckte, als das Kissen an ihm vorbeiflog. Er sah mich nur überlegen an, streckte sich und hüpfte vom Bett. Dann spazierte er in aller Ruhe zur Tür, die einen Spalt offen stand, und quetschte sich hindurch. »Dummer Kater!«, murmelte ich und stand auf, um mir mein Kissen zurückzuholen. Bei der Gelegenheit fiel mir auf, dass ein Stapel T-Shirts auf meiner Kommode in regelmäßigen Abständen aufleuchtete.

Ich ging hin und erkannte schnell, woran es lag: Mein Handy war unter die frisch gewaschene Wäsche geraten. Ich hatte vier neue SMS, alle von Sloane.

Hey, bist du wach?

Ich bin unten.

Draußen.
Es ist kalt!!

Ich antwortete schnell:

Bin gleich da!

Vorsichtig öffnete ich meine Tür und schlich im Dunkeln so leise wie möglich die Treppe hinunter. Auf dem Handy hatte ich gesehen, dass es praktisch schon Samstag war. Mein Dad hatte einen extrem leichten Schlaf, und da er in diesem Semester einen Kurs um acht Uhr morgens hatte, war er bestimmt nicht besonders erpicht darauf, mitten in der Nacht geweckt zu werden, wenn er am nächsten Morgen ausschlafen konnte. Ich hatte schon ein paar Stufen hinter mir, als ich merkte, dass ich mir Schuhe und etwas Warmes hätte anziehen sollen. Unser Haus war furchtbar zugig, vor allem im Winter, und meine Füße waren jetzt schon eiskalt. Ich hielt mein Handy gedrückt, um etwas Licht zu haben. Im Display leuchtete also das Foto von Sloane und mir beim Konzert von Call Me Kevin, das wir im August besucht hatten. Ich trug mein T-Shirt verkehrt herum, weil ich erst auf dem Konzert von Sloane erfahren hatte, dass man die T-Shirts der Band auf keinen Fall bei ihren Konzerten tragen durfte. Deswegen hatte ich es umgedreht, damit mein Fauxpas nicht auffiel.

Im Erdgeschoss brauchte ich das Handylicht nicht mehr, weil der Mond durch die Fenster schien. Außerdem brauchte ich hier nicht mehr so leise zu sein. So schnell ich konnte, ging ich zum Windfang. Wenn mir im Haus schon kalt war, konnte ich mir lebhaft vorstellen, wie sehr Sloane da draußen fror.

Ich öffnete die Haustür, und da stand meine beste Freundin mit roten Wangen und roter Nase. Erleichtert ließ sie die Schultern sinken, als sie mich sah.

»Gott sei Dank!« Sloane legte eine ihrer Blitzumarmungen hin. Das war ihre Spezialität. Irgendwie schaffte sie es, einen so zu umarmen, dass es einerseits herzlich wirkte und andererseits kein großes Ding war. Dann huschte sie in den Windfang. Ich roch das Parfüm, das sie immer trug. Es erinnerte an einen Waldspaziergang mit einem Hauch von Gardenien. Ich schloss die Tür, während sie weiter ins Haus kam und sich vor Kälte die Hände rieb. »Ich bin ja so froh, dass du meine SMS bekommen hast«, flüsterte sie. »Ich bin halb erfroren.«

»Was machst du hier überhaupt?«, flüsterte ich zurück, obwohl wir wahrscheinlich gar nicht mehr so leise zu sein brauchten, weil wir uns bereits in der Küche befanden, weit weg vom Schlafzimmer meiner Eltern. Ich sah Sloane an und registrierte erst jetzt, was sie anhatte: ein bodenlanges, tief ausgeschnittenes schwarzes Kleid, das vor der Brust von einer Brosche mit Strasssteinen zusammengehalten wurde. Darüber trug sie ein kurzes Cape, das sie nur in einem der ausladenden Schränke ihrer Großmutter gefunden haben konnte – es sei denn, es stammte von Zweite Chance, unserem Lieblings-Secondhandladen. Jedenfalls war es eindeutig Vintage. »Gibt es für heute Nacht eine Kleidervorschrift, von der ich nichts mitbekommen habe?«, fragte ich.

»Nein.« Sie lachte. »Ich war auf der Party, zu der Milly und Anderson mich unbedingt mitnehmen wollten, weißt du nicht mehr?«

»Wie war's denn?«, fragte ich. Irgendetwas war anders als sonst, aber ich kam nicht dahinter, was es war. Dann wurde es mir plötzlich klar: Sloane und ich waren gleich groß, weil ich barfuß war und sie High Heels trug.

»Können wir nicht raufgehen?« Sie gähnte und hielt sich die Hand vor den Mund. »Ich bin völlig erledigt.«

Ich nickte noch, als sie schon losging und als Erste an der Treppe war. Sie war oft genug in unserem Haus gewesen, um sich auszukennen. Mittlerweile nahm sie sich sogar einfach etwas aus dem Kühlschrank, wenn sie Hunger hatte. Ich folgte ihr und wusste immer noch nicht, warum sie nach der Party zu mir gekommen war, aber es freute mich natürlich. Sie bewegte sich vorsichtiger als sonst. Ihre Füße wackelten in den hohen Schuhen, und sie hielt das Kleid an einer Seite hoch, um nicht auf den Saum zu treten.

Als sie in meinem Zimmer war, kickte sie die Schuhe in eine Ecke und ging zielstrebig auf die Schublade mit meinen Pyjamas und Schlafshirts zu. Dann zog sie von ganz unten ausgerechnet das T-Shirt heraus, das die Crew des katastrophalen Films über *Bug Juice* getragen hatte. Die Verfilmung des Stücks war von Anfang an problematisch gewesen – das Unglück hatte schon seinen Lauf genommen, als die Produzenten beschlossen, das Alter der Kinder von elf auf sechzehn zu erhöhen. Mitten in den Dreharbeiten musste die Hauptdarstellerin dann in eine Entzugsklinik.

Auf dem T-Shirt stand *Jedem seinen eigenen Saft*, was ein Insiderwitz sein sollte. Sloane hatte ihn aber sofort verstanden, als sie das T-Shirt zum ersten Mal sah, und sich darüber kaputtgelacht. Sie liebte dieses T-Shirt und drohte immer, dass sie es mir eines Tages klauen würde.

»Das eine sag ich dir ...«, begann sie und gähnte wieder, während sie sich aus ihrem Kleid wand und sich das T-Shirt über den Kopf zog. Das Kleid fiel zu Boden und sie machte einen großen Schritt darüber hinweg. »Eines Tages wird dieses T-Shirt einfach verschwunden sein, und du wirst keine Ahnung haben, wohin.«

»Doch, ich glaube schon«, sagte ich. Ich ging zu der frisch gewaschenen Wäsche auf meiner Kommode und sah, dass meine Lieblings-Pyjamahose dabei war. »Willst du die anziehen?«, fragte ich und hielt sie ihr hin. Sie nickte. Ich warf sie ihr zu und sie zog sie an.

»O mein Gott«, sagte sie, gähnte schon wieder und hopste in mein Bett. Es war ein altes Bett, und die Matratze hing in der Mitte durch, aber es war Queensize, sodass wir uns bequem einander gegenüber hinlegen und uns beim Reden ansehen konnten. Sie kroch auf die Seite, die sie immer nahm, wenn sie bei mir schlief, kuschelte sich in die Decke, nahm ihr Kissen in den Arm und grinste mich an. Ich kannte sie gut genug, um zu wissen, wann sie große Neuigkeiten hatte, und ich sah, dass sie auf diesen Moment gewartet hatte, seit ich sie ins Haus gelassen hatte – diesen Moment, wo alles ruhig war und sie meine volle Aufmerksamkeit hatte. »Ich hab heute Abend einen Jungen kennengelernt.«

»Echt?« Ich kroch ins Bett, kuschelte mich ein und drehte mich zu ihr. »Auf der Party?«

»Hmm. Er war auch mit seinen Eltern da.«

»Geht er auf unsere Schule?« Ich wollte mich bequem zurechtlegen, als mir einfiel, dass mein Kissen noch auf dem Fußboden lag. Ich beugte mich aus dem Bett und tastete danach. Als ich es erwischte, schüttelte ich es aus und stopfte es unter meinen Kopf. Jetzt war ich bereit für die ganze Geschichte.

Die meisten Jungen waren ganz verrückt nach Sloane, seit sie an unsere Schule gekommen war, aber sie war wählerisch. Ein paar Wochen lang hatte sie sich mit einem Typen getroffen, der zwei Jahrgangsstufen über uns war, und im letzten Herbst mit einem aus unserem Jahrgang. Im Sommer davor hatte es ein Intermezzo mit einem Jungen gegeben, der ein Internat besuchte und nur die Ferien in der Stadt verbrachte. Aber das war alles nichts Ernstes gewesen, und Sloane war nicht am Boden zerstört, wenn es wieder mal aus war – schon allein deswegen nicht, weil grundsätzlich sie diejenige war, die Schluss machte. Aber seit ihrem letzten Freund hatte es eine Weile gedauert, bis wieder einer auf ihrem Radar erschien – was heute Abend offenbar geschehen war.

»Nein«, sagte sie. »Er besucht die Stanwich Academy.« Das war eine Privatschule, und obwohl ich ein paar Mädchen von dort kannte, gab es sonst kaum Berührungspunkte zwischen beiden Schulen. »Er heißt Sam. Sam Watkins.« Sie sprach den Namen wie ein ausländisches Wort aus, das ihr nicht leicht über die Lippen ging. Aber der Klang schien ihr zu gefallen, denn sie lächelte selig. Für mich war es das Zeichen, dass sie diesen Sam wirklich gernhatte.

»O mein Gott«, sagte ich. »Du bist ja ganz hin und weg!« Sie widersprach nicht, vergrub das Gesicht aber im Kissen, sodass ich nur noch ihr Haar sah, das sie für die Party lockig gestylt hatte. »Also erzähl schon!«

Mit geschlossenen Augen hob sie das Gesicht aus dem Kissen und gähnte herzhaft. »Er ist einfach großartig«, murmelte sie. »Du wirst schon sehen.«

Ich wartete auf mehr Details über seine Großartigkeit, als mir plötzlich klar wurde, dass er sie vor unserem Haus abgesetzt haben musste, denn wenn sie die Party mit Milly und Anderson verlassen hätte, wäre sie natürlich mit ihnen nach Haus gefahren. Ihre Eltern hatten zwar nichts dagegen, wenn Sloane bei mir übernachtete, aber sie machten nicht gern Umwege, nur um ihre Tochter irgendwo abzusetzen. Ich versuchte mich zu erinnern, ob ein Wagen an der Straße gestanden hatte, als ich ihr öffnete. Oder anders: ob jemand gewartet hatte, bis er sah, dass sie ins Haus gelassen wurde und alles in Ordnung war. Aber ich hatte nicht darauf geachtet.

»Hey!«, flüsterte ich und stupste sie mit dem Fuß an. »Hat Sam ...« Doch den Rest der Frage sparte ich mir, denn da hörte ich Sloane schon tief und gleichmäßig atmen, ihre stark geschminkten Augen waren fest geschlossen. Sie konnte einschlafen, wo sie ging und stand. Das führte sie darauf zurück, dass Milly und Anderson nie eine Zubettgehzeit festgesetzt hatten, auch nicht, als sie klein war. »Auf diese Weise lernt man zu schlafen, wenn man Gelegenheit dazu hat«, hatte sie mir einmal erklärt. »Da brauchst du keine Gutenachtgeschichte oder ein Glas Milch oder so. Ich war immer das kleine Mädchen, das bei Partys auf dem Berg mit den Gästemänteln schlief.«

Ich überzeugte mich, ob sie auch wirklich schlief, und stupste sie noch einmal vorsichtig an, aber sie rührte sich nicht. Also musste ich wohl oder übel bis zum Morgen warten, bevor ich sie ausfragen konnte. Ich schloss die Augen und döste in dem wohligen Gefühl weg, dass Sloane da sein würde, wenn ich wieder aufwachte.

* * *

Erschrocken wachte ich auf und fragte mich, warum. Dieses Mal war der Kater nicht auf mich gesprungen und lag auch nicht auf meinem Kopf, und weder meine Mom noch mein Dad stand in meinem Zimmer, um mich zu wecken. Bilder der letzten Nacht kamen mir vor Augen – die Pizzatour mit Dawn, Jamie Roarke, wie ich James im Minimarkt der Tankstelle umarmt hatte –, und langsam wurde mir klar, dass ich das nicht geträumt hatte. Es war wirklich passiert. Ich versuchte gerade wieder einzuschlafen, als das Handy auf meinem Nachttisch aufleuchtete.

Eine SMS.

Ich griff danach und sah, dass es zwei waren. Die erste musste mich geweckt haben. Es war noch nicht mal acht, aber ich war sofort hellwach. Beide SMS kamen von einer Nummer, die ich nicht kannte. Noch während ich aufs Display starrte, summte eine dritte.

Emily, bist du wach?

Ich warte draußen.

Na los!

Es kam mir vor, als hätte ich einen momentanen Blackout und müsste mein Gehirn wieder von null hochfahren. Es war Sloane! Sie war zurück!

Im Nu sprang ich aus dem Bett und die Treppe hinunter, ohne etwas über mein Schlafshirt zu ziehen. Ich versuchte auch nicht, leise zu sein. Es war mir egal, ob ich das ganze Haus aufweckte, als ich barfuß die Treppe runterstürmte. Sloane war da und wartete auf mich! Endlich konnte sie mir erzählen, was passiert war, wo sie gewesen war. Die letzten beiden Stufen übersprang ich und raste in den Windfang. Jetzt konnte alles so werden wie früher.

Ich riss die Haustür auf und blieb wie angewurzelt stehen. Frank saß auf den Stufen vorm Haus, in T-Shirt, Shorts und Sneakers, den I-Pod an den Arm geschnallt. Er stand auf und grinste, als er mich sah. »Hey«, sagte er. »Gehen wir laufen?«

Ich machte den Mund auf, dann schloss ich ihn wieder, denn ich hatte keine Ahnung, was ich sagen sollte. Ich starrte ihn nur an und merkte, wie sich mein Puls langsam wieder normalisierte und all meine Hoffnungen zerplatzten. Keine Sloane. Sie war nicht zurück.

»Ähm ...«, sagte Frank sichtlich verwirrt.

Ich sah an mir herunter und begriff, dass ich das größere Problem von uns beiden hatte. Immerhin stand ich vor Frank Porter – *Frank Porter* – im Nachthemd. Es war etwas länger als normale T-Shirts, aber nicht viel, und ich zupfte daran herum, als würde es dadurch länger. Außerdem war ich barfuß und – o Gott! – hatte noch die Pickelcreme im Gesicht, die ich beim Zubettgehen aufgetragen hatte. Einen BH trug ich auch nicht. Schnell verschränkte ich die Arme vor der Brust, was ich aber sofort bereute, weil das T-Shirt dadurch hochrutschte.

»Sorry«, sagte Frank. Er machte einen ziemlich zerknirschten Eindruck, aber gleichzeitig sah er aus, als würde er im nächsten Moment laut loslachen. »Ich hab deine Handynummer und die Adresse aus dem Schulverzeichnis, aber ich wollte dich nicht wecken. Ich dachte, wenn du noch nicht wach wärst, würdest du gar nicht … Du weißt schon …«

Ich nickte, als wäre es ein normales Gespräch, obwohl mir das Ganze völlig irreal vorkam. Es war wirklich nicht zu fassen: Binnen einer Woche hatte ich mit Frank Porter die ersten Worte gewechselt, seinen überraschend knackigen Körper gesehen und stand nun halb nackt vor ihm!

»Wie jetzt?«, fragte er und schaute grinsend auf meine nackten Füße. »Ist das der neue Trend, von dem man in letzter Zeit so viel hört? Dieses sogenannte Barfußlaufen?«

»Oh.« Mein Gesicht musste knallrot sein, jedenfalls glühte es. Unter der Pickelcreme. Bestimmt sah ich ganz hinreißend aus. »Ähm, nein. Ha-ha! Ich war bloß …«

»Emily?« Ich drehte mich um und sah meinen Vater hinter mir stehen. Er trug Bademantel und Hausschuhe und hatte seinen Laptop unterm Arm. Seine Brille hatte er sich wie ein Krönchen auf den Kopf geschoben. Hatte ich gedacht, schlimmer könnte es nicht werden, so hatte ich mich wohl getäuscht. Offenbar war es Frank Porter vergönnt, eine Parade der kompletten Hughes-Familie in Nachtzeug zu bewundern.

»Dad«, sagte ich mit erstickter Stimme.

»Hast du meine Brille irgendwo gesehen?«, fragte er und schien nichts Ungewöhnliches daran zu finden, dass seine Tochter morgens um acht im Nachthemd an der Haustür stand und mit einem Jungen sprach, den er noch nie gesehen hatte.

»Sie tragen sie auf dem Kopf, Sir«, sagte Frank.

Mein Vater strich sich übers Haar, nickte und setzte die Brille auf. Dann sah er Frank genauer an. »Kenne ich dich?«

»Das ist Frank«, bekam ich irgendwie heraus. War es möglich, vor Scham im Boden zu versinken? Irgendeinen realen Hintergrund musste dieser Ausdruck ja haben. »Wir wollten gerade ... ähm ... laufen gehen.«

»Ach so«, sagte mein Dad, sah erst Frank und dann mich an, schüttelte den Kopf und murmelte: »Vielleicht solltest du dir wenigstens ein Paar Schuhe anziehen.« Dann ging er weiter, wahrscheinlich ins Esszimmer, um zu arbeiten.

»Okay«, sagte ich. »Dann gehe ich mal kurz rauf und ziehe mich an. Bin gleich wieder da.«

»Ich warte hier«, sagte Frank und gab sich keine Mühe, sein Grinsen zu verbergen.

Weil ich mich nicht umdrehen und womöglich meine Pobacken aufblitzen lassen wollte, ging ich rückwärts bis zur inneren Flurtür und schloss sie. Dann lehnte ich mich einen Moment lang dagegen, schloss die Augen und dachte: Was für ein Albtraum!

Zehn Minuten später hatte ich mir das Gesicht gewaschen und ein langärmliges Shirt, Leggings und Laufschuhe angezogen. Draußen war es zwar schon recht warm, aber ich hatte das Bedürfnis, meinen halb nackten Auftritt mit möglichst viel Stoff zu kompensieren. Dann schnappte ich mir noch meinen I-Pod. »Bereit?«, fragte ich Frank, als ich wieder rauskam. Ich versuchte mich möglichst brüsk und sachlich zu geben, ebenfalls als Kompensation für den Zustand, in dem Frank mich heute Morgen zuerst gesehen hatte.

»Bereit«, sagte er, und wir gingen nebeneinander die Einfahrt hinunter. Ich merkte, dass er Blickkontakt suchte, aber ich beschäftigte mich mit meinem I-Pod, der Playliste und dem Lautstärkeregler. Die Kopfhörer hatte ich noch nicht eingesteckt und auch noch nicht auf Play gedrückt, weil ich mir immer noch nicht sicher war, wie man das mit dem Musikhören handhabte, wenn man nicht allein lief.

»Wollen wir?«, fragte ich, und Frank nickte. Wir liefen los, ich wieder nahe am Mittelstreifen, er am Straßenrand. Ich schlug kein ambitioniertes Tempo an, weil ich noch so steif war, dass ich erst mal warm werden musste.

»Ich hab dich eben ziemlich überrumpelt, was?«, sagte Frank, nachdem wir ein paar Minuten geschwiegen hatten. Mein Auftritt musste ihn gewaltig beeindruckt haben, sonst wäre er wohl nicht darauf zurückgekommen.

»Ein bisschen«, sagte ich, und mir wurde klar, dass ich tatsächlich überrascht war, denn ich hatte nicht damit gerechnet, dass er noch mal mit mir laufen wollte.

»Als ich neulich sagte, dass wir das wiederholen sollten, hast du ›jederzeit‹ gesagt«, erinnerte er mich. »Stimmt doch, oder?«

»Ich dachte nicht, dass du es ernst meinst«, sagte ich. »Es sah nicht so aus, als hätte es dir Spaß gemacht.«

»Vieles, was einem guttut, ist nicht einfach«, sagte er. »Vor allem am Anfang. Aber aufgeben kommt nicht infrage.«

»Wow«, sagte ich und schüttelte den Kopf. Eine Weile liefen wir schweigend weiter. Nichts war zu hören als unsere Laufschuhe auf dem Asphalt, manchmal sogar im Gleichschritt.

»Wieso ›wow‹?«, fragte Frank, und es klang so defensiv, wie ich ihn noch nie erlebt hatte.

»Nur so«, sagte ich schnell und wünschte, ich hätte nichts gesagt. »Vergiss es.« Frank nickte und sah mit zusammengebissenen Lippen und gerötetem Gesicht geradeaus. O Gott, hatte ich ihn beleidigt? Wäre Sloane dabei, könnte ich sie das jetzt fragen, indem ich sie nur ansah, und sie hätte mir mit einem sprechenden Blick geantwortet. Andererseits würde ich jetzt nicht mit Frank laufen, wenn sie hier wäre. »Ich hab es nicht negativ gemeint«, sagte ich und war mir nicht sicher, ob es richtig war, überhaupt noch was zu sagen. »Ich meinte nur, dass es vernünftig klingt, was du da gesagt hast.«

Vor uns tauchte ein Baum mit niedrig hängenden

Zweigen auf und wir duckten uns synchron. »Was ist vernünftig?«, fragte Frank.

»Deine Haltung«, sagte ich. »Wie du an Dinge herangehst. Ich kann das verstehen. So bist du nun mal.« Frank sah mich von der Seite an, und sein Blick verriet mir, dass ich nicht nur nichts zur Klärung beigetragen, sondern alles noch schlimmer gemacht hatte.

»So bin ich nun mal?«, wiederholte er fast tonlos.

»Na ja ...«, sagte ich und wünschte spätestens jetzt, ich hätte nicht auch noch erklärt, was ich gemeint hatte. Ich kannte Frank Porter doch gar nicht! Wie konnte ich auch nur ansatzweise definieren, wer er war? Konnte es sein, dass ich noch nicht wach genug war, um diesem Gespräch gewachsen zu sein? »Du meisterst doch alles, wo du dich reinkniest«, sagte ich.

»Das Laufen bisher nicht«, erinnerte er mich. »Das kann ich ganz und gar nicht.«

»Aber wie du schon sagtest, gibst du nicht auf. Also wirst du auch das bald beherrschen.«

Frank sah erneut stur geradeaus, und wieder sagte ein paar Minuten lang keiner von uns etwas. Ich fragte mich, ob ich ihm zu nahe getreten war und alles *noch* schlimmer gemacht hatte, obwohl ich doch eigentlich die Wogen glätten wollte. Wahrscheinlich sollte ich mich entschuldigen. Ich überlegte noch, wie ich das am besten anstellen sollte, als Frank fragte: »Wie kommst du mit der Liste voran?«

»Dann hast du meine E-Mail also bekommen?«, fragte ich, und er nickte. Obwohl ich es für unwahrscheinlich hielt, hoffte ich, dass er etwas entdeckt hatte, das mir verborgen geblieben war. »Hast du einen Code oder so gefunden?«

Frank schüttelte den Kopf, und ich merkte, wie enttäuscht ich war. »Aber ich habe gerade erst angefangen, mich damit zu beschäftigen«, sagte er und warf mir ein beruhigendes Lächeln zu. »Für den Anfang habe ich schon ein paar Ideen.«

Ich sah ihn an und wollte nachfragen, als plötzlich ein großer Stein vor mir lag, dem ich ausweichen musste. Ich war froh über diese Unterbrechung, weil sie mir Gelegenheit gab zu registrieren, wie merkwürdig es war, dass Frank mit der größten Selbstverständlichkeit über meine Liste sprach. Dabei war sie doch mein großes Geheimnis, etwas, worüber ich lange und intensiv nachgedacht hatte, ohne mit einer Menschenseele darüber zu reden. Schließlich fragte ich: »Was für Ideen?«

»Wie du weitermachen kannst«, sagte er. »Wenn du willst, kann ich dir dabei helfen.« Ich sah auf die Straße vor mir und versuchte mir darüber klar zu werden, was ich davon hielt. Mit Frank Porter laufen zu gehen, war ja gut und schön, aber bei der Liste ging es um etwas Wichtiges. »Ich brauche dringend ein Projekt«, sagte er. »Sogar Collins hat sich für den Sommer eins vorgenommen.«

»Ach ja?«

»Ja. Er will bis zum Ende der Sommerferien eine feste Freundin finden – oder wie er es ausdrückt: eine Klette.«

»Wie kommt er voran?«

Frank lachte. »Mittelprächtig. Bei der Arbeit erstattet er mir täglich Bericht.«

Wieder liefen wir ein Stück schweigend weiter, aber jetzt war es kein unangenehmes Schweigen mehr. Als ich das nächste Mal zu Frank rübersah, hielt er seinen I-Pod hoch, als wollte er fragen, ob es okay sei, ihn einzuschalten. Ich nickte und steckte mir selbst die Kopfhörer ein. Meine Playliste war noch dieselbe wie beim letzten Lauf. Es war angenehm, mit Frank zu laufen, ohne etwas sagen zu müssen, und zwar das Richtige. Ich hatte den Eindruck, dass er hin und wieder lachte, was ich mir nicht erklären konnte, es sei denn, er hörte so etwas wie They Might Be Giants, diese Band aus den Neunzigern – so ziemlich die einzige aus dieser Zeit, die ich kannte.

Dieses Mal kamen wir weiter als neulich und erreichten den Eingang des Stadtstrands. Ich zeigte in die Richtung, Frank nickte, und dann rasten wir beide los – vielleicht weil wir uns am Ende unseres ersten gemeinsamen Laufs auch ein Wettrennen geliefert hatten. Mein Körper protestierte nicht ganz so laut wie beim letzten Mal, aber leicht fiel es mir nicht, das Tempo anzuziehen. Ich erreichte das holzgeschnitzte Eingangsschild vorm Strand als Erste, aber Frank war kurz hinter mir. Beide rangen wir nach Luft, dann nahm Frank die Kopfhörer aus den Ohren, grinste mich an und sagte: »Nicht schlecht!«

»Du aber auch nicht«, sagte ich und nahm ebenfalls die Kopfhörer aus den Ohren. Ich beugte mich vor und atmete tief durch. Langsam fuhr mein Puls wieder runter. Ich richtete mich wieder auf, und wir machten uns auf den Rückweg, beide mit schmerzverzerrten Gesichtern, die nicht ganz ernst gemeint waren, aber ich wusste jetzt schon, dass ich den Lauf am nächsten Tag noch zu spüren bekommen würde.

»Was hörst du eigentlich so für Musik?«, fragte Frank, und bevor ich es verhindern konnte oder auch nur kapiert hatte, was er da tat, hatte er schon meinen I-Pod in der Hand und scrollte durch meine Playliste.

»Nein, das ist nicht ...«, stammelte ich. »Das ist bloß ...«

Frank sah mich an und grinste. »Du weißt aber schon, dass man Songs mehrfach abspielen kann, oder? Dann braucht man die Playliste nicht dreihundert Mal einzuprogrammieren.«

»Natürlich weiß ich das«, murmelte ich. »Das funktioniert auf meinem Gerät aber nicht mehr, seit ich es im Regen hab liegen lassen. Mein Schiebedach ist nämlich kaputt.«

»Was sind denn das für Songs?«, fragte er und beugte sich stirnrunzelnd über meinen I-Pod. »Die kenne ich gar nicht. Wer oder was ist beispielsweise *The Downeaster ›Alexa‹*?«

»Billy Joel«, sagte ich und merkte, wie defensiv es klang, was mich überraschte, weil mir gar nicht klar gewesen war, wie sehr ich Billy Joel mochte. »In dem Song geht es um das harte Leben der Fischer auf Long Island.« Damit wollte ich untermauern, dass es ein guter Song war, aber als es raus war, kam es mir nicht mehr so brillant vor, zumal Frank anfing zu lachen.

»Ich kenne nicht mal die Hälfte der Bands oder Sänger«, sagte er und schüttelte den Kopf. »Und warum kommen in den Songtiteln keine g vor?«

»Ist doch egal«, sagte ich und versuchte, ihm den I-Pod wegzunehmen.

»Ein Titel hier heißt *Aw Naw*«, sagte er und sah mich ratlos an. »Mal ehrlich, Emily: Ist das etwa Countrymusik?«

»Was hörst *du* denn für Musik?«, fragte ich und wuchs über mich hinaus, als ich mir seinen I-Pod schnappte, um die Playliste zu inspizieren.

MIX Nr. 4

West Coast	Coconut Records
Heartbreak Yellow	Andy Davis
Our Deal	Best Coast
Dance for You	Dirty Projectors
We Can Work It Out	The Beatles
Crystallized	Young the Giant
Breaking It Up	Lykke Li
Airplanes	Curtis Anderson
Dreaming	Smallpools
Kiss Me Slowly	Parachute
Magic (feat. Rivers Cuomo)	B.o.B
Peggy-O	Among the Oaks & Ash
Step Out	José González
City Living	Curtis Anderson
Golden Slumbers	The Beatles
No One Does It Like You	Department of Eagles

Gone, Gone, Gone	Phillip Phillips
Fallen	Imagine Dragons
Spitting Fire	The Boxer Rebellion
Yesterday	The Beatles
Simple Song	The Shins
Passenger Seat	Death Cab For Cutie
Thoughts at Arby's	Curtis Anderson
Midnight City	M83
About Today	The National
Wake Up	Arcade Fire

Die meisten Songs kannte ich nicht. Also spielte ich den weiter, den Frank gerade auf Pause gestellt hatte, und steckte mir einen seiner Kopfhörer ins Ohr. Zuerst war ich irritiert, weil ich gar keine Musik hörte, sondern nur Gelächter und Applaus, wie schon an unserem ersten Abend in seinem Truck. Dann sagte jemand mit einem Bostoner Akzent: »Aber mal im Ernst ... in einem wohlgeordneten Universum gäbe es keine Türsteher, oder? Wir öffnen ja auch sonst alle Türen selber. Nur wenn wir an eine mit Türsteher kommen, sind wir plötzlich aufgeschmissen und wissen nicht mehr, wie es geht.«

Ich sah Frank an. »Ist das der Comedian, von dem du gesprochen hast?«

»Curtis Anderson«, sagte er und nickte. »Ich fand ihn immer witzig, aber Lissa sagt, seine Witze sind pubertär ...« Er zuckte mit den Schultern.

»Zu diesem Soundtrack läufst du?«, fragte ich, und als Frank nickte, fuhr ich fort: »Dann hast du ein Problem.

Du brauchst Musik, die dich pusht und dir hilft, länger durchzuhalten.«

»Verstehe.« Er nickte ernst. »So was wie Songs über Fischer, die es im Leben nicht leicht haben?« Ich musste lachen und sah mir seine Playliste genauer an. »Sind das überhaupt echte Bands? Manche Namen sehen aus, als hättest du sie erfunden.«

»Wie beispielsweise die Beatles?«, fragte Frank todernst und forderte seinen I-Pod mit einer Handbewegung zurück, aber ich tat so, als sähe ich es nicht.

»Nein, nicht die Beatles«, sagte ich und scrollte die Liste runter. »Aber von denen hast du ja 'ne ganze Menge.«

»Ich hab dir doch gesagt, dass ich ein großer Beatles-Fan bin.«

»Aber ›Department of Eagles‹ ist doch ein erfundener Name, oder?«, fragte ich, gab ihm den I-Pod zurück und nahm im Gegenzug meinen in Empfang. »Jedenfalls hab ich diesen Bandnamen noch nie gehört.«

Frank sah mich überrascht an. »Wirklich nicht? Die sind klasse. Ich nehm dir mal was von denen auf.«

Ich wunderte mich über die Selbstverständlichkeit, mit der er das sagte. Er schien davon auszugehen, dass wir uns bald wiedersahen, dabei waren unsere Begegnungen doch nur sporadisch und eher zufällig zustande gekommen. Bei diesem Gedanken wurde mir plötzlich klar, dass ich es künftig nicht dem Zufall überlassen wollte, ob und wann wir uns wiedersahen.

Als wir sein Haus erreichten und er wieder fragte: »Wiederholen wir das demnächst?«, nickte ich und meinte es dieses Mal ernst.

»Hast du am Wochenende was Besonderes vor?«, fragte er und fing an, die Beine zu stretchen. Ich sah genauer hin, als es sich wahrscheinlich gehörte, denn ich wartete darauf, dass er wieder das Shirt anhob, um sich den Schweiß aus dem Gesicht zu wischen.

»Ähm …«, sagte ich, um Zeit zu gewinnen. Einen Moment lang erwog ich, ihm die Wahrheit zu sagen, entschied mich aber dagegen und sagte nur: »Dies und das.«

»Dann viel Spaß.« Zum Abschied hob er die Hand. Ich erwiderte die Geste, ging weiter und sagte mir, dass ich richtig reagiert hatte. Selbst wenn er angeboten hätte, mir mit der Liste zu helfen, wäre er bestimmt nicht davon begeistert gewesen, dass ich vorhatte, am Samstagabend die Nummer drei in Angriff zu nehmen und etwas zu klauen. Immerhin war er Jahrgangssprecher und konnte derlei nicht dulden – und schon gar nicht dabei mitmachen.

5

Ein Geheimnis im Dunkeln teilen

Ich saß im Drive-in-Kino von Hartfield in meinem Wagen, sah mich um und wünschte, ich wüsste, worauf man achten musste, wenn man einen Tatort in spe auscheckte. Ich hatte zwar schon etliche Filme gesehen, in denen Raubzüge vorbereitet wurden, aber die fand ich für mein Vorhaben nicht besonders hilfreich. Glücklicherweise war mir dieses Kino wenigstens nicht unbekannt. Sloane hatte es mir gezeigt, als sie erst einen Monat in Stanwich wohnte. Vorher war ich noch nie in einem Drive-in-Kino gewesen, aber gleich nach unserem ersten Film war ich total begeistert – von der Riesenleinwand, den parkenden Wagen, die jeder hinstellte, wie er wollte, den Lautsprechern, die man sich ins Fenster hängte, und der Tatsache, dass immer zwei Filme hintereinander gezeigt wurden.

In den Sommerferien waren wir mehrmals dort gewesen. Im ersten Jahr hatten meine Eltern uns hingebracht, und wir saßen auf Strandlaken oder Wolldecken direkt vor der Leinwand, aber letztes Jahr waren wir mit meinem

Wagen gekommen und konnten zwischen all den anderen parken, wie es sich gehörte.

Ich seufzte, als ich daran dachte, und hoffte, dass ich mich nicht verdächtig machte, sondern aussah, als wollte ich mir - wie alle anderen - nur die beiden Hitchcock-Filme ansehen, die heute liefen, *Der unsichtbare Dritte* und *Eine Dame verschwindet*. In Wirklichkeit wollte ich mich mit dem Tatort meines ersten Diebstahls vertraut machen.

Die dritte Aufgabe hatte mir von Anfang an Rätsel aufgegeben. Gar nicht mal so sehr wegen des Klauens an sich, sondern weil ich nicht wusste, *was* ich klauen sollte. Aber als ich vom Jamie-Umarmen nach Hause fuhr, kam ich an einem Reklameschild für das Drive-in-Kino vorbei, und mir fiel ein, was ich Sloane vor zwei Jahren versprochen hatte. Da wurde mir schlagartig klar, was ich klauen musste.

* * *

JULI

Zwei Jahre zuvor

»Das Übliche?«, fragte Sloane, und ich nickte.

»Unbedingt.« Sloane und ich hatten uns erst ein paar Filme zusammen angesehen, aber was Süßigkeiten und Getränke betraf, hatten wir bereits feste Gewohnheiten entwickelt. Von ihr hatte ich gelernt, M&Ms unter eine Tüte gebutterten und gesalzenen Popcorns zu mischen und Cola Light mit süßen Lakritzstangen statt Strohhalmen zu trinken. Dafür hatte ich sie auf den Geschmack von saurem

Weingummi gebracht, ohne das ich mir grundsätzlich keine Filme ansah.

Wir legten unser Geld zusammen und stellten uns vor dem winzigen Kiosk an, der aussah, als gäbe es ihn schon ewig. Als wir an der Reihe waren, trat ich zur Seite, um Sloane die Bestellung zu überlassen. »Eine große Tüte Popcorn«, sagte sie, während ich mich umsah. An den Wänden hingen alte Poster und Fotos dieses Drive-ins. »M&Ms, zwei süße Lakritzstangen, zwei Cola Light.« Der Verkäufer nickte und griff nach unserer Popcorntüte. Glücklicherweise schien es ganz frisches Popcorn zu sein. Ich wollte Sloane gerade daran erinnern, einen extra Klacks Butter zu verlangen, als sie nach meinem Arm griff und auf ein Schild zeigte, das in einem der Regale stand und halb von den T-Shirts und Kaffeebechern mit dem Logo des Drive-ins verdeckt war. »Guck mal!«

Es war nur ein kleines Schild, etwa so groß wie die Speisekarte einer Bowlingbahn, aber statt Preisen für Hotdogs und Pommes stand hier:

SLOANE

LIEBT

FERRIS

Ich brauchte einen Moment, bis ich begriff, dass es zu dem Film *Ferris macht blau* gehörte. Warum es hier herumstand, wusste ich zwar nicht, aber es verströmte eine Menge altmodischen Charme. »Cool«, sagte ich und zückte mein Handy. »Soll ich es fotografieren?«

Jemand brachte unsere Sachen zur Kasse, und Sloane bezahlte, ohne das Schild aus den Augen zu lassen. »Kann man das kaufen?«, fragte sie den Kassierer, während sie mir das Wechselgeld gab. Wenn wir zusammen unterwegs waren, verwaltete ich immer unser Geld, weil Sloane es einfach nicht zusammenhalten konnte. Andauernd fand sie in ihren Kleider- und Hosentaschen Bons und freute sich bei der Erinnerung an ihre Spontankäufe so sehr, dass sie mich gleich zu den größten und extravagantesten Kaffeekreationen einlud, die es bei Stanwich Coffee gab.

»Ob man was kaufen kann?«, fragte der Kassierer und sah schon den Nächsten an, der hinter uns bezahlen wollte, genervt die Augen verdrehte und seufzte.

»Das Schild da«, sagte Sloane und zeigte darauf. »Auf dem Sloane steht.«

Der Kassierer sah sie an, als hätte sie nicht alle Tassen im Schrank. »Nein«, sagte er. »Das steht hier schon seit den Achtzigern rum.«

»Sicher, dass man es nicht kaufen kann?« Sie lächelte ihn verführerisch an, doch dagegen schien er immun zu sein.

»Ganz sicher«, sagte er und lachte auf eine Art, die eher wie ein Bellen klang. »Aber es ist das erste Mal seit zwanzig Jahren, dass jemand danach fragt. Der Nächste, bitte!«

Sloane ließ enttäuscht die Schultern hängen und wir gingen zu unseren Wolldecken zurück. »Meinst du, ich hätte ihm gleich eine Summe nennen sollen, die ich zahlen würde?«

Ich zuckte mit den Schultern und war mir nicht sicher, wie hilfreich es wäre, wenn ich ihr sagte, dass wir nur noch einen Dollar fünfunddreißig bei uns hatten. »Wahrscheinlich hätte er trotzdem nichts anderes gesagt.«

»Und wenn doch?« Sloane drehte sich noch einmal nach dem Kiosk um. Die Abenddämmerung hatte eingesetzt, und im Gras funkelten schon Glühwürmchen, aber das Schild mit ihrem Namen drauf war noch zu erkennen, weil es das schwindende Tageslicht reflektierte. Sloane sah mich an, und ich war froh, dass sie schon wieder so unbekümmert wie eh und je dreinblickte. »Du musst mir helfen, es zu bekommen«, sagte sie. »Dieses Schild zu besitzen, ist mein neues Lebensziel.« Ich lachte, und sie musste selbst grinsen, aber dann sah sie mich wieder ganz ernst an. »Versprichst du es mir, Em?«

»Klar«, sagte ich leichthin. »Von jetzt an kommen wir jedes Wochenende und löchern den Typen so lange, bis er nachgibt.«

Sloane grinste noch breiter und stopfte sich eine Handvoll Popcorn in den Mund. »Super«, sagte sie. »Das nenne ich mal einen Plan.«

* * *

Jetzt würde ich dieses Schild also für sie klauen. Wir hatten immer wieder danach gefragt, aber keiner wollte es uns verkaufen. Also war dies die einzige Möglichkeit. Außerdem konnte ich dann gleich eine schwierige Aufgabe von der Liste streichen, deswegen war es die perfekte Lösung – vorausgesetzt, ich wurde nicht erwischt und verhaftet.

Ich stellte mich nicht gleich am Kiosk an, sondern schlich erst mal drum herum, schon allein um mich zu vergewissern, dass das Schild überhaupt noch da war.

Glücklicherweise stand es im hinteren Bereich, wo man seine Bestellungen abholte. Hier herrschte ein einziges Kommen und Gehen; Mitarbeiter brachten die verschiedenen Sachen zur Warenausgabe, um eilig wieder kehrtzumachen und vorne neue Bestellungen entgegenzunehmen. Ich versuchte mir Schritt für Schritt vorzustellen, wie ich es anstellen würde, und wollte es so aussehen lassen, als griffe ich nach meinen Sachen und erwischte das Schild sozusagen versehentlich mit. Wenn mir das gelang, konnte ich es schnell in meiner Handtasche verschwinden lassen. Sollte ich erwischt werden, konnte ich behaupten, dass ich das Schild gar nicht bemerkt hatte und dass es quasi von selbst in meine Tasche gefallen war. Ich hatte extra meine größte Tasche mitgebracht, damit das Ding auch wirklich darin verschwand.

Es war kein brillanter Plan, aber immerhin ein Plan. Ich atmete tief durch und stellte mich erst an, als mehrere Leute fast gleichzeitig auf den Kiosk zukamen. Das bedeutete, gleich würde an der Warenausgabe großes Gedränge herrschen, und dann standen meine Chancen umso besser. Trotzdem hatte ich das Gefühl, dass alle mir ansahen, was ich vorhatte.

»Emily?«

Mir rutschte das Herz in die Hose, als ich mich umdrehte und Frank sah. Er stand nicht direkt hinter mir, sondern ein paar Kunden entfernt, und sah mich überrascht an, während er grüßend die Hand hob. Ich lächelte knapp, dann drehte ich mich wieder um. Es war mir egal, wie unhöflich das wirkte. Was machte Frank Porter ausgerechnet heute Abend im Drive-in?

»Hey!«

Wieder drehte ich mich um, um festzustellen, dass Frank jetzt neben mir stand. Er trat sogar noch einen Schritt näher und sagte leise: »Was dagegen, wenn ich mich vordrängele?« Er sah das mittelalte Paar an, das hinter mir stand und die Aktion nicht gerade begeistert verfolgte, und sagte laut: »Danke, dass du meinen Platz freigehalten hast, Emily.«

Ich wünschte, er würde aufhören, andauernd meinen Namen vor Zeugen auszusprechen. »Du solltest lieber ...« Konnte die Schlange nicht langsamer vorrücken? »Ich meine ...« Wie sollte ich ihm bloß erklären, dass er sich nicht zusammen mit mir anstellen sollte, weil ich nur hier war, um etwas zu klauen? Zwar kannte er die Liste und würde verstehen, dass Klauen nicht zu meinen Alltagsgewohnheiten gehörte, aber ich wollte jetzt keine großen Erklärungen abgeben, weil andere mithören konnten. Außerdem hatte ich Angst, dass Frank im entscheidenden Moment eingreifen würde, wenn er dann immer noch neben mir stand. Oder dass man uns erwischen und beide für den Diebstahl verantwortlich machen würde.

»Was für ein Zufall, dich hier zu treffen«, sagte er kopfschüttelnd. »Cooles Kino. Warst du schon öfter hier?«

»Hmm«, murmelte ich und merkte, dass mein Herz sekündlich schneller schlug. Nur noch drei Kunden vom Tresen entfernt stand ich kurz vor einer Panikattacke und hatte keine Ahnung, wie ich Frank loswerden oder den Mut für meinen ersten Diebstahl aufbringen sollte. »Ziemlich oft sogar.«

»Ich bin bloß wegen Collins hier«, sagte er. Für ihn schien es eine ganz normale Unterhaltung zu sein, während ich dem Infarkt nahe war. »Er ist hinter dem Mädchen her, das im Vorführraum arbeitet. Aber jetzt, wo ich hier bin, finde ich es ...«

»Weißt du was«, sagte ich und trat aus der Schlange heraus. »Ich ... ähm ... habe was vergessen. Gib ruhig deine Bestellung ab, ich hole solange, was ich vergessen habe, und dann ... sehen wir uns bestimmt noch, okay?« Ich ging auf meinen Wagen zu. Als ich mich noch mal umdrehte, sah Frank mir mit gerunzelter Stirn nach, doch dann war er auch schon an der Reihe. Als er mit Bestellen beschäftigt war, stellte ich mich wieder hinten an. Inzwischen war die Schlange endlos. Ich war mir nicht sicher, ob ich überhaupt noch an die Reihe kommen würde, bevor der Kiosk schließen musste, weil der Film anfing.

Ich holte tief Luft und versuchte mich zu beruhigen. Schließlich konnte ich es immer noch schaffen, ich musste mich nur konzentrieren. Die Schlange rückte schneller vor als befürchtet, und schon bald war nur noch eine Kundin vor mir, eine ältere Dame, die sich nicht entscheiden konnte, ob sie Mini-Schaumküsse oder Pfefferminztaler nehmen sollte. Mein Magen krampfte sich zusammen. Ich sah das Schild an, dann schaute ich in meine Handtasche.

»Der Nächste, bitte!« Den Verkäufer, der mich ansprach, hatte ich hier noch nie gesehen. Er sah aus wie ein Collegestudent, den dieser Job unendlich langweilte. Perfekt!

»Hi«, sagte ich und trat an den Tresen. Meine Stimme klang doppelt so hoch wie normal. Ohne den Verkäufer anzusehen, bestellte ich eine kleine Tüte Popcorn und eine Cola Light. Dann bezahlte ich, und der Typ sagte: »Warenausgabe weiter links. Der Nächste, bitte!«

Ich ging los, öffnete meine Handtasche einen Spaltbreit und setzte ein nichtssagendes Gesicht auf – hoffte ich jedenfalls. Dann tat ich so, als müsste ich gähnen und reckte mich, eine Hand Richtung Schild, bis ich es mit den Fingerspitzen berühren konnte. Ich musste mich in die Richtung beugen, bis ich beinahe das Gleichgewicht verlor. Mein Herz klopfte wie verrückt, aber ich erreichte das Schild.

»Kleine Tüte Popcorn, Cola Light.« Ein Mädchen kam mit meinen Sachen, und ich erschrak so sehr, dass ich einen kleinen Satz vorwärts machte und praktisch auf den Tresen fiel. Das Schild wackelte und kippte um. Das Mädchen fing es auf. Ich richtete mich auf, und das Mädchen sah irritiert zwischen dem Schild und mir hin und her. »Was tust du da?«, fragte sie.

»Ich ... ähm ...« Weiter kam ich erst mal nicht. Schweißperlen traten auf meine Oberlippe und mein Herz schien stillzustehen. War das ein schlimmes Zeichen? »Ich wollte bloß ...«

»Hast du schon wieder diesen Krampf im Arm?« Plötzlich stand Frank neben mir. Er legte mir den Arm um die Schultern, und das brachte mich so aus der Fassung, dass mir endgültig nicht mehr einfiel, was ich zu dem Mädchen sagen sollte. »Manchmal hat sie diese Krämpfe, weißt du?«, sagte Frank zu ihr.

»Stimmt«, sagte ich und setzte eine Unschuldsmiene auf. »Das passiert mir andauernd.«

»Vergiss deine Sachen nicht«, sagte Frank, drückte meine Schulter und lächelte sein vertrauenswürdiges Jahrgangssprecher-Lächeln. Ich nahm meine Sachen, und wir nickten dem Mädchen zum Abschied zu, das uns immer noch misstrauisch beäugte. Sie wollte das Schild an seinen Platz zurückstellen, zögerte aber und stellte es dann auf das oberste Regal hinter die Popcornmaschine, wo kein Kunde mehr herankommen konnte.

Frank und ich traten den Rückzug an. Als wir das Areal mit den parkenden Wagen fast erreicht hatten, war ich mir einigermaßen sicher, dass keine Polizei oder Sicherheitskräfte hinter mir her waren, und fing langsam wieder an zu atmen. Ich trank einen großen Schluck Cola, und als ich die Dose wieder absetzte, wurde mir bewusst, dass Frank mich noch immer im Arm hielt. Im selben Moment schien er es auch zu merken, denn er ließ mich los und rückte ein Stück von mir ab.

»Mann«, sagte ich und konnte immer noch nicht fassen, dass er genau in der Sekunde zur Stelle gewesen war, als ich ihn brauchte. »Woher wusstest du ...«

»Ich habe noch nie jemanden gesehen, der sich so verdächtig benimmt«, erklärte er und schüttelte den Kopf. »Noch nie! Da dachte ich, ich bleibe lieber in der Nähe, für den Fall, dass du was Illegales vorhast.«

»Okay …« Ich senkte den Blick. Theoretisch war mir klar, dass es alles andere als eine Schande war, im Klauen eine Null zu sein, aber das änderte nichts daran, dass ich mich wie eine Versagerin fühlte.

»Warum hast du das getan?«, fragte Frank.

»Wegen der Liste.« Ich zuckte hilflos mit den Schultern. »Die Nummer drei.«

Frank drehte sich um. Das Schild reflektierte immer noch die knapp überm Horizont stehende Sonne, und sogar Sloanes Name war noch zu erkennen. Ich sah es in Franks Kopf förmlich rattern. Er begriff. Dann nickte er und wollte etwas sagen, aber in dem Moment knisterte es in den Lautsprechern, und die Filmvorführung und die Schließung des Kiosks wurden angekündigt.

»Ich gehe dann mal«, sagte ich. Ich wusste, dass ich mich bei Frank bedanken sollte, weil ich ohne seine Hilfe wahrscheinlich eine Menge Ärger bekommen hätte. Aber es ist demütigend, wenn man sich so blöd anstellt, dass man gerettet werden muss, selbst wenn es etwas Illegales ist, das man nicht hingekriegt hat. Also lächelte ich nur knapp und ging dann zu meinem Wagen. Als ich mich noch einmal unauffällig umsah, ging er in eine andere Richtung.

Ich hatte mir vorgenommen, gleich abzuhauen, sobald ich das Schild geklaut hatte, und mir nicht erst den Film anzusehen. Aber als ich meinen Wagen erreichte, wurde mir klar, dass ich so schnell nirgendwo hinfahren würde, denn inzwischen waren so viele Kinobesucher eingetroffen, dass mein Volvo ziemlich eingekeilt war. Die anderen waren schon in den Anfang des Films vertieft und hatten bestimmt keine Lust, den Motor noch mal anzulassen und hin und her zu rangieren, um mich rausfahren zu lassen. Also stellte ich meinen Drink in den Flaschenhalter, stellte die Lehne zurück und machte es mir einigermaßen gemütlich. Als ich mich umsah, stellte ich fest, dass ich die Einzige zu sein schien, die sich den Film allein ansah.

* * *

APRIL

Zwei Monate zuvor

»Wie viel hast du dieses Mal geboten?«, fragte ich, als Sloane mit unseren Süßigkeiten, aber ohne das Schild zu meinem Volvo zurückkam.

»Hundert«, sagte sie und seufzte. »Aber sie wollen es immer noch nicht verkaufen. Wahrscheinlich muss ich einen Mitarbeiter bestechen.«

»Oder selbst einen Job in dem Kiosk annehmen«, schlug ich vor, nahm ihr das Popcorn ab und schob mir eine Handvoll in den Mund. »Du könntest dich unter falschem Namen bewerben und hättest direkten Zugriff auf das Ding.«

Sloane grinste mich an. »Abgefahrene Idee«, sagte sie. »Und welchen Namen sollte ich angeben?«

Ich überlegte und fand es witzig, ein Pseudonym für sie zu erfinden. Wir wollten uns *Clueless – Was sonst!* und *Die Wilde von Beverly Hills* ansehen, reine Mädchenfilme also, und tatsächlich waren kaum Jungen anwesend. Die meisten Besucher schienen Mütter und Töchter oder Freundinnen zu sein, wie Sloane und ich. Seit Sam mit von der Partie war, waren wir beide ewig nicht allein unterwegs gewesen, und ich hatte mich seit Wochen auf diesen Abend gefreut. »Alicia«, sagte ich schließlich. »Alicia Paramount.«

Sloane warf den Kopf in den Nacken und lachte. »Klasse«, sagte sie. »Gleich nächste Woche bewerbe ich mich.«

Ich ging zum Kofferraum des Volvos. Seit ich meinen Führerschein hatte und wir nicht mehr im Gras vor der Leinwand zu sitzen brauchten, hatten wir nach und nach herausgefunden, wie wir es uns während der Filme am gemütlichsten machen konnten: Ich parkte den Wagen verkehrt herum ein, öffnete die Heckklappe, klappte die Rückbank um, und dann machten wir es uns auf Kissen und Decken bequem. Dass hinterher tagelang alles nach Popcorn roch, war mir egal. »Kommst du?«, rief ich, als ich merkte, dass Sloane immer noch vor dem Wagen stand und sich umsah.

»Ja, ja«, sagte sie und folgte mir. Allerdings stieg sie nicht ein, sondern blieb vorm Kofferraum stehen und reckte den Hals, als hielte sie nach etwas Bestimmtem Ausschau. Dabei spielte sie mit ihren Schlüsseln – inklusive dem Anhänger, den ich ihr zum Geburtstag hatte anfertigen lassen: ein Nummernschild mit den Buchstaben SLOANE. Das tat sie immer, wenn sie nervös war.

»Alles in Ordnung?«, fragte ich, während ich die Tüte mit den Lakritzstangen öffnete, eine herausholte, die Enden abbiss und das Ding mit den nun offenen Löchern als Strohhalm in meine Cola steckte.

»Ja, klar«, sagte sie. »Ich ... ähm ...« Weiter kam sie nicht, weil ihr Handy eine SMS meldete. Sie nahm es sofort heraus, las die SMS und gab lächelnd eine Antwort ein.

»Sam?«, fragte ich und sog an der Lakritzstange.

»Ja«, sagte sie, steckte das Handy wieder ein und sah mich an. Ihre Wangen waren gerötet, und plötzlich sah sie viel lebendiger und glücklicher aus, geradezu aufgekratzt, als würde endlich etwas passieren, worauf sie schon lange gewartet hatte. »Pass auf«, sagte sie schnell. »Ich hab Sam gesagt, dass wir heute Abend hierherkommen, aber ich wusste nicht, ob er anbeißen würde. Jetzt hat er ...«

»Hey!« Es war Sam. Von hinten legte er die Arme um Sloanes Hüften und küsste sie auf die Wange.

»Hi«, sagte Sloane, lächelte breit und drehte sich zu ihm, um ihn zu küssen. Es war nicht zu übersehen, wie glücklich sie war. »Du bist ja doch gekommen. Ich war mir nicht sicher, wie du dich entscheiden würdest.«

»Natürlich bin ich gekommen«, sagte er und legte ihr einen Arm um die Schulter. »Oh, hi, Emily«, sagte er dann, als hätte er mich gerade erst bemerkt.

»Hey, Sam«, sagte ich und hoffte, dass man mir nicht anmerken konnte, wie enttäuscht ich war. Ich hatte nicht damit gerechnet, dass mein Abend mit Sloane so ein jähes Ende finden würde.

»Schicker Strohhalm«, sagte Sam und lachte mit Blick auf die Lakritzstange, die aus meiner Cola ragte. »So was habe ich nicht mehr gesehen, seit ich ... keine Ahnung ... elf war.«

»Na ja ...«, sagte ich und lachte verlegen. »Das ist ...« Ich wusste nicht, wie ich den Satz zu Ende bringen sollte, also ließ ich es lieber sein. Sam sah mich immer noch an und zog die Augenbrauen hoch, als erwartete er etwas von mir. Als ich nichts mehr sagte, lächelte er mitleidig, drückte Sloane die Schulter und nahm ihre Hand. »Kommst du mit?«, fragte er und machte eine Kopfbewegung zum anderen Ende des Parkplatzes. »Ich hab einen super Platz ergattert.«

Sloane zögerte und sah zwischen Sam und mir hin und her. So glücklich wie eben schien sie nicht mehr zu sein. Dann sagte sie: »Ich dachte, vielleicht könnten wir uns die Filme alle zusammen ansehen.«

Sam lachte wieder, und zum ersten Mal fiel mir auf, dass er sein Lachen einsetzte, um sich zu behaupten oder etwas zu beweisen. Mit Amüsiertheit hatte es jedenfalls nichts zu tun. »Ich glaube, Emily kommt zurecht«, sagte er und sah zu mir herüber, während er schon anfing, Sloane mitzuziehen. »Stimmt's, Emily?«

Was konnte ich darauf anderes sagen als Ja? Ich sah Sloane an, und mir war klar, dass es die Antwort war, die sie erwartete. Natürlich wollte sie Sam nicht enttäuschen, aber sie wollte auch, dass es für mich okay war. »Klar«, sagte ich und lächelte, obwohl mir gar nicht danach zumute war. Merkte sie nicht, wie kränkend das für mich war? »Geht spielen, meine lieben Kleinen!« Das sollte ein Witz sein, aber so kam es nicht rüber. Sam sah mich fragend an, und nicht mal Sloane lachte, obwohl sie meine Witze sonst immer lustig fand.

»Also dann«, sagte Sam und nickte mir zu. »Man sieht sich.«

»Tschüs!«, rief ich, während er sich in Bewegung setzte. Sloane drehte sich noch einmal zu mir um, und wir hielten ein stummes Zwiegespräch: *Ist es wirklich okay? Klar! Viel Spaß! Rufst du morgen an? Ja.*

Sie lächelte selig, wandte sich wieder Sam zu und lachte, als er etwas sagte.

Während ich ihnen nachsah, schrumpfte mein Lächeln, bis nichts davon übrig blieb. Dann stieg ich durch die Heckklappe in meinen Wagen und trank einen Schluck Cola. Doch plötzlich schmeckte sie mir nicht mehr, weil die Lakritzstange sie viel zu süß machte. Also nahm ich sie heraus, um sie durch einen normalen Strohhalm zu ersetzen. Sam hatte schon recht: Die Sache mit der Lakritzstange war ziemlich kindisch. Ich hätte längst damit aufhören sollen.

Ich machte es mir bequem und blieb auf meiner angestammten Seite, obwohl ich mich hätte ausbreiten können. Dann versuchte ich mir einzureden, dass alles in Ordnung war und dass ich mich für Sloane freuen sollte. Endlich hatte sie jemanden kennengelernt, den sie wirklich gernhatte. Was für eine Freundin wäre ich denn, wenn ich ihr das nicht gönnen könnte? Alles war bestens. Ich brauchte mich nur auf den Film zu konzentrieren und mich davon mitreißen zu lassen, dann würde bestimmt auch ich auf meine Kosten kommen.

* * *

Da mir keine Polizei oder Sicherheitskräfte auf den Fersen waren, konnte ich *Eine Dame verschwindet* richtig genießen. Ich fragte mich allerdings, warum Hitchcock von Zügen so besessen war.

Als das Kino aus war, blieb ich noch eine Weile in meinem Wagen sitzen und starrte auf die dunkle Leinwand. Es dauerte immer ewig, bis man den Parkplatz verlassen konnte. Alles drängelte sich vor der Ausfahrt, und manche hupten wie verrückt, obwohl das natürlich nichts brachte. Sloane und ich hatten immer gewartet, bis sich die Lage entspannte, uns noch ein bisschen in unsere Kissen gekuschelt, unser letztes Popcorn geknabbert und über die Filme geredet.

Aber jetzt war ich allein. Als mir die Stille auf den Geist ging, stieg ich aus, um meinen Müll wegzubringen, und stopfte ihn in überquellende Container. Da sah ich Frank und Collins auf dem ziemlich leeren Parkplatz vor Collins' Minivan stehen. Ich hatte keine Lust, von Frank an meine Blamage erinnert zu werden, also wandte ich mich von den beiden ab und war schon wieder auf halbem Weg zu meinem Wagen, als Collins nach mir rief.

»Emma!«, rief er, und ich sah, dass Frank etwas zu ihm sagte, worauf er nickte und »Emily!« rief. Hoffentlich hatte er endlich kapiert, wie ich hieß. »Komm her!« Ich winkte ihm zu, ging weiter zu meinem Wagen und hoffte, dass er mich in Ruhe lassen würde. Aber er rief: »Nicht abhauen!« und gestikulierte wild. Erst zeigte er auf mich, dann auf sich selbst und schließlich machte er Bewegungen, die »gehen« andeuteten. »Komm zu uns rüber!«

Jetzt drehten sich schon andere nach ihm um, und mir war klar, dass ich nicht länger so tun konnte, als sei ich die Einzige, die ihn nicht hörte.

Ich seufzte und änderte die Richtung. Frank und Collins schienen sich ziemlich aufgeregt zu unterhalten und hörten abrupt damit auf, als ich in Hörweite kam. »Hallo«, sagte Collins und tat so, als würde er einen nicht vorhandenen Hut vor mir ziehen. »Du siehst toll aus heute Abend! Das hätte ein Eins-a-Fahndungsfoto abgegeben.«

Ich merkte, dass ich rot wurde, und sah Frank an, der Collins einen tadelnden Blick zuwarf. Eigentlich konnte ich es ihm nicht übelnehmen, dass er seinem Freund von der Sache erzählt hatte. Umgekehrt hätte ich es Sloane ja auch erzählt. Wahrscheinlich hätte ich damit nicht mal gewartet, bis ich an unserem Wagen war, sondern hätte es ihr quer über den Parkplatz zugebrüllt. »Das muss dir nicht peinlich sein«, sagte Collins und machte ein überlegenes Gesicht. »Bei Gelegenheit erzähle ich dir mal von meiner Erfahrung mit der Arrestzelle von Disneyworld.« Er senkte die Stimme und beugte sich zu mir vor. »So viel schon mal vorweg: Es gibt angenehmere Orte.«

Ich sah ihn genervt an. Hatte er mich hergerufen, um sich über mich lustig zu machen? Ich verschränkte die Arme vor der Brust, sah mich nach meinem Wagen um und wünschte, ich wäre nicht hergekommen. Ich könnte längst auf dem Heimweg sein.

»Matt«, sagte Frank ernst. Beim Vornamen genannt zu werden, schien Collins zur Räson zu bringen.

»Gut«, sagte er und klatschte in die Hände. »Okay. Ich habe noch was mit der entzückenden Miss Gwen vor.« Erst jetzt sah ich das dunkelhaarige Mädchen, das ein Stück weiter an einem Wagen lehnte, rauchte und telefonierte.

»Ah«, sagte ich und erinnerte mich daran, was Frank mir von dem Mädchen aus dem Vorführraum erzählte hatte. »Schön für dich.«

»Vielen Dank.« Collins strich sich über das neongrüne Polohemd, dann übers Haar. Nachdem ich ihm diesen Sommer ein paarmal über den Weg gelaufen war, kannte ich seine Sommeruniform bereits – enges, grelles Polohemd, Shorts und abgelatschte Flip-Flops. Er sah aus wie ein unterbezahlter Matrose auf einem schrottreifen Schiff. Grinsend sagte er: »Mein Charme ist nun mal unwiderstehlich.«

»Bild dir bloß nichts ein«, sagte Frank. »Sie braucht doch bloß jemanden, der sie zu dieser Party fährt.«

»Nix da! Sie hat mich eingeladen«, widersprach Collins. »Und mich gebeten, sie hinzufahren. Was ich ihr als Gentleman natürlich nicht abschlagen kann.«

Frank seufzte und sah zu Boden.

»Mike!«, rief das Mädchen mit dem dunklen Haar, trat die Zigarette aus und nahm das Handy vom Ohr. »Kommst du jetzt, oder was?«

»Bin schon da«, rief Collins zurück. Dass sie sich nicht mal seinen Namen gemerkt hatte, schien ihm nichts auszumachen. »Also dann.« Er drehte sich wieder zu uns um und fragte ganz ernst: »Emily, du kannst Porter doch bestimmt nach Haus bringen, oder? Er wohnt ja ganz in deiner Nähe.«

Endlich verstand ich, warum ich gerufen worden war, und sah zu Frank hinüber. »Klar«, sagte ich. »Kein Problem.«

Kaum hatte ich das gesagt, schlug Collins Frank grinsend auf den Rücken, öffnete die Schiebetür des Minivans und gab Gwen gestikulierend zu verstehen, dass sie herkommen sollte. Sie ignorierte die Schiebetür, auf die Collins so stolz war, stieg auf der Beifahrerseite ein und fing ein neues Telefonat an. Collins stieg von der Seite ein, fuhr mit quietschenden Reifen los und ließ Frank und mich stehen.

»Tut mir leid«, sagte Frank, als wir zu meinem Volvo gingen, einem der letzten Wagen auf dem Parkplatz.

»Schon okay«, sagte ich. »Ich schulde dir sowieso einen Gefallen.«

»Ich weiß es trotzdem zu schätzen«, sagte Frank. Ich schloss den Wagen auf und wir stiegen ein. Auf dem Weg zur Ausfahrt waren meine Hände ganz verkrampft, aber dann ließ ich locker und überlegte, wie ich mich bei Frank bedanken sollte. Schließlich begann ich zaghaft: »Frank ...« und sah zu ihm hinüber, aber er konzentrierte sich auf sein Handy.

»Was denn?« Er hob den Kopf und sah zu mir herüber. »Sorry, aber ich versuche schon den ganzen Abend, Lissa zu erreichen. Ich schicke ihr nur kurz eine SMS, okay?«

»Alles klar«, sagte ich und sah wieder auf die Straße. »Ich wollte nicht stören.«

Das Klackern der Handy-Tastatur war das Einzige, was zu hören war, aber ich verzichtete darauf, meinen I-Pod einzuschalten, weil ich Frank nicht stören wollte. Abgesehen davon konnte ich auf seinen Spott über meinen Musikgeschmack gut verzichten. Als er mit seiner SMS fertig war, sah er weiter aufs Display. Wahrscheinlich wartete er auf eine Antwort, also war es wohl immer noch nicht der richtige Moment für meine Entschuldigung. Erst als wir kurz vor seinem Haus waren, steckte er das Handy ein, und mir war nicht entgangen, dass er keine Antwort bekommen hatte.

»Danke, Emily«, sagte er, als ich in seine Einfahrt einbog.

»Nichts zu danken«, sagte ich. »War doch kein ...« Ich hörte mitten im Satz auf, weil mein Blick auf das Haus fiel. Es war das erste Mal, dass ich es bei Nacht sah. Obwohl es dunkel war, konnte ich sehen, dass es ganz nah am Wasser lag, was von der Seitentür, die wir neulich benutzt hatten, nicht zu sehen war. Der Mond schien darauf, und sein Licht wurde von all dem Chrom und Glas reflektiert, sodass es aussah, als leuchtete das ganze Haus von innen heraus. »Liegt euer Haus etwa direkt am Strand?«, fragte ich.

»Ja«, sagte Frank. »Willst du mal sehen?«

Ich wusste nicht, was ich sagen sollte, und lehnte mich zurück. Auf keinen Fall wollte ich so neugierig wirken, dass er sich genötigt sah, mich ins Haus zu bitten. »Muss nicht sein«, sagte ich. »Außerdem schlafen deine Eltern sicher schon.«

»Ach was!«, sagte Frank unbekümmert, aber es klang nicht echt. Vielmehr hatte ich das Gefühl, dass er sich Mühe gab, einen lockeren Eindruck zu machen. Gleichzeitig fragte ich mich, seit wann ich eigentlich so feinfühlig auf ihn reagierte. »Sie sind gar nicht zu Haus.«

»Ach so.« Ich sah auf die Uhr meines I-Pods, weil die auf meinem Armaturenbrett Tag und Nacht 18:19 Uhr anzeigte. Es war kurz vor Mitternacht, deswegen überraschte mich, was er gesagt hatte, aber natürlich würde ich es nicht kommentieren.

»Tja.« Frank zuckte mit den Schultern. »Mein Dad ist in Darien und arbeitet an einem Haus, meine Mom hat einen Auftrag in der City. Außerdem wollen sie sowieso nicht mehr gleichzeitig hier sein, weil ...« Er warf mir einen unbehaglichen Blick zu, und mir fiel wieder die Szene ein, die ich unfreiwillig mitbekommen hatte – seine Eltern mit roten Köpfen und schreiend, während Frank vor Peinlichkeit fast im Boden versank. »Jedenfalls sind sie nicht da«, sagte er etwas leiser, und plötzlich wurde mir klar, was das bedeutete. Er war ganz allein. Meine Eltern waren zwar körperlich anwesend, aber ich kannte das Gefühl, nach Haus zu kommen, ohne dass es irgendeinen interessierte oder jemand fragte, was man so erlebt hatte oder wie es einem ging. Andauernd wünschte man sich eine sturmfreie Bude, aber wenn dann tatsächlich niemand für einen da war, vermisste man seine Eltern wie verrückt.

»Okay, dann komme ich mit rein«, sagte ich und überraschte mich selbst – genau wie Frank, wie es schien.

»Aber nur kurz.« Bei einem anderen Jungen hätte ich Hintergedanken befürchtet, wenn er mich nachts in ein leeres Haus bat, aber Frank traute ich nichts Gemeines zu. Dafür hatte er schon viel zu lange eine feste Freundin, und überhaupt war er der Anstand in Person.

»Gut«, sagte er und schien sich richtig zu freuen. »Dann lass uns reingehen.« Ich folgte ihm zu dem Seiteneingang, den wir schon einmal benutzt hatten. Als er die Tür öffnete, ertönte ein penetrantes Signal, bis er eine Zahlenkombination in die Tastatur der Alarmanlage neben der Tür tippte, die ich vorher nicht bemerkt hatte. Es wurde wieder still, Frank ging ins Haus und machte Licht. Ich folgte ihm, aber nach ein paar Schritten blieb ich stehen und sah mich um. Obwohl ich schon mal hier gewesen war, sah ich das Haus zum ersten Mal richtig, und ich staunte nicht schlecht.

Es war einfach unbeschreiblich. Bestimmt gab es jede Menge Adjektive dafür, aber mir fielen so schnell keine ein. Das Erdgeschoss war eine durchgehend offene Fläche. Das Fernsehzimmer ging ins Arbeitszimmer und dann ins Esszimmer über, das sich wiederum an eine offene Küche mit Frühstücksecke anschloss. Alles war luftig und großzügig, mit hohen Decken und vielen Fenstern. Die dominierenden Farben waren Grau- und Blautöne sowie Weiß. Alles war farblich aufeinander abgestimmt. Hier und da standen perfekt platzierte Kunstobjekte. Auf einem Bücherregal gleich hinter der Eingangstür stand eine große Vase mit superlangen Federn darin. Es sah fantastisch aus, und der Effekt wurde von einer mittelgroßen Vase verstärkt, die auf dem nächsthöheren genau darüber stand und mit mittelgroßen Federn gefüllt war. Darüber stand eine kleine Vase mit den kleinsten Federn, die ich je gesehen hatte. Wohin ich auch sah, standen, hingen und lagen solche dekorativen, perfekt aufeinander abgestimmten Sachen. Ich konnte mich gar nicht sattsehen.

»Emily?«, rief Frank. Erst jetzt sah ich, dass er weitergegangen war und an der Glastür einer riesigen Fensterfront stand. Dahinter lagen der Strand und das Meer.

»Komme«, sagte ich und riss mich von dem Anblick los, wohl wissend, dass ich das meiste noch gar nicht gesehen hatte. Frank öffnete die Tür, und wir betraten eine große Terrasse, von der vier Stufen zum Strand hinunterführten. Bis jetzt war ich erst einmal nachts am Strand gewesen, beim Feuerwerk am 4. Juli, dem Nationalfeiertag, zusammen mit Tausenden anderen, die sich um die besten Plätze balgten. Aber dieses Stück Strand hier hatten Frank und ich ganz für uns allein.

Ich stieg die Stufen hinab und hatte sofort Sand unter den Füßen, also kickte ich meine Flip-Flops weg, um ihn besser spüren zu können. Gleichzeitig zog Frank seine Sneakers aus und stellte sie fein säuberlich nebeneinander auf die kleine Treppe.

Ich ging aufs Wasser zu und der Sand wurde immer feiner und weicher. Jetzt in der Nacht herrschte am Strand eine ganz andere Atmosphäre als tagsüber. Alles war still. Niemand schrie herum, spielte Frisbee oder hörte laut Musik. Dafür schien das Meer viel lauter zu sein als sonst, obwohl kein großer Wellengang herrschte. Und dann der Mond! Heute Nacht war er riesig, und Tausende Sterne standen am Himmel und spiegelten sich auf der ruhigen Wasseroberfläche.

Ich dachte, die Vorführung sei nun zu Ende, denn jetzt hatte ich ja gesehen, dass das Haus tatsächlich direkt am Wasser lag. Ich konnte nach Haus gehen. Aber als ich mich zu Frank umdrehte, hatte er sich mit ausgestreckten Beinen auf den Sand gesetzt und schaute aufs Wasser. Ich zögerte kurz, dann setzte ich mich zu ihm, aber nicht zu nah, zog die Knie an und legte die Arme darum. »Netter Hintergarten«, sagte ich.

»Ja, ich sollte es wohl genießen, solange ich dazu noch Gelegenheit habe«, sagte Frank, nahm eine Handvoll Sand und ließ ihn durch seine Finger rinnen. Ich spürte, dass er noch mehr sagen wollte, also sah ich ihn nur an, wartete und versuchte genauso viel Geduld mit ihm zu haben, wie er mit mir gehabt hatte. »Meine Eltern lassen sich scheiden«, sagte er, warf den restlichen Sand fort und wischte sich die Hand ab. »Du warst ja praktisch dabei, als sie neulich Morgen endgültig den Schlussstrich gezogen haben.« Er saß ganz zusammengesunken da. »Seitdem fliegen hier die Fetzen.«

Ich atmete tief ein. So etwas hatte ich schon vermutet, nach dem, was ich selbst mitbekommen hatte. »Tut mir wirklich leid, Frank«, sagte ich.

Er nickte und sah mich bedrückt an. In dem Moment hatte ich das Gefühl, den wahren Frank Porter zu sehen. Einen, der keine gute Miene zum bösen Spiel machte und nicht optimistisch in die Welt blickte. Dann lachte er kurz und bitter auf. »Da sie zusammen arbeiten, halten sie es noch geheim, damit ihnen kein Auftrag entzogen wird. Aber sie streiten so erbittert darüber, wem was gehört, dass sie ohne ihre Anwälte nicht zusammen im Haus sein dürfen.« Franks Mund war nur noch ein dünner Strich, es gelang ihm nicht, so zu tun, als machte ihm das alles nichts aus.

Ich rückte ein Stück näher, um besser mit ihm reden zu können. »Mit wem wohnst du denn jetzt hier?«, fragte ich.

»Sie wechseln sich ab«, sagte Frank. »Theoretisch. Aber beiden scheint es besser zu gehen, wenn sie da wohnen, wo sie ihr aktuelles Projekte betreuen.«

Ich glättete ein Stück Sand neben mir und klopfte es fest, glättete es noch mal und immer so weiter. Meine Eltern achteten zurzeit zwar nicht groß auf mich und Beckett, aber immerhin waren sie da. Und ich wusste, dass ich sie aus ihrem Schreibwahn reißen konnte, wenn ich sie wirklich brauchte.

»Jedenfalls bleibe ich ihretwegen den Sommer über hier«, sagte Frank. »Normalerweise besuche ich ja Ferienkurse in Princeton. Das wollte ich diesen Sommer auch tun, aber meine Eltern konnten sich nicht einigen, wer das bezahlen sollte.« Er zuckte mit den Schultern und lächelte schief.

Meine nächste Frage hätte ich bestimmt nicht gestellt, wenn es nicht dunkel gewesen wäre und ich ihn hätte ansehen müssen, statt mit dem Sand zu spielen. »Ist deine ... Ich meine, besucht Lissa diese Kurse in Princeton?«

Wo sie eigentlich steckte, fragte ich mich schon, seit Frank auf der Fahrt hierher vergeblich versuchte hatte, mit ihr in Kontakt zu treten. Da war mir nämlich plötzlich klar geworden, dass ich ihn diesen Sommer immer nur allein gesehen hatte.

Er nickte. »Wir fanden, dass sie nichts verpassen sollte, nur weil ich nicht hinfahren konnte.« Ich wartete auf mehr, aber Frank schaute nur aufs Wasser, und als er nach einer Weile weitersprach, konnte ich hören, wie sehr er sich bemühte, gelassen zu klingen. »Collins hat mir dann diesen Job bei IndoorXtreme besorgt, aber ich kann nicht gerade behaupten, dass ich mir die Ferien so vorgestellt hatte.« Trotzdem lächelte er, nicht sehr, doch dieses Mal wirkte es echt. »Aber es wird immer besser. Nimm allein den heutigen Abend! Immerhin habe ich jemanden davor bewahrt, verhaftet zu werden.«

Ich grinste. »Dafür wollte ich mich übrigens noch bedanken.«

Frank machte eine wegwerfende Handbewegung. »Kein Ding.«

»Steht dein Angebot eigentlich noch?«, fragte ich. Ich hatte gar nicht vorgehabt, davon anzufangen, aber plötzlich platzte es einfach aus mir heraus. »Mir mit der Liste zu helfen?«

»Ja, klar.« Frank sah mich an. »Ich hab sogar schon angefangen.«

Ich musste lachen und fragte mich, warum mir das nicht längst klar war. »Typisch Frank Porter«, sagte ich.

Im gleichen Ton, wie er eine Schülerversammlung eröffnete, sagte er jetzt: »Also … Ich habe eine Liste aller Jamies zusammengestellt, die auf unsere Schule gehen, getrennt in Jungen und Mädchen, und …«

»Entschuldige, dass ich dich unterbreche«, sagte ich, lehnte mich zurück und stützte mich auf die Hände. »Aber der Punkt ist bereits abgehakt.« Frank sah mich fragend an, und ich streckte die Beine aus, um es bequem zu haben, wenn ich ihm die Geschichte erzählte. »Also gut. Neulich Abend …«, begann ich.

Ich erzählte ihm, wie mich beim Pizzaausliefern der Mut verlassen hatte und dass mir plötzlich der Name des Tankwarts eingefallen war, den Frank mir selbst gesagt hatte. Von da an ergab ein Wort das andere, und wir waren mitten in einem lebendigen Gespräch, bei dem ich nicht aufpassen musste, ob ich etwas Falsches sagte, oder mich dafür verantwortlich fühlte, in welche Richtung es lief. Wir redeten einfach, und kein Wort wurde auf die Goldwaage gelegt.

* * *

»Das verstehe ich nicht.« Frank sah mich irritiert an. »Sie hat es auf die Liste gesetzt, weil du vor Pferden Angst hast?«

»Genau.«

Er legte den Kopf schief, als müsste er angestrengt nachdenken. Nach einer Weile fragte er: »Vor normalen Pferden oder vor welchen, die … ähm … von Dämonen besessen sind oder so?«

»Vor normalen«, gab ich zu. Frank sah aus, als müsste

er sich das Lachen verkneifen. »Ich weiß selbst nicht, warum.«

»Also, bei mir ist es Höhe«, sagte er kopfschüttelnd, und ich sah, dass er rot wurde. »Wie du neulich selbst gesehen hast. Mein Vater hat mich mal zu einer Baustelle mitgenommen, als ich drei war, ein ziemlich hohes Gebäude im Rohbau. Als ich runtersah, bin ich ausgerastet. Es gehört zu meinen frühesten Erinnerungen und war der nackte Horror. Letztes Jahr habe ich versucht, diese Phobie in den Griff zu kriegen, als wir zum akademischen Zehnkampf nach Montreal fliegen mussten ...«

* * *

»Das nennst du einen guten Film?«, fragte ich provokativ. Inzwischen spazierten Frank und ich am Wasser entlang, weil er im Sand einen flachen Stein gefunden hatte, den er übers Wasser ditschen wollte. Nebenbei wollte er mich davon überzeugen, dass *Space Ninja*, der Film, der schon seit Ende Mai bei uns im Multiplex lief, ein gutes Beispiel für Qualitätskino war.

»Allerdings«, insistierte er, aber als ich ihn kopfschüttelnd ansah, musste er lachen. »Okay, vielleicht hab ich mich von Collins mitreißen lassen. Wir haben uns den Film zusammen angesehen. Aber du musst zugeben, dass er besser ist als *Ninja Pirate*.«

Ich sah ihn an und versuchte mich daran zu erinnern, warum er als einer der klügsten Schüler der Schule galt. »Und was sagt das über die Qualität von *Space Ninja* aus?«, fragte ich.

* * *

»In einem wohlgeordneten Universum«, sagte Frank, während wir mehr Steine zum Ditschen suchten, weil es das erste Mal nicht so gut geklappt hatte, »würden die Steine wie ein Bumerang zurückhüpfen. So ist es doch die reinste Verschwendung!«

»In einem wohlgeordneten Universum«, entgegnete ich, »würde man sich darauf beschränken, an Seen und Teichen zu ditschen, und es gar nicht erst am Long Island Sound versuchen.«

* * *

»Darf ich dich was über Lissa fragen?« Wir hatten uns auf die Strandtreppe gesetzt, nachdem Frank uns zwei Sweatshirts aus dem Haus geholt hatte. »Vermisst du sie sehr?«

Er nickte und sagte erst mal nichts. Aber nach einer Weile erklärte er: »So lange waren wir noch nie getrennt. Deshalb …« Er zuckte mit den Schultern und schwieg wieder eine Weile, bevor er leise fortfuhr: »Für den, der zurückgelassen wird, ist es wahrscheinlich schwerer.« Er sah mich an. »Und du?«

Ich wusste, dass er Sloane meinte. »Und wie«, sagte ich und überlegte, ob ich ihm sagen sollte, dass ich ohne die Möglichkeit, alles mit ihr zu besprechen, manchmal das Gefühl hatte, dass das Leben an mir vorbeirauschte. Als sei ich amputiert und ohne Orientierungssinn, sodass ich nicht mehr wusste, wer ich war und wohin ich wollte. Ganz abgesehen davon, dass das Verlustgefühl schmerzhaft und ständig präsent war, sodass ich ständig an das Manko erinnert wurde. Aber ich sagte nichts und sah Frank nur an, denn ich hatte das Gefühl, dass er es auch so verstand. »Und wie«, sagte ich nur noch einmal und seufzte.

* * *

»Was ich dir übrigens noch erzählen wollte«, sagte Frank, als ich es gerade selbst einmal mit dem Ditschen versuchte. Allerdings machte ich irgendetwas falsch, denn mein Stein plumpste einfach nur ins Wasser und ging sofort unter. »Ich habe meine Mom noch mal gefragt. Sie sagt, ich habe *Bug Juice* am Broadway gesehen – mein erstes Broadwaystück.«

Ich sah ihn an und fragte mich, ob ich an dem Tag wohl auch im Theater war, denn das war ich ja meist, wenn auch nicht unter den Zuschauern. Ich trieb mich bei den Mädchen an den Verkaufstischen rum und spekulierte darauf, am Süßigkeitenstand eine Tüte M&Ms oder so geschenkt zu bekommen. Was hätte ich wohl gedacht, wenn mir der elfjährige Frank über den Weg gelaufen wäre? »Ich bin praktisch die Vorlage für das Stück«, sagte ich. »Also für Cecily.« Frank machte große Augen und schien beeindruckt zu sein. Deswegen sagte ich schnell: »Am Anfang jedenfalls. Je weiter das Stück vorangeht, desto weniger Ähnlichkeit hat Cecily mit mir.«

»Wie meinst du das?«, fragte er, hob einen neuen Stein auf und warf ihn ein paarmal in die Luft, als wollte er ein Gefühl für das Gewicht bekommen.

»Na ja ... Im Verlauf des Stücks wird sie immer mutiger«, sagte ich. »Richtig stark und furchtlos.« Ich grub die Zehen in den Sand. »Und dann ist da ja auch noch diese Sache mit der Brandstiftung.«

»Stimmt.« Frank nickte und warf seinen Stein übers Wasser. Fünf Mal hüpfte er weit über die Wasseroberfläche, bevor er unterging.

»Hey, super!«, sagte ich.

* * *

»Wir sind schon Freunde, seit wir ganz klein waren«, sagte Frank. Wir hatten uns wieder auf den Sand gesetzt, und ich schrieb meinen Namen mit dem Zeigefinger hinein, wieder und wieder, mit einem gewaltigen Bogen im *E*, der noch das *y* einkreiste. Inzwischen sprachen wir über Collins und taxierten seine Chancen, bei Gwen zu landen. Wir schätzten sie ziemlich gering ein und vermuteten eher, dass sie sich nach jemand anderem umsehen würde, sobald er seinen Job als Chauffeur erledigt hatte. »Eine dieser Freundschaften, von denen du nicht mal mehr weißt, wie sie angefangen haben, verstehst du?« Ich verstand nicht, nickte aber trotzdem. »Er hat sich unheimlich gefreut, als klar wurde, dass ich diesen Sommer nicht wegfahren würde. Normalerweise unternehmen wir nicht so viel miteinander.«

Ich nickte und sagte: »Für ihn ist es natürlich gut, immer jemanden dabeizuhaben.«

»Fragt sich nur, ob ich ihm viel nütze«, sagte Frank und schüttelte den Kopf, doch dann grinste er. »Für

August hat er einen großen Campingausflug geplant, nur wir beide.«

»In einem wohlgeordneten Universum«, sagte ich, während ich meinen Namen wegwischte und neu schrieb, »würde man in geschlossenen Räumen zelten.«

* * *

Langsam wurde mir von unten her kalt, das Gespräch wurde schleppend, und Frank fing an zu gähnen. Wir wischten uns den Sand von Händen und Füßen, hinterließen auf der Terrasse aber trotzdem eine Sandspur. Als wir das Haus betraten, fürchtete ich, dass eine peinliche Situation entstehen würde, weil ich Frank wieder richtig sehen konnte – seine braunen Augen, das rötliche Haar, die Sommersprossen.

Aber so war's nicht.

Den Grund dafür begriff ich erst, als ich wieder in meinem Wagen saß und den Motor anließ, während Frank mir von der Haustür aus zuwinkte. Während des Gesprächs, in dem wir von Hölzchen auf Stöckchen gekommen waren, hatte er für mich irgendwann aufgehört, Frank Porter, der unnahbare Jahrgangssprecher zu sein. Er war mir nicht mehr fremd, und ich sah in ihm keinen Jungen an sich, also jemanden, der mich unsicher machte. Wir hatten uns im Dunkeln nicht nur erzählt, was unsere Lieblings-Pizzabeläge waren, sondern er war für mich einfach nur Frank geworden, jemand aus Fleisch und Blut – und vielleicht sogar ein richtig guter Freund.

6

Einen Fremden küssen

Ich fuhr durchs Tor der Saddleback Ranch und umklammerte nervös das Lenkrad. Vor diesem Moment hatte ich mich gefürchtet, seit Frank gesagt hatte, er hätte eine Idee für die Liste. Natürlich konnte er nicht wissen, was Penelope bedeutete und welches Kleid Sloane meinte, und er hatte es vermieden, das Nacktbaden und »Einen Fremden küssen« auch nur zu erwähnen. Also blieben nicht so viele Punkte, zu denen er etwas beisteuern konnte. Jedenfalls hatte er beschlossen, dass heute der Tag war, an dem ich mich endlich auf ein Pferd setzen sollte. Und reiten.

Als ich am Morgen nach unserem nächtlichen Strandgespräch aufwachte, hatte ich zu meiner eigenen Überraschung als Erstes nach meinem Handy gegriffen und Frank eine SMS geschickt, mit der Frage, ob er Lust hätte, eine Runde zu laufen. Seitdem waren wir jeden Tag gelaufen, meist morgens, aber manchmal auch am Nachmittag, wenn keiner von uns arbeiten musste. Niemals hätte ich damit gerechnet, dass ich mich einmal mit

Frank Porter befreunden würde, aber genau das schien jetzt zu passieren. Und eigentlich war es sehr schön – außer dass er manchmal so ärgerliche Dinge tat wie Reitstunden für mich buchen.

Ich hielt vor dem kleinen Büro der Ranch. Auf der anderen Seite des Parkplatzes lagen die Stallungen und ein Reitplatz unter freiem Himmel, auf dem ein Springparcours aufgebaut war. Pferde und Reiter flogen über die Hürden – viel näher, als mir lieb war. Als ich ausstieg, drückte ich mich dicht an meinem Wagen entlang, um in Deckung gehen zu können, falls ein Pferd scheute oder ausbrach und auf mich losging. Aus den Stallungen kamen Geräusche von weiteren Pferden, und wie nah die mir waren, wollte ich mir lieber gar nicht erst vorstellen – ganz zu schweigen davon, dass ich gleich auf eins steigen sollte, obwohl so ein Pferd jederzeit ausschlagen oder seinen Reiter abwerfen konnte.

»Hey«, sagte Frank, der in diesem Moment aus dem Büro kam und mich erleichtert ansah. »Da bist du ja. Ich dachte schon, du würdest gleich wieder kehrtmachen, wenn du die Pferde in Aktion siehst.«

»Ha-ha«, sagte ich mit Grabesstimme und wünschte, Frank hätte mich nicht in diese Lage gebracht. Sich gegenseitig peinliche Erlebnisse zu beichten, war eine Sache – eine ganz andere, jetzt so hilflos und verängstigt dazustehen.

»Alles in Ordnung?«, fragte er und kam einen Schritt auf mich zu. »Du bist ja ganz blass!«

»Ach, es ist bloß …«, fing ich an und sah wieder zu den

Stallungen hinüber. Mein Herz klopfte bis zum Anschlag, ich fing an zu schwitzen und wischte mir die Hände an der Jeans ab. »Ich wollte eigentlich ...«

»Bist du für die Elf-Uhr-Stunde angemeldet?« Ich drehte mich zu einer Frau in Jeans und T-Shirt der Saddleback Ranch um, die ein riesiges Pferd am Zügel führte. Es war so groß, dass ich praktisch den Kopf in den Nacken legen musste, um es anzusehen. »Ach so«, sagte sie, als sie keine Antwort bekam, und sah zwischen Frank und mir hin und her. »Ihr seid als Paar angemeldet.«

»Nein!«, sagten Frank und ich wie aus einem Mund.

»Nur Emily«, sagte Frank und machte eine Kopfbewegung in meine Richtung.

»Gut«, sagte die Frau und klopfte dem Pferd kräftig die Flanke. Das erschreckte mich so sehr, dass ich zusammenzuckte. Was, wenn das Pferd das nicht mochte und mich dafür büßen ließ? Gehörten Pferde eigentlich zu den Tieren, die Angst riechen konnten? Wahrscheinlich, denn ihre Köpfe bestanden ja praktisch aus einer einzigen gigantischen Nase. Tatsächlich schien das Pferd zu riechen oder zu spüren, was mit mir los war, denn es schnaubte und stampfte mit den Hufen. Unwillkürlich machte ich einen Satz und wich ein paar Schritte zurück, bis ich an meinen Wagen stieß. »Ich habe Bucky schon gesattelt«, verkündete die Frau.

»Warum *Bucky*?«, fragte ich und versuchte, noch mehr Abstand zu gewinnen, was natürlich nicht möglich war, weil ich mich sowieso schon an meinen Wagen drückte.

Ich erkannte meine eigene Stimme nicht wieder, weil sie mindestens eine Oktave höher klang, aber dagegen war ich machtlos. »Buckelt er oft und wirft seine Reiter ab?«

Die Frau sah mich besorgt an. »Alles in Ordnung mit dir?«

»Gibt es kein kleineres Pferd?«, fragte ich hoffnungsvoll. Ich wollte mich nicht drücken, aber dieser Riesengaul ...

»Alles in Ordnung, Em?«, fragte nun auch Frank leise, der mir zu meinem Wagen gefolgt war.

»So etwas wie ein Pony?«, fragte die Frau sichtlich irritiert.

»Ja, vielleicht«, sagte ich erleichtert. Das wäre doch eine gute Alternative, schließlich konnte ich auch auf dem Rücken eines Ponys Sloanes Aufgabe erfüllen. »Gibt es hier denn welche?« Bevor die Frau antworten konnte, klingelte mein Telefon, und ich ging sofort ran. Alles, was den gefürchteten Moment hinauszögerte, war mir willkommen. »Hallo?«

»Hey«, sagte die Anruferin, die sich als Dawn herausstellte. »Bist du im Eisparadies?«

Einen Tag, nachdem ich sie beim Pizzaausliefern begleitet hatte, war ich zu Captain Pizza gegangen, um nach ihr zu sehen und Bryan einen vernichtenden Blick zuzuwerfen, den er sich redlich verdient hatte – nicht nur weil er Dawn so gemein hintergangen hatte, sondern auch weil er im Laden eine verspiegelte Sonnenbrille trug. Bei der Gelegenheit hatten Dawn und ich Telefonnummern ausgetauscht, und manchmal rief sie mich im Eisparadies an, bevor sie zur Arbeit ging, und bat mich, bei Captain Pizza vorbeizuschauen und ihr zu berichten, wie die Stimmung zwischen Bryan und Mandy war.

»Nein«, sagte ich und wusste plötzlich, wie ich aus der Nummer herauskommen konnte. Es war allerdings pure Feigheit, und ich wollte nicht, dass Frank mein Manöver durchschaute. Deswegen sagte ich ins Telefon: »Warum fragst du? Werde ich bei der Arbeit gebraucht?« *Mein Job*, sagte ich leise zu Frank und versuchte die Frau zu ignorieren, die den immer noch mit den Hufen stampfenden Bucky hielt.

»Was?«, fragte Dawn, die natürlich nicht verstehen konnte, was ich da redete. »Nein, nein. Ich dachte nur, du könntest noch mal kurz nach Bryan und Mandy sehen, weil ich wissen möchte, wie viel Zeit ich in meine Frisur investieren soll.«

»Verstehe«, sagte ich und konnte nur hoffen, dass Dawn mich nicht für völlig durchgeknallt hielt. Wenn ich sie das nächste Mal sah, würde ich ihr alles erklären. »Absolut. Ich komme, so schnell ich kann.«

»Was soll das, Emily?«, fragte Dawn, aber ich legte schnell auf und stellte das Handy stumm, für den Fall, dass sie zurückrief.

»Tut mir leid«, sagte ich zu der Frau und versuchte es ehrlich klingen zu lassen, aber ich konnte meine Erleichterung kaum verbergen. »Wir müssen die Stunde verschieben.«

»Ärger im Paradies?«, fragte Frank und sah mich auf eine Art an, die mir das Gefühl gab, er wüsste, was Sache war.

»Genau«, sagte ich, steckte mein Handy ein und mied seinen Blick. »Ganz unerwartet.«

»Ich muss die Stunde leider trotzdem berechnen, da die Absage so kurzfristig kommt«, sagte die Frau und führte Bucky in den Stall zurück. »Aber für die nächste Stunde würden wir dann nur den halben Preis nehmen. Wie wäre das?«

»Prima«, sagte Frank. »Wir melden uns wegen eines neuen Termins.«

»Tut mir leid wegen des Geldes«, sagte ich zu ihm. »Ich geb's dir zurück.« Aber jetzt, da die Gefahr vorbei war, fühlte ich mich plötzlich nicht nur deswegen ganz mies. Statt einen weiteren Punkt von der Liste zu streichen, hatte ich die erstbeste Gelegenheit ergriffen, mich zu drücken. Außerdem hatte ich Franks Zeit verschwendet und nicht mal versucht, mich der Herausforderung zu stellen.

Ich lächelte ihm halbherzig zu und stieg in meinen Wagen. Dann fuhr ich schneller los, als es in der Nähe von so vielen Pferden ratsam war, aber ich wollte bloß noch weg. Auf dem Heimweg fragte ich mich, ob ich mich mieser fühlen würde, hätte ich tatsächlich auf einem Pferd gesessen. Ehrlich gesagt bezweifelte ich es.

* * *

MIX Nr. 7

Don't You Worry Child	Swedish House Mafia
Jolene	The Weepies
King of Spain	The Tallest Man in Earth
She Doesn't Get It	The Format
Dirty Paws	Of Monsters and Men
Blackbird	The Beatles
High School Reunion	Curtis Anderson
The Gambler	fun.
Now Is The Start	A Fine Frenzy
5 Years Time	Noah and the Whale
I Will Wait	Mumford & Sons
Paperback Writer	The Beatles
Synesthesia	Andrew McMahon
Where Does This Door Go?	Mayer Hawthorne
House of Gold	Twenty One Pilots
Misadventures at the Laundromat	Curtis Anderson
Young Love	Mystery Jets
It Won't Be Long	The Beatles
Truth in the Dark	The Henry Gales
While My Guitar Gently Weeps	The Beatles
Re: Your Brains	Jonathan Coulton
Hannah	Freelance Whales
Mtn Tune	Trails and Ways
Home	Edward Sharpe & The Magnetic Zeros
Trojans	Atlas Genius
When They Fight, They Fight	Generationals
Take a Walk	Passion Pit

»Tut mir wirklich leid«, sagte Frank und sah mich an. Es war der übernächste Tag und wir liefen eine Runde. Am Nachmittag war ich zu ihm gefahren, um mich zu entschuldigen, aber Frank wollte nichts davon hören. Stattdessen fing er selbst an, sich zu entschuldigen. Wir hatten den ersten von acht angepeilten Kilometern hinter uns. »Ich hätte das nicht abmachen dürfen, ohne dir etwas davon zu sagen. Wenn ich mir vorstelle, wie ich reagiert hätte, wenn jemand mir gesagt hätte, ich müsste in die oberste Etage eines Hochhauses fahren ... Ich hätte bestimmt keine gute Figur gemacht.«

»Irgendwann muss ich es aber hinter mich bringen«, sagte ich.

»Das wirst du, ganz bestimmt.« Frank klang so optimistisch, dass ich ihm beinahe glaubte. Eine Weile liefen wir schweigend weiter, dann sah er mich an und fragte: »Musik?«

Ich nickte und reichte ihm meinen I-Pod. Inzwischen hatten wir beim Laufen ein festes Ritual entwickelt. Während der ersten ein, zwei Kilometer, in der Aufwärmphase, unterhielten wir uns. Wenn unser Atem dann kürzer wurde, hörten wir bis zum Ende des Laufs Musik. Beim Auslaufen – der Endpunkt war abwechselnd sein oder mein Zuhause – stellten wir die I-Pods wieder aus. Das letzte Mal hatte er vorgeschlagen, die I-Pods zu tauschen, weil er testen wollte, ob meine Theorie stimmte, dass eine gezielte Musikauswahl half, schneller und ausdauernder zu laufen. Außerdem wollte er mich mit einer Band namens Freelance Whales bekannt machen. Daraufhin hatte ich einen speziellen Mix meiner Lieblingssongs zusammengestellt, unter Berücksichtigung der Tatsache, dass Frank keine Countrymusik hörte und The Cure nicht kannte.

Wir fielen in einen angenehmen Laufrhythmus, und ich beobachtete, wie unsere Schatten auf der Straße in der Nachmittagssonne länger wurden und sich manchmal überlappten. Es war ein heißer Tag mit hoher Luftfeuchtigkeit, aber ich sorgte dafür, dass wir das Tempo hielten. Auf den letzten drei Kilometern hatten wir jedoch beide zu kämpfen. Wie immer legten wir auf den letzten Metern noch einen kurzen Sprint hin. Bis fast zum Schluss waren Frank und ich gleichauf, aber dann konnte ich noch einmal zulegen und schlug als Erste an unserem Briefkasten an. Dann beugte ich mich nach vorn und versuchte, wieder zu Atem zu kommen. Neben mir tat Frank dasselbe.

»Würdest du mich verachten, wenn ich mich einfach in die Hecke da fallen lasse?«, fragte er keuchend.

»Kein Stück«, sagte ich. »Ich würde mich direkt dazuschmeißen.« Ich richtete mich wieder auf und schüttelte Arme und Beine aus. Schon jetzt bekam ich eine Ahnung von dem Muskelkater, den ich am nächsten Tag haben würde. Dann gingen wir wieder ein Stück zurück, weil wir hofften, durch gemächliches Auslaufen langsam abzukühlen – eine Phase, auf die mein Lauftrainer in der Schule immer großen Wert legte.

»Deine Playliste gefällt mir«, sagte ich und gab Frank seinen I-Pod zurück. »Aber was sollte der Song mit dem Händeklatschen?«

»Das waren die Mumfords«, sagte er und sah mich ganz entgeistert an. »Weißt du etwa nicht, wie viele Preise die gewonnen haben?«

»Dann müssten sie sich doch einen richtigen Drummer leisten können«, wandte ich ein, während Frank mich nur kopfschüttelnd ansah.

»Dafür musste ich mir gerade jede Menge Songs über Trucks anhören«, sagte er und gab mir meinen I-Pod zurück. »Fünf, wenn ich richtig gezählt habe. Und das betrifft nicht nur die Countrysongs. Was soll das?«

»Du hast doch selber einen Truck«, sagte ich. »Ich dachte, diese Songs würden dir gefallen.«

»Wenn das irgendeinen Sinn ergäbe, was übrigens nicht der Fall ist, müsste dir mit deinem Volvo die Swedish House Mafia am besten gefallen haben.«

»Welcher Song war das?«

»Der erste«, sagte Frank, und ich machte ein reserviertes Gesicht. »Siehst du?«

»Wenn ich mich nicht irre, kommen auch in Beatles-Songs Trucks vor«, versuchte ich, meinen Musikmix zu verteidigen.

»Nicht dass ich wüsste«, sagte Frank. »Es sei denn, du meinst den Feuerwehrwagen in *Penny Lane*.«

Ich schüttelte den Kopf, und er zog sein T-Shirt hoch, um sich den Schweiß vom Gesicht zu wischen. Ich sah länger hin als je zuvor, aber bevor er mich dabei erwischen konnte, wandte ich den Blick schnell wieder ab. »Was hast du eigentlich andauernd mit den Beatles?« Frank sah mich so verständnislos an, dass ich schnell nachschob: »Du hast gesagt, angefangen hätte alles mit irgendwelchen versteckten Codes, aber das allein kann's ja wohl nicht sein. Trotzdem sind jede Menge Beatles-Songs auf deiner Playliste.«

»Magst du die Beatles etwa nicht?«, fragte Frank ganz schockiert, als wir mit der Abkühlphase fertig waren und ganz normal zu mir nach Haus zurückgingen. »Genauso wenig wie Sonnenschein, Lachen und Hundebabys?« Ich sah ihn nur an und dachte, dass er sich wieder abregen würde, aber er hatte erst angefangen. »Ich finde, die Beatles werden immer noch unterschätzt«, sagte er mit geradezu missionarischem Eifer. »Allein schon die *Quantität* ihres Schaffens und die Tatsache, dass sie die Musik für alle Zeiten verändert haben! Ich finde, es sollte einen offiziellen Beatles-Feiertag mit Paraden und allem Drum und Dran geben.«

»Das kannst du an geeigneter Stelle ja mal vorschlagen«, sagte ich, als wir bei unserem Haus ankamen. »Dann hast du gleich dein nächstes Ferienprojekt.«

Frank lachte, sah auf unser Haus und wischte sich mit dem Ärmel übers Gesicht. »Hast du vielleicht ein Glas Wasser für mich?«

»Klar«, sagte ich spontan, weil ich selbst halb verdurstet war. Wir gingen die Einfahrt hoch, und als ich die Haustür öffnete, schlug uns die wunderbare Kühle des Windfangs entgegen. Erst als sich die Tür hinter uns schloss, wurde mir klar, dass ich Frank Porter mit zu mir nach Haus genommen hatte.

Nachdem er meinen Vater im Bademantel kennengelernt hatte, hatte ich mir fest vorgenommen, dafür zu sorgen, dass meine Eltern normal gekleidet waren, wenn Frank noch einmal zu uns kam. Da es jetzt aber ohne Vorankündigung dazu gekommen war, hatte ich keine Ahnung, was uns erwartete. Ich drückte heimlich die Daumen, dass das Haus einigermaßen aufgeräumt war, meine Eltern im Esszimmer ihre Tastaturen bearbeiteten und Beckett nicht vor der Tür herumlungerte oder sich einen Spaß daraus machte, von irgendwo auf uns herabzuspringen. »Wahrscheinlich arbeiten meine Eltern«, sagte ich. »Wir sollten also lieber keinen Krach machen.«

Doch sobald wir den Windfang durchquert hatten und in den Flur kamen, entpuppte sich meine Ansage als Wunschdenken. Meine Eltern saßen nicht nur nicht an ihren Laptops, sondern schoben gerade ein Sofa durchs Zimmer, während Beckett im Fernsehzimmer von einer Wand zur anderen schlitterte, indem er Anlauf nahm und sich dann zurücklehnte, wie auf einer Eisbahn im Winter. Er hatte sich die Texte mehrerer Stücke unter den Arm geklemmt, offenbar um sie express von A nach B zu transportieren, während der Kater sich die größte Mühe zu geben schien, überall dort im Weg zu stehen, wo er gerade am meisten störte.

»Ähm …«, machte ich, als ich die Windfangtür hinter uns schloss, worauf alle einen Moment lang stillstanden und zu mir herübersahen. Erleichtert registrierte ich, dass meine Eltern weder Bademantel noch Jogginghose trugen, dafür hatte meine Mutter Lockenwickler im Haar und mein Vater zwei Krawatten umgebunden. Ob *das* meine häuslichen Verhältnisse für Frank in ein günstigeres Licht rückte, wagte ich zu bezweifeln. »Was ist denn hier los?«, fragte ich.

»Gut, dass du kommst, Emily.« Meine Mutter hob noch mehr Textbücher vom Boden auf und drückte sie mir in die Hand. »Leg das bitte irgendwo hin. Und dann schau doch mal nach, ob wir was zu essen im Haus haben. Vielleicht in der Tiefkühltruhe? Minibagles oder so?«

»Die hab ich schon letzte Woche aufgegessen«, sagte Beckett und schlitterte an mir vorbei.

»Ich glaube, ich gehe dann lieber«, sagte Frank leise zu mir, aber offenbar nicht leise genug, denn mein Dad, der über das Sofa gebeugt war, richtete sich auf und sah ihn an.

»Ein junger Mann!«, sagte er ganz begeistert. »Das ist ja wunderbar! Komm doch mal rüber und hilf mir!« Er betrachtete Frank durch seine Brille. »Sag mal, kenne ich dich nicht?«

»Was habt ihr eigentlich vor?«, fragte ich und schob Frank ein Stück zur Seite, damit er meinem Vater nicht zu nahe kam und dienstverpflichtet wurde. Meine Eltern warfen einander vielsagende Blicke zu, dann sahen sie verlegen zu Boden. Ich begann mir ernsthaft Sorgen zu machen. Hatten sie vor lauter Beschäftigung mit ihrem Stück vergessen, unsere Rechnungen zu bezahlen? Wurden unsere Möbel gepfändet?

»Zimmertheater«, erklärte Beckett, als offensichtlich

wurde, dass meine Eltern meine Frage nicht beantworten würden, und umrundete in letzter Sekunde den Kater. »Hatten sie beide völlig vergessen.«

»Was? *Hier?*«, fragte ich, und mir wurde ganz schlecht, als ich begriff, was das Durcheinander zu bedeuten hatte. *»Heute?«*

»Heute«, bestätigte meine Mutter düster und drückte mir einen weiteren Stapel Texte in die Hand. »Und wir sind kein bisschen vorbereitet.«

»Zimmertheater?«, hörte ich Frank hinter mir sagen.

»Hat jemand abgesagt?«, fragte ich.

»Nun ja ...«, begann meine Mutter. »Ehrlich gesagt hatten wir letztes Mal angeboten, dieses Jahr als Gastgeber zu fungieren. Aber da wussten wir natürlich noch nicht, dass wir den Sommer über an einem neuen Stück arbeiten würden. Und da sich dein Vater in kreativen Phasen von E-Mails gestört fühlt, hat er die letzten zwei Wochen sämtliche Erinnerungsschreiben ignoriert.«

Ich schloss kurz die Augen. Dann fragte ich: »Wie viel Zeit haben wir noch?«

Mein Dad sah auf die Uhr und zuckte zusammen. »Eine Stunde.«

»Ähm, was beutet das – Zimmertheater?«, wiederholte Frank seine Frage, während der Rest der Familie angesichts der knappen Zeit in Panik ausbrach und ganz hektisch mit dem Umräumen weitermachte.

»Wenn du nicht auf der Stelle gehst, kommst du von selbst dahinter«, sagte ich und stellte im selben Moment fest, dass es dafür schon zu spät war, denn meine Mutter drückte ihm gerade einen Stapel Druckerpapier in die Hand.

* * *

JULI

Ein Jahr zuvor

»Das müsst ihr mir noch mal erklären«, sagte Sloane, als wir – Sloane, meine Eltern, Beckett und ich – die Einfahrt zu Pamela Currys Haus hochgingen. »Reichen euch die Theatervorführungen in der Schule und am College denn nicht?«

Meine Mutter lächelte freundlich, ging auf Sloanes Seite hinüber und hakte sie unter. Die beiden hatten sich von Anfang an gut verstanden, und wenn Sloane bei mir übernachtete, saßen sie morgens, wenn ich herunterkam, manchmal schon am Küchentisch und unterhielten sich miteinander wie gute Freundinnen. »Das hat vor ein paar Jahren angefangen«, sagte meine Mom jetzt. »Bei einer gemeinsamen Sitzung der Fachbereiche Englisch und Darstellende Kunst. Eigentlich ging es nur um die leidige Parkplatzfrage, aber irgendwie redeten alle plötzlich über ihre Lieblingsstücke und darüber, wie schwer es ist, geeignete Stücke für College-Inszenierungen zu finden. Zum einen sind die Geschmäcker verschieden, zum anderen will man so vielen Studenten wie möglich eine Rolle geben, und dann muss man auch noch mit einem bescheidenen Budget auskommen und so weiter und so fort. Es ist wirklich nicht einfach. Jedenfalls sagte dann irgendjemand –«

»Das war Harkins«, warf mein Dad ein. »Weißt du noch?

Er hat die ganze Sache ins Rollen gebracht, und als er am Williams College fest angestellt wurde, ist er abgehauen.«

»Jedenfalls schlug Professor Harkins vor, dass wir jeden Sommer gemeinsam – also die Fachbereiche Englisch und Darstellende Kunst – ein Stück inszenieren sollten, das im laufenden Lehrbetrieb nicht untergebracht werden kann. Ohne Kulisse, ohne Requisite, ohne Kostüme, jeder nur mit dem Text in der Hand.«

»Klingt gut«, sagte Sloane, als wir an die Haustür kamen. Meine Mutter klopfte einmal kurz, dann stieß sie die Tür einfach auf, und wir gingen hinein. Beim Zimmertheater, wie der Event inzwischen genannt wurde, ging es ganz leger zu, und vor der Aufführung herrschte immer so viel Chaos, dass kein Mensch Zeit für Banalitäten wie das Türöffnen und Gästeempfangen hatte.

Wir gingen also ins Haus und im Erdgeschoss wimmelte es bereits von Menschen. Die meisten waren Kollegen meiner Eltern und viele hatten ihre Kinder dabei. Kinder waren beim Zimmertheater ausdrücklich willkommen, es sei denn, es wurden Stücke von Mamet aufgeführt. In dem Fall war das Mindestalter dreizehn. Alle liefen umher, die Schauspieler mit dem Stück in der Hand und ihre Rollen vor sich hin murmelnd, die Zuschauer im Bannkreis des Büfetts.

Ich sah mich so unauffällig wie möglich um, aber offenbar nicht unauffällig genug, denn Sloane beugte sich zu mir und fragte leise: »Hast du ihn schon gesehen?« Ich merkte, dass ich rot wurde, als ich den Kopf schüttelte. Pamela Curry war ein Jahr zuvor mit ihren beiden Kindern hierhergezogen und arbeitete wie mein Dad im Fachbereich Englisch. Ihr Sohn und ihre Tochter hatten im letzten Jahr die Abschlussklasse meiner Schule besucht, und eigentlich kannte ich nur das Mädchen, Amy. Obwohl sie neu bei uns war, bekam sie sofort sämtliche Hauptrollen in unseren Schulaufführungen und versetzte damit die ganze Theater-AG in Schockstarre. Das hinderte mich aber nicht daran, mich unsterblich in Charlie Curry zu verknallen, der gleich Teamchef im Tennisklub geworden war und sich leider nicht für Mädchen interessierte, die a) kein Tennis spielten und b) die unteren Klassen besuchten.

»Andrea! Scott!« Pamela Curry stürzte sich auf meine Eltern und lächelte mir und Sloane nur flüchtig zu. Beckett hatte sich bereits Richtung Büfett verdrückt. »Wir haben die Vollkrise!«

»Sonst wär's kein Zimmertheater«, sagte mein Dad wie ein weiser alter Mann.

»Die jüngste Schwester fällt aus«, berichtete Pamela. »Susan Greene hat die Grippe.« Susan war eine Kollegin meiner Mom und mindestens zehn Jahre älter als sie, aber die Rollenbesetzung beim Zimmertheater war grundsätzlich altersunabhängig.

»In *Verbrecherische Herzen*?«, fragte mein Dad und machte große Augen. »Das ist wirklich eine Krise.«

»Sag ich doch«, jammerte Pamela. »Babe ist so eine wunderbare Figur, aber wenn sie nicht gut gespielt wird …«

»Kann deine schauspielerisch so begabte Tochter das nicht übernehmen?«, fragte meine Mom, aber Pamela schüttelte den Kopf.

»Die ist gerade mit Freund und Rucksack in Europa unterwegs«, sagte sie. »Sonst hätte ich sie schon vor Wochen besetzt.« Plötzlich sah sie Sloane und mich an und begann zu strahlen. »Wie ist es denn mit euch beiden?«

»Auf keinen Fall«, sagte ich und ignorierte das aufmunternde Lächeln meiner Mutter. Dann sah ich Sloane an. »Willst du nicht einspringen?«

»Klar, gern«, sagte sie und sah zwischen Pamela und mir hin und her. »Aber vielleicht sollte Emily lieber –«

»Das ist ja wunderbar!«, schnitt Pamela ihr das Wort ab und fing vor Erleichterung beinahe an zu weinen. »Ich dachte schon, ich müsste die Rolle übernehmen, und ihr könnt mir glauben, dass ihr das nicht sehen wollt! Ich hole dir sofort den Text.«

Meine Eltern wechselten auf die andere Seite des Zimmers, als ein Kollege nach ihnen rief, und Sloane fragte mich: »Ist es nicht sinnvoller, wenn du das übernimmst? Du kennst das Stück doch sicher viel besser als ich. Ehrlich gesagt habe ich noch nie etwas davon gehört.«

»So was ist nichts für mich«, sagte ich, obwohl das nicht ganz stimmte. Aber ich konnte es schlecht darauf schieben, dass ich Angst hatte, mich vor Charlie zu blamieren, denn da von ihm weit und breit nichts zu sehen war, bestand diese Gefahr ohnehin nicht. Und ich war mir einfach sicher, dass Sloane so etwas viel besser konnte als ich.

* * *

»Ich weiß wirklich nicht, ob ich das kann«, sagte Frank, als er durch die Esszimmertür ins Fernsehzimmer sah, wo das Sofa inzwischen an die Wand gerückt worden war, um für eine provisorische Bühne Platz zu machen, vor der jetzt sämtliche Stühle standen, die wir besaßen. Davor waren mit Kissen und Decken zusätzliche Sitzreihen geschaffen worden. Wir trugen beide noch unsere Laufsachen. Natürlich hätte ich mich umziehen können, aber da Frank meinen Eltern zuliebe hiergeblieben war, wollte ich nicht, dass er als Einziger in verschwitzten Sportklamotten herumlief. Fünf Minuten vor Aufführungsbeginn sah er ziemlich blass aus, aber nach allem, was im Laufe der letzten Stunde passiert war, konnte ich ihm das nicht verübeln.

»Ich habe versucht, dich zu warnen«, erinnerte ich ihn, und er nickte und umklammerte seinen Text, obwohl der ihm im Moment wahrscheinlich kein großer Trost war.

Als mir klar geworden war, was das Durcheinander in unserem Haus bedeutete, hatte ich Frank beiseitegenommen, bevor mein Dad ihn zum Arbeitseinsatz verdonnern konnte. »Du gehst jetzt besser«, hatte ich gesagt. »Und zwar schnell.«

Frank hatte ins Wohnzimmer geschaut, wo mein Vater gerade vor Schmerz aufschrie, weil er auf Godot getreten und der Kater sich unverzüglich gerächt hatte. »Ich glaube, deine Eltern brauchen wirklich Hilfe«, stellte er fest.

Ich schüttelte den Kopf und sagte: »Mach lieber, dass du wegkommst, solange du noch kannst.« Wer zufällig in die Vorbereitungen eines Zimmertheaterabends geriet, konnte mit hineingezogen werden, ehe er sich's versah.

Unter Umständen musste er sogar eine Rolle übernehmen – wie vor zwei Jahren beispielsweise der Klempner, der bloß gekommen war, um eine undichte Leitung zu reparieren, und am Ende den Mercutio spielte.

»Em!«, sagte meine Mutter und drückte mir mehrere Textbücher in die Hand. »Guck doch mal, welches Stück geeignet ist!«

»Ihr habt noch nicht mal das Stück ausgesucht?«, fragte ich und konnte nicht fassen, dass praktisch *nichts* vorbereitet war.

»Hi«, sagte Frank und reichte meiner Mutter seine freie Hand. »Ich bin Frank Porter, ein Freund von Emily.« Ich sah ihn ziemlich verdattert an, als er das sagte, aber im Stillen musste ich zugeben, dass es stimmte, obwohl ich mich noch nicht an den Gedanken gewöhnt hatte.

»Oh«, sagte meine Mutter, sah mich mit großen Augen an und lächelte, bevor sie Franks Hand nahm. »Freut mich *sehr*. Du warst neulich schon mit Emily laufen, nicht wahr? Ganz früh morgens?« Wenn sie das wusste, konnte mein Vater an jenem ersten Morgen an der Haustür also doch nicht so geistesabwesend gewesen sein, wie ich dachte.

Frank nickte. »Sie bringt mich in Form.«

»Du übertreibst«, sagte ich. Meine Mutter warf mir einen so vielsagenden Blick zu, dass ich mich fragte, wie ich ihr nonverbal mitteilen konnte, dass es nicht war, was sie dachte, sondern dass Frank eine feste Freundin hatte.

»Schön, dass du heute Abend dabei bist«, sagte sie, und bevor ich ihr sagen konnte, dass Frank heute Abend keineswegs dabei sein würde, sondern einfach nur den Fehler gemacht hatte, im denkbar ungünstigsten Moment ein Glas Wasser bei uns trinken zu wollen – das er übrigens noch nicht bekommen hatte –, schob sie ihn Richtung Sofa. »Du hast doch nichts mit dem Rücken, oder? Dann kannst du uns helfen, ein paar Möbel umzustellen.«

Hau ab, sagte ich tonlos, aber mit übertriebenen Lippenbewegungen zu ihm, aber dafür war er offenbar zu wohlerzogen, denn er packte ein Ende des Sofas und half, es umzustellen. Ich blätterte inzwischen durch die Stücke und zählte, wie viele Sprechrollen jeweils darin vorkamen. Ich prüfte gerade, ob *Der nackte Wahnsinn*, eins meiner Lieblingsstücke, geeignet wäre, und bekam nur Versatzstücke des Gesprächs mit, das mein Dad und Frank führten, während sie das Sofa aus dem Fernsehzimmer trugen. »Ihre Arbeit ...« konnte ich verstehen und »*Bug Juice* ...« und »Broadway ...«.

Dann krachte es, und als ich hinsah, hatte mein Vater sein Ende des Sofas fallen lassen, während Frank seine liebe Not hatte, das andere Ende nicht auch fallen zu lassen. »Andrea!«, brüllte mein Vater, während Frank das Sofa mit hochrotem Kopf vorsichtig abstellte. Bestimmt bereute er inzwischen, nicht heimgegangen zu sein, als es noch möglich war. »Fred hatte gerade eine tolle Idee!«

»Frank«, korrigierte ich ihn mit zusammengebissenen Zähnen und wünschte, meine Eltern würden sich so präsentieren, wie sie sonst waren – Menschen, die nie im Leben einen Event wie das Zimmertheater vergessen würden und weit davon entfernt waren, eine Peinlichkeit nach der anderen loszulassen.

»Lass hören!«, rief meine Mutter und kam aus der Küche.

»*Bug Juice*!«, sagte mein Vater. »Emily, du kannst aufhören, nach einem Stück zu suchen. Wir nehmen einfach unseres. Davon haben wir auch genug Exemplare.«

»Super!«, sagte meine Mutter und entspannte sich sichtlich. »Ich kümmere mich ums Essen, während du die Rollen verteilst.«

Mein Dad sah sich um, dann zeigte er auf Frank. »Du kannst den Duncan spielen«, sagte er, und Frank sah mich Hilfe suchend an.

»Dad ...« Ich legte die Textbücher beiseite und ging auf die beiden zu. Duncan war neben Cecily die zweite Hauptrolle, und die von jemandem lesen zu lassen, der nur hier war, weil er einen Schluck trinken wollte, ging eindeutig zu weit. »Ich weiß nicht, ob ...«

»Und dann brauchen wir natürlich eine Cecily«, fuhr mein Dad fort, ohne mich zu beachten. »Andrea!«, brüllte er Richtung Küche. »Wer kann die Cecily spielen?«

»Gute Frage«, sagte meine Mutter, die wieder aus der Küche kam und sich durchs Haar fahren wollte, als sie merkte, dass ihr ganzer Kopf noch voller Lockenwickler war. Mitten in der Bewegung hielt sie inne und sagte: »Keine Ahnung. Pamelas Tochter vielleicht?«

»Ohne eine überzeugende Cecily funktioniert das ganze Stück nicht«, sagte mein Dad und schüttelte nachdenklich den Kopf. »Erinnerst du dich an die Aufführung in Chicago?«

»Allerdings«, sagte meine Mutter schaudernd. »Lass mich mal nachdenken ...«

»Ich kann das machen«, sagte ich, bevor ich es überhaupt gedacht hatte. Meine Eltern drehten sich zu mir um und waren völlig perplex. Nur Frank lächelte mich quer durchs Haus an.

»Im Ernst?«, fragte Beckett und klang mehr als skeptisch.

»Das passt doch«, sagte meine Mutter, ging in die Küche zurück und drückte mir im Vorbeigehen den Arm. »Danke, Em!«

»Stimmt eigentlich«, sagte mein Vater nach kurzem Überlegen, sah mich dabei aber an, als wüsste er nicht so genau, wer ich eigentlich war. »Das ist ... wunderbar. So, nun müssen wir aber dieses Sofa in den Griff kriegen!«

So kam es also, dass Frank und ich eine Stunde später mit den Texten in der Hand hinter der Esszimmertür standen und zuschauten, wie das Publikum Platz nahm. Wäre ich nicht so nervös gewesen, wäre es mir wahrscheinlich noch viel peinlicher gewesen, dass Frank von meinen Eltern so vereinnahmt wurde und sogar eine Rolle übernehmen musste, obwohl er es gar nicht wollte. Aber mir wurde selbst immer mulmiger, je näher der Moment rückte, in dem meiner voreiligen Meldung zu einer Sache, die mir eigentlich nicht lag, Taten folgen mussten.

Ich sah Dawn hinten im Publikum sitzen. Als sich

unsere Blicke trafen, streckte sie ermutigend einen Daumen in die Luft. Als sich herausgestellt hatte, dass wir nicht genug zu essen im Haus hatten, um unsere Gäste zu bewirten, hatte ich vorgeschlagen, einfach ein paar Pizzen zu ordern. Meine Mutter hatte sofort zugestimmt und es mir überlassen, mich darum zu kümmern, während sie versuchte, das Haus in einen begehbaren Zustand zu bringen. Ich hatte Dawn auf dem Handy angerufen und zehn Pizzen, diverse Salate und Knabberzeug bestellt. Dawn sagte, ihre Schicht sei gerade vorbei, aber wenn ich direkt bei Captain Pizza anriefe und mit Karte bezahlte, würde sie die Bestellung auf ihrem Heimweg vorbeibringen. Dann half sie mir, alles nett anzurichten, und als sie mitbekam, worum es ging, fragte sie, ob sie nicht bleiben dürfe, und half meiner Mutter bei den letzten Aufräumarbeiten.

Ich hatte den Eindruck, dass viel mehr Publikum da war als in den Vorjahren. Außerdem war es mir noch nie so unangenehm gewesen, von so vielen Menschen angeschaut zu werden. Ich rollte mein Manuskript nervös zusammen und klammerte mich daran wie an einen Rettungsanker, obwohl ich es eigentlich nicht brauchte. *Bug Juice* war schon lange ein so wichtiger Teil unseres Lebens, und ich hatte das Stück so oft auf verschiedenen Bühnen gesehen, dass ich es seit Jahren auswendig konnte.

»Zwei Minuten«, sagte Beckett, der seinen Kopf zur Tür hereinsteckte, um gleich darauf weiterzuschlittern. Sein Job war es, die Bühnenanweisungen vorzulesen und als Souffleur zu fungieren. Obwohl wir alle den Text in der Hand hielten, hatte ich beim Zimmertheater durchaus schon Vorführungen erlebt, wo die Sprecher in der Zeile verrutschten oder ihre Einsätze verschliefen, und wenn dann keiner da war, der ihnen schnell auf die Sprünge half, konnte es halbe Ewigkeiten dauern, bis sie wieder Tritt fassten.

»Wir sollten zu den anderen gehen«, sagte ich. Alle, die in dem Stück eine größere Rolle hatten, drängten sich in der Küche und warteten darauf, dass es endlich losging. Bei *Bug Juice* gab es so viele Figuren, dass Sprecher, die nur eine oder zwei Zeilen Text hatten, im Publikum saßen und sich ein Manuskript teilten. Erst wenn sie dran waren, würden sie »auf die Bühne« kommen. Aber die Sprecher der größeren Rollen – darunter die Sekretärin, die Kostümbildnerin und drei Bühnenbildner vom Fachbereich meiner Mom, eine Dozentin für Elisabethanische Literatur und ein paar Studenten meines Vaters – brauchten einen eigenen Aufenthaltsraum.

Frank nickte. Er war furchtbar nervös, und mir wurde plötzlich klar, dass derselbe Frank Porter, der mühelos vor der ganzen Schule sprach und disziplinierter war als irgendjemand sonst, den ich kannte, sich beinahe in die Hose machte, wenn es um eine improvisierte szenische Lesung in unserem Fernsehzimmer ging. Okay, auch ich war nervös, aber nicht annähernd so wie er, und im Vergleich zu ihm kam ich mir ungeheuer tapfer vor.

»Du wirst das super hinkriegen«, versuchte ich ihm Mut zu machen.

Frank verzog den Mund zu einem schiefen Lächeln. »Danke«, sagte er leise. Ich lächelte zurück, und Beckett kam wieder vorbei, als wir gerade die Küche erreichten.

»Alle auf ihre Plätze!«, rief er.

Eineinhalb Stunden später näherte sich das Stück dem Ende, ohne dass es irgendeinen größeren Zwischenfall gegeben hätte. Am Anfang hatte ich zu schnell gesprochen, der Text wackelte in meinen zitternden Händen, und meine Stimme klang zu hoch und dünn. Aber ich war textsicher, und dass eine elfjährige Version von mir meinen Part praktisch geschrieben hatte, half ebenfalls. Sonst hätte ich meine erste Szene bestimmt geschmissen, weil alles vor meinen Augen verschwamm und ich den Wackeltext nie hätte entziffern können. Aber dann beruhigte ich mich relativ schnell und konnte sogar wieder normal atmen. Es war ja auch nicht so, dass ich mit den größten Broadwaystars spielte. Die Elisabethanische Dozentin beispielsweise, die Mrs Arnold, die Leiterin des Feriencamps, spielte, redete meist mit dem Rücken zum Publikum, und ein Student meines Dads verhaspelte sich gleich in seiner ersten Szene vier Mal, was auch insofern bemerkenswert war, als sein Text nur drei Zeilen lang war.

Zu meiner größten Erleichterung machte Frank seine Sache wirklich gut. Es wäre übertrieben gewesen, ihn gleich für die Theater-AG unserer Schule zu empfehlen, aber er sprach klar und deutlich, verfolgte den Text, auch wenn er gerade nicht dran war, und hielt Blickkontakt mit dem Publikum. Außerdem hatte er bei den komischen Stellen ein erstaunlich gutes Timing, was mich wirklich überraschte. Deswegen empfand ich den Abend nicht als Rundum-Katastrophe, sondern fand ihn eigentlich sogar ziemlich gelungen, als Frank und ich für die letzte Szene wieder die »Bühne« betraten.

Duncan und Cecily hatten eine stürmische Kennenlernphase hinter sich, und aus Feinden waren Freunde geworden, als Cecily plötzlich das Gefühl bekam, dass Duncan ihr die ganze Zeit etwas vorgemacht hatte, weil er in der großen Schlichtungsrunde nach den desaströsen Auseinandersetzungen im Camp scheinbar gegen sie aussagte. Es handelte sich jedoch um ein Missverständnis, und erst in der letzten Szene, am letzten Tag des Feriencamps, als das ganze Camp in Schutt und Asche lag, konnten sie das Ganze endlich klären.

»Tut mir wirklich leid«, sagte Frank als Duncan zu mir.

»Er geht über die Bühne«, verlas Beckett von seinem Platz auf einem Küchenhocker direkt hinter der »Bühne«. Er war der eigentliche Star des Abends, weil er sich kein einziges Mal vertan hatte. Alle Bühnenanweisungen hatte er pünktlich und korrekt vorgelesen und den Sprechern weitergeholfen, wenn sie Schwierigkeiten hatten.

»Du hättest mir sagen sollen, was los war«, sagte ich als Cecily.

»Ich weiß.« Frank sah kurz zu mir auf und senkte dann wieder den Blick.

»Ich dachte, ich könnte dir nicht trauen«, sagte ich.

»Das kannst du aber«, sagte Frank. »Ich bin doch hier.«

»Er nimmt ihre Hand«, las Beckett laut vor. Frank und ich sahen zu ihm hinüber, sonst rührten wir uns aber nicht. »Er nimmt ihre Hand«, wiederholte Beckett etwas lauter. Frank sah mich an und kam einen Schritt näher.

Ich schluckte und merkte, dass mein Herz schneller schlug. Ich sagte mir, dass es nur ein Stück war. Keine große Sache. Es hatte nichts zu bedeuten. Ich nahm den Text in die linke Hand und sah Frank an. Er lächelte schüchtern, dann reichte er mir die Hand. Ich kam ihm mit meiner rechten entgegen. Unsere Finger berührten sich ungeschickt, und es war ein ziemliches Hin und Her, bis wir uns schließlich an den Händen fassten und dann die Finger ineinander verschränkten. Seine Hand war ganz kühl und passte erstaunlich gut in meine; unsere Finger blieben ganz locker und unverkrampft.

Mein Herz klopfte wie verrückt, und ich spürte, wie das Blut in meinen Fingerspitzen pulsierte. Wie hatte es bloß dazu kommen können? Warum hielt Frank Porter plötzlich meine Hand?

»Cecily?«, sagte Beckett und holte mich in die Realität zurück. Ich versuchte, mit einer Hand zur letzten Seite meines Texts zu blättern.

»Sorry«, murmelte ich, und im Publikum wurde leise gelacht. Ich schaute lange genug auf, um meine Eltern hinten im Publikum stehen zu sehen. Mein Vater hatte die Arme um meine Mutter gelegt, und beide wirkten viel aufmerksamer und entspannter, als ich sie in letzter Zeit erlebt hatte. Glücklicherweise schien ihnen völlig egal zu sein, dass ich drauf und dran war, ihr Meisterstück zu ruinieren. Ich schlug die letzte Seite meines Texts auf, und da stand es, schwarz auf weiß, und ich war nur noch zwei Zeilen davon entfernt: *Sie küssen sich.*

Ich musste komplett verdrängt haben, dass es darauf hinauslief. Mein Puls begann zu rasen, und ich fürchtete, dass meine Hand, die immer noch in Franks lag, gleich vor Schweiß triefen würde.

»Ähm«, sagte ich und suchte im Text nach meinen nächsten Worten. Dann fuhr ich fort: »Und du wirst immer da sein?«

Reichlich spät fiel mir jetzt wieder ein, was als Nächstes kam: der letzte Lacher des Stücks, wenn Duncan sagte, natürlich werde er immer da sein – wenigstens bis seine Mom ihn aus dem Camp abhole und sie wieder nach Weehawken fuhren. Dann küssten sich Cecily und Duncan, während die anderen Kinder auf die Bühne kamen und das Camp-Greenleaf-Lied sangen.

Ich wollte Frank nicht das Gefühl geben, dass er mich auch noch küssen musste, nachdem er schon genötigt worden war, meine Hand zu nehmen. Nicht vor all diesen Leuten, meinen Eltern und meinem kleinen Bruder! Außerdem hatte er doch eine Freundin. Ich wusste natürlich, dass Schauspieler einander ständig küssten, wenn ihre Rollen es verlangten, aber das hier war anders. Das hier war …

»… wir wieder nach Weehawken fahren«, beendete Frank den Satz, von dem ich den Anfang gar nicht mitbekommen hatte. Das Publikum lachte, wie immer, und ich wusste, was jetzt kam. Panisch sah ich mich nach meinem Bruder um.

»Sie küssen sich«, las er vor, und ich konnte förmlich spüren, a) wie Frank erschrak und b) dass das Publikum auf die entsprechende Performance wartete.

Frank und ich sahen einander an. Immer noch hielten wir Händchen, aber irgendwie schien er meilenweit entfernt zu sein, viel zu weit, um die Distanz zu überbrücken und ihn zu küssen. Aber mit realen Entfernungen hatte das nichts zu tun. Vielmehr konnte ich mir einfach nicht vorstellen, ihn zu küssen. Ihn besser kennenzulernen und mit ihm laufen zu gehen war eine Sache, aber …

Ohne den Blick von mir abzuwenden, kam Frank einen kleinen Schritt näher, und ich fühlte mich im Gehirn plötzlich ganz blutleer. Ich sah alles wie in Zeitlupe, und in Zeitlupe kam Frank immer näher und neigte den Kopf.

»Licht aus!«, brüllte Beckett und holte mich wieder in die Realität zurück. Ich blinzelte wie morgens beim Aufwachen und versuchte mir klarzumachen, was gerade passiert war – oder beinahe passiert wäre. »Vorhang!«

Das Publikum klatschte, alle Schauspieler kamen auf die Bühne und fassten sich bei den Händen – außer Frank und ich, weil wir uns nie losgelassen hatten –, um sich zu verbeugen. Dann standen die Zuschauer auf, stellten die Stühle beiseite und bewegten sich Richtung Küche, weil sie etwas essen wollten.

Frank und ich sahen uns an, blieben noch einen Moment so stehen und ließen uns dann erst los. Er steckte die Hände in die Shortstaschen, und ich packte meinen Text mit beiden Händen, rollte ihn zusammen und versuchte zu ignorieren, wie kalt meine Hände plötzlich waren.

»Hey.« Dawn kam mir lächelnd entgegen. »Das war wirklich toll!«

»Danke«, sagte ich und sah Frank verstohlen an. Was er jetzt wohl dachte? Aber er schien nicht viel zu denken, jedenfalls nicht an das, was gerade passiert war oder beinahe passiert wäre, denn er hatte sein Handy in der Hand und sah stirnrunzelnd aufs Display.

»Gut gemacht, ihr beide!«, sagte meine Mutter lächelnd und umarmte mich kurz im Vorbeigehen. Mein Vater sah mich vom anderen Ende des Zimmers an und streckte total übertrieben die Daumen in die Luft.

»Danke«, sagte Frank und sah kurz von seinem Handy auf. Dann tippte er eine SMS ein. Gleich darauf sah er mich aber wieder an und sagte: »Also, die Sache ist die ...« Dann schien er Dawn zum ersten Mal zu bemerken und streckte ihr die Hand so steif und förmlich hin, als wollte er sagen: *Ich bin übrigens Jahrgangssprecher.* Tatsächlich sagte er: »Oh, tut mir leid ... Ich bin Frank Porter.«

»Dawn Finley«, sagte Dawn und schüttelte ihm die Hand. »Das hast du echt gut gemacht.«

»Na ja ...«, sagte Frank und grinste mich an. »Das habe ich dann wohl dem anderen Star des Abends zu verdanken.«

»Was wolltest du eben sagen?«, fragte ich ihn schnell, um das Thema zu wechseln.

Frank sah wieder auf sein Handy und sagte unsicher: »Offenbar ist Collins bei mir zu Haus und will was mit mir unternehmen. Aber er sagt, du müsstest unbedingt mitkommen.« Kopfschüttelnd sah er mich an. »Bitte erinnere mich daran, ihm unseren Hausschlüssel abzunehmen!«

Ich wusste nicht, was ich sagen sollte. Warum wollte Collins mich unbedingt dabeihaben? Vielleicht wollte er einfach nur höflich sein, nachdem wir uns diesen Sommer öfter gesehen hatten, als ich je für möglich gehalten hätte.

»Du kannst natürlich auch gern mitkommen«, sagte Frank zu Dawn. »Oder hast du schon was anderes vor?«

»Nein«, sagte Dawn und schien sich zu freuen. »Hört sich gut an ... was immer ihr vorhabt.«

»Emily?« Frank sah mich fragend an.

Ich warf einen Blick auf das Chaos, das immer noch in unserem Haus herrschte. Überall standen Leute herum, aßen und unterhielten sich. Ich wusste nur zu gut, wie Zimmertheaterabende endeten: Die Erwachsenen saßen noch lange zusammen und tauschten Klatsch und Tratsch über ihre jeweiligen Fachbereiche aus. Es konnte gefühlte Stunden dauern. Hier würde also noch eine ganze Weile viel los sein, und wenn ich bliebe, müsste ich hinterher mit aufräumen. Also sagte ich: »Okay, warum nicht.«

* * *

»Das ist ja ein tolles Haus«, sagte Dawn ehrfürchtig, als sie eintrat, und wahrscheinlich spiegelte ihr Gesicht das gleiche Erstaunen wider wie meins, als ich zum ersten Mal hier war. Da mein Wagen von all unseren Besuchern völlig zugeparkt war, waren wir alle in Dawns Cabrio zu Frank gefahren. Angesichts ihres Fahrstils war ich froh, dass Frank ganz in der Nähe wohnte.

»Danke«, quittierte Frank ihr Kompliment höflich und ging voran. Dann brüllte er: »Collins?«, aber da kam er uns schon auf Socken entgegen.

»Hallooooo!« Er zog das Wort in die Länge und grinste mich an. Irgendetwas schien ihn zu amüsieren.

»Hi«, sagte ich. »Wie geht's?«

Er schaute mir über die Schulter. Hinter mir stand Dawn, die immer noch ihre Captain-Pizza-Uniform trug. »Haben wir Pizza bestellt?«

»Nein«, sagte Dawn. »Ich hab schon lange Feierabend. Ich bin Dawn.«

»Matthew Collins«, sagte Collins. »Matthew mit Doppel-t und Collins mit Doppel-l. Aber man nennt mich Collins.« Dann wandte er sich wieder an mich, zog eine Augenbraue hoch und sagte ganz ernst: »Lass es mich FRANK und frei sagen, Emily: Kann ich irgendwas für dich tun? Ich meine, *irgendwas*? Sobald ich den Planeten gerettet habe, würde ich mich sofort darum kümmern.«

»Collins!«, sagte Frank genervt und ging an ihm vorbei in die Küche. Ich konnte gerade noch sehen, dass er plötzlich rote Flecken auf den Wangen hatte. »Hör auf damit! Diese Sprüche waren schon vor Jahren nicht mehr neu.«

»Wieso, ich sag doch nur FRANK und frei, was ich denke«, erwiderte Collins und zwinkerte mir zu. »Kann ich euch was zu trinken holen?« Er folgte Frank in die Küche und machte den Kühlschrank auf. Offenbar war er hier genauso zu Hause wie Sloane früher in unserer Küche.

»Gern«, sagte Dawn und folgte ihm. Nicht nur das. Sie kam ihm ziemlich nahe, und ich wünschte, ich hätte sie vor Collins gewarnt. Wahrscheinlich hatte er sie längst ins Visier genommen und die Ärmste ahnte nichts davon. Doch überraschenderweise trat er zur Seite, um sie selbst in den Kühlschrank sehen zu lassen, anstatt sie zu fragen, ob es wehgetan hätte, als sie vom Himmel gefallen war, oder irgendetwas ähnlich Bescheuertes.

»Emily?«, rief Frank aus der Küche, und erst da merkte ich, dass ich als Einzige noch an der Haustür stand.

»Komme schon«, sagte ich und schloss mich den anderen an. Alle standen um den riesigen Küchenblock, der aus Granit oder Schiefer oder irgendeinem anderen dunklen Gestein bestand und das Herzstück des Küchenbereichs darstellte. Auf der Arbeitsplatte lag eine Tüte Maischips, die Collins jetzt aufriss, während Frank zwei Wasserflaschen aus dem Kühlschrank holte und Dawn eine davon reichte.

»Weißt du, Emily«, sagte Collins und rieb sich die Hände, »ich hab über deine Liste nachgedacht.«

Überrascht sah ich erst ihn an und dann Frank.

Die Liste war nicht unbedingt ein Geheimnis, aber dass Frank Collins davon erzählt hatte, fand ich nicht so prickelnd.

»Was denn?«, sagte Collins, der zu ahnen schien, was ich dachte. »Porter redet ja praktisch von nichts anderem mehr. Also habe ich beschlossen, dir zu helfen.«

»Was für eine Liste?«, fragte Dawn und sah abwechselnd Collins und mich an.

»Sloanes Liste«, sagte Collins, als sei er von Anfang an eingeweiht gewesen.

»Und wer ist Sloane?«, fragte Dawn.

»Meine beste Freundin«, sagte ich.

»Die gerade in Paris zeltet?«, fragte sie, und ich nickte schnell, ohne Frank anzusehen, obwohl ich spürte, dass er zu mir herübersah.

»Jedenfalls hatte ich die Hammeridee«, verkündete Collins.

»Zu welcher Aufgabe?«, fragte ich skeptisch.

»Ja, sag doch mal, Matthew«, sagte Frank ganz ruhig. Aber ich hörte, dass er ziemlich sauer war. »Zu welcher Aufgabe?«

»Hey!«

Ich drehte mich erschrocken um, und da kam ein Typ aus dem Bereich, der in anderen Häusern das Fernsehzimmer gewesen wäre, auf uns zu. Ich hatte mich immer noch nicht daran gewöhnt, dass es hier keine Wände oder abgeteilte Zimmer gab. Obwohl alles so offen war, hatte ich nicht gesehen, dass noch jemand anders da war, und es war mir gar nicht recht, dass ein völlig Fremder uns über Sloanes Liste sprechen hörte. Er hatte superkurzes blondes Haar und trug ein T-Shirt mit der Aufschrift *Briarville Varsity Soccer*. Briarville war ein Internat eine Stunde nördlich von Stanwich, aber ich kannte es nur vom Hörensagen und hatte noch nie jemanden von dort kennengelernt.

»Perfekt«, sagte Collins und klatschte in die Hände. »Dann können wir ja loslegen.«

Langsam wurde ich nervös. »Was können wir …?«, fing ich an, doch Collins unterbrach mich.

»Willst du was trinken?«, fragte er den Blonden und öffnete wieder den Kühlschrank. »Wasser? Red Bull?«

»Agua««, sagte der Blonde und stellte sich zu uns. »Danke.«

»Hey«, sagte Dawn zu ihm, kaute hektisch auf den Chips herum, die sie sich in den Mund gestopft hatte, und schluckte sie schnell runter. »Ich bin Dawn.«

»Claro«, sagte der Blonde. »Ich bin …«

»Pssst!«, machte Collins so laut, dass alle ihn erschrocken ansahen. Er sah den Blonden kopfschüttelnd an. »Was hatten wir abgemacht?« Der Blonde zog die Stirn kraus und Collins grinste mich an. Dann zeigte er mit einer schwungvollen Geste auf den Blonden, als stellte er ihn bei einer Gameshow vor, und sagte zu mir: »Er ist deine Nummer eins auf der Liste. Genieße es!«

Ich vergegenwärtigte mir, was als Erstes auf der Liste stand … und hielt erschrocken den Atem an. Außerdem war ich mir ziemlich sicher, dass ich rot wurde.

Einen Fremden küssen.

»Moment mal!«, protestierte ich, ohne den Blonden aus den Augen zu lassen. Er sah nicht schlecht aus, aber deswegen musste ich ihn ja nicht gleich küssen. Schon gar nicht hier, vor Collins, Dawn und Frank.

Collins grinste von einem Ohr bis zum anderen und sagte: »Gern geschehen.«

»Moment mal!«, sagte jetzt auch Frank und sah abwechselnd den Blonden und mich an. Dann warf er Collins einen finsteren Blick zu. »Ich hab doch gesagt, dass du dich nicht einmischen sollst, Matt. Und was tust du? Schleppst hier einen x-beliebigen Typen an, der ...«

»Hey!«, protestierte der Blonde und setzte beleidigt seine Wasserflasche ab.

»Worüber redet ihr eigentlich?«, flüsterte Dawn Frank zu, aber alle konnten es hören.

»Ich will das nicht«, sagte ich und machte einen Schritt zurück. Doch dann fiel mir ein, dass ich den Blonden vielleicht beleidigt hatte, und das wollte ich auch nicht. Also sagte ich schnell: »Sorry. So hab ich das nicht gemeint. Ich wollte nur ... Ich meine ...« Ich wusste nicht, was ich sagen sollte, und griff nach den Maischips, nur um irgendwas mit den Händen tun zu können.

»Was hast du denn plötzlich?«, fragte Collins. »Es ist doch die perfekte Lösung! Du kennst ihn nicht, er kennt dich nicht. Also ran an den Speck!« Er sah uns vielsagend an. »Husch-husch!«

»Collins«, sagte Frank, sah dabei aber mich an, »wenn Emily nicht will, dann ...«

»Wenn Emily *was* nicht will?«, fragte Dawn und steckte

sich die nächsten Chips in den Mund. Sie verfolgte das Ganze so fasziniert wie einen Film, dessen Anfang sie nicht mitbekommen hatte.

»Ihn küssen«, sagte Collins. Im ersten Moment war Dawn wie vor den Kopf gestoßen, aber dann musterte sie den Blonden ganz ungeniert und streckte mir die erhobenen Daumen entgegen. »Das steht gleich als Erstes auf der Liste von Emilys Freundin«, erklärte Collins. »Sie soll einen Fremden küssen, und deswegen ...«

»Nein«, sagte ich und streckte die Hände wie ein Stoppschild aus. Es war überflüssig, noch länger darüber zu reden, denn ich würde mich auf keinen Fall darauf einlassen. Niemals. »Tut mir leid. Danke, dass ihr mir helfen wolltet, aber ich werde jetzt nicht anfangen, wahllos in der Gegend herumzuknutschen.«

»Was heißt denn wahllos?«, fragte der Blonde. »Ich hab doch gesagt, dass ich ...«

»Pssst!«, machten Collins und Dawn gleichzeitig, um ihn zum Schweigen zu bringen.

»Es bleibt beim Nein«, sagte ich und schüttelte den Kopf. »Ich kenne ihn ja noch nicht mal, und –«

»Aber geht es nicht gerade darum?« Dawn sah mich fragend an. »Auf der Liste steht doch nicht, dass du jemanden küssen sollst, den du kennst, oder?«

Collins hob anerkennend die Augenbrauen, während ich den Mund öffnete, um etwas zu entgegnen. Doch dann schloss ich ihn wieder, denn ich wusste nicht, was ich sagen sollte. Dawn hatte ja recht. Dieses war eine der Aufgaben, die es so schwer machten, die Liste komplett abzuarbeiten. Und nun wurde mir der benötigte Fremde quasi auf dem Silbertablett serviert. Ich dachte an den Abend, als ich es nicht fertiggebracht hatte, Jamie Roarke zu umarmen, und konnte mich lebhaft daran erinnern, wie frustrierend das war. Außerdem nahm ich mir immer noch übel, auf dem Reiterhof gekniffen zu haben. Dabei musste ich mit dieser verfluchten Liste langsam mal weiterkommen, wenn ich herausfinden wollte, wo Sloane steckte. Würde ich je eine bessere Gelegenheit bekommen, einen Fremden zu küssen?

»Also gut«, sagte ich, bevor mir richtig klar war, dass ich mich entschieden hatte. Frank hob den Kopf und sah mich beinahe erschrocken an, zumindest aber überrascht. Dann sah er gleich wieder so interessiert auf seine Wasserflasche, als wollte er erforschen, aus welcher Quelle das Wasser kam.

»Cool«, sagte der Blonde und kam einen Schritt auf mich zu. Unwillkürlich zerquetschte ich die Maischips in meiner Hand, dass es krachte.

»Ähm«, sagte ich und wischte die Krümel vom Küchentresen. »Vielleicht gehen wir lieber irgendwo hin, wo wir nicht so viel Publikum haben.«

»Es gibt eine Speisekammer«, sagte Collins und zeigte hinter den Kühlschrank, wo ein schmaler Gang abzuzweigen schien.

»Okay«, sagte ich, hauptsächlich um mich selbst zu ermutigen. Sollte ich es wirklich tun? Hatte ich mich gerade freiwillig dazu bereit erklärt? »Dann los jetzt!«

»Ihr könntet ja auch rausgehen«, rief Frank mir nach,

als ich mit weichen Knien auf die Speisekammer zuging und Dawns Blick mied. »Die Speisekammer ist vielleicht ein bisschen eng.«

»Enge ist doch gut, Porter«, sagte Collins, während ich weiterging und mich fragte, ob mein Atem eigentlich frisch war.

Frank hatte recht, die Speisekammer war nicht gerade groß. Als ich die Tür öffnete, schaltete sich automatisch ein Licht an. Hinter der Tür ging es zwei Stufen nach unten, dahinter standen Vorräte in Regalen, die rund um den Raum liefen. Dazwischen war gerade mal Platz für zwei Personen.

Wie eine Marionette setzte ich einen Fuß vor den anderen und ging die beiden Stufen hinunter, dann weiter bis in die Mitte des engen Raums, zwischen Nudeln, Reis, Mehl und Zucker.

Der Blonde folgte mir, schloss die Tür und blieb hinter mir stehen. Langsam drehte ich mich zu ihm um. In der offenen Küche war mir gar nicht aufgefallen, wie groß er war, aber in dieser winzigen Butze kam er mir riesig vor. Er hatte so breite Schultern und so große Hände, dass der Raum plötzlich noch kleiner wirkte. Mein Herz klopfte wie wild, aber ich versuchte zu lächeln und so zu tun, als fände ich es ganz normal, mit Fremden in Speisekammern herumzuknutschen.

Als ich zu ihm aufsah, begann mein Herz noch schneller zu schlagen. Ich versuchte mir einzureden, dass ich es schaffen konnte und froh sein sollte über diese zweite Chance, nachdem ich vor gerade mal einer Stunde zu feige gewesen war, um Frank zu küssen. Dieser Gedanke brachte mich auf die Idee, auch das hier als eine Art Bühnenkuss zu betrachten, zwar ohne Publikum, aber trotzdem als einen Kuss, der nicht zählte.

»Bist du bereit?«, fragte der Blonde. Er machte überhaupt keinen gestressten Eindruck, was ich irgendwie beruhigend fand. Wenn es für ihn keine große Sache war, brauchte es auch für mich keine zu sein. Ich schluckte und leckte mir kurz über die Lippen, dann machte ich einen kleinen Schritt auf ihn zu.

Der Blonde lächelte gelangweilt, legte mir die Hände auf die Schultern und beugte sich über mich. In dem Moment ging das Licht aus.

Instinktiv wich ich zurück und stieß an das Regal hinter mir. Etwas fiel krachend zu Boden. Mir war nicht klar gewesen, dass es ein Intervalllicht war, das immer nur eine gewisse Zeit brannte, obwohl es irgendwie logisch war. »Sorry«, sagte ich. »Ich ... ähm ...« Es war stockdunkel, weil der Raum keine Fenster hatte, sodass ich die Hand nicht vor Augen sehen konnte, geschweige denn den Blonden.

»Keine Panik«, sagte er irgendwo im Dunkeln. Ich machte einen vorsichtigen Schritt in seine ungefähre Richtung und stieß an etwas. An ihn, wie sich herausstellte. Meine ausgestreckte Hand hatte seine Brust berührt. Ich überlegte, ob es nicht vielleicht sogar leichter war, ihn zu küssen, wenn ich ihn nicht sehen konnte. »Okay?«, fragte er.

Ich nickte, begriff aber sofort, wie idiotisch das im

Stockfinsteren war. Also sagte ich: »Ja.« Ich atmete kurz ein, und als ich wieder ausatmete, stießen unsere Nasen unsanft aneinander. »Sorry«, sagte ich wieder und versuchte, a) sein Gesicht zu ertasten und b) mich zu konzentrieren. »Ich ...« Mehr bekam ich aber nicht heraus, weil seine Lippen schon im nächsten Moment meine berührten.

Ein paar Sekunden blieben wir so stehen, und ich dachte gerade, dass Sloanes Anforderungen damit Genüge getan war, als der Blonde mir näher rückte, die Arme um mich legte und *richtig* zu küssen begann.

Normalerweise hätte ich mich auf so etwas nicht eingelassen. Aber es war schon zwei Monate her, dass ich das letzte Mal geküsst worden war, und hier im Dunkeln schien es keine Rolle zu spielen, dass ich nicht mal wusste, wie der Typ überhaupt hieß, und mir nicht sicher war, ob er sich gemerkt hatte, wie ich hieß. Nichts sehen zu können, machte das Ganze irgendwie irreal, und was normalerweise zählte, schien hier nicht zu zählen. Dass er ziemlich gut küsste, spielte wahrscheinlich auch eine Rolle, und so kam es, dass ich ihn zurückküsste. Das Herz klopfte mir bis zum Hals und seine Finger spielten mit meinem Haar. Doch dann fuhr er mit der anderen Hand unter mein T-Shirt und bewegte sie zielstrebig auf meinen Sport-BH zu. Das holte mich schlagartig aus meiner Trance und katapultierte mich in die Realität zurück.

Ich wand mich aus seiner Umarmung, trat einen Schritt zurück und zog mein hochgerutschtes T-Shirt runter. Dann ging ich tastend auf die Stufen zu. »Alles klar«, sagte ich, als ich wieder auf dem Weg nach oben war. Ich fuhr mit den Händen über die Wände, bis ich den Lichtschalter fand. Als das Licht anging, zuckten wir beide zusammen, weil es jetzt viel heller zu sein schien als vorher. Es war ein merkwürdiges Gefühl, den Blonden jetzt wieder am Stück zu sehen und nicht nur seine Lippen, Arme und Hände zu spüren. Ich strich mir das Haar glatt und öffnete die Tür. Der Blonde folgte mir. »Also dann«, sagte ich, als wir in dem schmalen Gang neben dem Kühlschrank waren, kurz bevor wir den anderen wieder gegenübertreten mussten. Es war mir nicht direkt peinlich, eher hatte ich das Gefühl, etwas erlebt zu haben, das nichts mit der Realität zu tun hatte, und es war gar nicht so einfach, ins reale Leben zurückzufinden. »Was soll ich sagen? Danke?«

»Gern geschehen«, sagte der Blonde und grinste. »Das Vergnügen war ganz meinerseits.«

Ich nickte und beeilte mich, wieder in die Küche zu kommen. Frank lehnte am Küchentresen und tippte etwas in sein Handy. Dawn und Collins saßen in der Frühstücksecke, sie lachte gerade über etwas, das er gesagt hatte. »Hey!«, rief Collins, als er uns sah. »Mission erfüllt?«

Ich ignorierte ihn und ging auf Frank zu, ohne ihn direkt anzusehen. »Kann ich mir eine Flasche Wasser nehmen?«, fragte ich.

»Ja, klar«, sagte er, ohne von seinem Handy aufzuschauen. Ich vermutete, dass er Lissa eine SMS schrieb. »Bedien dich einfach.«

Ich öffnete den Kühlschrank und schnappte mir ein

Wasser. Dann sah ich zu Dawn hinüber. Sie hob fragend die Augenbrauen, und ich nickte unauffällig, worauf sie breit grinste. Um weder den Blonden noch Collins ansehen zu müssen oder zuzuschauen, wie Frank seiner Freundin schrieb, konzentrierte ich mich auf die Kühlschranktür. Im Gegensatz zum Rest des Hauses bildeten die Sachen, die dort mit Magneten befestigt waren, ein heilloses Durcheinander, ganz ähnlich wie bei uns – Rabattcoupons, die längst nicht mehr gültig waren, Einladungen, Merkzettel. Ziemlich weit unten hing eine Einladung zur jährlichen Gala der Architektenvereinigung von Stanwich, geprägt in erhabenen Lettern, und als Ehrengäste waren Carol und Steve Porter genannt. Das Ganze würde in etwa einem Monat stattfinden. Es ging mich zwar nichts an, aber ich bückte mich, weil ich lesen wollte, wo diese Gala stattfinden sollte, aber im selben Moment ertönte Musik. Ich drehte mich um und sah, dass der Blonde zu seinem Handy griff und einen Anruf entgegennahm.

»Claro«, sagte er. »Ja, okay. Bin hier gleich fertig. Ja, ja, bei Matthew.« Er horchte in den Hörer, dann sagte er: »Okay, wir sehen uns in zwanzig Minuten.« Er steckte das Handy in die Tasche und sagte zu uns: »Ich ziehe dann mal weiter. Der Abend ist ja noch jung.«

»Man sieht sich, Benji«, sagte Collins, stand auf und ging zu dem Blonden, um ihm kumpelhaft auf die Schulter zu klopfen. Ich musste schlucken, als ich den Namen hörte. Hatte ich wirklich gerade jemanden geküsst, der Benji hieß?

»Ben«, sagte er und sah Collins finster an. »Benji nennt mich schon seit Jahren keiner mehr.«

»Doch, ich«, sagte Collins ungerührt. »Danke, dass du gekommen bist. Bis Sonntag dann.«

»Ja, bis Sonntag«, sagte Benji. Dann kam er auf mich zu und beugte sich herab. Erschrocken wich ich zurück. Wollte er mich zum Abschied etwa küssen? Doch er bat mich nur um meine Telefonnummer. Obwohl er flüsterte, hatte ich das Gefühl, dass alle es hörten.

Ich wusste nicht weiter und sah mich Hilfe suchend um. Frank sah regungslos zu mir herüber, während Dawn mir ermutigend zugrinste. »Ich ... ähm ... danke«, sagte ich. »Aber es war doch nur wegen dieses Ferienprojekts und ...« Der Blonde nickte und zog sich zurück. »Nicht dass es schrecklich war«, sagte ich schnell. »Ich meine, es war ...« Doch dann wusste ich endgültig nicht weiter.

Benji grinste gelassen. »Wenn du es dir anders überlegst, kannst du Matt ja Bescheid sagen«, sagte er. »Er hat meine Nummer.« Dann drehte er sich um, ging aus dem Haus und winkte allen über die Schulter zu.

»Sag mal, Collins«, fing ich an, als ich die Haustür zuschlagen hörte und Benji außer Hörweite war, »woher kennst du den Typen eigentlich?« Aus seinem Briarsville-T-Shirt schloss ich, dass ich ihm wenigstens nicht nach den Ferien in der Schule über den Weg laufen würde, was überaus beruhigend war.

»Benji?«, fragte Collins, kam in die Küche zurück und holte sich ein paar Chips. »Er ist mein Cousin.«

Ich nickte und versuchte so zu tun, als sei mir egal,

dass ich gerade einen Verwandten von Collins geküsst hatte. In Wahrheit wurde mir ganz schwindelig. Collins nahm sich eine Handvoll Chips und ging in die Frühstücksecke zurück. Ich trank einen Schluck Wasser. Frank und ich standen jetzt ganz allein in der Küche und er sah mich ziemlich zerknirscht an.

»Tut mir leid, dass ich Collins von der Liste erzählt habe«, sagte er leise.

»Schon in Ordnung«, sagte ich und zuckte mit den Schultern. Der Kuss war mehr als in Ordnung gewesen, aber das wollte ich Frank natürlich nicht auf die Nase binden. »Jetzt kann ich diesen Punkt wenigstens abhaken.«

Frank sah mich noch einen Moment lang an, dann konzentrierte er sich wieder auf sein Handy. »Ja«, sagte er. »Klar.« Er begann, die Tastatur zu bearbeiten, und kümmerte sich nicht mehr um mich. Also nahm ich meine Wasserflasche und ging zu Dawn und Collins hinüber. Was ich allerdings sofort bereute, als ich das dreckige Grinsen sah, das Collins für mich parat hatte.

»Und?«, fragte er. »Du und Benji – geht da was?«

»Nein«, sagte ich und trank einen Schluck Wasser. »Nichts gegen deinen Cousin, aber ... nein.«

»Das hätte ich nicht gedacht.« Collins zog die Augenbrauen hoch. »Immerhin wart ihr ziemlich lange da drinnen.«

Ich verschluckte mich an meinem Wasser und musste husten. Als ich mich wieder beruhigt hatte, sagte ich betont gelassen: »Findest du?«

»Allerdings«, sagte er und ließ mich nicht aus den Augen.

Ich trank noch einen Schluck Wasser und schüttelte den Kopf. »Na ja, ähm …« Ich wusste nicht, was ich sagen sollte, vor allem weil Collins mich immer noch so unverschämt angrinste. Dann brach es aus mir heraus: »Ach, halt doch die Klappe!« Ich war von mir selbst überrascht – und Collins offenbar auch. Nur Dawn fing an zu lachen.

Später auf dem Heimweg – Dawn war schon gegangen, und die Jungs hatten angefangen, *Honour Quest* auf der Konsole zu spielen, was mich nicht im Geringsten interessierte, obwohl Beckett mich andauernd zum Mitspielen überreden wollte – hatte ich ein Dauergrinsen im Gesicht. Es war eine warme Nacht mit hoher Luftfeuchtigkeit. Überall funkelten Glühwürmchen im Gras und die Grillen zirpten. Ich musste die ganze Zeit daran denken, was passiert war.

Ich hatte vor Publikum bei einem Theaterstück mitgemacht und es war erstaunlich gut gelaufen. Nichts Schreckliches war passiert und ich hatte bis zum Ende durchgehalten. Aber noch wichtiger war, dass ich einen Fremden geküsst hatte. Sofort schlug mein Herz wieder schneller, als ich daran dachte … die Speisekammer, Benjis Finger in meinem Haar … Wenn ich mit *einem* nicht gerechnet hatte, dann damit, dass ich heute einen Fremden küssen würde, und obwohl ich nicht die Absicht hatte, mich von jetzt an in dunklen Speisekammern durch Collins' komplette männliche Verwandtschaft zu knutschen, war es definitiv nicht übel gewesen. Das Beste daran war die Erfahrung, den nötigen Mut für etwas aufgebracht zu haben, das ich mir nie zugetraut hätte.

Ich legte den Kopf in den Nacken, um in die Sterne zu schauen, und langsam begann ich zu begreifen, warum Sloane mir diese Liste geschickt hatte.

7

Unterm Sternenzelt schlafen

Die Glocke über der Tür läutete, und ich kam hinter den Kühlfächern für das Eis hoch, die ich gerade putzte. Als ich gerade den Mund öffnete, um die Standardbegrüßung für Kunden im Eisparadies runterzuschnurren, sah ich, dass es Dawn war.

»Hey«, sagte ich. »Alles in Ordnung?«

»Alles gut«, sagte sie, ging schnell durch den Laden und beugte sich über die Eistheke zu mir herunter. Dann sagte sie ganz aufgeregt: »Wir müssen reden. Einmal über den Typen, mit dem du – wie lange? ... eine halbe Stunde? – in der Speisekammer rumgemacht hast, und dann über Matthew. Ich finde ihn irgendwie ... wow. Und dann habe ich noch was für dich.«

»Das war doch keine halbe Stunde!«, protestierte ich, aber Dawn grinste mich nur vielsagend an.

»Nun erzähl doch mal!«, sagte sie und machte es sich auf einem der notorisch unbenutzten Metallstühle bequem. Heute stand auf ihrem T-Shirt: *Captain Pizza – auch für ZIVILISTEN*.

»Also gut«, sagte ich und kam hinter der Theke hervor. Mir war klar, dass ich erst mal mit der Wahrheit herausrücken musste, bevor ich ihr die Szene in der Speisekammer schildern konnte. »Ich hab dir doch von meiner besten Freundin erzählt, Sloane? Die, von der die Liste stammt.« Dawn nickte, und ich atmete tief durch, bevor ich weitersprach. »Sie ist nicht beim Camping in Europa. Ehrlich gesagt weiß ich gar nicht, wo sie ist. Sie ist einfach verschwunden, und das Einzige, was ich noch von ihr habe, ist diese Liste.«

Dawn sah mich lange an, ohne etwas zu sagen. Dann fragte sie: »Warum hast du das nicht gleich gesagt?«

»Weiß ich auch nicht.« Ich sah auf den schwarz-weiß gemusterten Fußboden. »Vielleicht wollte ich …« Ich zuckte mit den Schultern. Fakt war: Ich hatte nicht zugeben wollen, dass ich keine Ahnung hatte, wo meine beste Freundin abgeblieben war. Inzwischen kannte ich Dawn gut genug, um zu wissen, dass sie mich dafür nicht verachten würde, aber als ich ihr die Lüge auftischte, war das natürlich noch nicht der Fall.

»Moment mal«, sagte Dawn und beugte sich ein Stück vor. »Wolltest du mich deswegen bei der Auslieferung begleiten? Damit du den Punkt ›Jamie umarmen‹ abhaken konntest?« Ich nickte und begriff, dass Collins die Zeit, die ich mit Benji in der Speisekammer verbrachte, genutzt hatte, um Dawn zu erzählen, was die Liste noch alles von mir verlangte. »Da bin ich aber froh, dass du es dir anders überlegt hast. Der Mops von Jamie Roarke ist nämlich extrem eifersüchtig. Er wäre durchgedreht, wenn du seinem Frauchen zu nahe gekommen wärst.« Sie stand auf und kramte in ihrer Handtasche, dann legte sie eine verspiegelte Sonnenbrille neben mir auf die Theke.

»Was ist das?«, fragte ich und nahm die Sonnenbrille in die Hand. Ich drehte sie hin und her und merkte, dass sie mir bekannt vorkam. Dann fiel mir ein, dass Bryan sie in der Pizzeria aufgehabt hatte. »Dawn«, sagte ich nachdenklich und wiederholte meine Frage, als sie nicht reagierte. »Was ist das?«

»Die Nummer vier der Liste«, sagte sie und grinste. »Deine große Chance, etwas kaputt zu machen.«

* * *

MUSIK: BESSER ZUM LAUFEN ALS COMEDIANS

Make Me Lose Control	Eric Carmen
Let My Love Open the Door	Pete Townshend
Jolene	Dolly Parton
Springsteen	Eric Church
Badlands	Bruce Springsteen
Compass	Lady Antebellum
When You Were Mine	Cyndi Lauper
Let's Not Let It	Randy Houser
Sunny and 75	Joe Nichols
And We Danced	The Hooters
Don't Ya	Brett Eldredge
Anywhere with You	Jake Owen
867-5309/Jenny	Tommy Tutone
Nashville	David Mead
Kiss on My List	Hall & Oates

Here We Go Again	Justin Townes Earle
Me and Emily	Rachel Proctor
We Were Us	Keith Urban & Miranda Lambert
Where I Come From	Montgomery Gentry
Delta Dawn	Tanya Tucker
Things Change	Tim McGraw
Mendocino County	Willie Nelson feat. Lee Ann Womack
The Longest Time	Billy Joel

Langsam kam der Sommer, der wie ein großes Nichts vor mir gelegen hatte, doch noch in Fahrt. Ich hatte einen supereasy, weil weitgehend kundenfreien Job, frühmorgens oder am späten Nachmittag ging ich mit Frank laufen. Und dann war da noch die Liste, die ich nicht mehr allein bewältigen musste, seit meine Freunde mir dabei halfen.

»Hast du Lust, auf eine Gala zu gehen?«, fragte Frank und schob eine Karte über den Küchenblock. Ich hatte Dawn auf einer Liefertour begleitet, als Frank anrief und fragte, ob ich nicht vorbeikommen wolle. Als er hörte, was ich gerade machte, sagte er, Dawn solle ruhig mitkommen. Wir waren also zu viert. Dawn war mit Collins an den Strand hinterm Haus gegangen, während Frank und ich in der Küche ein paar Snacks für alle zusammenstellten. Ich sah ihn über die Getränkeflaschen hinweg an, die ich gerade aus dem Kühlschrank geholt hatte – Wasser, Limos und den Energydrink, den Collins immer trank, obwohl er meiner Meinung nach von der Gesundheitsbehörde verboten werden sollte.

Ich sah auf die Karte und erkannte die Einladung, die ich neulich Abend am Kühlschrank gesehen hatte. Bevor ich die Stelle entdeckt hatte, auf der stand, wo das Ganze stattfinden sollte, hängte er sie wieder mit einem »Porter & Porter«-Magneten an den Kühlschrank. »Die ist für meine Eltern«, sagte er. »Collins kommt auch, aber da meine Eltern sich den ganzen Abend nicht anmerken lassen dürfen, wie sehr sie sich hassen, ist es bestimmt nicht einfach für mich. Deswegen hätte ich gern ein paar Freunde dabei.«

»Eine Gala?«, fragte ich nachdenklich und stellte die Flaschen ab.

Frank nickte und sagte: »Dann können wir auch gleich die Nummer acht erledigen.«

Ich grinste. Tatsächlich war das auch mein erster Gedanke gewesen. Ich hatte mir das Kleid schon seit über vier Wochen nicht mehr angesehen und wusste nicht mal, ob es in der Zwischenzeit verkauft worden war. »Klingt gut«, sagte ich.

»Am letzten Tag im Juli«, sagte Frank und sah mich spöttisch an. »Musst du erst deine tausend anderen Verabredungen checken, ob du dann Zeit hast?«

Ich lachte, schnappte mir die Drinks und brachte sie nach draußen.

Am nächsten Tag ging ich zu Zweite Chance, unserem – Sloanes und meinem – Lieblings-Secondhandladen. Wie immer musste ich mich zuerst an die schummrige Beleuchtung gewöhnen, die im krassen Gegensatz zu der strahlenden Helligkeit draußen stand. Ich war noch nie allein da gewesen, und ohne Sloane kam mir der Laden viel kleiner und schäbiger vor.

Barbara, die Besitzerin, kam aus dem Hinterzimmer und begrüßte mich mit demselben vagen Lächeln, das sie immer aufsetzte, wenn sie mich sah. Dann fragte sie: »Sind Sie zum ersten Mal da?«

Ich musste schlucken und zwang mich zu lächeln. Dabei wunderte es mich im Grunde nicht, dass sie mich nicht wiedererkannte, obwohl ich mich im Laufe der letzten zwei Jahre mindestens zwölf Mal in ihrem Laden umgesehen hatte. »Nein, ich war schon ein paarmal da«, sagte ich und steuerte auf die Stelle zu, an der ich das Kleid zum letzten Mal gesehen hatte. Mir war von Anfang an klar gewesen, welches Kleid Sloane meinte. Ich hatte es eines Nachmittags aus Spaß angezogen, während Sloane sämtliche Röcke anprobierte, die im Laden hingen. Zu dem Zeitpunkt brauchte ich kein Kleid zum Ausgehen, und ich hatte nicht vor, es zu kaufen. Aber als ich es anhatte, hätte ich es am liebsten nie wieder ausgezogen. Es war schwarz und bodenlang, der hochgeschlossene Ausschnitt vorne war mit einer Goldborte eingefasst, während der hintere Ausschnitt praktisch den ganzen Rücken frei ließ. Es war das erwachsenste Kleid, das ich je angehabt hatte, und ich fühlte mich gleich ganz anders darin – wie jemand, der in Kreisen verkehrte, wo man solche Kleider trug und in

Kleidern wie diesem eine Menge interessanter Dinge erlebte.

Sloane war ausgerastet, als sie mich so sah, und wollte unbedingt, dass ich das Kleid kaufte, so wie sie es an meiner Stelle getan hätte. Sie versuchte sogar, es für mich zu kaufen, und brachte es zur Kasse, als ich mir meine eigenen Klamotten wieder anzog. Aber ich bekam gerade noch rechtzeitig mit, was sie da tat, und musste ihr das Kleid mit Gewalt wegnehmen. Fakt war, dass dieses Kleid einfach zu edel und zu teuer für mich war, und abgesehen davon gab es keine Gelegenheit, bei der ich es tragen konnte.

Bis jetzt.

»Ich suche ein ganz bestimmtes Kleid«, rief ich Barbara zu und geriet schon in Panik, weil es nicht dort hing, wo ich es früher gesehen hatte. »Ich habe es hier mal gesehen. Schwarz, mit tief ausgeschnittenem Rücken ...«

Barbara wusste sofort, welches ich meinte. »Ja, natürlich«, sagte sie. »Ich habe es erst kürzlich auf den Ständer für Sonderangebote gehängt. Möchten Sie es anprobieren?«

»Nein, danke«, sagte ich, während ich es von dem Ständer nahm, auf den Barbara zeigte. »Nicht nötig.« Barbara staunte nicht schlecht, als ich zur Kasse ging. So entschlossen waren nicht viele Kunden.

Es hatte ganz den Anschein, als machte mich das Abarbeiten der Liste insgesamt mutiger. Das zeigte sich auch, als ich kurz darauf vor Dawns Cousine Stephanie auf einem Frisierstuhl saß, bei Vorhair-Nachhair, einem Frisiersalon in der Innenstadt, wo sie eine Ausbildung machte.

»Bist du dir sicher?«, fragte Dawn auf dem Nebensitz und sah mich im Spiegel an.

Ich wischte mir ein paar Tropfen von der Stirn und fragte mich, warum ich eigentlich seit Jahren mit der gleichen Frisur herumlief. Dann griff ich mir ins Haar, das mir tief in den Rücken fiel, und sagte: »Lange Haare haben doch alle.« Dabei nickte ich Stephanie auffordernd zu. »Also nur zu!«

Eine Stunde darauf verließ ich den Salon mit angeschrägtem Pony und durchgestuftem Haar, das noch gerade so eben meine Schultern berührte, und fühlte mich wie jemand anders. Aber es war ein gutes Gefühl. In mir kam etwas zum Vorschein, das ich selbst gerade erst entdeckte.

* * *

TEMPO, PORTER! (NOCH MEHR SONGS ÜBER TRUCKS)

Somethin' 'Bout a Truck	Kip Moore
Before He Cheats	Carrie Underwood
That Ain't My Truck	Rhett Atkins
Cruise	Florida Georgia Line
Runnin' Outta Moonlight	Randy Houser
That's My Kind of Night	Luke Bryan
Dirt Road Anthem	Jason Aldean
Mud on the Tires	Brad Paisley
Drive	Alan Jackson

Papa Was a Good Man	Charlie Rich
Tim McGraw	Taylor Swift
Highway Don't Care	Tim McGraw
Barefoot Blue Jean Night	Jake Owen
Dirty Road Diary	Luke Bryan
You Lie	The Band Perry
Take a Little Ride	Jason Aldean

»In einem wohlgeordneten Universum«, sagte ich zu Frank, »gäbe es keine Mysterien.«

Er sah zu mir herüber. Es war später Nachmittag und wir befanden uns auf einem Zehn-Kilometer-Lauf. Kaum war ich aus dem Haus getreten, hatte er meine neue Frisur bemerkt, was mich überraschte, a) weil er ein Junge war und b) weil ich mir das Haar zum Pferdeschwanz gebunden hatte, wie immer beim Laufen. Der Unterschied fiel also nicht besonders auf. Dann hatte er sogar noch gesagt, dass es ihm gefiel, und das war mehr, als von meinen Eltern gekommen war, die noch überhaupt nichts gemerkt hatten. »Was meinst du damit?«, fragte er. »Sloanes Verschwinden?«

Ich nickte. »Jeder würde alles wissen und es gäbe keine Unklarheiten.«

Frank nickte und wir liefen eine Weile schweigend weiter. »Lissa würde dir wahrscheinlich widersprechen«, sagte er dann. »Seit letztem Jahr beschäftigt sie sich mit Philosophie. Ich nehme an, sie würde so etwas sagen wie: ›Wissen ist zugleich Nichtwissen.‹«

Ich sah ihn von der Seite an. Frank sprach nicht oft

von Lissa, deswegen horchte ich auf, wenn er es einmal tat. »Gefällt's ihr in Princeton?«, fragte ich.

Frank nickte wieder. Dann sagte er: »Nehme ich jedenfalls an. Wir waren ja schon mal da, also ist es keine völlig neue Erfahrung. Außerdem ist es keine Spaßsache, die einem gefallen soll. Aber sie sagt, die Kurse seien interessant und sehr intensiv.« Wieder liefen wir ein paar Minuten schweigend weiter, bis Frank sagte: »Wenn ich dabei wäre, würde ich sie trotzdem nicht viel öfter sehen ... also privat. Mit der Freizeit haben sie es da nicht so.«

»Aha«, sagte ich und fragte mich, warum er das gesagt hatte.

»Sie kommt übrigens zu meinem Geburtstag«, sagte Frank.

»Wann ist das?«

»Am neunzehnten Juli«, sagte Frank und sah zu mir herüber. »Warum fragst du? Willst du mir was Schönes schenken?«

»Nein«, sagte ich und zog das Tempo etwas an. »Ich überlege nur gerade, ob ich dich an dem Tag mal gewinnen lasse.« Ich bog in Richtung Longview ab, was auf einem Hügel lag, sodass wir gleich bergauf ackern mussten. Ich fand nämlich, dass wir in letzter Zeit zu leichte Strecken gelaufen waren.

»Wo willst du hin, Em?«, fragte Frank beinahe ängstlich. Wahrscheinlich hatte er die Sache mit dem Hügel durchschaut.

»Lauf einfach weiter«, sagte ich. Ich wusste, dass ich gleich nicht mehr in der Lage sein würde zu reden. Deshalb steckte ich mir die Kopfhörer in die Ohren und schaltete Franks I-Pod ein. Ich hatte mir seine Playliste angesehen und war mir ziemlich sicher, dass er diese Songs eigentlich nicht mochte und sie nur aufgenommen hatte, um mir eins auszuwischen.

Ich schnaufte bergauf, und als ich mich zu Frank umdrehte, schaute er stur geradeaus und mied meinen Blick. Wahrscheinlich konzentrierte er sich aufs Laufen. Auf dem Gipfel angekommen, fiel mir ein Schild auf. *Konzept: Porter & Porter* war darauf zu lesen, in derselben Schrift wie vor Franks Haus. Ich drosselte das Tempo und sah mir das Haus näher an. Es hatte drei Stockwerke und ähnelte Franks, nur dass es viel größer war. Der Garten vorm Haus war fast schon ein Park, an dessen Ende ein hellroter Briefkasten stand. Da die Einfahrt leer war, lief ich ein Stück hinein. »Hey!«, rief ich Frank zu, der auf der Stelle trat und noch die Kopfhörer in den Ohren hatte. »Das haben deine Eltern gebaut.«

»Ich weiß«, sagte er missmutig und machte eine Kopfbewegung Richtung Straße. »Lass uns weiterlaufen.«

»Ist doch cool«, sagte ich und ging noch ein Stück näher. Erst dann sah ich das Schild eines Häusermaklers. Das Haus stand zum Verkauf und schien keine besonderen Marktchancen zu haben, denn quer über das Schild zog sich der Schriftzug *Preisnachlass*.

»Emily«, rief Frank, und ich machte kehrt, drehte mich aber noch einmal zu dem Haus um, bevor wir weiterliefen.

»Sorry«, sagte ich, als wir auf der anderen Seite des

Hügels wieder eine flache Strecke vor uns hatten und langsam mit dem Auslaufen begannen. Ich wusste zwar nicht so genau, wofür ich mich eigentlich entschuldigte, aber es schien angebracht zu sein.

»Schon gut«, sagte Frank. »Ich meide diese Gegend, wenn's geht.« Schweigend gingen wir weiter. Ich merkte, dass Frank noch mehr sagen wollte und darüber nachdachte, wie er anfangen sollte. Außerdem merkte ich, dass mir solche Sachen jetzt auffielen. »Ich hasse dieses Haus«, sagte er schließlich. »Es hat der Ehe meiner Eltern den Rest gegeben.«

»Was ist denn passiert?«, fragte ich, als Frank nicht weitersprach.

Er seufzte. »Sie haben es ohne Auftrag gebaut, mit ihrem eigenen Geld. Niemand hat ihnen reingeredet, alles ist ihr eigenes Design. Es sollte ihre Visitenkarte werden, ihr ›Meisterwerk‹.« Ich konnte direkt hören, wie er das letzte Wort in imaginäre Anführungszeichen setzte. Wahrscheinlich hatten seine Eltern dieses Wort oft benutzt. »Aber es hat von Anfang an für Streit gesorgt. *Können wir uns das überhaupt leisten? Ist es das wert? Ist das nicht eine völlig verrückte Idee?* Dann haben sie über das Design gestritten, über die Ausrichtung nach den Himmelsrichtungen, einfach über alles. Bei diesem Projekt haben sie festgestellt, dass sie nur gut zusammenarbeiten, wenn jemand anders die Verantwortung trägt. Sobald sie aufeinander angewiesen sind ...« Franks Stimme wurde immer leiser. »Sie haben sich nur noch gestritten.« In dem Moment wurde mir klar, was er durchgemacht haben musste, während er in der Schule den perfekten Jahrgangssprecher mimte und so tat, als sei auch privat alles bestens.

»Das muss schrecklich für dich gewesen sein«, sagte ich. »Tut mir wirklich leid.«

Frank zuckte mit den Schultern, versuchte zu lächeln und sagte: »Danke. Aber das ist ja nun vorbei. Sie haben das Haus fertiggekriegt. Innen ist es zwar völlig leer, aber es ist fertig. Das Problem ist nur, dass niemand es kaufen will.« Ich dachte an den fröhlichen roten Briefkasten, der rückblickend eher etwas Deprimierendes hatte. »Sie mussten mit dem Preis immer weiter runtergehen, aber es gibt immer noch keinen Interessenten. Eine ziemlich blöde Situation.«

Schweigend gingen wir weiter, dann wurde Frank wieder schneller, bis er ins Joggen kam. Ich joggte mit, auch als er das Tempo weiter forcierte. Schließlich liefen wir wieder richtig, was wir normalerweise nicht getan hätten, aber ich konnte verstehen, dass er sich in einem Zustand befand, in dem es einfach guttat zu laufen.

* * *

Der Nationalfeiertag am vierten Juli fiel auf einen Mittwoch, und keiner von uns war am nächsten Tag zur Frühschicht eingeteilt. Wir waren alle zu Frank gegangen, um uns das Feuerwerk vom Strand aus anzusehen. Es war hübsch, wie die Feuerwerkskörper über dem Wasser explodierten und dann in einem Funkenregen niedergingen. Wenn ich abends bei Frank war, hatten wir den Strand normalerweise für uns allein, aber jetzt saßen viele auf Strandtüchern, Wolldecken und Liegestühlen hinter ihren Häusern und bewunderten das Feuerwerk, das den ganzen Himmel erhellte.

Eine Woche zuvor hatte Collins beschlossen, Ukulele zu lernen. Er nannte sie seine »Uk« und war davon überzeugt, dass Mädels »ganz verrückt nach der Uk« seien. Es überraschte mich, dass er tatsächlich ein paar Griffe gelernt hatte, und als er jetzt leise vor sich hin klimperte, konnte man beinahe erkennen, welcher Song es sein sollte. Ich lehnte mich zurück, stützte mich auf die Hände und sah mich um. Collins beugte sich über sein Instrument, Dawn saß mit halb geschlossenen Augen dicht neben ihm und lauschte der Musik, Frank schaute in den Himmel. Das Feuerwerk tauchte sein Gesicht erst in Rot, dann Blau, dann Orange.

Bevor er merkte, dass ich ihn beobachtete, schaute ich auch wieder in den Himmel. Alles war so friedlich, und ich musste an letztes Jahr denken, als ich am Nationalfeiertag mit Sloane auf eine Party gegangen war. Im Gegensatz zu mir war sie eingeladen, aber sie hatte mir versichert, es sei völlig in Ordnung, wenn ich mitkäme. Trotzdem war ich mir den ganzen Abend lang wie ein Eindringling vorgekommen und hatte gespürt, dass ich nicht dazugehörte. Das Gefühl hatte ich jetzt überhaupt nicht. Obwohl ich alles dafür gegeben hätte, Sloane jetzt hier zu haben, fühlte ich mich pudelwohl. Collins spielte den letzten Akkord und zog ihn in die Länge, Dawn klatschte, das Feuerwerk färbte Franks Gesicht wieder blau. Und ich mittendrin. Keine Frage: Das hier war besser als letztes Jahr. Obwohl Sloane damals dabei war, hatte ich jetzt das Gefühl, zur richtigen Zeit am richtigen Ort zu sein.

Stunden später bog ich in unsere Einfahrt ein und stieg erschrocken in die Bremse. Meine Mutter saß auf den Stufen der Veranda, eine Tasse in der Hand. Ich sah auf die Uhr meines Armaturenbretts, wohl wissend, dass das sinnlos war, dann aufs Display meines Handys. Es war fast drei, und das bedeutete Ärger. Seit Ferienbeginn hatte ich es vermieden, mit meinen Eltern über Zeitlimits zu reden, und war nach Haus gekommen, wann es mir passte, aber damit schien es jetzt vorbei zu sein. Dabei hatte ich eigentlich gar nicht vorgehabt, so lange bei Frank zu bleiben, aber nach dem Feuerwerk hatte niemand Lust, gleich nach Haus zu gehen. Wir spielten *Honour Quest*, um Mitternacht versuchte Collins sich an Pfannkuchen, und dann hatten wir uns alle wieder an den Strand gesetzt.

Ich stellte meinen Wagen an den üblichen Platz und versuchte vom mondbeschienenen Gesicht meiner Mutter abzulesen, wie viel Ärger ich bekommen würde. Ich stieg aus und nahm das gestreifte Strandlaken mit, das mir erlauben würde, die Nummer drei der Liste abzuhaken. Es gehörte Franks Nachbarn, die es nach dem Feuerwerk am Strand vergessen hatten. Alle hatten auf mich eingeredet, es zu klauen, und um eins hatte ich es dann tatsächlich getan. Ich wusste, dass ich ein schlechtes Gewissen haben sollte, aber in erster Linie war ich erleichtert, diese Aufgabe endlich geschafft zu haben. Es war zwar nicht das Schild, auf das Sloane so scharf war, aber es zählte als etwas Geklautes.

Ich atmete tief durch, bevor ich auf meine Mutter zuging. Als ich im Näherkommen sah, dass sie mir zulächelte, machte ich mich auf das Schlimmste gefasst.

»Ganz schön spät«, sagte sie und trank einen Schluck. Erst jetzt sah ich, wie müde sie war.

»Stimmt«, sagte ich und verzichtete darauf, so zu tun, als sei es eine Ausnahme, denn vielleicht hatte sie mich schon öfter so spät nach Hause kommen sehen. »Für dich aber auch.«

Sie zuckte mit den Schultern. »Du weißt ja, wie schwierig der zweite Akt immer ist. Außerdem macht dein Bruder Probleme.«

»Beckett?« Ich ging weiter auf sie zu und hoffte, dass er nicht doch noch von etwas Hohem heruntergefallen war. »Geht's ihm gut?«

Sie nickte, schien sich aber nicht ganz sicher zu sein. »Es geht um diesen Campingtrip. Wir sind mitten im Stück, deswegen musste dein Dad ihm erklären, dass diesen Sommer nichts daraus wird.«

Ich sah zu Becketts Fenster hinauf, als könnte ich auf diese Weise herausbekommen, wie es ihm ging. Natürlich funktionierte das nicht, aber ich konnte es mir trotzdem gut vorstellen. »Wie hat er reagiert?«

Meine Mutter biss sich auf die Lippen und sah in ihre Tasse. »Nicht gerade begeistert. Dein Dad hat ihn auf nächstes Jahr vertröstet, aber ...« Sie sprach nicht weiter und ich hatte plötzlich großes Mitleid mit Beckett. Ich wusste nur zu gut, wie es sich anfühlte, wenn Ferienpläne plötzlich zunichte gemacht wurden. Meine Mom sah mich an und zeigte auf den Platz neben sich. »Willst du dich nicht einen Moment zu mir setzen?«

Ich wusste, dass es keine Frage war, die ich mit Nein beantworten konnte, also setzte ich mich und legte das ergaunerte Strandlaken neben mich. Prompt sah sie es kritisch an. »Gehört das uns?«

»Sozusagen«, sagte ich und schob es ein Stück weiter. »Ich habe es von Frank mitgebracht.« Das kam der Wahrheit recht nahe.

»Ah«, sagte meine Mutter und lächelte. »Frank. Ein netter Junge.«

Ich seufzte. Dieses Gespräch hatten wir schon am Morgen nach dem Zimmertheater geführt, aber sie schien immer noch nichts kapiert zu haben. »Er hat eine feste Freundin, Mom.«

»Ich hab doch nur gesagt, dass er ein netter Junge ist«, sagte meine Mutter. »Außerdem freue ich mich, dass du in den Ferien neue Freunde gefunden hast.«

»Hmm«, murmelte ich und strich mit der Hand über die Holzbohlen der Veranda. Im Laufe der Jahre waren sie so glatt geworden, dass man keine Splitter mehr zu fürchten brauchte. »Ich auch.« Meine Mutter lächelte, strich mir über den Kopf und glättete meinen neuen Stufenschnitt. Aus dem Augenwinkel sah ich, dass auf meinem neuen Strandlaken *FARRELLY* stand, der Name von Franks Nachbarn. Schnell faltete ich es so, dass die Schrift nicht mehr zu sehen war. »Was ist das Problem mit dem zweiten Akt?«, fragte ich und hoffte, dass meine Mutter das Strandlaken nicht so genau angesehen hatte.

»Ach«, sagte meine Mutter und nahm einen großen Schluck von ihrem Getränk, das ich jetzt als Pfefferminztee identifizieren konnte. »Dein Vater und ich können uns nicht einigen. Er möchte die Rivalität in den Vordergrund stellen, aber tatsächlich waren Tesla und Edison Freunde. Natürlich änderte sich das später, aber beide haben voneinander profitiert, und ich finde, das sollte man nicht vernachlässigen.«

Ich nickte, als verstünde ich, was sie da sagte. Aber eigentlich war ich nur froh, dass sie mir keine Predigt hielt. »Ich glaube, ich gehe dann mal ins Bett«, sagte ich, stand auf und nahm das Strandlaken mit, ohne den Schriftzug noch einmal sichtbar werden zu lassen.

Lächelnd sah meine Mutter mir nach, und erst als ich an der Haustür war, sagte sie: »Ach, Em? Du kannst davon ausgehen, dass es Konsequenzen hat, wenn du noch einmal um drei nach Haus kommst.«

»Alles klar«, sagte ich enttäuscht. Es wäre ja auch zu schön gewesen. »Habe verstanden. Gute Nacht, Mom.«

»Gute Nacht, mein Schatz.« Meine Mutter blieb sitzen, und einen kurzen Moment lang spielte ich mit dem Gedanken, mich wieder zu ihr zu setzen. Aber bestimmt wollte sie in Ruhe nachdenken – über Edison und Tesla, Freundschaft und Rivalität. Also warf ich ihr nur einen letzten Blick zu, bevor ich ins Haus ging.

* * *

»War das nicht toll, Em?« Beckett grinste mich quer über den Tisch des Diners an und ich versuchte zurückzulächeln. Mein Bruder hatte sich in eine Schmollecke zurückgezogen und kaum noch mit jemandem gesprochen, seit mein Dad den Campingtrip abgesagt hatte. Deswegen hatte ich etwas unternommen, um ihn aufzuheitern: Zusammen mit Dawn waren wir zu IndoorXtreme gefahren, und zwar kurz bevor der Laden dicht machte, damit er ihn quasi für sich allein hatte.

Collins war mit ihm zum Wettklettern an die Kletterwand gegangen. Dawn und Frank hatten sich derweil eine Paintballschlacht geliefert, während ich mit Doug am Tresen saß und mir alles über den ersten Band des Werks anhören musste, für das er gerade schwärmte, inklusive einer Einordnung in den Kanon der modernen Popliteratur.

»Manche behaupten«, sagte er, während er durch die Seiten blätterte und ich sehnsüchtig zu dem Bereich der Halle hinübersah, wo Dawn beim Paintball gerade hinter einen Heuballen huschte, um die perfekte Angriffsposition einzunehmen, »Tamsin und der Alte seien eine billige Nachahmung, aber das sollte dich nicht davon abhalten, das Buch zu lesen.«

»Ganz bestimmt nicht«, versicherte ich ihm und hoffte, dass er mich jetzt zufrieden lassen würde.

»Das ist nämlich ein saublödes Argument«, sagte Doug, und ich merkte, dass er noch lange nicht fertig war. »Solche Konstellationen gibt es doch überall. Denk bloß an Obi-Wan und Luke! Oder Dumbledore und

Harry. Oder Gandalf und Frodo. Überall gibt es solche Typen. Die Protagonisten müssen von ihnen lernen und gleichzeitig ihre eigene Stärke entdecken, bevor sie eigenverantwortlich handeln können. Also nix von wegen Nachahmung! Hör bloß nicht auf solche Kritiken!« Ich sagte, darüber brauche er sich keine Sorgen zu machen, aber dann fing er an, die einzelnen Charaktere und ihren Hintergrund zu schildern. Glücklicherweise schlossen Frank und Dawn – beide voller Farbflecken – einen Waffenstillstand, und Beckett wurde im Kletterwettbewerb zum Sieger erklärt, nachdem er Collins dreimal hintereinander geschlagen hatte.

Im Gegensatz zu mir hatte sich mein Bruder prächtig amüsiert und das war ja der Sinn der Sache gewesen. Ich grinste ihn an und zog die laminierte Speisekarte zu mir heran, nicht ohne mich zu fragen, warum ausgerechnet Diners die größten Speisekarten haben und ob irgendjemand in so einem Lokal den Hummer für fünf Dollar bestellt. Wir wollten alle etwas essen, bevor Dawns Spätschicht begann, und hofften, dass bei der Arbeit niemand groß danach fragen würde, warum ihr Haar auf einer Seite ganz orange war.

»Sag mal«, sagte Beckett zu mir, während er Wasser auf die Hülle seines Strohhalms tropfte, um eine Schlange daraus zu machen, »Frank und Collins und Dawn und die alle ... Das sind alles deine Freunde?«

»Ja«, sagte ich und wunderte mich über die Frage. »Warum?«

Beckett zuckte mit den Schultern. »Ich weiß nicht.

Irgendwie ist es komisch. So viele Freunde hattest du früher nie.«

Ich öffnete den Mund, um etwas zu sagen, als die Glastür des Diners aufging und Dawn, Collins und Frank hereinkamen, die mit Collins' Wagen gefahren waren. Dawn sah mich an und schüttelte vielsagend den Kopf. »O nein!«, seufzte ich und rutschte ein Stück weiter, damit Frank sich neben mich setzen konnte. Collins setzte sich neben Beckett und Dawn neben ihn. Jetzt nickte sie.

»Sie haben schon wieder angefangen«, bestätigte Dawn meine Vermutung.

»*Don't let me down*«, sagte Frank und zeigte über den Tisch auf Collins. »Du hast gesagt, dieses Mal zahlst du.«

»*In my life* – habe ich dich jemals hängen lassen?«, erwiderte Collins beleidigt.

»*Let it be*«, sagte Frank und schüttelte den Kopf. »Das Thema sollten wir jetzt lieber nicht vertiefen.«

»Hört auf!«, sagte ich, aber Frank und Collins achteten nicht auf mich. Seit drei Tagen fingen sie, wenn sie miteinander sprachen, jeden Satz mit dem Titel eines Beatles-Songs an. Nur mit anderen durften sie normal sprechen, und wenn sie bei der Arbeit waren, wurde das Spiel ausgesetzt. Aber sobald sie wieder privat wurden, machten sie weiter, um auszutesten, wer von ihnen der größere Beatles-Fan war.

»Was ist denn mit euch los?«, fragte Beckett und sah abwechselnd Frank und Collins an.

»Könnt ihr nicht einfach jemanden zum Sieger erklären?«, fragte Dawn.

»Micky«, sagte Collins und sah meinen Bruder an. »Wie gut kennst du dich mit den Beatles aus?«

»*I'm looking through you*«, sagte Frank warnend. »Keine Hilfe von Dritten!«

»*With a little help from my friends*«, versuchte Collins sich zu rechtfertigen. »Seit wann ist das verboten?«

»Jedenfalls«, sagte Dawn mit Nachdruck, um das Thema zu wechseln, und wandte sich an mich, »überlege ich, ob ich dich mit jemandem verkuppeln sollte.« Ich war so überrascht, dass ich sie mit offenem Mund anstarrte. Frank sah sie wie vor den Kopf gestoßen an, aber sie reagierte nicht auf ihn.

»*I'm so tired*«, sagte Collins mit Blick auf die Speisekarte. »Ich brauche jetzt einen Kaffee.«

»Aber ich ...«, fing ich an. Ich wollte Dawn sagen, dass ich daran kein Interesse hatte, obwohl ich gar nicht wusste, warum. Schließlich weinte ich Gideon nicht gerade nach. Stattdessen fragte ich: »Hast du jemand Bestimmtes im Auge?«

Während sie vage den Kopf schüttelte, schnippte Collins mit den Fingern vor Franks Gesicht, was wohl eine Aufforderung sein sollte. Frank reagierte auch prompt und sagte: »Ja, ähm ...« Und schon in der nächsten Sekunde merkte er, was er getan hatte. »Moment!«, sagte er schnell. »*Help!* Das kannst du nicht machen!«

»Gewonnen!«, schrie Collins und reckte die Faust in die Luft. »Soviel ich weiß, gibt es keinen Beatles-Song mit dem Titel *Ja, ähm*.« Er trommelte mit den Händen auf den Tisch, dann lehnte er sich genüsslich zurück und sah Beckett an. »Ich will dir eine Geschichte erzählen, Micky. Es war einmal eine Stadt namens Liverpool …«

Ich sah Frank an. »Tut mir leid, dass du verloren hast«, sagte ich, obwohl ich mich freute, dass das Spiel beendet war.

Frank zuckte nur mit den Schultern. »Wir wiederholen das bestimmt noch mal«, sagte er. »Irgendwann muss schließlich entschieden werden, wer von uns der größere Beatles-Fan ist. Aber mal im Ernst, Em! Mir ist da die perfekte Lösung für Nummer dreizehn eingefallen.«

Aufgabe dreizehn war »Unterm Sternenzelt schlafen«. Ich sah zu meinem Bruder auf der anderen Seite des Tisches hinüber, aber der schien völlig davon fasziniert zu sein, wie sich Paul und John kennengelernt hatten. Es war nett von Frank, dass er sich darüber Gedanken machte, aber seit ich mit meiner Mutter auf der Veranda gesprochen hatte, war ich in diesem Punkt selbst auf eine Idee gekommen. »Danke«, sagte ich. »Aber ich habe schon einen Plan.«

»Ach ja?« Frank klang überrascht. »Welchen denn? Und wann willst du es tun?«

In Becketts Gegenwart konnte ich das nicht ausführlich beantworten, deshalb sagte ich nur geheimnisvoll: »*It won't be long*«, und Frank sah mich überrascht an und lächelte.

An diesem Abend schlich ich auf Zehenspitzen zu meinem Bruder ins Zimmer. Ich wollte ganz leise sein, aber das war nicht so einfach, weil ich öfter auf Spielzeug als auf den Teppich trat. »Beckett«, flüsterte ich, als ich sein Bett erreicht hatte. »Hey, Beck! *Autsch!*« Ein kleines Plastikteil hatte sich in meinen Fuß gebohrt.

»Em?« Beckett setzte sich ein Stück auf und blinzelte mich im schwachen Schein seines Nachtlichts an, das er angeblich schon ewig nicht mehr brauchte. »Was ist passiert?«

»Nichts«, sagte ich und versuchte das Legosteinchen von meinem Fuß abzuschütteln.

»Was willst du dann hier?«, fragte er und setzte sich noch weiter auf.

»Ich hab eine Idee«, sagte ich, und es gelang mir, mich auf seine Bettkante zu setzen, ohne mir noch etwas in den Fuß zu treten. »Hast du immer noch Lust auf Camping?«

Beckett setzte sich kerzengerade hin und strich sich die Locken aus dem Gesicht. »Wie meinst du das?«

»Ich meine draußen übernachten. Ich habe mir überlegt, wie wir es machen können. Mom und Dad haben bestimmt nichts dagegen.«

Beckett sah mich lange an, als sei er sich nicht sicher, ob ich es ernst meinte oder ob es vielleicht bloß ein Traum war. Aber schließlich fragte er: »Wie denn?« Da wusste ich, dass er angebissen hatte. »Wir haben unseren ganzen Campingkram doch noch gar nicht beisammen. Dad und ich wollten uns in den nächsten Tagen darum kümmern.«

»Ich glaube, ich habe an alles gedacht«, sagte ich und überkreuzte die Finger, in der Hoffnung, dass es stimmte. »In zehn Minuten treffen wir uns hinten im Garten.«

Fast auf die Sekunde genau kam Beckett in seinem Pyjama und mit einem skeptischen Gesicht aus dem Haus. »Ta-da!«, sagte ich und hoffte, dass er es nicht zu blöd fand oder sich gleich wieder umdrehte und ins Haus zurückging. Mitten im Garten hatte ich ein kleines Lager improvisiert. Da uns kein Zelt zur Verfügung stand, hatte ich einfach zwei Schlafsäcke und Kissen Kopf an Kopf auf den Boden gelegt.

»Ist das dein Ernst?«, fragte Beckett und kam näher. Langsam breitete sich ein Grinsen auf seinem Gesicht aus.

»Nimm das hier«, sagte ich und warf ihm eine Dose Insektenspray zu. Es war das Einzige, worüber ich mir Sorgen machte, weil ich keine Lust hatte, über Nacht von Mücken zerstochen zu werden.

Beckett sprühte sich so gründlich ein, dass er husten musste. Dann rannte er auf die Schlafsäcke zu und warf mir das Spray zu. Ich durchtränkte mich ebenfalls mit dem Zeug und kroch dann in meinen Schlafsack.

Ich kuschelte mich ins Kissen und sah in den Himmel. Glücklicherweise waren unsere Schlafsäcke von der Sorte, mit denen man die höchsten Berge erklimmen kann, denn obwohl es ein warmer Abend war, konnte man das vom Boden nicht gerade behaupten, und ein wenig feucht war er auch. Dafür war der Blick zu den Sternen fantastisch. Nichts war im Weg, und plötzlich tat es mir regelrecht leid, nicht viel öfter unter dem Sternenzelt geschlafen zu haben.

»Voll cool«, sagte Beckett. Ich drehte mich zu ihm um

und sah, dass auch er in den Himmel schaute, die Arme unterm Kopf gekreuzt. Keiner von uns kannte die Sternbilder, also erfanden wir unsere eigenen, indem wir einzelne Sterne zu Bildern wie Verrutschte Krawatte und Wütender Pinguin gruppierten. Dazu erfanden wir passende Geschichten. Beckett erzählte gerade die Geschichte des Sternbilds Pommestüte, als er immer langsamer und leiser wurde. Ich wusste, dass er gleich einschlafen würde, und ich war selbst kurz davor. Ich schloss die Augen, machte sie aber noch einmal auf, um mich zu vergewissern, dass alles noch da war – die Quadrillionen Sterne und ein Universum, das zum Greifen nah war.

»Können wir das noch mal machen?«, fragte Beckett.

»Klar«, sagte ich, inzwischen wieder mit geschlossenen Augen. »Nächsten Monat.«

»Okay«, sagte Beckett. Dann war er so lange still, dass ich schon dachte, er sei eingeschlafen, aber dann fragte er plötzlich: »Was ist eigentlich mit Sloane?«

Ich riss die Augen auf und stützte mich auf den Ellenbogen, um ihn anzusehen. »Wieso fragst du das?«

»Weil ...« Er zögerte. »Wenn sie wiederkommt, machen wir das bestimmt nicht.« Er klang ganz verzagt. »Wenn sie da ist, hast du nie Zeit für mich.«

Ich wollte widersprechen und ihm versichern, dass ich zu meinem Wort stehen würde. Aber ich wusste, dass er recht hatte. Ich wäre jetzt nicht mit ihm hier im Garten, wenn Sloane in der Stadt wäre. Stattdessen wäre ich irgendwo mit ihr unterwegs oder würde darauf warten, mit ihr losziehen zu können. »Mach dir darüber keine

Sorgen«, sagte ich und klang so entschlossen, dass es Beckett hoffentlich überzeugte. »Wir schlafen wieder im Freien, wir beide. Nächsten Monat. Versprochen.«

»Cool!«, murmelte Beckett und gähnte. »Gute Nacht.«

Gleich darauf wurden seine Atemzüge gleichmäßiger und tiefer. Alle in der Familie amüsierten sich darüber, wie schnell er einschlafen konnte, und soeben hatte er bewiesen, dass das auch im Freien galt.

Ich drehte mich auf den Rücken und sah wieder zu den Sternen auf. Becketts Worte gingen mir nicht aus dem Kopf, aber ich wollte nicht darüber nachdenken, was passieren würde, wenn Sloane zurückkam, was sich dann alles ändern würde ... Stattdessen sah ich wieder meinen Bruder an, der inzwischen tief und fest schlief. Dann fielen mir selbst die Augen zu, und ich schlief mit dem beruhigenden Gefühl ein, einen Fehler korrigiert zu haben.

8

Penelope

Dass ich wusste, was Sloane mit einigen Aufgaben beabsichtigte, bedeutete nicht unbedingt, dass ich locker an sie herangehen konnte. Am nächsten Morgen stand ich mit juckendem Hals vor meiner Kommode (eine Mücke hatte mich in der Nacht doch erwischt) und starrte auf die Nummer fünf von Sloanes Liste. Ich wusste nur zu gut, was mit »Penelope« gemeint war. Ich holte das Ding mit meinem Foto und dem ungewohnten Namen aus der Kommode und nahm mir vor, diese Aufgabe als nächste anzugehen.

* * *

MAI

Zwei Monate zuvor

»Okay«, sagte Sloane, stieg in meinen Wagen, knallte die Tür zu und grinste mich an. »Bereit?«

»Ich glaub schon«, sagte ich und musste lachen. »Ich weiß nur nicht genau, wozu.«

Sloane hatte schon vor einer Woche beschlossen, was wir an diesem Freitagabend tun würden. Das sah ihr gar nicht ähnlich und ich war ihr umso dankbarer. Meist war sie ja mit Sam zusammen, und nur einen Abend pro Wochenende verbrachten Sloane und Sam, Gideon und ich gemeinsam, was mir nicht genug war, vor allem weil Sloane dann nur Augen für ihren Freund hatte. Hinzu kam, dass sie sich in seiner Gegenwart ganz anders benahm als sonst. Als wir die ersten Male zu viert etwas unternahmen, konnte ich gar nicht genau sagen, was mich so störte. Aber inzwischen war mir klar geworden, dass es zwei Dinge waren: zum einen die Art, wie Sam sie behandelte, und zweitens Sloanes Bereitschaft, sich ihm unterzuordnen.

Anfangs hatte ich mir wirklich Mühe gegeben, gute Miene zum bösen Spiel zu machen. Es war offensichtlich, wie sehr Sloane ihn mochte. Für sie war er etwas ganz Besonderes, also versuchte ich, ihn auch so zu sehen. Aber je besser ich ihn kennenlernte, desto schwerer fiel es mir. Dass er mich nicht mochte, machte es mir nicht gerade leichter, aber das Schlimmste war, dass er Sloane so geringschätzig behandelte. Außerdem schien er in mir eine Art Bedrohung zu sehen. Jedenfalls behandelte er mich auf eine schwer zu definierende Art mit einer Mischung aus Feindselig- und Anzüglichkeit. Beispielsweise sah er mich manchmal zu lange an oder kam mir zu nahe und lächelte dabei so überlegen, als wollte er mich davor warnen, mir dieses Verhalten zu verbitten oder mich auch nur dazu zu äußern. Außerdem wies er mich andauernd auf Fehler hin oder korrigierte, was ich sagte. Wenn Sloane oder Gideon ihn deswegen kritisierten, was selten genug vorkam, lächelte er herablassend und sagte so etwas wie: »Ich mach doch nur Spaß. Emily versteht mich schon, stimmt's, Emily?«

»Er hat nun mal einen speziellen Humor«, sagte Sloane immer, wenn ich versuchte, mit ihr darüber zu reden. »Im Grunde ist er nämlich ziemlich schüchtern, und das versucht er mit solchen Sprüchen zu überspielen.«

So konnte ich die Sache zwar nicht sehen, aber ich gestand meiner besten Freundin zu, dass sie ihn besser kannte als ich, also sagte ich nichts weiter. Schließlich wollte ich unser Verhältnis nicht auch noch belasten – jedenfalls nicht mehr, als es ohnehin schon belastet war. Deswegen hatte ich mich schon die ganze Woche darauf gefreut, dass wir einen Abend ganz für uns allein haben würden.

Sie hatte gesagt, dass ich mir etwas Besonderes anziehen solle, und dann waren wir am Telefon eine geschlagene Stunde lang meinen Kleiderschrank durchgegangen. Dazu brauchten wir kein Skype und keinen Videochat, denn Sloane kannte meine Klamotten genauso gut wie ich. Als wir uns schließlich auf ein Outfit geeinigt hatten und ich fertig angezogen war, fragte ich mich, wohin wir wohl gehen würden. Ich trug meinen kürzesten Rock – ursprünglich hatte er Sloane gehört, aber sie hatte ihn mir schon vor einiger Zeit vermacht, und das war auch zu sehen, weil ich ja ein ganzes Stück größer war als sie. Dazu trug ich gemäß ihren Anweisungen eine fast durchsichtige weiße, schulterfreie Bluse. Sloane wollte einen roten Lippenstift mitbringen, der richtig »knallen« würde, wie sie sagte. Ihr eigenes Outfit war ganz ähnlich. Sie trug ein enges Kleid, hatte das offene Haar etwas wilder gestylt als sonst und die Augen

»smoky« geschminkt, was ich nie schaffte, ohne auszusehen, als wäre ich zusammengeschlagen worden.

»Ich sage dir, wie du fahren musst«, sagte sie und klatschte in die Hände. Ich fuhr die Einfahrt hinunter und sah sie erwartungsvoll an. »Links«, sagte sie und drehte die Musik lauter, ihre eigene Playliste, und ich fuhr stadtauswärts, Richtung Hartfield.

Ich war noch nicht oft in der Innenstadt von Hartfield gewesen und war froh, dass Sloane den Weg kannte. Da wir Wochenende hatten, war in der Gegend mit den Bars und Restaurants viel los. Menschen flanierten durch die Straßen und drängten sich sogar auf den Fahrbahnen, während der Verkehr sich im Schneckentempo um sie herum bewegte.

»Langsam müssen wir nach einer Parklücke Ausschau halten«, sagte Sloane, als wir an einem bewachten Parkplatz vorbeifuhren, der die Parkgebühr für diesen Abend auf zehn Dollar erhöht hatte. Einweiser mit Leuchtstäben und Flaggen versuchten, das Chaos zu lichten.

»Dann sind wir also am Ziel?«, fragte ich und war froh, dass ich endlich eine ungefähre Vorstellung davon bekam, was sie vorhatte.

»Vielleicht«, sagte sie und machte ein geheimnisvolles Gesicht. »Vielleicht auch nicht. Guck mal, da!« Sie zeigte auf einen Wagen ein Stück vor uns, der – o Wunder! – aus einer Parklücke fuhr.

Ich setzte den Blinker und beeilte mich, in die Lücke zu fahren. Das war auch gut so, denn drei andere Fahrer, sogar einer von der Gegenfahrbahn, hatten denselben Plan gehabt und blockierten nun den ganzen Verkehr.

»Weißt du was?«, sagte Sloane, als ich den Motor ausstellte und ihr meinen I-Pod gab, damit sie ihn im Handschuhfach verstaute. »Dieser Parkplatz ist ein gutes Omen. Bestimmt bedeutet es, dass wir heute den Abend aller Abende erleben.«

»Und?« Ich löste den Sicherheitsgurt. »Erzählst du mir jetzt, wo wir hingehen?«

Sie zeigte auf die andere Straßenseite und sagte grinsend: »McKenzie's.«

Ich konnte es nicht fassen. McKenzie's war eine Bar für Erwachsene, und Sloane hatte sich schon oft darüber geärgert, dass wir uns nicht die Live-Bands anhören konnten, die dort spielten. »Dürfen da denn jetzt auch Jugendliche rein?«, fragte ich.

»Nein«, sagte sie, holte etwas aus ihrer Handtasche und drückte es mir in die Hand. Als ich es gegen die Straßenbeleuchtung hielt, sah ich, dass es ein Personalausweis aus dem Staat Nevada war – mit einem Foto von mir. Die Adresse kannte ich nicht, genauso wenig wie den Namen, auf den dieser Ausweis ausgestellt war: Penelope Entwhistle. »Was ist das?«, fragte ich, und als ich genauer hinsah, entdeckte ich ein Geburtsdatum, das fünf Jahre vor meinem lag.

»Dein erster gefälschter Perso«, sagte Sloane und beugte sich zu mir, um einen Blick darauf werfen zu können. »Willst du meinen sehen?« Sie gab ihn mir. Er stammte aus Utah und war auf den Namen Alicia Paramount ausgestellt.

Ich musste grinsen. »Schöner Name.«

»Danke«, sagte sie und steckte »ihren« Ausweis wieder ein. »Können wir dann?«

Reichlich spät wurde mir klar, dass diese Ausweise uns Zutritt zu der Bar verschaffen sollten. So spät, dass ich gar nicht mehr reagieren konnte, denn Sloane hatte die Hand schon am Türgriff. »Moment mal!«, sagte ich. »Wir zeigen diese Ausweise vor, um ins McKenzie's zu kommen?«

»Ist das nicht toll?« Sie grinste. »Heute spielen Call Me Kevin, und es wurde überhaupt keine Werbung gemacht. Das heißt, es werden keine fünfzig Leute da sein. Irre, was?« Sie stieg aus und ich folgte ihr. Dann schoss sie auf die andere Straßenseite, ohne zu warten, bis die Fußgängerampel grün wurde.

»Sloane«, sagte ich, als sie sich vor McKenzie's in die Schlange stellte. Ein Schrank von Türsteher in schwarzem Leder leuchtete mit einer Taschenlampe auf die Ausweise der Leute vor uns, die daraufhin in der Bar verschwanden.

»Alicia«, korrigierte sie mich.

»Ich glaube, das sollten wir lieber nicht tun«, sagte ich leise und sah die Leute vor uns an. Alle schienen viel älter zu sein, und ich war mir ganz sicher, dass der Türsteher auf den ersten Blick erkennen würde, dass wir Schülerinnen waren, die sich den Einlass erschleichen wollten.

»Keine Sorge«, sagte Sloane genauso leise wie ich. »Ich hab den Typen, der Sams Ausweis gefälscht hat, überredet, diese Dinger für uns zu machen. Und Sam hat mit seinem noch nie Probleme bekommen.«

Ich wurde ganz panisch und wusste nicht mal genau, warum. »Aber ich ...« Ich sah noch einmal auf meinen Ausweis. Im schummrigen Licht der Straßenbeleuchtung kam er mir so schlecht gefälscht vor, als hätte jemand ihn am heimischen Computer fabriziert. »Warum Penelope?«

Sloane lachte. »Keine Ahnung. Ich dachte, der Name passt zu dir.« Dann sagte sie plötzlich: »Ach so«, kam mir ganz nah und sprach direkt in mein Ohr, während wir uns mit der Schlange langsam vorwärts bewegten. »Für den Fall, dass jemand fragt, solltest du deine Adresse und dein Geburtsdatum auswendig lernen.«

»Glaubst du denn, dass jemand fragt?« Ich merkte, dass meine Stimme ganz schrill klang.

»Keine Ahnung.« Sloane klang jetzt beinahe ärgerlich. »Ich mach das doch auch zum ersten Mal.«

»Ich glaube nicht, dass ich ...«, begann ich, rückte aber mit der Schlange einen Schritt weiter vor. »Meinst du wirklich, das ist eine gute Idee?«

»Komm schon, Emily!«, drängte Sloane. Nur noch eine Person stand zwischen uns und dem Türsteher, der von Nahem doppelt so groß und stark zu sein schien. »Entspann dich, okay? Es wird schon gut gehen.«

»Nein«, sagte ich und blieb stehen, als sie einen weiteren Schritt vorrückte. »Das will ich nicht.«

Ganz verwundert drehte sie sich zu mir um und sagte: »Es ist doch nichts dabei.« Dann sah sie wieder nach vorn zu dem Türsteher. Die Leute hinter mir wurden unruhig, weil ich mich nicht weiterbewegte. »Nun komm schon!«

»Ich geh da nicht rein«, sagte ich und trat aus der Schlange. Das Pärchen hinter mir rückte sofort vor.

»Warum bist du bloß ...«, begann Sloane, sprach dann

aber nicht weiter, sondern seufzte nur und schüttelte den Kopf. Ich kam mir vor wie in einem Niemandsland, wo eine Sprache gesprochen wurde, die keiner von uns beherrschte, denn bis jetzt hatten Sloane und ich uns noch nie gestritten. Noch nie! Sie ließ dem Pärchen hinter ihr den Vortritt und sagte zu mir: »Ich will da rein!« Ihre Mimik und Gestik machten klar, dass sie nicht ansatzweise verstehen konnte, warum ich dagegen war.

»Ich aber nicht«, sagte ich ganz ruhig und wusste nicht, wie ich es ihr erklären sollte.

»Okay«, sagte sie. »Deine Entscheidung.« Aber sie meinte es nicht so, sondern wartete darauf, dass ich mir endlich einen Ruck gab und mitmachte, so wie sonst immer. Aber ich rührte mich nicht, bis sie schließlich sagte: »Na gut. Wir sehen uns dann später.«

Es war wie ein Schlag ins Gesicht. Ich hatte gedacht, dass sie mit mir umkehren würde, dass wir diesen Abend zusammen verbringen würden, egal was passierte. Ihr unbestimmtes *später* machte mir regelrecht Angst. »Alles klar«, sagte ich und verzichtete darauf, ihr zu sagen, was in mir vorging. Stattdessen zwang ich mich zu einem zittrigen Lächeln. »Bis später.« Auf wackeligen Füßen ging ich zum Wagen zurück, denn Sloane hatte mich in High Heels gesteckt. Auch in dem restlichen Outfit fühlte ich mich nicht wohl, weil alles viel zu eng und kratzig war.

»Emily!«, rief Sloane mir nach. Es klang wie eine Mischung aus Aufforderung und Vorwurf. Ich drehte mich nicht gleich nach ihr um, sondern entfernte mich weiter von meiner besten Freundin, obwohl es das Letzte war, was ich wollte. Als ich mich dann doch noch umdrehte, sah ich, wie sie dem Türsteher lächelnd ihren Ausweis zeigte und in der dunklen Bar verschwand.

Ich saß im Volvo, und als wieder ein Wagen neben mir hielt, um zu sehen, ob ich ausparken wollte, hatte ich das Gefühl, dass ich zum hundertsten Mal den Kopf schüttelte. Alle, die mich auf diesem idealen Parkplatz erblickten, fingen ganz aufgeregt an zu blinken und dachten, dass sie den Platz übernehmen könnten. Wenn ich dann den Kopf schüttelte und die Fahrer mit einer Handbewegung aufforderte weiterzufahren, gaben sie die Hoffnung nicht so schnell auf, sondern blieben noch eine Weile blinkend und gestikulierend neben mir stehen, um zu sehen, ob ich nicht doch gleich losfahren oder ihnen entnervt Platz machen würde.

Natürlich dachte ich daran, nach Haus zu fahren und es Sloane zu überlassen, eine Mitfahrgelegenheit für den Heimweg zu finden. Ich hatte sogar schon den Schlüssel ins Zündschloss gesteckt, aber ich brachte es nicht fertig, ihn zu drehen. Stattdessen lehnte ich mich zurück und dachte nach. Alles war so schnell gegangen, nachdem Sloane mich bis zur letzten Sekunde darüber im Unklaren gelassen hatte, was auf mich zukommen würde. Andererseits hatte ich im Grunde schon lange auf so etwas gewartet – auf den Moment, in dem Sloane klar wurde, dass ich nicht cool oder mutig genug war, um ihre beste Freundin zu sein. Ich hatte immer gewusst, dass sie es eines Tages kapieren würde, und heute Abend hatte ich ihr den glasklaren Beweis geliefert.

Zwei Stunden wartete ich im Wagen. Ab und zu spielte ich auf meinem Handy, um mir die Zeit zu vertreiben, aber meistens stellte ich es auf Stand-by, weil ich nicht mehr viel Akku hatte und nicht wollte, dass es ausging, denn es konnte ja sein, dass Sloane mir eine SMS schrieb. Der Schlüssel im Zündschloss hatte nichts zu bedeuten; niemals wäre ich ohne Sloane weggefahren. Ich konnte mir nämlich nicht vorstellen, dass Sam kommen und sie abholen würde. Auch Milly und Anderson waren keine zuverlässigen Kandidaten dafür. Und was ein Taxi von Hartfield in Sloanes Vorort kosten würde, wollte ich lieber gar nicht wissen – auf jeden Fall mehr, als sie und ich bei uns hatten.

Als jemand auf der Beifahrerseite ans Fenster klopfte, rief ich automatisch: »Ich fahre noch nicht weg.«

»Gut zu wissen«, sagte Sloane hinter der Scheibe. Ich sah von meinem Handy auf und machte die Beifahrertür auf. Sie stieg ein und sagte einfach nur: »Hey.«

»Hi«, sagte ich, setzte mich auf und legte das Handy weg. Zwischen uns herrschte eine ungewohnte Spannung, und wir schienen uns fremder zu sein als ganz am Anfang unseres Kennenlernens.

»Danke fürs Warten«, sagte Sloane. Ohne mich anzusehen, beugte sie sich vor, holte meinen I-Pod aus dem Handschuhfach und schaltete ihn ein.

»Kein Ding«, sagte ich, aber es klang, als spräche ich mit einer Fremden. Mehr als alles andere sehnte ich mich nach unserer alten Vertrautheit. »Hast du … dich gut amüsiert?«, fragte ich.

»Klar«, sagte sie. »War ganz okay. Nichts Besonderes. Du weißt schon ...«

Ich nickte und ließ den Motor an, dabei wusste ich das keineswegs. Schweigend fuhren wir los. Sloanes Gesicht wurde vom Display meines I-Pods angeleuchtet, als sie sich durch die Playlisten klickte, die sie selbst zusammengestellt hatte. Ich schluckte, als ich auf die Interstate 95 einbog, und wusste nicht, was ich sagen sollte, damit zwischen uns alles wieder so würde, wie es noch vor wenigen Stunden war. »Wie war's denn so?«, fragte ich, als ich das Schweigen nicht mehr aushielt. Wieder klang meine Stimme ganz schrill, ein bisschen wie die meiner Mutter, wenn sie Beckett dazu bringen wollte, von der Schule zu erzählen.

Sloane seufzte und sah aus dem Fenster. Nach einer Weile sagte sie: »Hör auf!«

»Womit?«, fragte ich, und das Herz rutschte mir in die Hose.

»Wenn du wissen willst, wie es im McKenzie's ist, hättest du mitkommen sollen«, sagte sie, schüttelte den Kopf und scrollte so schnell durch die Playlisten, dass sie gar nichts lesen konnte. »Ich hab mir ein Bein ausgerissen, um uns diesen Abend zu ermöglichen ... die Ausweise für einen Haufen Geld machen lassen, unsere Outfits zusammengestellt ... und alles nur, weil ich mir zusammen mit dir die Band anhören wollte – nicht allein.«

Einen Moment lang ließ ich den Highway aus den Augen und sah meine Freundin an. »Warum hast du mir nicht erzählt, was du vorhattest?«

»Weil ich wusste, dass du nicht mitgekommen wärst.«

Sloane schrie fast und schien darüber genauso zu erschrecken wie ich. Danach herrschte wieder Schweigen, bis sie etwas ruhiger sagte: »Und damit lag ich ja wohl goldrichtig.« Ich umklammerte das Lenkrad, Stellung zehn nach zehn, und versuchte, meine Tränen zurückzuhalten. »Du kannst eine richtige Schisserin sein, auch wenn es dafür gar keinen Grund gibt. Manchmal wünschte ich …« Aber sie sagte nicht, was sie manchmal wünschte, und das Unausgesprochene stellte sich wie eine Wand zwischen uns.

Ich wünschte, ich könnte Sloanes Erwartungen erfüllen. Das Gefühl, sie zu enttäuschen, war kaum zu ertragen. Mit einem unterdrückten Schluchzen murmelte ich: »Tut mir leid.«

»Schon gut«, sagte sie, und ich spürte, dass sie es ernst meinte. Immer wieder überraschte sie mich damit, wie schnell sie vergeben und vergessen konnte. In meiner Familie konnte das niemand besonders gut, nicht mal der Kater.

»Das nächste Mal bin ich dabei, okay?« Ich setzte ein Lächeln auf und versuchte, ganz locker zu klingen. Sloane lächelte zurück.

»Klar«, sagte sie, konzentrierte sich auf den I-Pod und spielte ihren Lieblingssong von Call Me Kevin, *With You*.

»Haben sie das gespielt?«, fragte ich.

»Als Drittes«, sagte Sloane, lehnte sich grinsend zurück, zog die Knie an und stellte die Füße auf den Sitz. »Das schien gar nicht geplant zu sein, denn der Drummer brauchte mehrere Takte, bis er den Rhythmus fand.«

Sloane redete immer weiter und schilderte ihren Abend im McKenzie's in allen Einzelheiten, außer wenn sie den

Refrain eines Songs aus dem I-Pod mitsang. Irgendwann begann ich mitzusingen.

* * *

»Penelope Entwhistle«, murmelte ich. Dieses Mal hatte ich nicht so viel Glück und musste auf den Zehn-Dollar-Parkplatz fahren. Auf dem Weg nach Hartfield hatte ich an einem Geldautomaten gehalten, als mir eingefallen war, dass ich nicht mit Karte bezahlen konnte, weil der Name darauf nicht derselbe wie auf meinem gefälschten Ausweis war. Außerdem sollte man keine Spuren hinterlassen, wenn man vorhat, etwas Ungesetzliches zu tun. »Penelope Entwhistle«, wiederholte ich, als ich mit weichen Knien aufs McKenzie's zuging, und versuchte, es klingen zu lassen, als hätte ich diesen Namen schon Hunderte Male genannt. »Miller's Crossing einundzwanzig, Reno, Nevada. Postleitzahl acht-neun-fünf-eins-fünf.«

Von der Homepage des McKenzie's wusste ich, dass es dort nach heute Abend wochenlang keine Livemusik geben würde. Deswegen musste ich die Penelope-Sache heute hinter mich bringen, obwohl es keine so berühmte Band wie Call Me Kevin war, die dort heute gastierte, sondern eine, die ich nicht kannte, die Henry Gales. Ich stellte mir vor, dass es leichter war, einen Abend im McKenzie's zu überstehen, wenn eine Band spielte. Ohne Livemusik könnte ich nur an der Theke rumstehen und ... was eigentlich? Ich hatte keine Ahnung, denn ich war noch nie in einer Bar gewesen. Wenn aber eine Band spielte, und sei sie noch so schlecht, konnte ich zuhören und tun, was ich bei anderen Konzerten auch tat. Nur dass ich es in diesem Fall als Penelope tun musste.

Nach unserem Morgenlauf hatte Frank mich gefragt, ob wir am Abend zusammen etwas unternehmen wollten, und ich hatte abgelehnt. Aber ich hatte ihm nicht gesagt, was ich vorhatte, denn vielleicht ging es ja fürchterlich schief. Stattdessen hatte ich alle möglichen Ausreden vorgebracht, die ziemlich unglaubwürdig klangen – ich müsste auf Beckett aufpassen, mit der Ferienlektüre für die Schule weiterkommen und meiner Mutter helfen, den Kühlschrank abzutauen. Er hatte ungläubig zugehört und genickt, aber dann hatte er gesagt: »Wenn du eine Überraschungsparty für mich vorbereitest, kannst du es ruhig zugeben.« Er hatte in drei Tagen Geburtstag und in letzter Zeit hatten wir öfter darüber gesprochen.

»Wart's ab«, hatte ich gesagt und gelacht. Normalerweise hätte mir seine Bemerkung Druck gemacht, tatsächlich etwas auf die Beine zu stellen, aber ich wusste, dass Collins das bereits tat.

»Penelope«, murmelte ich kurz vor dem Türsteher noch einmal. Es war derselbe wie vor zwei Monaten, nur dass er mir jetzt noch bulliger vorkam, sodass das Handy in seiner Hand wie Spielzeug aussah. Ich fragte mich, ob er es bei sich hatte, um schnell die Polizei rufen zu können, wenn er Minderjährige erwischte. »Penelope Entwhistle. Miller's Crossing einundzwanzig ...« Ich zupfte an meinem Rock. Mein Outfit ähnelte dem, das Sloane damals für mich ausgesucht hatte, und als ich mich fürs McKenzie's zurechtmachte, Make-up auflegte und in High Heels schlüpfte, war mir klar geworden, dass ich mich schon lange nicht mehr aufgebrezelt hatte. Ich war so lange in Flip-Flops und Sneakers herumgelaufen, dass ich mich ganz unsicher in den hohen Schuhen bewegte.

Heute wartete keine Schlange vor dem Eingang, vielleicht weil es ein Donnerstag war und die Band keinen großen Namen hatte. Nur der Türsteher und ich. Auf weichen Knien ging ich auf ihn zu. *Penelope*, dachte ich wieder und wieder, wie ein Mantra. *Reno. Postleitzahl acht-neun-fünf-eins-fünf.*

»Hallo«, sagte ich, als ich direkt vor dem Türsteher stand, und umklammerte meine Tasche mit der einen, den gefälschten Ausweis mit der anderen Hand, so fest, dass sich das Plastik in meine Finger bohrte.

»Ausweis«, sagte der Türsteher gelangweilt.

»Bitte sehr«, sagte ich, hielt ihm das gefälschte Ding hin und hoffte, dass es nicht ganz feucht war, denn inzwischen waren meine Hände schweißnass. Er leuchtete mit der Taschenlampe darauf, sah mich an und nickte. »Darf ich rein?«, fragte ich, weil ich gar nicht glauben konnte, dass das schon alles war.

»Ja«, sagte er und gab mir den Ausweis zurück. »Viel Spaß.«

»Vielen Dank«, sagte ich und zog die Tür auf. Unfassbar, wie einfach das war! Ich betrat das McKenzie's und sah mich um. Plötzlich hatte ich das Gefühl, ein Riesenschild um den Hals zu tragen, auf dem in gigantischen

Buchstaben MINDERJÄHRIG stand. Mir war doch bestimmt anzusehen, dass ich noch nie in einer Bar gewesen war und keine Ahnung hatte, wie ich mich benehmen sollte.

Ich machte ein paar unsichere Schritte und entdeckte hinten im Saal eine kleine Bühne, eigentlich nur ein Podest. An den Seitenwänden befanden sich Sitznischen. Kellnerinnen gingen hin und her. Gegenüber der Bühne befand sich eine halbrunde Theke mit Barhockern, von denen höchstens die Hälfte besetzt war. Diese Theke sah allerdings ganz anders aus als die im Country Club, wo ich mal gekellnert hatte. Dort hatten jede Menge Cola- und Spriteflaschen bereitgestanden, nach denen ich nur zu greifen brauchte, wenn sie bestellt wurden, und hinter der schnurgeraden Arbeitsfläche mixte Marty, der ewig gestresste Barkeeper, in einem fort Gin Tonics. Hier war alles aus glänzendem Chrom und Stahl, und die indirekt mit blauem Licht illuminierten Regale mit alkoholischen Getränken reichten bis unter die Decke.

Langsam ging ich auf die Theke zu, ohne zu wissen, was ich tun sollte, aber da die Band noch nicht spielte, hatte ich das Bedürfnis, irgendetwas zu tun, um nicht einfach nur dumm herumzustehen und mich womöglich verdächtig zu machen. Die Bar hatte jedoch etwas Einschüchterndes. Ich wusste nicht mal, ob man selbst hinging und sich etwas zu trinken holte, oder seine Bestellung bei einer Bedienung aufgab.

»Vorsicht!«, sagte eine Kellnerin und schob sich an mir vorbei. Hastig wich ich ihr aus und ging auf die Seite der

Theke, wo die wenigsten Kunden saßen. Dort kletterte ich auf einen Barhocker und legte meine Tasche auf den Schoß. Ich hatte keine Ahnung, was ich als Nächstes tun sollte, aber wenigstens stand ich nicht mehr im Weg.

»Was darf ich Ihnen geben?«, fragte der Barkeeper. Sein blondes Haar war zerzaust, und er trug ein T-Shirt mit extrem tief angesetztem V-Ausschnitt.

»Oh«, sagte ich und sah auf die blau schimmernden Regale, als überlegte ich, welches hochprozentige Getränk ich bestellen sollte. Dann sagte ich: »Eine Cola Light, bitte.«

»Sehr gern«, sagte der Barkeeper. »Mit Rum?«

»Nein!«, sagte ich mit viel mehr Nachdruck als beabsichtigt. »Ich meine … danke … Heute nehme ich sie mal straight … pur … ohne alles.« Ich sonderte wahllos Wörter ab, die ich aus Filmen mit Barszenen kannte, und hoffte, dass irgendeins davon richtig klang.

»Sehr gern«, sagte der Barkeeper wieder, nahm ein Glas, füllte es und schob es in meine Richtung. »Macht fünf.«

Ich glaube, ich machte ein erschrockenes Gesicht, denn so viel hatte ich für eine Cola Light noch nie bezahlt. Ich schob einen Fünfer über die Theke und bekam gleich die nächste Panikattacke. Man musste doch Trinkgeld geben, oder? Ich wusste bloß nicht, wie viel. Ich schob noch einen Fünfer rüber und der Barkeeper nahm das Geld an sich.

»Besten Dank«, sagte er und steckte beide Scheine ein. »Ich heiße übrigens Jared. Wohnen Sie hier in der Nähe?«

»Ich heiße Penelope Entwhistle«, sagte ich, wahrscheinlich viel zu schnell, denn der Barkeeper sah mich so befremdet an, dass ich im Frageton hinzusetzte: »Aus Reno?«

Der Barkeeper nickte und sagte: »Super. The Biggest Little City in the World.«

Ich lächelte, als würde mir das etwas sagen, und wünschte, ich hätte mich über Reno informiert, um mitreden zu können. Ich trank einen Schluck von meiner Fünf-Dollar-Cola, holte mein Handy heraus und fragte mich, wie lange ich es hier aushalten musste, um Sloanes Anforderungen zu genügen. Bestimmt verlangte sie nicht, dass ich den ganzen Abend hier verbrachte, oder? Das konnte ich mir nicht leisten, wenn mich jeder Drink zehn Dollar kostete.

Eine schrille Rückkopplung kam von der anderen Seite des Saals, und ich sah, dass drei spindeldürre Typen die Bühne betraten und an ihren Verstärkern herumdrehten. Irgendwie sahen sie ziemlich abgehetzt aus. »Hey«, sagte einer von ihnen ins Mikrofon und zuckte zusammen, als es die nächste Rückkopplung gab. Er hatte lockiges blondes Haar und eine Gitarre umgeschnallt. »Wir sind die Henry Gales und möchten uns zunächst mal dafür bedanken, dass wir hier spielen dürfen.« Der Drummer zählte »Eins, zwei, drei, vier« an, und es folgten ein paar schräge Akkorde, bevor die Band den richtigen Rhythmus fand.

Nach der ersten halben Strophe wurde mir klar, dass ich den Text kannte, aber erst beim Refrain begriff ich, dass es sich um *Truth in the Dark* handelte. Der Song befand sich auf Franks letzter Playliste fürs Laufen. Obwohl ich es ihm gegenüber nicht zugegeben hatte, mochte ich den Song. Jetzt sang ich den Refrain lautlos mit. Dann fotografierte ich die Band mit meinem Handy, um Frank das Bild später zu zeigen. Natürlich hätte ich es ihm sofort schicken können, aber das hätte Fragen aufgeworfen, mit denen ich mich jetzt nicht befassen wollte. Fragen wie: *Was hast du in einer Bar zu suchen?*

Ich lehnte mich auf dem Barhocker zurück, nippte an meiner Cola und bekam das Gefühl, dass es doch noch ein netter Abend werden könnte.

Eine Stunde später kündigte die Band nach einem viel zu langen Schlagzeugsolo den letzten Song des Abends an, und ich war mir sicher, dass ich genug getan hatte, um Penelope auf der Liste abhaken zu können. Nach dem letzten Song nickte ich Jared zu, kletterte vom Barhocker und ging Richtung Ausgang. Ich hatte immer noch den letzten Song im Ohr, der offenbar von Kansas handelte, obwohl ich mir da nicht sicher war, weil der Sänger eine unterirdische Aussprache hatte. Kurz vor der Tür fiel mir ein blondes Mädchen auf, das in der Nähe des Eingangs stand und mit einer Kellnerin sprach. Beide sahen in meine Richtung. Ich sah schnell wieder weg und versuchte mir einzureden, dass sich unsere Blicke nur zufällig getroffen hatten, aber als ich unauffällig wieder hinsah, starrten beide mich regelrecht an. Die Kellnerin zeigte sogar auf mich.

Mein Herz begann zu rasen, und es kam mir vor, als

seien die Angstzustände, die ich früher manchmal hatte, nur ein Vorgeschmack auf das gewesen, was mir jetzt bevorstand, denn das hier war der Supergau. Jemand musste herausbekommen haben, dass ich minderjährig war, und gleich würde man mich abführen, in eine Arrestzelle oder so. Der Vorfall würde in meinem polizeilichen Führungszeugnis auftauchen, und dann könnte ich das College vergessen …

Das blonde Mädchen nickte und kam auf mich zu. Wenn ich es bis zur Tür schaffen wollte, blieb mir nicht viel Zeit. Ich ging, so schnell mein enger Rock und die High Heels es zuließen. Als ich im Freien war, sah der Türsteher mich an, und im selben Moment rief jemand: »Hey, Penelope!«

Wahrscheinlich hätte ich einfach weitergehen sollen, aber ich drehte mich um, und das blonde Mädchen stand hinter mir. Sie war aus Fleisch und Blut. Das hier war kein Albtraum, sondern die Realität.

Alles an ihr war winzig, nur ihr Haar war lang und umrahmte ein herzförmiges Gesicht, dem anzusehen war, wie sauer sie war. »Du dachtest wohl, dass du damit davonkommst, was?«, sagte sie.

Ich trat einen Schritt zurück, obwohl meine Füße in den High Heels bedenklich wackelten, und sagte: »Tut mir leid, aber ich …«

»Du dachtest wohl, ich komme nicht dahinter, was?« Plötzlich stand die Blonde so dicht vor mir, dass wir uns fast berührten.

»Hinter was?«, fragte der Türsteher, der uns jetzt

turmhoch zu überragen schien. Ich machte mich aufs Schlimmste gefasst. Die Blonde würde ihm erzählen, dass ich minderjährig war, und er würde die Polizei rufen.

»Das ist die Schlampe, die mit Jared rummacht«, sagte die Blonde, und ich war so erleichtert, dass ich grinsen musste, was, wie ich sofort merkte, die falsche Reaktion war. »Findest du das etwa noch lustig?«

»Nein«, sagte ich schnell. »Es ist bloß ... Das war ich nicht.«

»Jared hat mich aber mit einer Schlampe namens Penelope betrogen«, schrie die Blonde. »Das weiß ich. Ich hab nämlich sein Handy gecheckt.«

»Das war aber nicht diese Penelope«, sagte der Türsteher zu meiner größten Überraschung, und auch die Blonde war völlig baff. »Die Penelope, die du meinst, hat eine total aufgedonnerte Frisur.«

»Carl!«, sagte die Blonde konsterniert. »Du hast davon gewusst?«

Ich nutzte die allgemeine Verwirrung, um mich aus dem Staub zu machen. Mein Herz raste immer noch, aber nicht mehr vor Angst. Jetzt lag es eher am Adrenalin. Ich hatte es geschafft! Ich war in eine Bar gegangen, hatte mir etwas zu trinken bestellt, war mit einer Nebenbuhlerin verwechselt und beinahe in einen Zickenkrieg verwickelt worden. Was für ein Triumph! Vielleicht ein etwas fragwürdiger, aber immerhin. Ich spürte den Drang, es jemandem mitzuteilen, und holte mein Handy aus der Tasche, als ich über den Parkplatz zu meinem Volvo ging. Die SMS war schnell geschrieben:

Hunger? Diner in 15 Min.? Habe gerade Nr. 5 geschafft!

Frank war schon da, als ich ankam. Mitten auf seinem Tisch stand ein Teller Pommes zum Teilen. Ich hatte auch Dawn geschrieben, aber sie war unterwegs, Pizza ausliefern, und ich hatte nicht das Geringste dagegen, mit Frank allein zu sein. Ich war schon fast an seinem Tisch, als er mich erkannte und staunend die Augenbrauen hochzog. Ich sah mein Spiegelbild im Schaufenster und konnte seine Reaktion gut verstehen. Mein Outfit, die High Heels, das Make-up und mein sorgfältig frisiertes Haar passten nicht unbedingt in einen Diner, wo alle anderen Jeans trugen.

»Hey«, sagte ich lässig, setzte mich ihm gegenüber und nahm mir ein paar Pommes, als trüge ich die Klamotten, in denen ich meiner Mutter geholfen hatte, den Kühlschrank abzutauen.

Frank starrte mich immer noch überrascht an, aber ein Lächeln begann seine Lippen zu umspielen. »Wen versuchst du denn heute darzustellen?«, fragte er.

Ich sah ihn von oben herab an und sagte scheinbar gelangweilt: »Penelope Entwhistle, Miller's Crossing einundzwanzig, Reno. Freut mich, Sie kennenzulernen.«

Seinem Gesichtsausdruck nach zu urteilen, dämmerte ihm, was passiert war. Ich holte mein Handy heraus und schob es über den Tisch. Auf dem Display war das Foto der Henry Gales zu sehen. Frank starrte es an, ließ die Kinnlade fallen und sah dann wieder mich an. »Okay«, sagte er. »Lass hören!«

»Ich war im McKenzie's und ...«

»Die Bar?«, unterbrach Frank mich ganz entgeistert.

»Genau«, sagte ich, als sei es nichts Besonderes. Frank sah mich so fassungslos an, dass ich mein Pokerface nicht länger kontrollieren konnte und lachen musste. Aber das machte nichts. Ich hatte von Anfang an gewusst, dass ich ihm nicht lange etwas vorspielen konnte, und das wollte ich ja auch gar nicht. »Au Mann!«, sagte ich. »Ich hatte eine Heidenangst, dass sie mich rausschmeißen.« Ich griff wieder zu den Pommes, beugte mich über den Tisch und begann, die ganze Geschichte zu erzählen.

9

Etwas kaputt machen

»Wie lange soll das denn dauern?«, maulte Beckett und trat mit einem Sneaker nach dem anderen.

»Schon eine Weile«, sagte ich ehrlicherweise. Beckett und ich standen vor dem Ponyhof, wo ich um vier eine Reitstunde hatte. Frank hatte schon öfter versucht, mich zu der Reitstunde auf der Saddleback Ranch zu überreden, die ich ja noch zum halben Preis ausstehen hatte, aber ich hatte ihn immer abgewimmelt. Solange die Pferde dort nicht kleiner wurden, konnte nichts anderes dabei herauskommen als beim ersten Mal. Also hatte ich den Gedanken der Reitlehrerin aufgegriffen und mich nach einem Reitstall mit Ponys umgesehen. Offenbar gab es davon einige in der näheren Umgebung. Die Art, wie sie sich im Internet präsentierten, machte von vornherein klar, dass sie für Kinder waren, aber auf der Homepage von diesem hatte nichts davon gestanden, dass keine Erwachsenen auf den Ponys reiten durften.

Beckett stöhnte und warf sich auf eine nahegelegene Bank.

»Hey!«, sagte ich. »Ich hab dir gerade ein Eis gekauft. Schon vergessen?«

Völlig unbeeindruckt sah er mich an. »Das hat's umsonst gegeben. *Schon vergessen?*«

Er hatte recht. Wir hatten im Eisparadies vorbeigeschaut, wo Kerry gerade Dienst hatte. Als ich bezahlen wollte, hatte sie abgewinkt. In dem Moment hatte ich mich zwar gefreut, aber dadurch taugte es nicht mehr als Bestechungsversuch. Ich hatte Beckett das Eis versprochen, falls er mich begleitete. Zum einen vertrieb ihm dieser Ausflug die Zeit, da er an diesem Tag nicht ins Feriencamp konnte, zum anderen wollte ich nicht allein auf den Ponyhof fahren, und es war mir zu peinlich, um jemand anderem davon zu erzählen.

»Bist du wegen der Reitstunde um vier hier?«, fragte eine Frau in Jeans und pinkfarbenem T-Shirt, die aus dem Gebäude kam und sich lächelnd zu Beckett runterbeugte, der mit versteinerter Miene auf mich zeigte.

»Ähm, *ich* hatte mich angemeldet«, sagte ich und winkte ihr zu. »Ich bin Emily.«

»Oh«, sagte sie und sah mich überrascht an. Dann sammelte sie sich und nickte ganz enthusiastisch. »Na dann ... Bestimmt finden wir etwas Passendes für dich.« Sie sah zwischen meinem Bruder und mir hin und her und schien sich immer noch keinen Reim darauf machen zu können, was wir eigentlich wollten. Dann fragte sie mich: »Wollt ihr nicht beide reiten? Oder möchtest du es ihm erst mal vormachen, damit er sieht, dass er keine Angst zu haben braucht?« Das Letzte sagte sie ganz leise, damit mein Bruder es nicht hörte. Natürlich hörte er es trotzdem und verdrehte genervt die Augen.

»Nein«, sagte ich und wünschte, es wäre anders. Aber als ich Beckett angeboten hatte, selbst zu reiten, hatte er mich angesehen, als sei ich verrückt geworden. Ponys waren unter seiner Würde. Inzwischen fragte ich mich, ob es vielleicht doch klüger gewesen wäre, Dawn mitzunehmen. »Ich möchte einfach nur eine Pony-Reitstunde nehmen.«

»Okay«, sagte die Frau und wartete noch einen Moment, ob ich vielleicht eine Erklärung nachreichen würde. Als die ausblieb, sagte sie: »Na gut. Dann wollen wir mal.« Sie ging in den Stall, der an das Verwaltungsgebäude grenzte, und ich versuchte noch einmal, Beckett zum Mitreiten zu überreden, als mein Handy klingelte. Im Display sah ich, dass es Collins war. Das war eine Überraschung. Zwar schickte er mir manchmal eine SMS oder Links für irgendwelche Videos, die er komisch fand, aber er rief mich praktisch nie an.

»Hey«, sagte ich, als ich den Anruf annahm.

»Emily!«, sagte er schwer gestresst. »Wo steckst du?«

»Ähm …« Ich sah mich um, und mein Blick blieb an dem ultrapinken Schild hängen, auf dem in verschnörkelten Buchstaben *Mein kleines Pony* stand. »Warum fragst du?«

»Weil ich gleich verrückt werde«, sagte er. Seine Stimme wurde immer schriller. »Weißt du denn nicht, dass Frank Geburtstag hat?«

»Doch«, sagte ich und entfernte mich ein paar Schritte

von meinem Bruder, der lange Ohren machte, seit mein Handy geklingelt hatte. »Wir sind heute Morgen zusammen gelaufen und haben zur Feier des Tages hinterher Donuts gegessen. Die vom Donut-Laden haben ihm sogar ein Geburtstagsständchen gesungen.« Ich hatte nämlich Geburtstagskerzen mitgebracht, aber die Streichhölzer zu Haus vergessen, und als ich im Laden danach fragte, begriffen alle, worum es ging (zumal wir die einzigen Kunden waren), und schmetterten los. Als Frank die Kerzen auspustete, klatschten alle und wünschten ihm alles Gute. Zu Beginn unseres Laufs hatten wir wieder die I-Pods getauscht, und auf meinem hatte ich lauter Geburtstagslieder zusammengestellt, angefangen mit den Beatles natürlich. Ich hatte sogar ein Geschenk für ihn, aber das wollte ich ihm erst bei unserem nächsten Lauf geben, weil ich wusste, dass Lissa zu seinem Geburtstag kommen würde.

»Hier bricht gerade alles zusammen«, stöhnte Collins. »Ich brauche unbedingt deine Hilfe.«

»Alles klar«, sagte ich und drehte mich nach meinem Bruder um, weil ich nachsehen wollte, ob er inzwischen an der Stallwand hochkletterte, aber er saß brav auf der Bank. »Was ist denn los?«

»Nichts ist los, das ist es ja gerade«, schrie Collins beinahe. »Aus irgendeinem Grund kann Lissa nicht aus Princeton weg. Frank ist mit seiner Mom zum Lunch gegangen, später lädt sein Dad ihn zum Dinner ein. Ich hänge bei der Arbeit fest und kann mich nicht um die Party kümmern. Frank hat heute nämlich freigekriegt, und wenn ich Doug mehr aufs Auge drücke als die Schuhausgabe, kann der ganze Schuppen abfackeln, ohne dass er was merkt, weil er in sein Gnombuch vertieft ist.«

»Es geht nicht um Gnome«, hörte ich Doug im Hintergrund sagen. Er klang schwer beleidigt.

»Und was willst du nun von mir?«, fragte ich.

»Du musst Lissa abholen«, sagte Collins, und mir blieb vor Schreck der Atem weg. »Ich weiß, dass es ein weiter Weg ist, und es tut mir wirklich leid, dir das zuzumuten, aber es muss sein.«

Die zwei Stunden pro Strecke schreckten mich nicht, trotzdem überlegte ich fieberhaft, welche anderen Möglichkeiten es gab. Konnte Dawn das nicht übernehmen? Sie kannte Lissa nicht, aber sie konnten sich ja Fotos schicken. »Das Ding ist«, begann ich, als jemand an meinem Ärmel zupfte. Beckett natürlich.

»Was ist los?«, fragte er hoffnungsvoll. »Können wir abhauen?«

»Das Ding ist«, wiederholte ich, »dass ich heute Nachmittag viel zu tun habe ... wichtige Sachen ...«

»Emily?« Ich sah auf. Die Frau im pinken T-Shirt stand lächelnd vor mir. »Dein Pony ist bereit. Wenn du also so weit bist ...«

Ich legte die Hand aufs Mikrofon, aber nicht schnell genug, denn Collins hatte es gehört und sagte ganz entgeistert: »Das ist nicht dein Ernst, Em, oder?«

»Okay«, sagte ich. Es gab nur einen Weg, Collins davon abzubringen, diese Info zu verbreiten. »Schick mir ihre Adresse.«

Da ich die Stunde im Voraus bezahlt hatte, bekam ich einen Gutschein für eine Reitstunde. Reitgutscheine zu sammeln, schien mein neuestes Hobby zu sein. Ich setzte den überglücklichen Beckett zu Haus ab, dann rief ich meinen Eltern zu, dass ich für ein paar Stunden mit dem Wagen wegmüsse. Meine Mutter nickte nur abwesend und mein Dad sah kaum von seinem Laptop auf. Beiden war anzusehen, dass sie seit Stunden bei der Arbeit waren. Ich war schon an meinem Wagen, als mir einfiel, dass ich die Holzplatte fürs Verdeck aus der Garage mitnehmen sollte. Also ging ich noch einmal zurück, um sie zu holen, und legte sie in den Kofferraum. Es war zwar kein Regen angekündigt, aber ich wollte sicherstellen, dass Lissa Young in meinem Wagen nicht durchnässt würde. Dann fuhr ich los. Schon in unserer Einfahrt stellte ich laut meine Musik ein und bog dann Richtung Highway ab. Dabei redete ich mir ein, dass ich Collins – und Frank – lediglich einen Gefallen tat und es keinen Grund gab, nervös zu sein. Trotzdem war ich es. Und der Gedanke, dass Lissa in Kürze in meinem Wagen sitzen würde, machte mir peinlich bewusst, was mit diesem Wagen alles nicht in Ordnung war.

Auf der Interstate 95 scrollte ich auf meiner neuesten Playliste zu meinem aktuellen Lieblingssong von Eric Church, aber statt gut gelaunt weiterzufahren, wurde mir immer mulmiger zumute. Gleich würde ich zwei Stunden lang neben einem Mädchen sitzen, das aus einer anderen Welt kam – aus der Schulwelt, in der Frank ein Frank Porter war, dieser unfassbar perfekte Typ, der nicht die geringste Ähnlichkeit mit dem Frank hatte, den ich diesen Sommer kennengelernt hatte. Dieser Sommer-Frank war jemand, der schon mal über die eigenen Füße stolperte, Höhenangst hatte und nach dem Paintballspielen mit orangefarbenem Haar durch die Gegend lief. Jemand, der zwei Tage lang jeden Satz mit einem Beatles-Titel anfing und sich ein Nacho-Wettessen mit Collins lieferte.

Nach einer Stunde Fahrt klingelte mein Handy auf dem Beifahrersitz. Mein Wagen war so alt, dass ich keine Freisprechanlage einbauen lassen konnte, also tippte ich auf dem Display herum und hoffte, die Lautsprecherfunktion zu erwischen. Sloane hatte einmal gesagt, es klänge dann, als befände ich mich in einer Höhle mit schwachem Netz, aber das war immer noch besser, als beim Telefonieren am Steuer erwischt zu werden und einen Strafzettel zu bekommen, so wie Collins letzte Woche.

»Hallo?«, rief ich in Richtung Handy. Es sah nicht aus, als sei der Anrufer jemand von meiner Kontaktliste, aber mehr konnte ich nicht erkennen, ohne zu lange den Blick von der Straße abzuwenden.

»Hallo?« Jetzt sah ich zu meinem größten Schreck, dass Lissas Kopf auf meinem Display erschienen war. Offenbar hatte ich nicht die Lautsprechertaste gedrückt, sondern die für Videogespräche.

»Oh«, sagte ich und versuchte, mich in Richtung Handy zu bewegen, damit Lissa etwas von mir sehen konnte. »Ich wollte nicht ... Ich meine ... Moment, bitte!«

Ich befand mich kurz vor einer Raststätte und setzte den Blinker. Ob für Videogespräche dieselben Gesetze galten wie für Telefonate ohne Freisprechanlage, wusste ich zwar nicht, aber ich hatte keine Lust, es auf diesem Weg herauszufinden. Ich fuhr auf die Raststätte, die nur aus Toiletten und ein paar Snackautomaten bestand. Trotzdem war ziemlich viel los. Die Minivans mehrerer Großfamilien parkten hier – gestresste Eltern und Kinder, die lärmend in der Nachmittagssonne herumrannten. Ich brachte den Volvo ein Stück abseits des Krachs zum Stehen und hielt mir das Handy vors Gesicht. Wann hatte ich mich eigentlich zuletzt gekämmt? Und warum hatte ich mich heute Morgen nicht geschminkt? »Hi«, sagte ich. »Sorry. Ich wollte das Handy auf Lautsprecher stellen und hab aus Versehen die Videotaste erwischt.«

»Hi«, sagte Lissa und lächelte schmallippig. »Ist schon in Ordnung.« Sie sah genauso gepflegt aus wie in der Schule, nur dass sie sonnengebräunter war als sonst. Außerdem konnte ich sehen, dass ihre Augen rot geweint und ihre Wangen aufgedunsen waren. »Wie geht's dir, Emily?«, fragte sie.

Ich hatte das Gefühl, mich gerade hinsetzen zu müssen, wenn ich mit ihr sprach, und richtete mich tatsächlich ein wenig auf. »Gut, danke«, sagte ich. »In ungefähr einer Stunde bin ich da. Ich hab deine Adresse, also …«

»Deswegen wollte ich …« Lissa wandte den Kopf zur Seite und presste die Lippen zusammen. Gleich darauf sah sie wieder in die Kamera. »Ich wollte mit dir reden, bevor du zu weit fährst. Ich hoffe, es ist in Ordnung, dass ich dich angerufen habe? Collins hat mir deine Nummer gegeben.«

»Völlig in Ordnung«, sagte ich. »Ich brauche noch ungefähr eine Stunde, schließlich bin ich ja kein Raser.« Das sollte ein Witz sein, denn mit meiner alten Karre konnte man gar nicht rasen. Ich grinste, aber sie grinste nicht zurück, sondern blickte ziemlich finster drein. Plötzlich wurde mir klar, warum. »Keine Raser*in*«, korrigierte ich mich schnell. »Ich bin keine Raser*in*. Aber wenn ich jetzt gleich weiterfahre, kann ich ...«

»Ich komme nicht mit«, fiel sie mir ins Wort. »Ich ...« Sie senkte den Blick und atmete hörbar aus, bevor sie mich wieder ansah. »Ich weiß, ich hätte mir für Franks Geburtstag freinehmen sollen, aber hier ist so viel los, dass ich ... Tut mir leid.«

Ich sah sie nur an. Obwohl ich sie nicht gut kannte, war mir klar, dass hier etwas nicht stimmte. Aber ich sagte nichts und hoffte, sie merkte nicht, dass ich ihr nicht glaubte.

»Ich dachte, ich könnte hier weg«, fuhr sie fort, ohne mich anzusehen. »Aber es geht nicht. Tut mir leid, dass du dich umsonst auf den Weg gemacht hast.«

»Das ist ...« Ich dachte nicht an mich, sondern an Frank. Er würde furchtbar enttäuscht sein. Außerdem fragte ich mich, was Lissas Abwesenheit für die Party bedeutete, die Collins organisierte.

»Ich rufe Collins an und sage ihm Bescheid«, sagte sie, als spräche sie über etwas x-Beliebiges, das sie noch zu erledigen hatte. »Und Frank natürlich«, fügte sie hinzu. »Frank natürlich auch.«

»Okay«, sagte ich. »In Ordnung.« Lissa nickte, und ich wusste nicht, wie ich dieses Gespräch beenden sollte.

»Dann seid Collins und du euch inzwischen nähergekommen?«, fragte sie und sah mich wieder an. »Ich war ganz überrascht, als er sagte, du würdest mich abholen, aber es freut mich natürlich, dass ihr beide ...«

»Nein!«, sagte ich schärfer als beabsichtigt. Theoretisch leuchtete mir ein, was man an Collins attraktiv finden konnte, und Dawn konnte gar nicht aufhören, davon zu schwärmen, dass er wie der süße Sidekick des Astronauten in *Space Ninja* aussähe, was gar nicht mal so falsch war, aber ich hatte trotzdem nicht das geringste Interesse an ihm ... nicht *dieser* Art. »Ähm, nein«, sagte ich etwas ruhiger. »Ich bin nur locker mit ihm befreundet. Genau wie mit Frank.« Falls Frank ihr nichts erzählt hatte, wollte ich lieber nicht diejenige sein, die sie darüber aufklärte, dass ich andauernd mit ihrem Freund zusammen war. Andererseits sollte sie aber auch nicht denken, Collins stünde mir näher als er. Das wäre fast einer Lüge gleichgekommen, oder dem Versuch, ihr zu verheimlichen, dass Frank und ich viel miteinander unternahmen.

»Gut«, sagte sie nach einer Weile. »Das ist schön.« Einen Moment lang sahen wir uns an. Ich fand, dass sie jetzt nicht mehr so verletzlich aussah wie am Anfang des Telefonats. Stattdessen wirkte sie distanziert und sachlich. »Dann will ich dich nicht länger aufhalten. Tut mir leid, dass ich dich nicht eher erreicht habe.«

»Kein Problem«, sagte ich und bedauerte sofort, nichts Raffinierteres parat zu haben. »Dann ... sieht man sich?«

Lissa lächelte knapp. »Auf jeden Fall. Danke, Emily.« Im nächsten Moment wurde mein Display schwarz, und ich sah nur noch mein eigenes Gesicht, das ziemlich verwirrt und dämlich aussah.

Eine Stunde später klingelte mein Handy das nächste Mal. Allerdings war ich in dieser Stunde nur wenige Kilometer vorangekommen. Auf der Interstate hatte sich ein Stau gebildet, wahrscheinlich wegen eines Unfalls. Ich hatte versucht, einen Sender mit Verkehrsfunk zu finden, aber nichts als Werbung und Wetter erwischt. Da ich so langsam fuhr, konnte ich sehen, dass Collins der Anrufer war, und ich konnte das Gespräch annehmen, ohne wieder aus Versehen die Videotaste zu drücken. »Hey«, sagte ich. »Hat Lissa dich angerufen?«

»Hat sie«, sagte er und stöhnte. »Tut mir leid, dass du den ganzen Weg umsonst gemacht hast.«

»Mach dir darüber keinen Kopf«, sagte ich. »Wie geht's Frank?«

»Ich versuche, das Beste draus zu machen«, sagte Collins, was keine direkte Antwort auf meine Frage war. »Wir sind offen für alles. Schreib kurz 'ne SMS, wenn du zurück bist, okay?«

»Alles klar«, sagte ich. »Aber ich stehe im Stau. Keine Ahnung, wie lange ich noch unterwegs bin.«

»Kein Problem«, sagte er. »Ich ...« Den Rest konnte ich nicht verstehen, weil der Wagen vor mir wieder hielt. Obwohl alle nur Schritttempo fuhren, musste ich in die

Bremse steigen und hielt den Atem an, bis ich mir sicher sein konnte, dass der Fahrer hinter mir ebenfalls bremste. Nach ein paar Sekunden konnte ich mich wieder entspannen, aber alles, was sich unter dem Beifahrersitz angesammelt hatte, war herausgerutscht, und jetzt lag der ganze Fußraum voller Müll.

»Collins?«, rief ich, aber entweder hatte ich bei dem Ruck unbeabsichtigt aufgelegt, oder Collins hatte das Telefonat ungeduldig beendet. Ich legte das Handy weg und betrachtete das Durcheinander auf dem Boden. Sloanes Mascara konnte ich erkennen, eine kaputte Sonnenbrille, eine halb volle Wasserflasche und das Buch, von dem ich unserer Bibliothekarin geschworen hatte, ich hätte es längst zurückgebracht. Aber da war noch etwas anderes. Ich bückte mich danach. Es war eine Einwegkamera.

WIE EMILY DIE WELT SIEHT stand mit Edding auf der Rückseite. In Sloanes Handschrift. Letztes Jahr hatte sie mir diese Kamera geschenkt, und sie war fast voll, nur ein paar Bilder waren noch übrig. Inzwischen wurde es schon beinahe dunkel, aber ich hob die Kamera hoch und machte ein Bild von dem Stau vor mir – meine Motorhaube und davor ein endloser Streifen roter Bremslichter. So sah ich die Welt in diesem Moment.

* * *

Ich parkte vor der Plantage und blieb noch einen Moment in der Dunkelheit sitzen, bevor ich ausstieg. Für den Rückweg nach Stanwich hatte ich unfassbar lange gebraucht, während Collins mich per SMS über die aktuelle Planung auf dem Laufenden hielt. Die letzte Meldung war, dass sich alle in der Plantage treffen würden, ich solle einfach hinkommen, wenn ich wieder in der Stadt sei.

Das tat ich aber nicht gleich, sondern fuhr erst mal nach Haus und zog mich in mein Zimmer zurück. Vermutlich waren die meisten Geburtstagsgäste Franks Freunde – Leute, mit denen er auch an dem Abend zusammen war, als mir das Benzin ausging und er mich zu der Tankstelle fuhr. Seitdem war ich nicht mehr in der Plantage gewesen, und ich war mir nicht sicher, ob ich zu den anderen passte. Gerade wollte ich Collins schreiben, dass ich wegen der anstrengenden Fahrt lieber erst mal nach Haus gefahren sei, als ich eine SMS bekam.

Hey, kommst du? Plantage. Seh ich dich bald?

Sie war von Frank, und ich antwortete, ohne nachzudenken, ich käme gleich. Ich entschied mich für ein Vintagekleid, das Sloane mir bei Zweite Chance ausgesucht und das ich im letzten Sommer oft getragen hatte. Als ich es anhatte, fand ich den Ausschnitt zu tief und den Rock zu kurz, sodass ich an den Spaghettiträgern zog und am Rocksaum zupfte. Mein Spiegelbild gefiel mir ganz und gar nicht und ich erkannte mich in diesem Kleid kaum wieder. Also zog ich es aus und den Jeansrock an, den ich letzte Woche mit Dawn gekauft hatte, dazu ein weißes Tanktop. Jetzt fühlte ich mich wohler. Ich schminkte mich flüchtig und schnappte mir Franks Geschenk, bevor ich ein Paar Flip-Flops anzog und zu meinem Wagen zurückging.

Auf der Plantage angekommen zweifelte ich plötzlich an dem Geschenk und wollte Frank – und ehrlich gesagt auch mir – die Peinlichkeit ersparen, es vor den anderen auszupacken. Also versteckte ich es hinter meinem Sitz, bevor ich ausstieg. Im Gehen glättete ich meinen Rock und musste an das letzte Mal denken, als ich hier war. Damals war ich ganz allein gewesen und kreuzunglücklich und hatte andauernd auf mein Handy geschaut, als gingen da lauter SMS von Leuten ein, die mich treffen wollten und schon auf mich warteten. Dann wurde mir beinahe schreckhaft klar, dass all das heute tatsächlich zutraf. Wenn gleich nicht alles schiefging, was schiefgehen konnte, würde der heutige Abend nicht damit enden, dass ich mich hinter einem Apfelbaum versteckte. Unglaublich, was alles in zwei Monaten passieren konnte und wie viel sich seit meinem letzten Besuch der Plantage verändert hatte!

Okay, nicht alles hatte sich verändert. Ich verlangsamte meine Schritte, als ich Gideon am Rand der Lichtung auf einem der Picknicktische sitzen sah. Glücklicherweise saß er mit dem Rücken zu mir, sodass er mich nicht sehen konnte. Ich schaute mich nach Sam um, konnte ihn aber nirgends entdecken. Gott sei Dank! Ich hätte auf einem Umweg in die Lichtung gelangen können, wo ich Collins entdeckt hatte – zumindest nahm ich an, dass er es war, denn ich konnte mir nicht vorstellen, dass jemand anders ein pflaumenblaues Poloshirt tragen würde. Aber ich hatte keine Lust, hier herumzuschleichen, mich vor Gideon zu verstecken und für den Rest des Abends wie Falschgeld zu fühlen. Bevor ich es mir anders überlegen konnte, ging ich direkt auf ihn zu und tippte ihm auf die Schulter.

Als er sich umdrehte und mich sah, fiel ihm beinahe die Bierflasche aus der Hand. »Hey«, sagte ich und lächelte. »Wie geht's?«

Einen Moment lang starrte er mich nur an und schien nicht zu begreifen, was da passierte. Früher hätte ich mich niemals getraut, auf ihn zuzugehen oder ihn als Erste zu begrüßen. Jetzt konnte er nur reagieren. Schließlich fand er seine Stimme wieder und sagte lahm: »Hi.«

»Ich wollte nur schnell Hallo sagen«, sagte ich nach einer etwas peinlichen Pause. In der Zwischenzeit hatte ich offenbar vergessen, wie anstrengend es war, sich mit Gideon zu unterhalten, und ich bedauerte schon, ihn angesprochen zu haben.

Er nickte und drehte die Bierflasche zwischen den Handflächen. Als weiter nichts von ihm kam, begriff ich, dass er wohl nicht mit mir sprechen wollte. Ich atmete tief durch, dann sagte ich, wie nett es sei, ihn mal wiederzusehen, aber nun müsse ich gehen, weil meine Freunde auf mich warteten (zumindest Letzteres entsprach der Wahrheit). Er ließ mich ausreden, dann sah er zu mir auf und fragte: »Hast du schöne Ferien?«

Ich musste mich bremsen, um nicht mit einer Floskel wie »Ja, super« zu reagieren. Ich wusste, dass Gideon solche Fragen nicht aus Höflichkeit stellte, und er wollte nicht hören, dass alles super sei, wenn es nicht stimmte. Also sagte ich: »Sie haben sich ganz anders entwickelt, als ich dachte.« Schon während ich das sagte, wurde mir klar, dass das für uns alle galt – Frank, Dawn, mich, Collins und sogar Beckett und meine Eltern. »Aber in eine positive Richtung. Ich hab ’ne Menge Spaß.«

Gideon sah mich schweigend an, dann nickte er und sagte auf seine bedächtige Art: »Freut mich. Warst du …«

»Hallo zusammen!« Plötzlich stand jemand neben mir und legte mir den Arm um die Schultern. Ich sah zu ihm auf und dachte, es sei Collins oder ein Freshman vom Stanwich College, der dummdreist sein Glück versuchte, aber es war Benji. Unwillkürlich machte ich einen Schritt zur Seite.

»Oh«, sagte ich, machte noch einen Schritt und löste mich aus seinem Arm. »Ähm … hi.«

Gideon war aufgestanden und blickte auf Benji hinab, was gar nicht so einfach war, da Benji nicht gerade klein war. »Kennst du diesen Typen überhaupt, Emily?«

»Allerdings«, sagte Benji und zwinkerte mir vertraulich zu – vielleicht eine schlechte Angewohnheit der gesamten Collins-Familie, jedenfalls schien er völlig immun gegen die allgemeine Stimmung zu sein und rückte mir wieder näher. »Wie ist es dir in der Zwischenzeit so ergangen?«, fragte er mich.

»Super«, sagte ich ein wenig zu aufgekratzt.

»Em«, sagte Gideon, und ich merkte, wie gekränkt er war, obwohl er es zu kaschieren versuchte. »Seid ihr beide jetzt …«

»Wo sind bloß meine Manieren geblieben?«, plapperte ich los, hauptsächlich um Gideon daran zu hindern, seine Frage zu Ende zu formulieren, und stellte die beiden vor. »Benji, das ist Gideon. Gideon, das ist Benji.«

»Ben«, sagte Benji, und das Lächeln verschwand aus seinem Gesicht.

»Ach ja«, sagte ich schnell. »Okay, Jungs, es war nett, euch zu treffen, aber ich sollte jetzt lieber ...«

»Wo hast du dich denn rumgetrieben?«, fragte Benji und lächelte mich wieder an. »Ich hab dich nirgendwo mehr gesehen.«

»Nein«, sagte ich und fragte mich, was die Bemerkung sollte, denn vor der Sache in Franks Speisekammer hatte er mich ja auch nie gesehen.

»Dann seid ihr also ...«, fing Gideon wieder an und warf Benji und mir düstere Blicke zu.

»Nein«, sagte ich schnell, aber im selben Moment sagte Benji: »Es war nur dieses *eine* Mal.«

»Emily!«, sagte Gideon ebenso verwirrt wie empört.

»Da bist du ja endlich.« Ich drehte mich um und sah Frank mit einer Wasserflasche auf mich zukommen.

»Hi«, sagte ich und lächelte erlöst. Ich war wirklich froh, ihn zu sehen, obwohl wir ja gerade erst am Morgen zusammen gewesen waren. Jetzt, da er vor mir stand, konnte ich nicht mehr verstehen, warum ich je mit dem Gedanken gespielt hatte, nicht oder nur kurz zu seiner Party zu kommen.

»Was geht denn hier ab?«, fragte er und sah zwischen Gideon, Benji und mir hin und her.

»Nichts«, sagte ich schnell. Es war *die* Gelegenheit für mich, aus dieser peinlichen Nummer herauszukommen. »Wir müssen dann wohl, was? Deine Geburtstagsgäste warten bestimmt schon auf uns.« Ich sah Frank mit großen Augen an und hoffte, dass er den Wink mit dem Zaunpfahl verstand.

Es schien zu funktionieren, denn er musste ein Lachen unterdrücken und sagte: »Ja, mein Geburtstag. Genau.«

»Mach's gut«, sagte ich zu Gideon. Benji war bereits auf dem Weg zu dem Typen, der Fassbier verkaufte, während Gideon wortlos dastand und dem Zusammenbruch nahe zu sein schien. »Wir sehen uns bestimmt noch«, sagte ich, aber da Gideon noch nie etwas für Standardkommunikation übrighatte, verabschiedete er sich nicht von mir, sondern sah mich nur sehnsüchtig an.

»Okay«, sagte Frank zu ihm, mit der Souveränität des Jahrgangssprechers, der ganze Schulversammlungen mit links leiten konnte. »Amüsier dich noch gut. Komm, Emily, wir haben uns da drüben niedergelassen.« Er führte mich zu einem etwas abgelegenen Picknicktisch, auf dem ein Kuchen stand, der aus dem Supermarkt zu stammen schien. Collins unterhielt sich mit einem Mädchen, das nicht seine Liga war, und Doug machte unter Franks Schulfreunden einen ziemlich deplatzierten Eindruck.

Ich merkte, dass Frank eine Frage auf der Zunge lag, und ich wusste auch, welche. Aber ich hatte keine Lust, sie zu beantworten, und sah stur geradeaus, während wir auf seine Geburtstagsgesellschaft zugingen.

***

MAI

Zwei Monate zuvor

»Lass mal sehen!«, sagte Gideon und wollte sich umdrehen, um das Edding-Tattoo anzusehen, das ich gerade fabrizierte.

»Nein«, sagte ich und drehte seinen Kopf wieder in die andere Richtung. »Erst wenn ich fertig bin, sonst werde ich ganz nervös. Du weißt doch, wie schlecht ich in so was bin.«

Mit der anderen Hand strich er mir eine Strähne hinters Ohr. »Das stimmt doch gar nicht.«

»Sehr witzig«, sagte ich. »Und wenn du nicht stillhältst, wird es noch schlimmer.«

»Ist ja schon gut.« Gideon warf mir ein seltenes Lächeln zu. In den zwei Monaten, die wir jetzt zu viert miteinander abhingen, hatten wir beide uns angewöhnt, uns gegenseitig Edding-Tattoos zu machen. Obwohl wir die Abende gemeinsam begannen, zogen Sloane und Sam immer irgendwann allein weiter, und dann vertrieben Gideon und ich uns die Zeit mit diesen Tattoos. Angefangen hatte alles mit den Kirschen in der Plantage, und dann war es zum Klassiker geworden. Allerdings dauerte es eine Weile, bis ich mich traute, Gideon eins zu machen. Ich hatte überhaupt keine künstlerische Ader, während er ein Naturtalent war, was er allerdings abstritt. Stattdessen behauptete er, er kritzele nur aus Langeweile vor sich hin. Auf die Tattoos, die er mir machte, freute ich mich richtig, obwohl ich wusste, dass sie sich nur eine begrenzte Zeit halten würden. Natürlich verblassten sie mit der Zeit, und nach jeder Dusche blieb weniger von dem übrig, was mal ein echter Hingucker auf meiner Hand, meinem Arm oder Knöchel gewesen war.

Sloane hielt Gideon für die ideale Lösung des Problems, das ich mit Sam hatte, denn zu viert konnten wir einerseits gemeinsam etwas unternehmen, und andererseits konnten sie und Sam sich trotzdem wie ein »Paar« benehmen. Für mich war dieses Arrangement nicht ganz so ideal. Nicht dass ich Gideon nicht mochte. Er war wirklich nett und konnte gut küssen, außerdem hatte er einen subtilen Sinn für Humor, der allerdings erst zum Vorschein kam, wenn man ihn besser kannte. Trotzdem haderte ich damit, dass ich ihn mir nicht selbst ausgesucht hatte, sondern dass er mir sozusagen vorgesetzt worden war. Manchmal fragte ich mich, was wohl passiert wäre, wenn wir uns ganz zufällig kennengelernt hätten, unbeeinflusst von den Erwartungen unserer besten Freunde, die uns miteinander verkuppeln wollten.

Aber inzwischen hatte ich ihn richtig gern. Wir saßen nebeneinander auf der Couch in Sams Fernsehzimmer. Den Film, den wir uns alle ansahen, hatten wir auf Pause gestellt, und der Fernseher hatte längst den Bildschirmschoner eingeschaltet – stimmungsvolle Fotos von einem Schmetterling, einer afrikanischen Landschaft, einem Leuchtturm und so weiter. Wir waren mitten im Film gewesen, als Sam eine SMS bekam. Sloane hatte es bemerkt und etwas zu ihm gesagt, das ich nicht verstehen konnte. Daraufhin war

Sam in die Küche gestürmt, und Sloane war ihm gefolgt. Das war zwanzig Minuten her, und als wir begriffen, dass die beiden so schnell nicht zurückkommen würden, hatte Gideon den Film angehalten, einen Edding von irgendwo hergezaubert und mich auffordernd angesehen. Ich war an der Reihe, und da man Edding nicht radieren konnte, hatte ich eine Modellzeichnung angefertigt und mitgebracht – eine Reihe von Meereswellen, die sich um Gideons Arm zogen. Wellen konnte ich gut zeichnen, weil sie einfach nur auf und ab gingen. Schwierig war nur, dass auf einer dieser Wellen ein Bär auf einem Surfboard stehen sollte. Das war zwar ziemlich albern, aber Bären – also Comic-Bären – konnte ich einigermaßen zeichnen, und ich hoffte, dass Gideon keine Fragen über den tieferen Sinn dieses Motivs stellen würde. Ich gab den Ohren des Bären den letzten Schliff und lehnte mich zurück, um mein Werk zu betrachten. Eigentlich war es recht gut gelungen. Gideon schaute immer noch weg und ich malte aus einer spontanen Laune heraus noch *Emily xoxo* unter das Bild. Dann setzte ich die Kappe auf den Edding und sagte: »Fertig!«

Gideon sah sich das Ganze an und grinste. »Klasse«, sagte er. »Das ist das Beste bis jetzt.« Dann beugte er sich tiefer über seinen Arm und fragte: »Ist das ein Bär?«

»Hmm«, machte ich. Wenn er extra fragen musste, war es wohl doch nicht so gelungen. »Jedenfalls soll es einer sein.«

»Sehr schön«, sagte er. »Gefällt mir gut.« Er sah mich an, beugte sich vor und küsste mich. Nach kurzem Zögern küsste ich ihn zurück. Dabei fiel mir der Edding aus der

Hand, und Gideon zog mich an sich und legte die Arme um mich.

»Oha!« Sam erschien in der Tür des Fernsehzimmers, und ich schnellte zurück und rückte ein Stück von Gideon ab. Er sah ziemlich wütend aus. »Ich wollte euch nicht stören.«

»Ich hab dich gar nicht kommen gehört«, sagte Gideon und setzte sich gerade hin. Er war ganz rot geworden.

»Wie auch?« Sam grinste dieses typische Sam-Grinsen, das vollkommen humorlos war. »Du hattest ja was Besseres zu tun.«

»Wo ist Sloane?«, fragte ich und versuchte, hinter ihn zu sehen. Aber da war sie nicht.

»In der Küche«, sagte Sam und zuckte mit den Schultern, als sei ihm egal, wo sie war. Dann zeigte er auf den Fernseher. »Gucken wir weiter?«

»Klar«, sagte ich und rückte wieder näher an Gideon, um Platz für Sam zu machen. Sam setzte sich ans Ende der Couch, schnappte sich die Fernbedienung und richtete sie auf den Fernseher. Im selben Moment summte Gideons Handy auf dem Couchtisch.

»Ich muss los«, sagte er, als er aufs Display gesehen hatte. »Zapfenstreich.« Ich war noch nie bei ihm zu Haus gewesen oder bei anderer Gelegenheit seinen Eltern vorgestellt worden, aber aus dem wenigen, was er mir erzählt hatte, schloss ich, dass sie sehr streng waren. So musste er beispielsweise zwei Stunden vor mir zu Haus sein. Ich nickte, und er gab mir ein Küsschen auf die Wange. Sam beobachtete uns die ganze Zeit über. »Ich ruf dich morgen an«, sagte Gideon und stand auf. Er verabschiedete sich von Sam mit dem Move, den sie sich ausgedacht hatten – eine Mischung aus High Five und Händeschütteln. Dann sah er mich an und sagte: »Sag Sloane bitte, dass ich gehen musste.«

»Mach ich«, sagte ich. Er lächelte noch mal zu mir zurück, und kurz darauf hörte ich die Haustür zugehen und seinen Wagen anspringen.

»Weißt du was?«, sagte Sam von seinem Ende der Couch, und ich wünschte plötzlich, ich säße am anderen oder am besten ganz woanders. »Ich glaube, er meinte mich.«

Ich sah ihn verständnislos an. »Womit?«

»Als er darum gebeten hat, Sloane Bescheid zu sagen. Das hat er zu mir gesagt, nicht zu dir.«

»Ach so«, sagte ich und konnte nicht fassen, dass ihm das so wichtig war. »Dann entschuldige bitte.« Ich sah Richtung Küche und fragte mich, ob meine beste Freundin mich brauchte. Dass wir nur noch zu dritt hier waren, gefiel mir gar nicht. Normalerweise verabschiedete ich mich auch, wenn Gideon losmusste. »Ich glaube, ich sehe mal nach Sloane«, sagte ich und wollte aufstehen.

»Willst du mich ganz allein lassen?«, fragte Sam. Hätte er gegrinst oder sonst wie deutlich gemacht, dass es ein Witz sein sollte, hätte ich einfach gelacht, aber er sah mich todernst an.

Ich sah wieder Richtung Küche und dachte, ich sollte einfach aufstehen und Sloane suchen, mich verabschieden und zusehen, dass ich schnell hier wegkam.

»Du und Gideon ... ihr kommt euch langsam näher, was?«, sagte Sam und rutschte in meine Richtung.

»Wie du sehen konntest«, sagte ich. Mir wurde ziemlich mulmig, als Sam immer näher rutschte. Obwohl er ein ausdrucksloses Gesicht machte, wusste er ganz genau, dass er mich nervös machte, und er genoss es.

Er beugte sich zu mir und flüsterte: »Willst du wissen, was er mir über dich erzählt hat?«

»Eigentlich nicht«, sagte ich und zwang mich zu lachen, hörte aber selbst, wie hohl es klang. »Wollen wir uns nicht lieber den Film ansehen?«

»Nein«, sagte Sam und sah mir direkt in die Augen. »Wir sollten Freunde sein, Emily. Du und ich.«

»Aber das sind wir doch«, sagte ich und hoffte, dieses schräge Gespräch so schnell wie möglich beenden zu können, indem ich locker blieb. Erst jetzt wurde mir richtig klar, warum ich es normalerweise vermied, mit Sam allein zu sein.

»Ach ja?«, fragte er und kam noch näher.

Dann passierten zwei Dinge so schnell und synchron, dass ich keine Chance hatte zu überlegen, was ich tun sollte. Ich konnte nur blitzartig reagieren und hoffen, dass es die richtige Reaktion war. Sam beugte sich nämlich vor, um mich zu küssen, und im selben Moment kam Sloane mit zwei Gläsern zur Tür herein.

Ich hätte mich ducken oder den Kopf wegdrehen können, aber das tat ich nicht. Stattdessen ließ ich Sam gewähren, um ihn in der nächsten Sekunde wegzustoßen und laut zu sagen: »Was soll das?«

Ich hörte Glas splittern und sah zu Sloane hinüber. Sie riss die blauen Augen auf und starrte auf die Scherben zu ihren Füßen. Eine Flüssigkeit, die wie Cola aussah, floss ihr über die Schuhe, die neuen weißen aus Ponyleder, auf die sie einen Monat gespart hatte.

Sam sah abwechselnd Sloane und mich an und schüttelte den Kopf. »Es ist nicht, was du denkst«, sagte er zu Sloane. »Emily hat sich förmlich an mich rangeschmissen, als Gideon gegangen ist.«

Sloane sah mich mit einem durchdringenden Blick an. Ich hielt diesem Blick stand und schüttelte den Kopf. Für den Bruchteil einer Sekunde fürchtete ich, sie könnte Sams Version den Vorzug geben und die drei Monate mit ihm über die zwei Jahre mit mir stellen. Aber diese Sorge verflüchtigte sich, als ich sah, dass sie mir glaubte. »Macht es dir was aus, im Wagen auf mich zu warten, Em?«, fragte sie leise und mit brüchiger Stimme. »Ich komme gleich nach.«

Ich nickte, stand auf und griff nach meiner Handtasche. Auf dem Weg zur Haustür sah ich, dass Sam ebenso erschrocken wie wütend war. »Glaubst du mir etwa nicht?«, fragte er Sloane schrill.

»Nein«, hörte ich Sloane ganz ruhig sagen. Dann verließ ich das Haus und zog die Tür hinter mir zu.

Einen Moment blieb ich auf der Fußmatte mit der Aufschrift *Willkommen, Freunde!* stehen und versuchte auf die Reihe zu kriegen, was gerade passiert war. Ich wusste, ich hätte es verhindern können. Aber ich fand, dass Sloane ruhig wissen sollte, was Sam mit mir machte, wenn sie nicht dabei war. Irgendwann musste sie doch kapieren, was für ein Kerl er war!

Mir war klar, dass ich eine Rechtfertigung für etwas suchte, das ich nicht hätte tun sollen, aber bevor ich mir die Dinge noch länger schöndenken konnte, kam ein SUV die Einfahrt herauf. Durch die Windschutzscheibe erkannte ich Gideon. Lächelnd stellte er den Motor ab und stieg aus. Ich ging die Stufen vorm Haus hinunter und auf meinen Wagen zu, sodass wir uns auf halbem Weg trafen.

»Hey«, sagte er. »Gehst du schon?«

Ich warf einen Blick auf das Haus zurück und wusste, dass ich keine hundert Jahre Zeit hatte, wenn Sloane konsequent war – und davon ging ich aus. Sloane stritt sich nicht mit Menschen, niemals. Wenn Sam vorhatte, das Beziehungs-Aus in die Länge zu ziehen, war er bei Sloane an die Falsche geraten. »Genau«, sagte ich und hatte keine Ahnung, was ich sonst sagen sollte. Eigentlich wollte ich ihm nämlich nicht erzählen, was vorgefallen war. Andererseits war mir aber klar, dass Sam seine Version schnellstmöglich hinausposaunen würde – welche auch immer er für sein Image am günstigsten fand.

»Ich hab mein Handy vergessen«, sagte Gideon und zeigte aufs Haus.

»Hör mal«, sagte ich hastig. Ich wusste ja, dass er schnell wieder nach Haus musste, und auch Sloane würde nicht mehr lange auf sich warten lassen, also musste ich die Sache zügig hinter mich bringen. Mit mir und Gideon war es vorbei. Diese Erkenntnis versetzte mir einen Stich, aber darauf konnte ich keine Rücksicht nehmen. Als »Paar«

waren wir immer nur ein Anhängsel unserer Freunde gewesen, und wenn die beiden nun keins mehr waren, hatte die Sache mit uns auch keinen Sinn mehr. Für eine eigenständige Beziehung verband uns nicht genug. Es war also besser, das Ganze zu beenden, bevor wir krampfhaft etwas aufrechtzuerhalten versuchten, das sich als nicht tragfähig erweisen würde. »Ich glaube, Sloane und Sam machen gerade Schluss«, sagte ich und sah bedrückt zum Haus hinüber.

»Nein!« Gideon entglitten die Gesichtszüge. »Bist du dir da sicher? Wahrscheinlich streiten sie nur über irgendwas, und …«

»Deswegen muss ich dir sagen …«, unterbrach ich ihn, sprach aber nicht weiter, weil ich keine Ahnung hatte, wie ich es ihm sagen sollte. Zumal ich noch nie mit jemandem Schluss gemacht hatte. »Es war wirklich schön«, sagte ich schließlich. »Aber …«

Gideon sah mich entgeistert an, und es war klar, dass er begriff, was ich meinte. Trotzdem sagte er: »Moment mal! Was soll das heißen?«

»Dass von jetzt an alles irgendwie ziemlich schwierig würde«, sagte ich und wunderte mich selbst über diesen Satz, der kein richtiges Nomen und kaum Verben hatte. »Ist einfach so.« Da ging die Haustür auf und Sloane kam heraus, barfuß, die neuen Schuhe in der Hand. »Also mach's gut, okay?«, sagte ich und hasste mich dafür, aber ich sagte mir, dass es das Beste war. Lieber ein Ende mit Schrecken als ein Schrecken ohne Ende.

Gideon stand da und sah mich an, als wartete er darauf,

dass sich alles als ein schlechter Witz entpuppte. Aber ich drehte mich um und ging zu meinem Wagen. Im Vorbeigehen fiel mein Blick auf das *xoxo*, das ich ihm gerade auf den Arm gemalt hatte.

* * *

Zwei Stunden später war der Geburtstagskuchen aufgegessen, das Geburtstagslied gesungen, und die meisten Gäste hatten sich verabschiedet.

Und ich hatte einen Kleinen sitzen.

Das hatte ich zwar nicht beabsichtigt, aber als ich am Picknicktisch ankam, drückte Collins mir einen roten Plastikbecher mit Bier und eine Gabel in die Hand. Die Teller für den Kuchen hatte er vergessen. Der Kuchen selbst war ein Sonderangebot, weil jemand ihn bestellt und nicht abgeholt hatte, weswegen er die Aufschrift *Geschafft, Wanda!* trug. Es war unklar, was genau Wanda geschafft hatte, aber der Spruch schien nett gemeint zu sein, weil der Kuchen mit ein paar schiefen Zuckerrosen verziert war. Leider war er viel zu süß, sodass ich zwischen den einzelnen Bissen immer einen Schluck Bier trinken musste, um die Süße auszugleichen. Aber das nützte nicht viel und ich bekam kaum etwas herunter. Nach einigen Schluck Bier merkte ich, dass mir die Gespräche mit Franks Freunden leichter fielen. Keiner von ihnen verstand, was ich auf dieser Party zu suchen hatte; die meisten nahmen an, dass ich mit Frank und Collins bei IndoorXtreme arbeitete, andere hielten mich für Dougs Freundin. Als ich den zweiten Becher geleert hatte, merkte ich, dass ich beschwipst war. Erst wunderte ich mich darüber, aber dann fiel mir ein, dass ich den ganzen Tag nichts als den Geburtstagsdonut gegessen hatte, morgens mit Frank, also vor vielen, vielen Stunden.

Das erklärte meinen Zustand zwar, änderte aber nichts daran. Irgendwann fand ich mich auf dem Picknicktisch wieder, mit Collins, der den Rest von Wandas Kuchen in sich hineinstopfte und mir von seinem Liebeskummer erzählte. Das war perfekt, denn es war ein längerer Monolog, und Collins schien nicht zu erwarten, dass ich etwas dazu sagte. Das Problem war nämlich, dass ich gnadenlos ehrlich wurde, wenn ich zu viel getrunken hatte, und den Leuten Dinge ins Gesicht sagte, die ich nüchtern nie über die Lippen gebracht hätte.

»Dabei bin ich doch ein echter Fang, oder?«, sagte er und schwenkte seine Gabel. »Ich habe Style. Mit mir kann man was erleben. Stimmt doch, Emily? Und ich weiß, worauf Frauen stehen.«

Mir wurde ein wenig übel, und ich war mir nicht sicher, ob es an dem Bier lag. »Ähm ...« Glücklicherweise wartete Collins meine Antwort nicht ab.

»Trotzdem beißt keine richtig an. Aber okay, letzten Endes ist das ihr Problem, oder?« Er nahm einen so großen Bissen Kuchen, dass ihm etwas von der Glasur an der Nase hängen blieb.

Ich griff nach seinem Kopf, hielt ihn fest und wischte ihm die Nase ab. Er war völlig perplex. Das war mein anderer Fehler, wenn ich zu viel getrunken hatte: Ich handelte, ohne nachzudenken, ohne Konsequenzen zu bedenken. »Keine Ahnung«, sagte ich und dachte an das Mädchen, das er den ganzen Abend angebaggert hatte, und an all die anderen, vor denen er sich in der Schule regelmäßig zum Affen machte. »Hast du schon mal in Erwägung gezogen, auf Mädchen zuzugehen, die ...« Ich brach mitten im Satz ab, weil ich drauf und dran war, ihn zu beleidigen, und murmelte nur noch: »Die zu dir passen?« Dann fügte ich hinzu: »Welche, mit denen du sowieso befreundet bist.«

Collins schüttelte den Kopf. »Letzte Woche hat Dawn praktisch das Gleiche gesagt.« In seinen Augen schien es das Dümmste zu sein, was er je gehört hatte. »Man kann doch nicht steuern, in wen man sich verliebt! Das Herz macht, was es will.«

Auf diese Argumentation einzusteigen, fühlte ich mich momentan nicht in der Lage. Stattdessen schaute ich in die Richtung, wo Franks letzte Gäste standen, und sagte: »Schade, dass sie nicht kommen konnte.«

»Ja. Ich habe versucht, sie umzustimmen, aber angeblich musste sie arbeiten«, sagte Collins, und man hörte die Anführungszeichen vor und hinter *arbeiten*. Gleichzeitig schüttelte er verächtlich den Kopf. Ich wusste, dass Dawn arbeiten musste und gar nicht erst versucht hatte, ihren Dienst zu tauschen, weil der Geschäftsführer ihr ohnehin schon auf die Finger schaute, seit sie für ihre Lieferungen manchmal auffallend lange brauchte – mit anderen Worten, seit sie mit uns befreundet war.

»Ich glaube, das sind die Letzten«, sagte Frank. Er kam auf uns zu und winkte zwei Typen zu, die mich für eine

Mitarbeiterin von IndoorXtreme gehalten hatten und beleidigt waren, als ich sagte, ich könnte ihnen keinen freien Eintritt verschaffen. Jetzt gingen sie auf ihre Wagen zu.

»Hat's dir gefallen?«, fragte Collins so beiläufig, als sei ihm die Antwort egal. Inzwischen kannte ich ihn aber gut genug, um zu wissen, dass das nur Fassade war.

»Super«, sagte Frank und schlug ihm auf den Rücken. Ich verdrehte die Augen, denn ich verstand einfach nicht, warum Jungen zuschlagen mussten, wenn sie Zuneigung signalisieren wollten. »Danke, Mann!«

»Gleichfalls«, sagte ich und stand vorsichtig auf, aber irgendwie verlor ich dann doch das Gleichgewicht und musste mich am Tisch festhalten. »Es war wirklich ... toll.«

Frank sah mich alarmiert an. Dann sagte er: »Wagenschlüssel!« und hielt die Hand auf.

»Hast du denn gar nichts intus?«, fragte ich, während ich in meiner Handtasche kramte, um den Schlüssel herauszuholen.

»Nur eine Monatsration Zucker«, sagte Frank und sah auf den letzten Rest des Kuchens. »Getrunken habe ich nur Wasser.« Ich gab ihm meinen Wagenschlüssel und war froh, dass ich nicht Dawn, meine Eltern oder ein Taxi bemühen musste. Darüber hatte ich nämlich schon nachgedacht, und das eine gefiel mir so wenig wie das andere. »Wir treffen uns an deinem Wagen«, sagte Frank. »Collins und ich räumen hier nur noch auf.«

Collins sah ihn überrascht an. »Wirklich?«, fragte er.

»Muss das sein?« Er seufzte und starrte auf den Picknicktisch mit dem Kuchenrest und lauter roten Plastikbechern, von denen auch etliche auf dem Boden lagen. »Ich hab doch schon vorher die ganze Arbeit gehabt, mit dem Organisieren und so.«

»Ich helfe euch«, sagte ich und bückte mich nach einem Becher. Dabei verlor ich wieder das Gleichgewicht und musste mich am Picknicktisch festhalten.

»Ab zum Wagen!«, sagte Frank, packte mich an der Schulter und drehte mich in Richtung Parkplatz. »In fünf Minuten komme ich nach.«

»Meinst du wirklich, wir schaffen das in *fünf Minuten*?«, grummelte Collins und bückte sich nach einem Becher.

»Bis gleich«, sagte ich, und aus irgendeinem Grund war mir das Ganze kein Stück peinlich. Am nächsten Morgen würde es mir wahrscheinlich leidtun, allein schon wegen des Brummschädels, den ich haben würde, aber im Moment fand ich alles super.

Ich konzentrierte mich auf den Weg zum Parkplatz und fragte mich, warum mir das Gehen sonst so leicht gefallen war, denn jetzt war es harte Arbeit. Als ich vor meinem Volvo stand, wurde mir klar, dass ich nicht einsteigen konnte, weil Frank ja den Schlüssel hatte. Ich hievte mich also vorsichtig auf den Kofferraum und stützte die Füße auf die Stoßstange. Dann lehnte ich mich zurück, um in die Sterne zu schauen. Komischerweise bedeckten sie den ganzen Himmel.

»Emily?« Langsamer als ich es sonst wahrscheinlich

getan hätte, kam ich hoch und sah Gideon an der Fahrerseite eines SUV stehen, genau neben meinem Volvo. Er musste seinen Wagen schon aufgeschlossen haben, denn die Innenbeleuchtung ging an und blendete mich in der Dunkelheit. »Alles in Ordnung?«, fragte er.

»Ja, ja«, sagte ich und sprach so überdeutlich, dass es meine Absichten wahrscheinlich zunichte machte. »Ich meine, ich fahre ja nicht oder so. Ist alles geregelt.«

»Soll ich dich nach Haus bringen?«, fragte er besorgt. Wahrscheinlich dachte er, ich säße auf meinem Wagen, weil damit etwas nicht in Ordnung war.

»Nein«, sagte ich und schüttelte den Kopf. Das ließ ich aber gleich wieder sein, denn plötzlich begann sich alles zu drehen. »Mein ... Frank fährt mich.«

»Frank«, sagte Gideon und sah auf den Schlüssel in seiner Hand. »Das ging ja schnell.«

»Was soll das heißen?«, fragte ich und wusste wirklich nicht, was er meinte. Jedenfalls nicht gleich. Dann dämmerte es mir und mir fiel die Kinnlade herunter. »Nein, nein«, sagte ich schnell. »Nein. Wir sind nicht ... Er hat eine Freundin. Schon lange. Ich sollte sie heute abholen, aber ...« Ich sprach nicht zu Ende, weil Gideon wahrscheinlich kein lückenloses Tagesprotokoll hören wollte. »Wo ist Sam?«, fragte ich stattdessen. Ich vermisste ihn zwar nicht, aber dass ich Gideon heute schon zum zweiten Mal ohne ihn sah, machte mich stutzig.

Er zeigte auf die Plantage. »Er wollte noch etwas bleiben.« Dann fragte er uninteressiert: »Und wo ist Sloane?«

Ich zuckte mit den Schultern und merkte, dass sie sich wie Gummi anfühlten. »Verschwunden«, sagte ich. »Schon zu Ferienbeginn.«

»Wohin?«, fragte Gideon, und dieses schlichte Wort – plus die Tatsache, dass ich immer noch keine Antwort darauf hatte – traf mich wie ein Schlag.

»Keine Ahnung«, sagte ich und fand es ganz schrecklich, nichts anderes sagen zu können. »Aber ich arbeite dran.«

Gideon schüttelte den Kopf und sah immer noch auf seinen Schlüssel. »Was für ein Duo!«, sagte er. »Haut einfach ab, alle beide, ohne Erklärung ... Euch ist wohl ganz egal, was ...«

»Moment!«, sagte ich und rutschte vom Wagen. »Das ist doch gar nicht ...« Gideon fuhr sich mit der Hand durch das superkurze Haar und ich sah etwas unter seinem Hemdsärmel hervorlugen. Was ich dann tat, hätte ich niemals getan, ohne zwei Bier auf nüchternen Magen getrunken zu haben. Jetzt aber ging ich auf ihn zu und schob seinen Ärmel hoch, um zu sehen, ob es war, was ich dachte.

Ich hatte mich nicht geirrt. Es war das Edding-Tattoo, das ich ihm gemalt hatte, kurz bevor sich das Vierer-Kleeblatt aufgelöst hatte. Damals hatten wir Mai, aber das Tattoo sah aus wie frisch gemacht – jeder einzelne Wellenkamm gestochen scharf. Und da Gideon nicht so roch, als hätte er zwei Monate nicht geduscht, konnte es nur bedeuten, dass er ...

Ich sah ihn an, und er trat einen Schritt zurück. Aber

da hatte ich schon die Unterschrift gesehen: *Emily xoxo*. Auch diesen Schriftzug hatte er wieder und wieder nachgezogen. Dabei hatte ich ihn ziemlich gedankenlos hingekritzelt, nur um mir die Zeit zu vertreiben. Es war der zweite Schlag, der mich binnen Minuten traf, und mir wurde auf eine Art schwindelig, die nichts mit dem Bier zu tun hatte.

Gideon schob seinen Ärmel wieder runter, und ich begriff, wie sehr ich ihn gekränkt hatte. »Gideon«, sagte ich. »Es tut mir wirklich leid.« Aber er entfernte sich langsam.

»Ganz bestimmt«, sagte er bitter.

»Nein, wirklich«, sagte ich und machte einen schwankenden Schritt auf ihn zu. Dann hielt ich mich an seiner Motorhaube fest und wünschte, ich wäre nüchtern, denn ich konnte nicht klar denken und hatte das Gefühl, dass ich wenigstens versuchen sollte, eine längst fällige Entschuldigung anzubringen. »Okay, Gideon ... Ich weiß ja selbst, dass es blöd war, die Sache so zu beenden ...« Im Stillen dachte ich: *und dass ich mich überhaupt in diese merkwürdige Beziehung habe drängen lassen*. Aber das wollte ich nicht auch noch sagen. »Ich wollte dich nicht kränken, Gideon, wirklich nicht!« Ich sah ihn an, um festzustellen, ob diese Worte, die ich schon zwei Monate früher hätte sagen sollen, zu ihm durchdrangen.

Gideon warf mir einen kurzen Blick zu, dann schüttelte er den Kopf, machte seine Fahrertür auf und stieg ein. »Man sieht sich«, sagte er, ohne mich noch einmal anzusehen. Als er die Plantage verließ, erhellten seine Scheinwerfer kurz das alte Eingangsschild mit den grinsenden Kirschen.

Ich sah seinen Rücklichtern nach, bis sie in der Ferne verschwanden, und mir wurde klar, dass es gar nicht nötig gewesen wäre, Bryans Sonnenbrille zu zerbrechen, denn zu dem Zeitpunkt hatte ich bereits etwas kaputt gemacht.

Kurz darauf kam Frank und schloss den Wagen auf. Ich stieg auf der Beifahrerseite ein und wusste gar nicht, ob ich da überhaupt schon mal gesessen hatte, in meinem eigenen Wagen, meine ich. Ich sah ihn von der Seite an, als er den Fahrersitz nach hinten schob, den Motor anließ und losfuhr.

»Wer war der Typ, mit dem du vorhin gesprochen hast?«, fragte er nach einer Weile. »Der, von dem du es so eilig hattest, wegzukommen.«

»Gideon«, sagte ich. »Mein ... Ex, sozusagen.« Ich war mir nicht sicher, ob ich das Recht hatte, ihn so zu bezeichnen, weil wir nie offiziell ein Paar gewesen waren, aber eine engere Beziehung mit einem Jungen hatte ich noch nie gehabt.

»Ach, wirklich?« Frank war so überrascht, dass er länger als ratsam zu mir herübersah, statt auf die Straße zu schauen. Aber ich war so benebelt, dass es mir nichts ausmachte. »Was ist denn passiert?«

Ich zuckte nur mit den Schultern, denn ich hatte keine Lust, ihm die ganze Geschichte zu erzählen – nicht nur, weil ich mich dabei nicht mit Ruhm bekleckert hatte. »Wir haben nicht zueinander gepasst«, sagte ich also nur, und erst als es heraus war, wurde mir klar, dass es stimmte. Dann machte ich den Mund auf, um weiterzusprechen, obwohl ich selbst noch gar nicht wusste, was ich eigentlich sagen wollte. »Du würdest so was niemals tun«, sagte ich. »Nicht, ohne mich vorher zu fragen.« Frank sah mich ganz verdattert an, aber ich schob keine Erklärung nach. Stattdessen sagte ich nur: »Nein, niemals.« Dann musste ich lachen, weil die Vorstellung einfach zu komisch war. Nie im Leben würde Frank tun, was Sloane getan hatte: darauf drängen, dass ich mit einem Jungen seiner Wahl ging. Und selbst wenn er es täte, würde er sich immer wieder vergewissern, ob es für mich okay war. Er war jemand, der mich heimfuhr, wenn ich zu viel getrunken hatte, der Reitstunden für mich buchte und sich ernsthaft Sorgen machte, wenn ich eine Band namens The Format nicht kannte, um meine Bildungslücke dann umgehend zu schließen und mir ihre Musik zu überspielen. Er war jemand, der auf mich aufpasste. »Aber auf so was würde ich mich heute sowieso nicht mehr einlassen«, sagte ich. Dass ich mich von Sloane mit Gideon hatte verkuppeln lassen, kam mir jetzt wie etwas vor, das in einem anderen Leben passiert war.

»Ich hab keine Ahnung, wovon du redest«, sagte Frank, als er um die letzte Ecke bog.

»Ich weiß«, sagte ich und überlegte, ob ich es ihm erklären sollte, ließ es dann aber sein. »Das mit Lissa tut mir leid.«

Dieses Mal sah er nur kurz zu mir herüber, dann lehnte er sich etwas zurück, und das Mondlicht, das durchs offene Dach drang, fiel auf sein Gesicht. »Nicht so schlimm«, sagte er so gedehnt, als würde ihm gerade erst bewusst, dass es stimmte. »Es war trotzdem ein klasse Geburtstag.«

»Wirklich?«, fragte ich. Obwohl Lissa nicht gekommen war, der Kuchen eigentlich Wanda gehörte und er mich nach Haus kutschieren musste?

»Wirklich«, sagte er, und es klang echt. »Immerhin haben schon früh am Morgen ein paar Donutverkäuferinnen für mich gesungen. Wer kann das schon von sich behaupten?«

»Trotzdem tut's mir leid, dass ich dich an meinem Geburtstag als Chauffeur missbrauche.« Er sah mich fragend an, und ich hatte das Gefühl, etwas Falsches gesagt zu haben. Aber was? »Ach so. An *deinem* Geburtstag.« Ich musste mich konzentrieren, um die richtigen Wörter zu finden. »Es ist ja *dein* Geburtstag.«

»Kein Ding«, sagte er. »Das ist doch nichts im Vergleich dazu, dass du den ganzen Weg nach New Jersey gefahren bist, um Lissa abzuholen.«

»Nicht den ganzen Weg«, sagte ich. »Sie hat mich auf halber Strecke angerufen.«

Frank nickte. Ich lehnte mich an die Beifahrertür, zog die Beine an und schlug sie unter. Dann streckte ich die Arme durchs offene Dach und ließ die warme Nachtluft über meine Hände streichen. Wieder sah ich zu den Sternen auf und konnte nicht fassen, wie viele es waren. Im dunklen Wagen, nur von der schwachen Beleuchtung des Armaturenbretts erhellt, sah es beinahe aus, als seien sie zum Greifen nah, wenn ich mich nur genug anstrengte.

Ich lehnte den Kopf ans Fenster. Meine Nackenmuskeln waren ganz entspannt, und trotz der Sache mit Gideon fühlte ich mich gut und sicher. »Du fährst meinen Wagen«, sagte ich und schüttelte den Kopf. »Keiner hat das je getan, keiner außer mir natürlich. Sonst bin ich diejenige, die alle von A nach B bringt.«

»Und wie schlage ich mich?«

»Gut«, sagte ich nach kurzer Überlegung. »Zumindest ganz akzeptabel.«

Frank grinste, und als wir mein Haus erreichten, stellte er den Wagen an genau die Stelle, wo ich immer parkte. Aber erst als er den Motor ausstellte und mir den Schlüssel zurückgab, wurde mir bewusst, dass er das nicht zufällig getan hatte. Er war jemand, der auf solche Dinge achtete.

Wir blieben noch ein wenig sitzen und sahen auf das Haus, das ganz dunkel und ruhig dalag. Sogar die Grillen schienen Feierabend gemacht zu haben. Es war, als schliefe die ganze Welt, bewacht von einem fast vollen Mond, der auf alle und alles herabschien.

»Warte!«, sagte ich plötzlich ganz hektisch und drehte mich zu Frank um.

Er lächelte und sagte: »Keine Sorge, Em, ich hau schon nicht ab.«

»Nein.« Ich schüttelte den Kopf, denn das hatte ich nicht gemeint. »Wie kommst du denn nun nach Haus?«

»Zu Fuß«, sagte er. »Es ist ja nicht weit. Außerdem gehe ich die Strecke doch jeden Tag.«

»Aber dann ist es hell«, wandte ich ein. »Jetzt ist es dunkel. Vielleicht lauern irgendwo finstere Gestalten. Oder Kojoten.«

Frank lächelte immer noch, obwohl er jetzt den Kopf schüttelte. »Ich komme bestimmt heil nach Haus.« Er stieg aus, und ich sortierte meine Arme und Beine, um ebenfalls auszusteigen und ihm zu folgen.

»Dann begleite ich dich«, sagte ich. Frank blieb stehen, drehte sich zu mir um und schüttelte wieder den Kopf.

»Das wäre nicht besonders sinnvoll«, sagte er geduldig. »Du müsstest ja wieder zurück, und in deinem Zustand könnte ich das nicht zulassen. Lass es mich als dein Geburtstagsgeschenk betrachten, den Rest der Nacht nicht zwischen deinem und meinem Haus hin- und herlaufen zu müssen.«

»O mein Gott«, platzte es plötzlich aus mir heraus, viel zu laut, aber vielleicht kam mir das nur so vor, weil alles so still war. Andererseits warf Frank einen erschrockenen Blick aufs Haus. »Dein Geburtstagsgeschenk! Ich hab es dir ja noch gar nicht gegeben. Warte, ich hole es schnell.«

»Ich sagte ja schon, dass ich nicht abhaue. Keine Panik!« Er lachte zwar nicht, aber es kam mir so vor, als täte er's. Egal. Ich ging zu meinem Wagen zurück und holte das in Geschenkpapier gewickelte Päckchen aus dem Versteck hinter den Vordersitzen.

»Hier.« Ich ging zu Frank zurück und reichte ihm das Geschenk.

»Das wäre doch nicht nötig gewesen«, sagte er.

»Doch!« Ich wollte ihm einen Klaps auf den Arm

geben, aber irgendwie haute das nicht richtig hin. Meine Hand blieb auf seinem Arm liegen, bevor mir einfiel, was ich eigentlich tun wollte, und sie zurückzog. Bestimmt war das nur passiert, weil ich so benebelt war, aber es war nun mal passiert.

Ich dachte noch darüber nach, als Frank vorsichtig das Geschenk auspackte. Dann beugte er sich darüber, um es genauer zu betrachten, und ich fragte mich, ob ich das Richtige gewählt hatte oder er es total blöd finden würde. »Das kann nicht wahr sein!«, sagte er, als er die letzte Ecke des Geschenkpapiers entfernte und die CD in die Höhe hielt, die ich mit viel Mühe im Internet aufgestöbert hatte: *Curtis Anderson – Bootlegs and B-Sides*. Es waren Sketche, die in einer winzigen Auflage veröffentlicht worden waren und sich nicht gut verkauft hatten, aber nach allem, was ich in Erfahrung gebracht hatte, sollten sie zu seinen besten gehören. Zuletzt hatte ich bei eBay gegen anderfan2020 geboten und ganz unerwartet den Zuschlag bekommen.

»Ich dachte ...«, sagte ich, völlig verunsichert von seiner Reaktion. »In einem wohlgeordneten Universum hättest du diese CD natürlich längst, aber ...«

Frank sah mich völlig entgeistert an und sagte: »Ich fass es nicht!«

»Du kannst sie umtauschen«, sagte ich und merkte selbst, was für ein Unsinn das war. Ich konnte höchstens versuchen, sie anderfan2020 zu verkaufen.

»Machst du Witze?«, fragte er und las die Rückseite des Covers. »Das ist fantastisch! Danke.«

Ich musste gähnen und Frank steckte sich die CD unter den Arm. »Ich glaube, du solltest jetzt schlafen gehen«, sagte er und drehte sich Richtung Straße.

»Ich begleite dich«, sagte ich und setzte mich neben ihm in Bewegung.

»Dann muss ich dich zurückbegleiten«, erinnerte er mich.

»Und wenn wir nur den halben Weg zusammen gehen?«, schlug ich vor.

Frank sah mich an, dann nickte er. »Okay.« Wir bogen in die Straße ein, und da außer uns kein Mensch unterwegs war, konnten wir in der Fahrbahnmitte gehen, er links, ich rechts neben dem Mittelstreifen. Der Mond schien so hell, dass sich unsere Schatten auf dem Asphalt abzeichneten. Keiner von uns sagte etwas, aber es war kein unangenehmes Schweigen, ganz im Gegenteil.

Als ich wieder gähnen musste, blieb Frank stehen. »Ich bringe dich jetzt nach Haus«, sagte er und drehte um.

»Aber das war noch nicht die halbe Strecke«, protestierte ich halbherzig, machte aber ebenfalls kehrt.

»Das war sowieso nicht ernst gemeint«, sagte Frank. »Du weißt ja: finstere Gestalten, Kojoten und so ...«

»Da hast du recht«, sagte ich und grinste. Dann fiel mir etwas ein, worüber ich schon den ganzen Abend nachgedacht hatte, und fragte: »Was, glaubst du, hat Wanda geschafft?« Frank sah mich fragend an. »Die Kuchen-Wanda«, erklärte ich.

»Ach so«, sagte er. »Das hab ich mich auch schon gefragt. Vielleicht ist sie aus dem Gefängnis ausgebrochen.«

»Oder sie hat im Lotto gewonnen«, überlegte ich laut. »Und ihren Freunden ist zu spät klar geworden, dass sie sich jetzt einen viel besseren Kuchen leisten kann.«

Frank lachte. »Nein, nein. Ich glaube, sie hat das Problem mit den finsteren Gestalten und den Kojoten, die nachts in Wohngegenden lauern, ein für alle Mal beseitigt.«

Grinsend gingen wir weiter. Nach einer Weile sagte ich: »Vielleicht hat sie gar nichts Großes vollbracht, sondern einfach nur jemandem etwas gesagt.«

Frank sah mich an, ganz ernst. »Was denn zum Beispiel?«

Ich zuckte mit den Schultern. »Etwas, das schon längst hätte gesagt werden müssen.« Einen Moment lang dachte ich darüber nach, dann sagte ich: »Mut braucht man nicht nur, um Großes zu vollbringen. Die kleinen Dinge sind oft viel schwieriger.«

»Und man bekommt nicht mal Kuchen zur Belohnung«, ergänzte Frank. Dann blieb er stehen, und ich sah, dass wir mein Haus erreicht hatten. Ich wollte ihm gerade wieder meine Begleitung für den halben Rückweg anbieten, als ich merkte, wie müde ich war, und wieder gähnen musste.

»Danke fürs Nachhausebringen«, sagte ich also nur und sah ihn an. »Im Wagen und zu Fuß.«

»Kein Ding«, sagte er und hob die CD an. »Und ich danke dir dafür.«

Ich sah ihn noch lange im Mondlicht an, viel länger, als ich es nüchtern getan hätte. Dann sagte ich: »Alles Gute zum Geburtstag, Frank.«

Er lächelte müde, aber glücklich. »Gute Nacht, Emily.«

Ich ging die Einfahrt hinauf, und ohne mich umzudrehen, wusste ich, dass Frank immer noch dastand und wartete, bis er mich ins Haus gehen sah. Als ich die Tür aufschloss, drehte ich mich doch noch einmal nach ihm um, und tatsächlich stand er immer noch da, ganz allein, die CD unterm Arm, und warf im Mondlicht einen langen Schatten. Ich winkte ihm zu, und er winkte zurück, dann drehte er sich um und ging nach Haus.

10

Reiten wie ein Cowgirl

»Du kannst das«, versicherte mir Frank, als ich wie versteinert vor der Reithalle stand und das Atmen vergaß.

»Aber hallo«, sagte Dawn und drückte mir ermutigend die Schultern. Collins hatte gerade den Mund voll, aber er streckte beide Daumen in die Luft.

Ich war wieder auf der Saddleback Ranch, weil ich zu der Überzeugung gelangt war, dass es falsch wäre, Sloanes Aufgaben halbherzig zu erfüllen. Außerdem stand auf ihrer Liste nun mal nichts von einem Pony. Als ich Frank erzählt hatte, dass ich es noch einmal mit einem richtigen Pferd versuchen wollte, hatte er mir gleich eine Stunde gebucht, und dann hatten alle beschlossen mitzukommen. Zur moralischen Unterstützung, wie sie sagten, aber im Klartext sollte das wohl heißen, dass sie glaubten, mich an einem erneuten Rückzieher hindern zu müssen. Da auch Dawn mit von der Partie war und einen Schnappschuss mit meiner *Wie Emily die Welt sieht*-Kamera machen wollte, konnte ich dieses Mal nicht so tun, als riefe sie mich wegen einer dringenden Angelegenheit an, um die ich mich sofort kümmern müsse.

Das Pferd, das ich reiten sollte, war eine Stute namens Butterscotch und gefiel mir viel besser als Bucky. Außerdem hatte Frank gesagt, er habe bei der Buchung das kleinste Nicht-Pony geordert, das hier im Stall stand. Die Frau, die mich in Empfang genommen hatte, bereitete mich auf das Tier vor, ehe sie in den Stall ging, um es zu holen. Dann bot sie mir einen Proberitt an, damit ich testen könne, ob mir das Pferd zusagte, aber das lehnte ich vehement ab. Als sie begriff, dass ich hier war, um meine Angst zu überwinden, schlug sie vor, das Pferd an der Longe zu halten, während ich zunächst einige Runden in gemächlichem Schritt durch die Halle drehte.

»Ach, ist die süß!«, rief Dawn, als die Saddleback-Frau die Stute aus dem Stall führte, die schwerfällig und wie im Halbschlaf neben ihr hertrottete. Doch selbst ihre offensichtliche Friedfertigkeit konnte mich nicht beruhigen, denn sie war trotzdem ein Pferd, wenn auch nur halb so groß und nicht annähernd so furchterregend wie Bucky.

»Die ist nicht bösartig. Vor der brauchst du keine Angst zu haben«, sagte Frank und lächelte ermutigend.

»Willst du dich nicht erst mal mit ihr anfreunden?«, fragte Dawn. »Matthew, gib Emily die Leckerlis!«

Collins verschluckte sich beinahe und fragte erschrocken: »Was denn für Leckerlis?«

»Die für das Pferd«, sagte Dawn lächelnd. »Die Karottenstangen. Emily will Butterscotch füttern.«

Collins starrte sie völlig entgeistert an, bevor er sagte: »Du hättest erwähnen sollen, dass die für das Pferd waren! Ich dachte, sie seien für uns. Sorry.«

»Hast du etwa *alles* weggefuttert?« Dawn nahm Collins ihren Leinenbeutel ab und sah hinein. »Auch den Apfel und die Zuckerstückchen?«

»Zucker für ein *Pferd*? Das ist nicht dein Ernst!« Collins konnte es nicht fassen. »Wozu braucht ein Pferd denn Zucker?«

»Du isst puren Zucker?«, fragte Dawn und konnte es ihrerseits nicht fassen.

»Was soll man denn sonst damit machen?«, versuchte Collins sich zu verteidigen. »Außerdem konnte ich ja nicht wissen, dass die Snacks für das Pferd waren.«

»Schon gut«, sagte ich. Dawns Idee war ja gut und schön, aber ich hatte nicht die Absicht, meine Hand auch nur in die Nähe eines Pferdegebisses zu halten.

»Bist du bereit?«, fragte die Frau aus der Mitte der Reithalle.

Alle Augen richteten sich auf mich. Ich nickte und setzte mich langsam in Bewegung, Richtung Pferd, obwohl ich am liebsten zu meinem Wagen geflüchtet wäre. Die Frau half mir, einen Fuß in den Steigbügel zu stellen, dann schwang ich das andere Bein über den Pferderücken. Sobald ich im Sattel saß, griff ich nach den Zügeln und machte mich aufs Schlimmste gefasst – dass die Stute mich abwerfen, in gestrecktem Galopp losrasen oder sich hinwerfen und mich überrollen würde. Doch nichts dergleichen geschah. Butterscotch stand einfach nur da, und ich spürte, wie ihre Flanken unter meinen Beinen mit jedem Atemzug bebten.

»Sieht super aus!«, rief Dawn und streckte einen Daumen in die Luft.

»Lass Butterscotch nicht einschlafen!«, sagte die Frau. »Gib ihr einen leichten Tritt!«

Das hielt ich für keine gute Idee, aber es funktionierte: Als ich ein wenig mit den Beinen ruckelte, kam Leben in das Tier und es schüttelte die Mähne. Ich hielt mich erschrocken am Sattel fest, aber Schlimmeres passierte nicht. Dann begann die Stute, ihre Runden zu drehen, ganz gemächlich, wie es ihre Art zu sein schien. Ich brauchte gar nichts zu tun. Butterscotch hatte das schon Hunderte Male getan und brauchte keine Hilfe. Ab und an war ich der Panik nah, wenn ich mir die Bewegungen des Pferdes bewusst machte, aber ich zwang mich, ruhig weiterzuatmen. Immerhin hatte ich schon Tankwarte umarmt und Fremde in Speisekammern geküsst, da würde ich das hier doch wohl erst recht schaffen!

Butterscotch zog also ihre Runden und schien keinerlei Ambitionen zu haben, mich abzuwerfen oder plötzlich loszugaloppieren. Ich sagte mir, dass ich, selbst *wenn* sie es täte, nicht sooo tief fallen würde. Das Ganze war wirklich nicht so schlimm, wie ich befürchtet hatte, und langsam normalisierte sich mein Atem. Bestimmt würde ich das Reiten nicht zu meinem Hobby machen, aber es war ganz in Ordnung. Und dass ich mich dieser Aufgabe endlich stellte, fand ich ebenfalls schwer in Ordnung.

»Lächele doch mal!«, rief Dawn und hielt die Kamera

hoch. Ich versuchte es, obwohl es bestimmt nur eine Grimasse wurde, aber im Grunde war ich ganz froh, dass Dawn das Ganze dokumentierte. In der letzten Runde, die Butterscotch und ich drehten, entspannte ich mich ein wenig und versuchte sogar, den Ritt zu genießen.

»Wie weit bist du denn nun mit der Liste gekommen?«, fragte Collins, als wir zu unseren Wagen zurückgingen. Die Reitlehrerin hatte nicht schlecht gestaunt, als ich ihr klarmachte, dass mir fünf Minuten genug waren, aber sie hatte mir von Butterscotch heruntergeholfen, und ich hatte die Stute sogar - sehr vorsichtig - getätschelt, als sie in den Stall zurückgeführt wurde.

Wir waren mit vier Wagen gekommen, was natürlich eine katastrophale CO_2-Bilanz bedeutete, aber als ich Frank gefragt hatte, ob wir nicht mit einem Wagen fahren wollten, hatte er gesagt, er müsse hinterher noch woanders hin. Näheres hatte er trotz Nachfrage nicht verraten.

»Noch drei«, sagte Dawn und zog die Stirn kraus. »Oder vier?«

Bevor ich antworten konnte, schaltete Frank sich ein: »Drei: Tanzen, das Kleid und Nacktbaden.«

Ich nickte. Mir war bewusst, dass ich mich vor zwei der schwersten Aufgaben lange gedrückt hatte: vor dem Reiten, das ja nun glücklicherweise abgehakt war, und vor dem Nacktbaden. Die Sache mit dem rückenfreien Kleid würde sich durch Franks Einladung zu der Gala erledigen und zur Not konnte ich irgendwann eine ganze Nacht in meinem Zimmer zur Musik meines I-Pods tanzen. Nur wie ich das mit dem Nacktbaden anstellen sollte, wusste ich immer noch nicht. Aber dass ich schon so viel geschafft hatte, war erstaunlich. Als ich die Liste bekam, hätte ich das nie für möglich gehalten, und jetzt war ich fast fertig.

»Oh!« Dawn sah auf ihr Handy. »Ich muss los.«

»Pizzadienst?«, fragte Collins und reichte ihr den leeren Leinenbeutel.

»Schön wär's«, seufzte sie. »Wir machen heute das Catering für eine Hochzeit im Stanwich Country Club und ich muss im Saal mithelfen.«

»Ach, wirklich?«, fragte Frank überrascht.

»Ja.« Dawn zuckte mit den Schultern. »Manchmal bestellen die Kunden separate Büfetts, für Sushi oder so. Die Leute heute wollen einen extra Tisch für italienisches Essen und den muss ich betreuen.«

Frank sah Dawn nachdenklich an, dann wandte er sich an mich und sagte: »Du könntest dich heimlich unter die Gäste mischen.«

»Was?«, fragte ich entgeistert, und Collins fragte gleichzeitig: »Warum das denn?«

Frank sagte nur: »Bis zum Morgengrauen tanzen.«

Collins sah ihn kopfschüttelnd an und fragte: »Wer bist du, und was hast du mit Frank Porter gemacht?«

»Ich könnte dich reinschmuggeln«, sagte Dawn und klatschte ganz aufgeregt in die Hände. »Wir könnten den ganzen Abend zusammen sein, das wäre bestimmt lustig! Normalerweise langweile ich mich bei solchen Events zu Tode, vor allem weil die Gäste alle so tun, als könnten sie einen gar nicht sehen. Weißt du schon, was du anziehen willst?«

Ich sah Frank an, der mich herausfordernd angrinste. Es war wirklich eine gute Gelegenheit, den Punkt abzuhaken. Und da ich in den letzten Sommerferien im Stanwich Country Club gearbeitet hatte, kannte ich die Örtlichkeiten gut genug, um mich nicht erwischen zu lassen. »Gut«, sagte ich schließlich zu Frank. Und zu Dawn: »Lass uns das durchziehen.«

11

Bis zum Morgen-grauen tanzen

Das Handy in meinem Becherhalter klingelte und ich nahm es heraus. »Wer einen Schirm trägt, kann den Sonnenuntergang nicht sehen«, sagte ich leise.

Am anderen Ende der Leitung flüsterte Dawn: »In Rom sind alle Brunnen nach Norden ausgerichtet.« Als wir beschlossen hatten, die Sache durchzuziehen, hatte Frank uns einen Crashkurs in Geheimcodes gegeben. Inzwischen hatte ich die Bedeutung der meisten zwar vergessen, und wie es schien, ging es Dawn nicht anders, aber es machte so viel Spaß, dass wir einfach weiter so sprachen.

»Jenga«, flüsterte ich, sah mich um und duckte mich im Fahrersitz. Ich konnte immer noch nicht richtig glauben, dass ich es wirklich tun wollte. Dawn sagte nichts, deswegen übersetzte ich für sie: »Ich habe gerade einen Parkplatz gefunden.«

Ich hatte mich in meinem Zimmer zurechtgemacht und das Kleid angezogen, das ich beim letzten Abschlussball getragen hatte. Es war goldgelb, trägerlos und ging mir bis zur Wade. In der Taille saß es knalleng und der Rock war leicht ausgestellt. Als ich fertig war, drückte ich mir selbst die Daumen, dass die Country-Club-Hochzeit nicht unter einem Motto stand und ich in diesem Kleid völlig falsch gekleidet war. Ich hatte mir das Haar aufgedreht, sodass die neuen Stufen lockig mein Gesicht umschmeichelten, mehr Make-up aufgelegt als sonst und sogar eine passable Version von Smoky Eyes zustande gebracht. Ich war gerade damit fertig gewesen, als eine SMS von Dawn kam.

Tanz kann beginnen! Kommst du bald?

Ich schrieb zurück und griff nach der kleinen perlenbesetzten Clutch, die ich mir von meiner Mutter geliehen hatte, ohne ihr etwas davon zu sagen. Ich wusste nicht, wie lange die Hochzeitsfeier gehen würde, und nach der Ansage, die meine Mutter auf der Veranda gemacht hatte, wollte ich lieber nichts riskieren. Deswegen hatte ich sie gefragt, ob ich bei Dawn übernachten dürfe. Sie hatte es erlaubt, denn sie erinnerte sich an Dawns Besuch beim Zimmertheater. Selbst falls ich nicht bei Dawn übernachten konnte, verschaffte mir dieses Manöver genug Luft, um spät nach Haus zu kommen, ohne dass jemand auf mich wartete. Trotzdem war ich auf dem Weg zur Haustür froh, dass meine Eltern im Esszimmer beschäftigt waren. Sie näherten sich dem Ende des Stücks und in dieser Phase hatten sie kein Auge und kein Ohr für irgendetwas anderes. Sonst hätten sie mich bestimmt gefragt, warum ich ein Abendkleid trug, wenn ich bloß bei einer Freundin übernachten wollte.

An meiner Windschutzscheibe klebte noch der Parkausweis für Mitarbeiter des Country Clubs, und ich hoffte, dass heute Abend niemand so genau auf das Datum achten würde. Als ich auf den Parkplatz fuhr, war ich nicht so nervös, wie ich erwartet hatte. Im Gegenteil. Ich hatte sogar das Gefühl, dass der Abend Spaß machen könnte. Ich musste grinsen, als ich auf das Gebäude zuging und daran dachte, wie unsicher ich noch war, als ich ins Eisparadies ging, um nach Mona zu fragen. Unglaublich, was sich in nur einem Sommer alles geändert hatte! Von Dawn wusste ich, wo genau die Feier stattfinden würde, und ich umrundete das Gebäude, um vom Mitarbeiterparkplatz zum Festplatz zu kommen. Als ich die ersten Gäste sah, verlangsamte ich meine Schritte, um wie einer von ihnen auszusehen, der sich ein wenig abseits des Geschehens die Beine vertreten wollte.

»Sesam öffne dich«, sagte ich ins Handy. »Komme.«

»Roger«, antwortete Dawn. »Over and out.«

Sie legte auf, und ich ging auf einen Empfangstresen am Eingang eines großen Partyzelts zu, das auf dem Rasen stand. Im Näherkommen hörte ich Musik. Ich holte tief Luft und betrat das Zelt. Niemand saß an den Tischen, dafür war die Tanzfläche überfüllt. Eine Liveband spielte und für eine Hochzeit klang sie ziemlich gut. Sie spielte gerade einen Popsong, der den ganzen Sommer über im Radio gelaufen war, aber die Sängerin gab ihm einen wunderbar souligen Sound.

Ich bewegte mich entlang der Zeltwand nach vorne, wo die Büfetts aufgebaut waren. Als Dawn mit einer Servierplatte auf mich zukam, hätte ich beinahe laut gelacht. »Darf ich Ihnen etwas anbieten?«, fragte sie und grinste. »Eine Bruschetta vielleicht?«

»Nein, vielen Dank«, sagte ich und versuchte, meine Gesichtsmuskeln unter Kontrolle zu bringen.

»Dann ab auf die Tanzfläche«, sagte Dawn und stieß mich mit der Hüfte in die Richtung. »Deswegen bist du schließlich gekommen.«

Das stimmte. Ich erreichte die Tanzfläche, als die Band ihre Version des *Cupid Shuffle* begann. Sloane hasste Songs, bei denen Gruppentänze angesagt waren. In diesem Punkt – genau wie über Musicals – konnten wir uns nie einig werden, denn ich konnte gar nicht genug davon bekommen. Am besten gefielen mir Tänze, die nach festen Regeln abliefen. Ich fand nämlich, dass es ziemlich idiotisch aussah, wenn jeder nur so vor sich hin tanzte. Der Cupid Shuffle war also der ideale Einstieg in meinen Tanzabend. Außerdem konnte ich gleich mit all den fremden Leuten einen Kreis bilden, was mich wie dazugehörig aussehen ließ.

Anschließend leitete die Band bruchlos zu *Footloose* über, und ich fing an, mich im Rhythmus dieses Songs zu bewegen, ohne darüber nachzudenken, was ich tun sollte. Nach einer Weile begann ich aber, mich umzusehen, und befürchtete eigentlich, dass die Leute auf mich zeigen oder über mich tuscheln würden, weil mich ja kein Mensch kannte. Sobald klar wurde, dass ich mich eingeschlichen hatte, würde jemand kommen und mich rausschmeißen. Aber gegen Ende des Songs wurde mir klar, dass alle viel zu sehr damit beschäftigt waren, sich zu amüsieren, um nach ungebetenen Gästen Ausschau zu halten. Überhaupt schienen es nette Leute zu sein. Wenn ihnen die Musik gefiel, johlten und applaudierten sie, und wenn nicht, wurde gebuht. Und alle tanzten ausgelassen, obwohl keiner ein geborener Tänzer war. Da ich ganz allein war, konnte ich niemanden antanzen und mich mit niemandem über die Songs unterhalten, aber die Musik ging mir ins Blut. Dass mich hier keiner kannte, fand ich eher befreiend, und ich hatte keine Angst davor, mich mit meinen Verrenkungen zum Affen zu machen.

Schon zwei Songs später war mir so heiß, dass ich schwitzte, aber ich hatte immer noch viel Spaß. Die Musik war ziemlich laut, und ich schloss die Augen, schwang die Hüften und schmiss die Haare hin und her. Seit dem Abschlussball hatte ich nicht mehr getanzt, und ich hatte schon fast vergessen, wie gern ich es tat. Außerdem war keiner da, den ich beeindrucken wollte, sodass ich nicht darauf achten musste, nur Bewegungen zu machen, bei denen ich cool aussah, deswegen machte es noch mehr Spaß als sonst. Ich warf den Kopf in den Nacken und sang die nächsten Songs mit, jedenfalls die Stellen, deren Text ich kannte. Sonst tanzte ich mit erhobenen Händen und bewegte mich durch die warme Nachtluft, ohne daran zu denken, dass mich jemand beobachten oder was irgendjemand von mir halten könnte. Irgendwann taten mir die Füße weh, und ich war so verschwitzt, dass mir die Wimperntusche wahrscheinlich übers ganze Gesicht lief, aber das war mir egal. Ich ließ es mir einfach gut gehen. *You Shook Me All Night Long* kam zu seinem dramatischen Schluss und ich spielte das Schlagzeugsolo in der Luft mit. Wenn ich schon nicht bis zum Morgengrauen tanzen konnte, was unwahrscheinlich war, weil die Feier nicht so lange gehen würde, konnte ich wenigstens das Beste daraus machen, bis die Band einpackte, und Sloane musste sich mit dem zufriedengeben, was machbar war.

Als Nächstes spielte die Band *Jack and Diane* und ich strich mir das schweißnasse Haar aus dem Gesicht. Dann sah ich mich nach Dawn um, weil ich mir gern ein Wasser bringen lassen wollte. Aber statt Dawn entdeckte ich jemand anderen, den ich kannte: Frank, und er sah in meine Richtung.

Mir fiel die Kinnlade herunter. Frank kam quer über die Tanzfläche auf mich zu, die Hände in den Anzugtaschen. Mich so zu verblüffen, schien ihm zu gefallen. »Was machst du denn hier?«, fragte ich leise, als er vor mir stand.

»Das könnte ich dich auch fragen«, sagte er. »Du hast doch nicht im Ernst gedacht, ich würde dich das ohne mich machen lassen, oder?« Er machte eine Kopfbewegung zum Tisch in der Mitte des Zelts, wo das glückliche Brautpaar saß und sich gegenseitig mit Hochzeitstorte fütterte. »Die Braut ist meine Cousine.«

»Warum hast du das nicht gleich gesagt?«, fragte ich.

»Um zu verpassen, wie du eben geguckt hast?« Er schüttelte den Kopf. »Niemals!« Die Band startete ihre

Version von *I Gotta Feeling*, und ohne es zu merken, fing ich sofort an, dazu zu tanzen. Der Song hatte einen peitschenden Beat, der es mir einfacher machte zu vergessen, dass Frank mich beobachtete und ich nicht mehr so frei war wie vorher.

Fünf Songs später war mir das jedoch völlig egal. Frank hatte sein Jackett ausgezogen, und wir tanzten wie die Wilden, sodass die anderen Tänzer uns viel Platz ließen. Frank wirbelte mich herum, und zwei Mal hätte ich mir beinahe den Kopf an einem Tischaufsatz gestoßen, als er mich nach unten schwenkte und ich das Gleichgewicht verlor. Er war kein begnadeter Tänzer, ebenso wenig wie ich, aber nach zwei Songs hatten wir uns so eingegroovt, dass wir mit der gleichen Selbstverständlichkeit zusammen tanzten, wie wir zusammen liefen. Die Band hatte gerade *Sweet Caroline* gespielt, und alles, was Beine hatte, stürmte die Tanzfläche. Frank und ich grölten den Refrain mit. Nach dem Song klatschten alle, und ich musste plötzlich so lachen, dass ich gar nicht wieder aufhören konnte. Nicht weil ich etwas lustig fand, sondern weil ich so aufgedreht und müde und glücklich war.

Der Bandleader kündigte ein paar langsame Songs an, und die Band begann mit *You Send Me* – ein Song, den ich sehr mochte. Inzwischen war ich noch durstiger und wollte gerade zu Frank sagen, dass wir mal eine Pause machen sollten, als ich sah, dass er die Hand nach mir ausstreckte.

Ich wollte einen Witz machen, aber Frank sah mich so ernst an, dass ich es sein ließ. Stattdessen nahm ich seine

Hand. Seine Finger schlossen sich um meine, und er zog mich an sich, so langsam, als wollte er sich vergewissern, ob es für mich okay war. Ich legte einen Arm um ihn, er einen um mich. Unsere Hände lagen immer noch ineinander, ganz leicht und locker, und wir begannen uns zur Musik zu bewegen.

Er lachte leise und schüttelte den Kopf, und ich lehnte mich ein wenig zurück, um sein Gesicht sehen zu können, das mir noch nie so nah gewesen war. »Worüber lachst du?«, fragte ich.

»Über dich«, sagte er. »Sich einfach auf einer Hochzeit einzuschleichen!«

»Das war doch deine Idee.«

»Ich weiß«, sagte Frank. »Aber ich musste gerade an den ersten Abend in der Plantage denken.«

»Wieso?«, fragte ich. Als wir uns plötzlich so nah waren – Frank hielt mich an der Taille, und unsere Hände lagen ineinander –, hatte ich Mühe, mich auf das Gespräch zu konzentrieren und nicht nervös zu werden.

»Damals warst du so ... unsicher«, sagte er nach kurzem Nachdenken und sah mir direkt in die Augen. »Als wolltest du dich vor allen verstecken.«

Ich hielt seinem Blick stand und fragte: »Und jetzt?«

Er lächelte. »Jetzt bist du der Hingucker des Abends.« Er nahm die Hand von meiner Taille und strich mir eine Haarsträhne von der Wange. »Du leuchtest regelrecht.«

Mir blieb beinahe die Luft weg. So was hatten die Leute immer über Sloane gesagt – aber das galt doch nicht für mich!

»Was hast du?«, fragte Frank.

»Ach …« Ich atmete tief durch. »Das hat noch keiner zu mir gesagt.«

»Dann sieht keiner, was ich sehe«, sagte er. Ich sah ihn an und wusste, dass er es ernst meinte. Als ich etwas sagen wollte, begann der Refrain und Frank zog mich enger an sich.

Sogar wenn ich High Heels trug, war er so groß, dass ich, wenn ich wollte, den Kopf an seine Schulter legen konnte. Ich schluckte und hätte gern die Zeit angehalten, um richtig zu kapieren, was hier eigentlich passierte, und mir über meine Gefühle klar zu werden. Frank war mir so nah, dass ich seine einzelnen Sommersprossen sehen konnte, seine dunklen Wimpern, seine Mundwinkel. Und ich roch sein Rasierwasser, das nach Zedern und Morgentau roch. Am liebsten wäre ich ihm noch näher gerückt, um mich an diesem Geruch zu berauschen.

Er legte seine Hand wieder an meine Taille, dieses Mal fester, und wir bewegten uns wie ein einziger Körper zu der Musik. Wir sahen uns nicht an, aber ich hatte das Gefühl, dass er sich, genau wie ich, dazu zwingen musste, und kurz darauf löste er seine Hand von meiner, aber nur, um seine Finger zwischen meine zu legen.

Mein Herz begann zu rasen, und ich hatte Mühe, das Gleichgewicht zu halten und im Takt zu bleiben. Der Song näherte sich dem Ende, und ich konnte mich nicht entscheiden, ob er sofort aufhören sollte oder nie. Ich hob den Blick und konnte nicht fassen, *wie* nah wir uns waren, als der letzte Akkord verklang und *Pour Some*

Sugar on Me begann. Frank ließ meine Hand los und trat einen Schritt zurück. Ich senkte den Blick und tat so, als müsse ich mein Kleid glätten. In erster Linie fragte ich mich aber, was eben passiert war.

»Hey!« Dawn kam auf uns zu, eine halb volle Wasserflasche in der Hand, und sah Frank überrascht an. »Wo kommst du denn her?«, fragte sie und sah sich hoffnungsvoll um. »Ist Matthew auch da?«

»Nein«, sagte Frank und zeigte auf mich. »Ein ungebetener Gast reicht doch, oder?«

Ich zeigte auf die Wasserflasche und fragte, ob ich einen Schluck davon nehmen könne.

»Klar«, sagte sie und gab mir die Flasche. »Du kannst sie behalten.« Dann gähnte sie und reckte die Arme. »Zu so einem Job lasse ich mich nie wieder verdonnern, das schwör ich euch! Da fresse ich lieber Asphalt und kassiere an Haustüren Trinkgeld. Aber glücklicherweise ist hier bald Schluss.«

»Deine Schicht ist vorbei?«, fragte ich und setzte die Flasche ab, die ich, wie ich jetzt erst merkte, komplett geleert hatte. Dawn nickte.

»Wollt ihr noch mit zu mir kommen?«, fragte Frank und holte sein Handy aus der Tasche. »Ich weiß nicht, was Collins heute Abend vorhatte, aber ich kann ihm eine SMS schreiben.«

»Cool«, sagte Dawn. »Klingt gut.«

»Em?«, fragte Frank und sah von seinem Handy auf.

»Also, ehrlich gesagt ...«, begann ich und holte Luft, bevor ich weitersprach, weil ich kaum glauben konnte, was mir gerade durch den Kopf ging. Aber ich hatte das Gefühl, dass es genau der richtige Zeitpunkt war und dass ich womöglich nie wieder so viel Mut aufbringen würde. »Mir kommt da gerade eine Idee …«

12
Nackt baden

»Ich glaub's ja nicht«, sagte Collins, als wir alle nebeneinander am Strand standen und aufs Wasser schauten. Noch waren wir angezogen. »Und das soll Emilys Idee gewesen sein?«

»Genau«, sagte ich, obwohl ich es selbst noch nicht fassen konnte. »Wegen der Liste.«

»Wer's glaubt«, sagte er und machte eine wegwerfende Handbewegung. »Es geht euch doch nur darum, mich nackt zu sehen. Ihr könnt es ruhig zugeben.«

»Und jetzt?«, fragte Dawn, knetete ihre Finger und klang nervöser, als ich sie je erlebt hatte. »Hat jemand einen Plan, wie wir vorgehen sollen? Geht einer nach dem anderen rein und die anderen gucken solange weg? Oder alle gleichzeitig? Oder wie?«

»Emily?« Frank sah mich an und wurde wieder rot. Es war das x-te Mal, seit ich auf der Hochzeit diesen Vorschlag gemacht hatte.

Ich wusste nicht, wie ich darauf gekommen war. Vielleicht lag es an dem stundenlangen Tanzen oder an dem langsamen Tanz mit Frank oder daran, dass ich fast dehydriert war. Jedenfalls war mir die Sache mit dem

Nacktbaden in dem Moment ganz einfach vorgekommen. Aber als ich jetzt am Strand stand und es mir konkret vorzustellen versuchte, fand ich es alles andere als einfach.

»Okay«, sagte ich, als mir klar wurde, dass ich mich als Initiatorin jetzt nicht aus der Affäre ziehen konnte. Ich hatte uns alle in diese Situation gebracht, also musste ich auch sagen, wie wir vorgehen sollten. Ich sah zum Himmel auf und wünschte zum ersten Mal in diesem Sommer, dass der Mond nicht so hell schiene. Er kam mir vor wie ein riesiger Scheinwerfer, der genau auf uns gerichtet war. Auf dem Sand lagen die vier Badelaken, die Frank aus dem Haus mitgebracht hatte. Ich bemühte mich, zuversichtlicher zu klingen, als mir zumute war. »Am besten wickeln wir uns alle in Badelaken, und dann gehen wir ans Wasser, lassen sie fallen und springen rein.« Auf diese Weise konnten wir die Zeit, in der wir nackt zu sehen waren, möglichst kurz halten.

»Seit wann spielt sie sich eigentlich wie der Boss auf?«, murmelte Collins in Franks Richtung und schüttelte missbilligend den Kopf.

»Ich dachte nur, dass es so vielleicht am angenehmsten ist«, sagte ich. »Außerdem ...«

»Wozu das Theater?« Collins kickte seine Flip-Flops in den Sand und riss sich so stürmisch und zappelig das T-Shirt vom Leib, dass es an seinem Kopf hängen blieb. Als er auch die Shorts herunterließ, wurde mir klar, was er vorhatte, und ich sah weg. Dawn zögerte kurz, dann wandte auch sie den Blick ab. »Los geht's!«, rief Collins, und ich sah einen Augenblick zu früh wieder hin, sodass ich noch seinen blanken Hintern sah, bevor er abtauchte. »Uaaah! Ist das kalt!«, schrie er, dann hielt er sich die Nase zu und tauchte unter. Als er wieder hochkam, grinste er, winkte uns herbei und rief: »Nun kommt schon, ihr Feiglinge!«

»Ich glaube, ich nehme lieber doch ein Handtuch«, sagte Dawn und schnappte sich eins. Ich tat das Gleiche.

Um mich zu vergewissern, dass wir niemanden geweckt hatten, sah ich zu den Nachbarhäusern hinüber, aber alles blieb ruhig und dunkel. Dawn und ich gingen ein Stück den Strand entlang. Dann hielt ich mein Handtuch vor sie, damit keiner sehen konnte, wie sie sich auszog und in ihr Handtuch wickelte, anschließend tat sie das Gleiche für mich. Ich wusste, dass es lächerlich war, da wir am Ende ja doch nackt sein würden, aber ich fühlte mich nicht in der Lage, wie Collins splitterfasernackt über den Strand zu laufen. Als wir in die Handtücher gehüllt zurückkamen, war Frank bereits ins Wasser gesprungen und planschte neben Collins darin herum. Ich konnte nur ihre nackten Oberkörper sehen, und die, so sagte ich mir, hätte ich auch gesehen, wenn wir ganz normal schwimmen gegangen wären. Trotzdem schlug mein Herz schneller, als die seichten Wellen unsere Füße umspülten. Glücklicherweise waren die Jungs so nett, sich umzudrehen, damit Dawn und ich unbeobachtet ins Wasser gehen konnten.

»Jetzt?« Ich sah Dawn fragend an.

»Muss das wirklich sein?« Dawn trat von einem Fuß

auf den anderen und sah ganz verzagt aufs Wasser. »Ich weiß nicht ...«

»Komm schon!«, sagte ich. »Es macht bestimmt Spaß.« Ohne weiter nachzudenken, ließ ich mein Handtuch fallen und lief ins Wasser. Die Nachtluft traf kühl auf meine Haut, mein Haar flatterte, und es war ein wunderbares Gefühl von Freiheit. Nach ein paar Schritten hob ich die Arme und tauchte mit einem flachen Kopfsprung ganz unter.

Als ich wieder hochkam, sah ich, wie Dawn sich ins Wasser stürzte, aber was sie fabrizierte, glich eher einem Bauchklatscher. Als sie wieder auftauchte, hing ihr das Haar im Gesicht. »Es ist wirklich eiskalt«, japste sie und grinste mich an.

Sie hatte recht, aber es war trotzdem ein wunderbares Gefühl, ganz anders als mit Badeanzug. Es erinnerte mich an die Nacht unter freiem Himmel, als auch nichts zwischen mir und den Elementen stand.

Es dauerte nicht lange, bis sich die allgemeine Aufregung gelegt hatte und wir ganz normal umherschwammen. Im Grunde war es ja nicht viel anders, als wenn wir Badesachen getragen hätten. Einer nach dem anderen schwammen wir ein Stück hinaus und dann gemeinsam wieder Richtung Strand. Erst als wir erneut Grund unter den Füßen hatten und nur noch auf der Stelle paddelten, wurde uns das Nacktsein wieder bewusst, und allgemeine Unsicherheit machte sich breit. Aber hauptsächlich fand ich es schade, dass es schon vorbei sein sollte. Ich schwamm ein Stück von den anderen weg, ließ mich auf dem Rücken treiben und schaute in den Himmel. Dann hörte ich Collins rufen, dass er jetzt an Land ginge. Gleich darauf platschte es, was wahrscheinlich bedeutete, dass er aus dem Wasser stieg. Ich ließ mich weiter treiben, und ein unbeschreiblich schönes Gefühl durchflutete mich. Es war kaum zu fassen, was wir hier taten, denn es war gar nicht lange her, dass ich es für völlig unmöglich gehalten und furchtbare Angst davor gehabt hatte. Und nun hatte ich es doch getan und konnte es sogar genießen. Dass ich diejenige gewesen war, die alles ins Rollen gebracht hatte, war das Unfassbarste von allem. »Ich hab's geschafft!«, sagte ich laut Richtung Sternenhimmel, und ob die anderen mich hörten, war mir egal.

»Leute?«, rief Dawn plötzlich und klang irgendwie verstört. Ich tauchte kurz unter, strich mir das nasse Haar aus dem Gesicht und schwamm zu ihr. »Wo sind unsere Handtücher?«, fragte sie.

Als ich zum Strand sah, wurde mir klar, was sie meinte. Die Badelaken, die sie und ich dort abgelegt hatten, waren nirgends zu sehen. Unsere Klamotten lagen ein Stück strandaufwärts, wo wir sie ausgezogen hatten, aber bei dem Gedanken, nackt dahin zu laufen, wurde mir ganz anders.

»Collins!«, brüllte ich und sah, dass Frank auf uns zuschwamm.

»Gibt's ein Problem?«, fragte er.

»Unsere Handtücher sind verschwunden«, erklärte ich, während ich weiter den Strand danach absuchte.

»Was ist denn?«, brüllte Collins zurück und kam von

Franks Terrasse herunter. Er trug Shorts und einen viel zu großen Pullover – beides gehörte Frank.

»Hast du etwa meine Sachen an?«, hörte ich Frank rufen, worauf Collins nur mit den Schultern zuckte.

»Mir war kalt«, schob er nach. »Hast du ein Problem damit?«

»Was hast du mit den Handtüchern gemacht?«, rief Frank, ohne auf Collins' Frage einzugehen.

»Ich?«, rief Collins und tat so, als sei er beleidigt. »Wieso ich?«

»Wer soll sie denn sonst weggenommen haben?«, rief Dawn.

»Keine Ahnung«, rief Collins. »Strandräuber? Wir sehen uns dann drinnen.« Er grinste, drehte sich um und verschwand wieder im Haus.

»Ich bring ihn um«, murmelte Frank und drehte sich zu mir um. Ich hatte gar nicht gemerkt, dass er so nah an mich herangeschwommen war, und nachdem wir so eng miteinander getanzt hatten, fand ich die Tatsache, dass er jetzt nackt war, besonders irritierend. Zumal ich genauso nackt war. Nichts als ein paar Zentimeter Wasser waren zwischen uns.

»Da sind sie!«, rief Dawn plötzlich wild gestikulierend. Ordentlich gefaltet lagen die Handtücher ganz oben am Strand, direkt an den Stufen zur Terrasse. »Gehen wir einzeln raus oder ...?«

»Bei drei«, schlug Frank vor.

»Quatsch, lasst uns einfach gehen«, sagte ich, hievte mich aus dem Wasser und rannte auf den Strand zu. Ich kreischte und lachte, und die Nachtluft fühlte sich jetzt ganz warm an. Hinter mir hörte ich, dass Frank und Dawn auch aus dem Wasser kamen.

Im nächsten Moment stieß mich jemand beinahe um. Es war Dawn, die mit geschlossenen Augen über den Strand lief. »Tschuldigung!«, rief sie, änderte die Richtung und lief jetzt auf das Nachbarhaus zu.

»Dawn!«, rief ich. Ich sah mich um, ob wenigstens ich in die richtige Richtung lief, und da sah ich Franks nackten Rücken im Mondlicht glänzen. Schnell schaute ich wieder weg und rannte weiter, bis mir klar wurde, dass Frank und ich die Handtücher gleichzeitig erreichen würden. »Sorry«, sagte ich, als wir uns voneinander abwandten. Für einen kurzen Moment hatte ich die Bauchmuskeln wiedergesehen, die mich schon länger faszinierten.

Was für eine absurde Situation! Frank und ich standen nackt nebeneinander, wussten beide nicht, wohin wir schauen und wer sich zuerst nach seinem Handtuch bücken sollte.

Ich verschränkte die Arme vor der Brust und drehte den Kopf gerade so weit in seine Richtung, um sehen zu können, dass er nicht guckte. »Kann ich mein Handtuch zuerst haben?«, fragte ich, und er nickte. Ich griff danach und wickelte mich darin ein. Dann nahm ich ein zweites für Dawn.

»Ich bin so weit«, sagte ich zu Frank und sah verstohlen in seine Richtung. »Dawn!«, schrie ich dann und schwenkte ihr Handtuch. »Hierher!«

»Danke«, sagte sie erleichtert, als sie endlich vor mir stand und ihr Handtuch nahm.

»Die Farrellys hätten bestimmt nichts gegen Besuch gehabt«, sagte Frank, als er zu uns kam, ebenfalls in ein Handtuch gewickelt, das ihn von den Hüften abwärts bedeckte. Ich musste schlucken, als ich an die anderen Körperteile dachte, die ich gerade gesehen hatte, und überlegte gleichzeitig, ob ich ihn bitten sollte, künftig mit freiem Oberkörper zu laufen.

»Ich hab deine Klamotten gefunden«, sagte Dawn und holte mich in die Realität zurück, denn ich stand immer noch ganz verträumt da und starrte auf Franks nackte Brust.

»Oh, gut«, sagte ich. Plötzlich war mir schrecklich heiß, obwohl das Wasser recht kühl gewesen war und ich eben noch gezittert hatte. Wir gingen auf Franks Terrasse zu, wo Collins jetzt mit einem Becher in der Hand stand und selbstgefällig grinste.

»Ich bring dich um«, sagte Frank, und es klang fast, als meinte er es ernst.

»Nun habt euch doch nicht so! Gebt lieber zu, dass es auf diese Weise viel lustiger war«, sagte Collins. »Das ultimative Nacktbade-Erlebnis. Wer will einen heißen Kakao?«

Als ich in unsere Einfahrt einbog, wurde der Himmel fast schon wieder hell. Frank hatte mir etwas zum Anziehen geliehen, denn nach dem Schwimmen wollte ich nicht wieder mein Abendkleid anziehen. Deswegen trug ich jetzt eine kuschelige graue Trainingshose und das T-Shirt des akademischen Zehnkampfs, das Frank bei unserem ersten Lauf getragen hatte. Am Ende hatten wir am Küchenblock in Franks Haus gesessen und den Kakao getrunken, den Collins für uns gemacht hatte. Dann hatten wir Marshmallows gefuttert, bis jemand feststellte, dass es kurz vor fünf war. Dawn und ich hatten uns auf den Heimweg gemacht und Frank hatte uns zur Haustür gebracht und uns nachgewinkt. Collins wollte bei ihm auf der Couch schlafen.

Ich schaltete den Motor aus und sah mich plötzlich im Rückspiegel. Mein Haar war ganz strubbelig, das Make-up für die Hochzeit war größtenteils vom Meer abgewaschen und die Wimperntusche war verschmiert. Aber meine Wangen waren rot und glänzten, und obwohl ich stylingmäßig ein Wrack war, sah ich total glücklich aus – wie jemand, der eine tolle Nacht hinter sich hatte, über die es viel zu berichten gab. Und das, dachte ich, als ich mit dem Kleid überm Arm und den High Heels und der Clutch in der Hand gähnend auf unsere Haustür zuging, traf den Nagel auf den Kopf.

13

Das rückenfreie Kleid – und ein Anlass, es zu tragen

»Hallo?« Ich nahm den Anruf an, ohne die Augen zu öffnen. Seit wir nackt gebadet hatten, waren zwei Tage vergangen, an denen wir uns nicht gesehen hatten, aber es war für mich definitiv zu früh, um aufzustehen, zumal ich nicht mit Frank zum Laufen verabredet war. Er war mit Collins zum Camping gefahren, und ich hatte keine Lust, allein zu laufen, sondern wollte ausschlafen.

»Guten Morgen«, sagte Frank so gut gelaunt, wie er – für mich unfassbar – frühmorgens immer war. Ich drehte mich auf die Seite, immer noch mit geschlossenen Augen, und hielt mir das Handy ans freie Ohr.

»Hey«, sagte ich. Für ein Lächeln, das er nicht hören konnte, reichte es bei mir immerhin schon. »Wie ist das Camping?«

»Na ja …«, sagte Frank. »Hast du heute schon aus dem Fenster geguckt?« Erst jetzt hörte ich das dumpfe Trommeln an den Fenstern und auf dem Dach. Ich schlug die

Augen auf und zog meinen Vorhang auf. Grauer Himmel und strömender Regen.

»Oh«, sagte ich und kuschelte mich wieder in die Kissen. »Müsst ihr das Ganze abbrechen?«

»Genau«, sagte Frank. »Und aus irgendwelchen Gründen nimmt Collins es richtig schwer.«

Ich sah in den Regen. Das Zelten zu unterbrechen, würde nicht viel nützen, weil der Boden so durchgeweicht war, dass man auch am nächsten Tag noch im Schlamm versinken würde. »Ihr könnt doch ein andermal campen gehen.«

»Hab ich ihm auch gesagt«, sagte Frank. »Hast du heute Abend schon was vor?«

»Nein«, sagte ich gedehnt und fragte mich, worauf ich mich mit dieser Antwort wohl einließ. »Warum?«

»Ich schicke dir eine SMS mit einer Adresse«, sagte Frank. »Frag Dawn, ob sie auch Zeit hat.«

»Okay«, sagte ich und wartete auf nähere Auskünfte, aber die wollte er offenbar nicht geben. »Worum geht's denn?«, fragte ich schließlich.

»Das wirst du dann schon sehen«, sagte er, und ich war mir ganz sicher, dass er grinste. »Kommt einfach um neun. Und bringt Schlafsäcke mit.«

»Du willst schon wieder bei Dawn übernachten?«, fragte meine Mutter und sah mich überrascht an. Genau wie mein Vater hatte sie diesen irren Blick von Leuten, die zu lange vor einem Bildschirm gesessen haben.

»Ja«, sagte ich und beruhigte mich mit dem Gedanken,

dass es der Wahrheit ziemlich nahe kam. Ich wusste zwar immer noch nicht, wozu Frank mich eigentlich eingeladen hatte, aber genau wie am Abend der Hochzeit ersparte mir diese Behauptung umständliche Erklärungen. »Darf ich?«

»Von mir aus«, sagte mein Dad, schob sich die Brille auf den Kopf und rieb sich die Nasenwurzel. »Aber du musst sie auch mal zu uns einladen.«

Ich nickte und freute mich, dass die Sache so glatt über die Bühne ging. »Klar«, sagte ich. »Gern.«

Ich wollte schon aus dem Zimmer gehen, als ich merkte, dass meine Mutter mich immer noch ansah. »Wann kommt Sloane eigentlich zurück, Em?«, fragte sie.

Damit hatte ich nicht gerechnet. »Weiß ich nicht so genau«, sagte ich.

»Was ist überhaupt mit ihr?«, fragte mein Dad und lehnte sich zurück. »Geht's ihr gut?«

Ich sah ihn verdutzt an und fragte zurück: »Warum sollte es ihr denn nicht gut gehen?«

»Auf mich hat sie immer so einen ... verlorenen Eindruck gemacht«, sagte mein Dad, und ich wollte ihm widersprechen, weil es das krasse Gegenteil von dem war, wie ich Sloane beschrieben hätte. Aber da nahm mein Dad schon wieder die Brille vom Kopf, setzte sie auf und beugte sich über seinen Laptop. »Muss die Sterbeszene mit der Taube wirklich sein?«, fragte er meine Mutter und seufzte.

»Das haben wir doch lang und breit besprochen«, sagte sie und beugte sich kopfschüttelnd über ihren eigenen

Laptop. »Ich bin damit auch nicht besonders glücklich, aber wir können diese Sache nicht einfach weglassen.«

Normalerweise hielt ich mich raus, wenn meine Eltern über ihre Stücke diskutierten, denn entweder erzählten sie mir sonst mehr darüber, als ich wissen wollte, oder sie regten sich über die simpelsten Fragen auf, die ich dann stellte. Aber das hier interessierte mich wirklich. »Eine Taube?«, fragte ich.

Mit einer Hand bearbeitete mein Dad seine Tastatur, mit der anderen zeigte er auf meine Mom, um ihr die Antwort zu überlassen. »Als Tesla starb –«, begann sie.

»In einem Hotelzimmer«, unterbrach mein Dad sie. »Ist das nicht unendlich traurig?«

Meine Mutter fuhr fort: »Als er starb, sagte er zu mehreren Leuten, er habe sich in eine Taube vor seinem Fenster verliebt.«

»In eine Taube?«, fragte ich ungläubig.

Meine Mutter nickte. »Er sagte, so etwas Schönes habe er noch nie zuvor gesehen. Sie könne in seine Seele schauen und sei eine ganz besondere Kreatur.« Dann haute auch sie etwas in die Tasten, und ich wusste, dass ich gehen konnte. Ich hatte die Erlaubnis, die ich haben wollte, und meine Eltern waren in einem Zustand, in dem sie spätestens in zwei Sekunden vergessen würden, dass ich überhaupt noch im Zimmer war. Trotzdem wollte ich mich nicht einfach so davonschleichen. »Und?«, fragte ich. »War sie wirklich so eine besondere Kreatur?«

Meine Mutter sah von ihrem Laptop auf und lächelte traurig. »Nein«, sagte sie. »Es war eine ganz gewöhnliche

Taube.« Dann tippten beide weiter, und es klang fast wie Musik, der ich noch einen Moment lang lauschte, bevor ich das Esszimmer verließ und die Tür leise schloss.

»Irgendeine Idee, was er vorhat?«, fragte Dawn, als wir aus unseren Wagen stiegen und auf die Haustür zugingen. Ich hatte mir meinen zusammengerollten Schlafsack unter den Arm geklemmt, genau wie Dawn. Im Gegensatz zu mir hatte sie sogar an ein Kopfkissen gedacht. Vor ungefähr einer Stunde hatte es aufgehört zu regnen, aber es sah aus, als würde es jeden Moment wieder anfangen, und alles war noch nass.

»Nicht die geringste«, sagte ich. Frank hatte mir eine Adresse geschickt, die ich nicht kannte, aber als ich in die Einfahrt eingebogen war, wusste ich, wo wir waren. Es war das leer stehende Superhaus seiner Eltern, an dem wir beim Laufen einmal vorbeigekommen waren.

Frank öffnete, bevor wir geklingelt hatten, und hielt uns die Tür auf. »Willkommen zum Indoor-Camping!«

»Indoor-*was*?«, fragte Dawn, als wir eintraten. Ich zog meine Flip-Flops aus und stellte sie neben Franks und Collins' Schuhe, und Dawn folgte meinem Beispiel. Die Wände im Eingangsbereich waren strahlend weiß, der Holzfußboden makellos, und ich wollte auf keinen Fall Matsch in dieses perfekte Haus tragen.

»Indoor-Camping«, wiederholte Frank und sah mich an. »Jemand hat mal zu mir gesagt, in einem wohlgeordneten Universum würde man in geschlossenen Räumen zelten.« Grinsend führte er uns in ein großes Zimmer, und ich begriff, was er meinte. Das ganze Haus war unmöbliert, es gab nicht mal irgendetwas Dekoratives wie die Kunstobjekte in Franks Haus. Nur zwei Igluzelte standen in der Mitte des Zimmers und drumherum alle möglichen Campingsachen, inklusive Klappstühlen und Gaslampe. »Das ist mindestens die zweitbeste Art zu zelten.«

»Und mückenfrei«, sagte Dawn und rollte ihren Schlafsack neben den Zelten aus. »Voll cool.«

»Dürfen wir das Haus denn benutzen?«, fragte ich Frank leise.

Er zuckte mit den Schultern. »Wenn es sonst keiner haben will«, sagte er, und es klang so verbittert, dass es mir einen Stich versetzte. »Solange wir es nicht verwüsten, wird es wohl okay sein.«

Da es keinen Strom oder zumindest keine elektrischen Geräte oder Lampen gab, erinnerte das Ganze tatsächlich an Camping. Mit der Zeit wurde es im Haus genauso dunkel wie draußen, und unsere einzige Lichtquelle war die Gaslampe, die wir in die Mitte unseres »Lagers« gestellt hatten.

Collins war ungewöhnlich still und hielt sich weitgehend aus allem heraus, was wir anderen taten. Am Abend zog er sich früh in sein Zelt zurück und schloss den Reißverschluss. Dawn schien sein Verhalten ziemlich zu kränken, aber sie versuchte sich nichts anmerken zu lassen und machte mit, als Frank und ich beschlossen, uns gegenseitig Gruselgeschichten zu erzählen. Das Einzige, was sie dazu beitragen konnte, war allerdings eine Schilderung des letzten Horrorfilms, den sie gesehen hatte. Dann zog auch sie sich zurück, legte ihren Schlafsack neben Collins' Zelt und mummelte sich bis zur Nasenspitze darin ein.

Dann saßen nur noch Frank und ich um die flackernde Lampe, die riesige Schatten an die kahlen weißen Wände warf. Bald zog auch er sich in sein orangefarbenes Zelt zurück und ich rollte meinen Schlafsack auf dem Fußboden aus. Inzwischen bedauerte ich, kein Kopfkissen mitgebracht zu haben. Ich rollte mein Sweatshirt unterm Kopf zusammen und war noch dabei, eine Schlafposition ohne piksenden Reißverschluss im Gesicht zu finden, als Frank den Kopf aus dem Zelt steckte.

»Gute Nacht, Emily«, sagte er und streckte einen Arm heraus, um die Lampe auszumachen.

»Gute Nacht.« Ich lächelte ihm zu und versuchte, kein dummes Gesicht zu ziehen, als mir eine Haarsträhne in den Reißverschluss geriet. Vorsichtig zog ich sie wieder heraus.

»Was machst du da?«, fragte er leise und zog die Hand von der Lampe zurück, ohne das Licht zu löschen.

»Nichts«, sagte ich. »Ich versuche einzuschlafen.«

»Wo ist dein Kissen?«, fragte er. Aus Collins' Zelt kam ein Stöhnen, und es klang, als drehte er sich um. Frank sah in seine Richtung, kam dann zu mir, kniete sich vor meinen Schlafsack und flüsterte noch einmal: »Wo ist dein Kissen?«

Die Lampe malte eine groteske Landschaft aus Licht und Schatten in sein Gesicht. Er hatte jetzt Schlafsachen an – ein leichtes graues T-Shirt und Shorts. Da ich nicht erwartet hatte, hier zu übernachten (dummerweise, denn dass ich meinen Schlafsack mitbringen sollte, hätte mir einen dezenten Hinweis geben können), trug ich noch dasselbe T-Shirt und die Leggings, mit denen ich gekommen war. Glücklicherweise waren diese Sachen auch als Nachtzeug zu gebrauchen, und nachdem ich meinen BH umständlich im Schlafsack ausgezogen hatte, war mir einigermaßen bequem. Als Frank jetzt vor mir kniete, zog ich mir den Schlafsack bis ans Kinn, wegen der Sache mit dem BH.

»Ich habe keins mitgebracht«, sagte ich. »Aber das macht nichts. Ich hab mir mein Sweatshirt unter den Kopf gestopft, das geht genauso gut.«

»Unsinn!«, sagte Frank in einem Ton, der keinen Widerspruch duldete, und ich fragte mich schon, ob er mich jetzt nach Haus schicken würde. »Es ist doch lächerlich, die ganze Nacht so zu liegen.«

Mir rutschte das Herz in die Hose. Er schien es wirklich ernst zu meinen. »Dann gehe ich wohl lieber wieder nach Haus«, sagte ich kleinlaut.

Frank schüttelte den Kopf. »Komm lieber zu mir rüber. Mein Kissen ist groß genug für zwei.«

»Aber ...« Weiter kam ich nicht, weil Frank sich die Lampe schnappte und in sein Zelt kroch. »Frank!«, flüsterte ich laut, aber in dem Moment ging das Licht aus. Collins stöhnte wieder, und mir wurde klar, dass ich keine große Wahl hatte. Ich konnte liegen bleiben und weiter das Sweatshirtknäuel als Kissen benutzen und am Morgen wahrscheinlich mit einem fetten Reißverschlussabdruck im Gesicht aufwachen. Oder ich zog in Franks

Zelt um. Was würde es auch für einen Eindruck machen, wenn ich sein Angebot ablehnte?

»Neben Frank Porter schlafen« stand zwar nicht auf der Liste, aber es kam mir trotzdem wie eine Mutprobe vor. Doch was blieb mir anderes übrig, wenn es nicht aussehen sollte, als mäße ich der Sache eine größere Bedeutung zu, als sie hatte? Abgesehen davon wollte ich es gern, obwohl ich keine Ahnung hatte, was es bedeutete, aber nachdenken wollte ich darüber jetzt nicht. Vergeblich versuchte ich, meinen BH im Dunkeln wieder anzuziehen. Schließlich gab ich es auf und stopfte das Ding ganz unten in meinen Schlafsack. Dann schälte ich mich heraus und ging zu Franks Zelt, den Schlafsack im Schlepptau.

Der Reißverschluss am Zelteingang war halb geöffnet und ich zog ihn ganz auf. Inzwischen hatten sich meine Augen an die Dunkelheit gewöhnt, und ich sah, dass Frank sich aufsetzte und mir zulächelte. »Hey«, sagte er leise, aber in dem kleinen Zelt kam es mir ziemlich laut vor.

»Hi«, murmelte ich und zog meinen Schlafsack hinein. Ich konnte nicht viel erkennen, aber von innen kam mir das Zelt kleiner vor als von außen. Immerhin war es ein Zweimannzelt und Franks Schlafsack lag auf einer Seite. Die Demarkationslinie schien eine Naht zu sein, die mitten über das Zeltdach lief. Ich drehte mich von Frank weg, stieg in meinen Schlafsack und machte ihn zu.

»Siehst du?«, sagte Frank, während er sein Kissen zwischen unseren Schlafsäcken genau unter die Demarkationslinie legte. »Platz genug für zwei. Ist doch besser als dein Sweatshirt, oder?«

Ich legte mich zurecht, ohne ganz bis zur Mitte zu gehen. Das Kissen war tatsächlich riesig, sodass Frank und ich nicht wie die Ölsardinen daliegen mussten.

Als ich ein wenig zur Ruhe gekommen war, wurde mir die Stille bewusst – nur Franks Atem, ab und zu das Geraschel eines Schlafsacks, und draußen rauschte der Regen, der wieder eingesetzt haben musste. Langsam wurden mir die Lider schwer. Franks Atem neben mir wurde langsamer und gleichmäßiger. Obwohl ich keine Einzelheiten erkennen konnte, wusste ich, dass er so nah neben mir lag, dass ich sein Gesicht hätte berühren können, ohne den Arm auszustrecken. »Gute Nacht«, flüsterte ich in die Dunkelheit.

»Nacht, Em«, murmelte Frank. Es hörte sich an, als würde er jeden Moment einschlafen und sei schon jetzt so weit weg, dass er nicht genau wusste, ob dieses Minigespräch wirklich stattgefunden hatte oder bloß ein Traum war.

Ich drehte mich zu ihm um und kuschelte mich in unser gemeinsames Kissen. Kurz bevor ich einschlief, registrierte ich, dass wir synchron atmeten.

* * *

Bevor ich richtig wach wurde, spürte ich, dass etwas anders war als sonst. Aber erst als ich die Augen aufschlug, wurde mir klar, dass ich nicht zu Haus in meinem Bett lag. Es dauerte einen Moment, bevor ich realisierte, wo ich war: in Franks Zelt. Und er hatte mir den Arm über die Schulter gelegt.

Ohne mich zu rühren, versuchte ich zu rekonstruieren, wie wir uns in der Nacht bewegt haben mussten, um schließlich in dieser Position zu landen. Jeder lag in seiner Zelthälfte im eigenen Schlafsack, beide auf die gleiche Seite gedreht und viel näher beieinander als am Abend. Sehr nah sogar, praktisch in Löffelchenstellung und Kopf an Kopf. Und Frank hatte, wie gesagt, den Arm um mich gelegt, sodass seine Hand locker auf meinem Ellenbogen ruhte.

Ich lag so still, wie ich konnte, und wagte kaum zu atmen. Aber es musste ja sein. Also zwang ich mich, es so ruhig und gleichmäßig wie möglich zu tun. Erst dann drehte ich mich vorsichtig um, Millimeter für Millimeter, und wenn ich das Gefühl hatte, dass Franks Atem sich veränderte, hielt ich inne und wartete, bis ich sicher war, dass er fest schlief. Es dauerte ewig, bis ich auf der anderen Seite lag. Draußen dämmerte es bereits, auch wenn es noch sehr früh sein musste. Trotzdem konnte ich Frank ganz deutlich sehen. Ein Abdruck von irgendetwas, worauf er gelegen haben musste, lief mitten durch sein Gesicht, und das sonst so gepflegte Haar stand ihm vom Kopf ab.

Eine Weile lagen wir ganz still so da, und langsam wurde mir klar, wie gern ich ihn hatte.

Natürlich schätzte ich ihn schon länger als Freund, aber was ich jetzt empfand, war anders. Am liebsten hätte ich seine Wangen gestreichelt, aber so sanft, dass er nicht aufwachte. Im Grunde hatte ich mich danach schon gesehnt, seit ich ihn in der Nacht nach seinem Geburtstag im Mondschein ein wenig zu lange angesehen hatte. Auch als wir auf der Hochzeit miteinander tanzten, hatte ich daran gedacht. Und deswegen war es mir so unangenehm gewesen, dass ausgerechnet ich Lissa abholen sollte. Aus dem gleichen Grund wäre ich jetzt am liebsten ewig so liegen geblieben, aber ich wusste, dass ich lieber gehen sollte.

Ich schloss die Augen, obwohl mir klar war, dass ich nicht wieder einschlafen würde. Genauso wenig wie ich diese Gedanken verscheuchen konnte. Es war ein Gefühl, als hätte ich auf meinem Wecker die Snooze-Taste gedrückt, denn danach konnte ich auch nicht mehr schlafen, weil ich genau wusste, dass ich mir nur ein wenig Aufschub verschafft hatte und es mit der Ruhe nur zu bald vorbei sein würde.

Dann gönnte ich mir einen letzten Blick auf Frank. Ich wusste, dass ich ihm nie wieder so nah sein würde. Bei dem Gedanken, dass Lissa und er auch schon in diesem Zelt übernachtet hatten, wurde mir ganz übel, aber es erinnerte mich daran, dass ich hier nichts zu suchen hatte und endlich gehen sollte.

Vorsichtig schlüpfte ich unter Franks Arm hindurch und dann aus meinem Schlafsack. Um ihn nicht zu wecken und einem peinlichen Gespräch zu entgehen, ließ ich meinen Schlafsack einfach liegen, statt ihn umständlich aus dem Zelt zu wursteln, nur meinen BH nahm ich mit. Den Reißverschluss am Zelteingang machte ich so langsam und leise wie möglich auf, kroch hinaus und schloss ihn wieder. Auf Zehenspitzen ging ich durchs Zimmer, schüttelte mein Sweatshirt aus und zog es über. Außerhalb des Zelts war es kühl, weil das Haus unbeheizt war und nirgendwo Teppiche lagen. Ich rieb mir die Hände und drehte mich auf der Suche nach meiner Handtasche zu Franks Zelt um.

Plötzlich erschrak ich, als ich merkte, dass Collins auch schon wach war und vor seinem offenen Zelt saß. Ich musste daran denken, dass er jetzt eigentlich im Freien vor seinem Zelt sitzen und in den Sonnenaufgang schauen sollte statt auf eine kahle Wand. Er sah zu mir herüber, und als ich seinen abweisenden Gesichtsausdruck sah, wurde mir noch kälter. Ich wusste sofort, dass er mich schon beobachtet hatte, seit ich aus Franks Zelt gekrochen war, und was er sich dabei gedacht haben musste, war nicht so schwer zu erraten, obwohl gar nichts passiert war.

Ich holte tief Luft und wollte ihm leise, aber nachdrücklich alles erklären, aber er wandte den Blick ab, zog sich in sein Zelt zurück und machte den Reißverschluss zu, ohne ein Wort zu sagen.

* * *

Hey, alles klar?

Wollen wir mal wieder laufen? Oder gibst du endlich zu, dass ich schneller bin? :-)

Frühstück im Diner?

Was ist los, Em?

Bleibt's bei heute Abend?

Nach dem Indoor-Camping ging ich Frank drei Tage lang aus dem Weg, denn ich hatte immer noch daran zu knabbern, dass ich mehr als einen Freund in ihm sah. Ich fürchtete, wenn wir laufen gingen, könnte ein Geständnis aus mir herauspurzeln, wahrscheinlich sogar auf oberpeinliche Art. Deswegen zog ich es fürs Erste vor, mich feige zurückzuziehen, und beantwortete seine diversen SMS vage und hinhaltend: Ich fühle mich nicht gut, ich hätte mir den Knöchel verknackst, ich hätte im Eisparadies zu tun und so weiter. Seine letzte SMS konnte ich jedoch nicht ignorieren. Schließlich hatte ich versprochen, ihn zu der Gala zu begleiten, und einen Haufen Geld für das rückenfreie Kleid ausgegeben. Außerdem wollte ich diesen Punkt der Liste endlich abhaken. Und er brauchte Unterstützung, die ich ihm nicht versagen wollte. Also schrieb ich zurück:

Klar. Schickst du mir die Adresse?

Als ich mich für die Gala zurechtmachte, musste ich feststellen, dass es nicht halb so viel Spaß machte, wie ich mir vorgestellt hatte. Immer wieder musste ich an das letzte Mal denken, als Sloane und ich uns für einen größeren Event aufgebrezelt hatten. Wenn möglich, taten wir das immer zusammen, selbst wenn nur eine von uns ausging. Es machte einfach mehr Spaß, wenn jemand da war, der einem beim Make-up half und mit dem man Strategien für den Abend entwerfen konnte, was wiederum Konsequenzen für die Wahl des Outfits hatte. Das letzte Mal hatten wir uns zusammen für den Abschlussball zurechtgemacht. Wir waren bei Sloane, weil ihre Eltern nicht in der Stadt waren. Sie hatte sich für ein fantastisches Vintagekleid von Zweite Chance entschieden, eine Art Kaftan, bodenlang und mit kleinen Glasperlen bestickt. Passend dazu hatte sie sich im Stil der Sechzigerjahre geschminkt – Katzenaugen und falsche Wimpern. Nur ihr Haar hatte sie gelassen, wie es war, sodass es ihr lang über den Rücken fiel.

»Und jetzt der Clou«, hatte sie gesagt, als sie fertig war. Sie hob den Teppich in ihrem Zimmer an und trat auf das lose Brett im Fußboden. Ich hatte das schon öfter gesehen, denn dort bewahrte sie ihre Schätze auf, Sachen, die sie nicht verlieren oder verlegen wollte – was bei ihr zu Haus ständig passierte. Sie griff in das Loch, das sich auftat, und holte ein kleines Parfümfläschchen heraus, von dem sie sich je einen Tropfen auf die Handgelenke und den Hals tupfte. »Sonst würde Milly alles verbrauchen.« Sie reichte mir das Fläschchen, aber ich schüttelte nur den Kopf. »Dieses Zeug ist wahnsinnig teuer«, erklärte sie. »Meine Tante hat es mir geschenkt.« Dann steckte sie das Parfüm wieder ins Loch, klappte das lose Brett runter und deckte den Teppich darüber. Sie lächelte mich an und sagte, was sie immer sagte, wenn wir zusammen ausgingen: »Auf zum besten Abend aller Zeiten!«

Daran musste ich denken, als ich mich mit Parfüm besprühte. Dann verschloss ich die Flasche wieder und sah in den Spiegel. Das rückenfreie Kleid war so spektakulär wie immer, wenn ich es bei Zweite Chance bewundert oder sogar anprobiert hatte, aber ich war mir nicht mehr sicher, ob es für diesen Abend das Passende war. Eigentlich hatte ich Frank damit beeindrucken wollen, aber gerade das war ja das Verwerfliche.

»Okay«, sagte ich mit Blick auf mein Spiegelbild, nahm die Schultern zurück und sagte, was Sloane in diesem Fall ja nicht sagen konnte: »Auf zum besten Abend aller Zeiten!«

Vorsichtig ging ich die Treppe hinunter und hielt dabei den Kleidersaum hoch. Unten angekommen rief ich meinen Eltern einen Abschiedsgruß zu. Ich hatte ihnen von der Gala erzählt, und meine Mutter hatte mir sogar ihre Perlenclutch als Leihgabe angeboten, was ich dankend angenommen hatte, ohne ihr zu gestehen, dass ich das Teil kürzlich schon einmal ohne ihr Wissen benutzt hatte.

Auf dem Weg zu meinem Wagen fiel mir plötzlich ein, dass ich noch gar nicht wusste, wo die Gala überhaupt stattfinden sollte. Ich holte mein Handy heraus und sah, dass Frank eine weitere SMS geschickt hatte, die ich offenbar verpasst hatte, als ich unter der Dusche war.

Randolph Farms Lane 21. Bis dann!

Völlig entgeistert starrte ich eine Weile darauf. Dann sah ich nach, ob Frank noch eine SMS geschickt hatte, um zu sagen, dass es ein Witz sein sollte oder dass er sich geirrt hatte. Aber es war die einzige. Ich öffnete also die Wagentür, um zu einer Party zu fahren, die in dem Haus stattfand, wo Sloane während der letzten zwei Jahre gewohnt hatte.

* * *

APRIL

Drei Monate zuvor

»Noch eine Folge?« Sloane sah mich fragend an.

Mir brannten schon die Augen, aber ich nickte und sagte: »Unbedingt.« Seit fünf Stunden sahen wir uns *Psychic Vet Tech* an, eine Serie, für die wir uns gar nicht interessiert hatten, als sie Anfang des Jahres gestartet war. Heute Abend hatten wir sie uns zum ersten Mal angesehen und eigentlich vorgehabt, uns darüber lustig zu machen, aber dann hatten wir Blut geleckt und konnten gar nicht genug davon bekommen. Ich übernachtete bei Sloane, was immer viel lustiger war, als wenn sie bei mir übernachtete. Bei mir schwirrte meine Mutter um uns herum, fragte, ob wir etwas brauchten, und sah alle naselang nach dem Rechten. Aber wenn ich bei Sloane übernachtete, waren ihre Eltern meist nicht mal da. So auch heute. Milly und Anderson waren ausgegangen und wollten über Nacht wegbleiben, vielleicht sogar übers Wochenende. Sloane wusste es nicht genau und hatte die Rolle der Gastgeberin übernommen, indem sie uns Cola Light mit Zitronenscheiben in Weingläsern kredenzte und etwas zu essen kochte.

»Meine Spezialität«, sagte sie und probierte etwas aus einem der Töpfe, die auf dem Herd standen. Sie verzog das Gesicht und würzte mit Pfeffer nach. »Es ist das Einzige, was ich kochen kann, Penne all'arrabbiata. Nur dass wir keine Penne im Haus hatten, deswegen habe ich Spaghetti genommen.«

»Woher hast du das Rezept?«, fragte ich. Ich lehnte am Küchentresen und nippte an meiner Cola. Natürlich hätte ich ihr meine Hilfe anbieten können, aber Sloane - und die ganze Situation - hatten etwas so Glamouröses, etwas so Erwachsenes, dass ich es einfach nur genießen wollte.

Kritisch blickte Sloane auf den Zettel, den sie die ganze Zeit benutzt hatte, und zog den Bleistift aus ihrem Haar, sodass es herabfiel. Genervt stricht sie es sich aus dem Gesicht und kritzelte etwas auf den Zettel, zwirbelte ihr Haar wieder zusammen und steckte es mit dem Bleistift fest. »Für die Soße?«, fragte sie. »Von meiner Tante. Außerdem hab ich ihr Rezept abfotografiert, aber ich habe es mir nicht aufgeschrieben, und jetzt kann ich die Kamera nicht wiederfinden, also versuche ich es aus dem Kopf nachzukochen.« Sie rührte in einem Topf auf der hinteren Herdplatte, in dem etwas blubberte. »Vielleicht ist es danebengegangen«, sagte sie, aber das schien ihr keine Sorgen zu machen. »Mach dich also auf was gefasst.«

Aber die Pasta schmeckte ganz köstlich. Zum Essen waren wir in Andersons Arbeitszimmer gegangen und hockten mit unseren Tellern auf den Knien auf den Ledersofas. Dabei schauten wir uns die Serie an und identifizierten uns immer mehr mit Willa, der Heldin, die in einer Tierklinik arbeitete, mit ihren vierbeinigen Patienten kommunizieren konnte und deren Wissen nutzte, um Verbrechen aufzuklären.

»Wahnsinn«, sagte Sloane jetzt, als wir uns reckten und streckten. »Ich glaube, zwei Folgen schaffe ich heute noch. Was meinst du?«

»Bestimmt«, sagte ich, aber ich ahnte schon, dass wir uns die ganze erste Staffel ansehen würden, bis uns ungefähr bei Sonnenaufgang die Augen zufielen. So war es nämlich immer, wenn wir uns bei Sloane einen Fernsehabend machten. Ich stand auf, um die Teller in die Küche zu bringen. Außerdem waren unsere Gläser leer. »Möchtest du noch was trinken?«

»Unbedingt«, sagte Sloane, kuschelte sich auf die Couch und machte die nächste Episode startklar. »Bring doch einfach den Wein aus dem Kühlschrank mit.«

»Okay«, sagte ich und hoffte, nicht so verblüfft zu klingen, wie ich war. Sloane sagte immer, dass es ihren Eltern egal war, ob wir Alkohol tranken, auch wenn sie da waren, aber da das bei mir zu Haus ganz anders war, hatte ich mich noch nicht daran gewöhnt.

Ich ging in die Küche und ließ mir Zeit, um mich in Ruhe umzusehen. Der Unterschied zwischen diesem Haus und meinem Zuhause hätte nicht größer sein können. Dieses Haus war voller Antiquitäten, wertvoller Teppiche und Ölgemälde, die mit Spots beleuchtet wurden. Als ich in die Küche ging, um die Teller ins Spülbecken zu stellen, machte ich kein Licht. Bei uns zu Haus war die Küche das Herzstück des Hauses, wo sich das ganze Leben abspielte, aber bei Sloane war es ein ziemlich unbenutzter Raum. Als ich hier zum ersten Mal den Kühlschrank aufgemacht hatte, war ich schockiert, als ich sah, dass nur ein paar Fertiggerichte darin lagen, eine Flasche Champagner und ein paar Tütchen Ketchup. Ich hatte gar nicht für möglich gehalten, dass es Kühlschränke gab, in denen keine große Ketchupflasche stand. Jetzt machte ich den Kühlschrank wieder auf und griff nach der Weinflasche.

»Amüsiert ihr euch gut?« Ich wirbelte herum und mein Herz klopfte bis zum Hals. Milly stand hinter mir am Küchentisch, ein Glas Rotwein in der Hand. Ich hatte gar nicht gemerkt, dass Sloanes Eltern zurückgekehrt waren. Offenbar waren sie, wie üblich, mit feinen Leuten zusammen gewesen, denn Milly trug ein bodenlanges Kleid mit Perlen, das ihre nackten Füße umspielte.

»Oh«, sagte ich und sah auf die Flasche Wein in meiner Hand, die mir oberpeinlich war. Selbst wenn Sloanes Eltern nichts dagegen hatten, dass sie Alkohol trank, musste ihre Mom mich ja nicht unbedingt mit ihrem Chardonnay in der Hand erwischen. »Ja, wir ...«

»Mach doch bitte den Kühlschrank zu, ja?«, sagte Milly. Sie hatte kein Licht gemacht und hielt sich die Hand vor die Augen, weil das Kühlschranklicht sie blendete. Ich machte die Tür zu und die Küche wurde wieder dunkel.

»Ähm«, sagte ich und wusste nicht, was ich tun sollte. Den Wein verstecken? Ihn zurückstellen? So tun, als sei alles in Ordnung? »Vielen Dank, dass ich hier übernachten darf.«

»Ist doch selbstverständlich, Amanda«, sagte Milly und nippte an ihrem Wein. »Das Vergnügen ist ganz unsererseits.«

Ich lächelte nur und beschloss, uns beiden die Peinlichkeit

zu ersparen, sie auf ihren Fehler aufmerksam zu machen. Außerdem gehörte es sich nicht, Erwachsene zu korrigieren. Trotz der Dunkelheit musste Milly mir aber angesehen haben, dass ich bei dem Namen zusammengezuckt war oder ein komisches Gesicht gemacht hatte, denn sie setzte ihr Glas ab und musterte mich fragend. »Nicht Amanda«, sagte sie dann und schüttelte den Kopf. »Meine Güte, was ist bloß mit meinem Gedächtnis los?«

»Emily«, sagte ich, lachte und hoffte, dass es nicht zu gewollt klang.

»Ja, natürlich«, sagte Milly und lachte nun selbst. »Ich würde noch meinen eigenen Kopf vergessen, wenn er nicht fest auf dem Hals säße.« Ich nickte und wollte etwas Unverfängliches sagen, beispielsweise über das Wetter, als Milly nachdenklich fortfuhr: »Nein, nein. Amanda hieß ja Sloanes beste Freundin in Palm Beach.«

Dann trank sie wieder einen Schluck Wein, als sei alles in Ordnung, und ich versuchte mir nicht anmerken zu lassen, wie schockiert ich war. Sloane hatte diese Amanda nämlich noch nie erwähnt.

»Und dann war da noch ... Wie hieß noch das Mädchen in South Carolina?«, fragte Milly und trommelte mit den Fingern auf den Tisch. Inzwischen war es eher ein Selbstgespräch, das sie da führte. »Als wir bei meiner Schwester Laney wohnten ...« Plötzlich wurde mir klar, dass das Glas Rotwein nicht ihr erster Drink des Abends war. Ihre Stimme hatte etwas Unstetes, das mich nervös machte. Das und die Tatsache, dass sie nichts gegen die Weinflasche in meiner Hand hatte, gab mir das Gefühl, dass es hier niemanden gab, der Verantwortung für irgendetwas übernahm. »Charlotte!«, sagte Milly triumphierend und trank einen Schluck.

Ich lachte höflich, aber in meinem Kopf drehte sich alles. Irgendetwas sagte mir, dass ich Sloane nicht nach ihren anderen Freundinnen fragen durfte. Außerdem war es eine unschöne Vorstellung, dass sie, wenn ich es doch tat, alles Mögliche über sie erzählen würde – über Mädchen, von deren Existenz ich bis jetzt nichts gewusst hatte. Ich sagte mir zwar, dass es kein Drama war und dass ich es mir nicht so zu Herzen nehmen sollte, aber das nützte nicht viel.

»Em!« Ich drehte mich in die Richtung, aus der Sloanes Stimme kam. Wahrscheinlich wunderte sie sich inzwischen, wo ich so lange blieb. »Komm her! Die nächste Episode heißt *Der Diamant und der Dackel*, das klingt doch vielversprechend, oder?«

»Ich sollte dann mal wieder …«, sagte ich und machte einen Schritt auf die Tür zu.

»Natürlich«, sagte Milly und lächelte vage. Da sie die Weinflasche nicht zurückforderte, nahm ich sie mit. »Es war schön, dich einmal wiederzusehen, Liebes.«

Ich zwang mich zu einem Lächeln und sagte: »Ganz meinerseits.« Ich war mir ziemlich sicher, dass sie schon wieder vergessen hatte, wie ich hieß. Ich ging ins Arbeitszimmer zurück, ohne mich noch einmal umzusehen, und lümmelte mich neben Sloane aufs Sofa.

»Endlich«, sagte sie, nahm mir die Flasche ab und schenkte uns beiden ein Glas ein. »Ich dachte schon, du hättest dich verlaufen.«

Ich war drauf und dran, ihr zu erzählen, dass ihre Eltern zurück waren, als mir klar wurde, dass ich keine Ahnung hatte, wie lange sie schon wieder im Haus waren. Fakt war, dass sie ihre Tochter nicht mal begrüßt hatten. Plötzlich vermisste ich meine Mutter ganz schrecklich und fand es gar nicht mehr so schlimm, dass sie andauernd in mein Zimmer schaute, wenn jemand bei mir übernachtete. Wenigstens konnte ich mich darauf verlassen, dass sie immer für mich da sein würde. »Ich wollte mich nicht zu schnell bewegen«, sagte ich, griff nach der Fernbedienung und richtete sie auf den Fernseher. Dann grinste ich Sloane an. »Ich hab zu viel von deiner Pasta gegessen. Und, bist du bereit?«

Sloane klatschte in die Hände und grinste zurück. »Aber immer doch.«

14

Etwas klauen

Ich stand mit dem Rücken zu einer Wand, die einmal zu Sloanes Wohnzimmer gehört hatte, ein Glas Mineralwasser in der Hand, das mir ein umherwandernder Kellner überreicht hatte. Ich trank es in großen Schlucken und hoffte, dass es mir einen klaren Kopf verschaffen würde. Ich verstand nämlich immer noch nicht, was hier vorging. Ich kam mir vor wie in einem Albtraum oder wie in einem experimentellen Stück meiner Eltern, in dem alles darauf angelegt ist, das Publikum zu verunsichern.

Ich befand mich in Sloanes Wohnzimmer, das immer noch Sloanes Wohnzimmer war. Nichts fehlte. Die Möbel, die Teppiche, die Ölgemälde mit ihren Spots, die ledergebundenen Bücher in den Regalen – alles war da. Aber das ergab keinen Sinn. Warum hatten die Williams' all ihre Sachen hiergelassen? Zuerst hielt ich es für ein Indiz, dass sie zurückkommen würden, aber dann sagte ich mir, dass es Wunschdenken war. Und nach einer Weile kam mir ein anderer Gedanke: Vielleicht hatten sie die Sachen zurückgelassen, weil sie ihnen gar nicht gehörten.

Das Haus war voller Menschen, die ungefähr im Alter

meiner Eltern waren, aber sie trugen Smokings und Abendkleider und ließen sich von Kellnern bedienen. Als ich hereingekommen war, hatte Frank mir zugewinkt, aber die Freunde seiner Eltern nahmen ihn voll in Anspruch. Das war mir nur recht, denn ich wusste immer noch nicht, wie ich ihm gegenübertreten sollte. Seine Eltern standen mitten im Zimmer und vermittelten den Eindruck eines glücklichen Paars – nur wenn man genau hinsah, konnte man merken, wie weit sie auseinanderstanden und dass sie praktisch kein Wort miteinander redeten.

Ich sah mich in dem Zimmer um, das ich so gut kannte und von dem ich angenommen hatte, ich würde es nie wiedersehen oder es würde dann ganz anders aussehen. Ich lutschte an einem Eiswürfel, und von der Kälte taten mir die Zähne weh, aber das war gut gegen die Sehnsucht, die mich in diesem Haus überkam. Als ob das noch nötig wäre, wo ich Sloane doch ohnehin ganz schrecklich vermisste!

Ich schüttelte mein Glas, um die Eiswürfel klirren zu hören, und plötzlich wurde mir klar, dass das mit dem Vermissen gar nicht stimmte, jedenfalls nicht in letzter Zeit. Und dass es bei der Liste nicht mehr um Sloane ging, sondern um mich. Und um Frank und Dawn und sogar Collins. Aber was hatte das zu bedeuten und was erwartete ich eigentlich? Ich trank noch einen Schluck Wasser und überlegte, wie lange ich wohl noch auf dieser langweiligen Gala bleiben musste. Ich war nervös und fühlte mich unwohl, weil mich das Haus mit Problemen konfrontierte, die ich in letzter Zeit fast vergessen hatte. Am liebsten wäre ich nach Haus gegangen und hätte mich dort so lange verkrochen, bis alles wieder seine Richtigkeit hatte.

Ich entdeckte Collins am anderen Ende des Zimmers und winkte ihm zu. Er sah mich, schaute aber weg. Dann holte er Luft, drehte sich um und kam auf mich zu, beide Hände in den Taschen seines Smokings vergraben. Sein Outfit war großes Kino: dunkelrote Fliege, gleichfarbiger Kummerbund und passendes Einstecktuch.

»Du siehst ja toll aus«, sagte ich, als er vor mir stand.

»Danke«, sagte er, sah mich kurz an und murmelte: »Nettes Kleid.« Es klang nicht gerade wie ein Kompliment. Das Haus war überhitzt von den vielen Leuten, und die Luft war stickig, trotzdem fröstelte ich bei dem Gedanken an den Blick, den Collins mir zugeworfen hatte, als ich aus Franks Zelt gekrochen war.

Als könnte er Gedanken lesen, sah Frank zu Collins und mir herüber und machte ein Gesicht, als wollte er sagen: *Tut mir leid, wie es hier läuft.*

»Hör mal«, sagte ich zu Collins, holte tief Luft und beschloss, ohne Vorrede zur Sache zu kommen. »Neulich Morgen ... was du da gesehen hast ... ich in Franks Zelt ... Da ist nichts passiert. Es war bloß, weil ... Ich hatte kein Kissen mitgebracht.«

»Ich dachte doch gar nicht, dass was passiert ist«, sagte Collins.

»Ach so«, sagte ich. Er hatte mir den Wind aus den Segeln genommen, nachdem ich mich auf eine längere

Debatte eingestellt hatte. »Ich wollte bloß nicht, dass du was Falsches von mir denkst.«

»Tu ich doch gar nicht«, sagte er genervt. »Komm runter! Wir sind doch Freunde.« Ich sah ihn an, und er schien meine Gedanken zu lesen, denn er ging in Verteidigungsstellung und fragte: »Oder etwa nicht?«

»Na ja, ich ...«, begann ich. Ich hatte nicht damit gerechnet, dieses Gespräch mit ihm zu führen, aber nachdem ich einmal damit angefangen hatte, konnte ich ihm auch endlich sagen, was mich schon den ganzen Sommer wurmte. »Manchmal habe ich das Gefühl, dass du ... mich nicht dabeihaben willst«, sagte ich und fügte schnell hinzu: »Nicht immer, aber es ist ziemlich irritierend.«

Collins sah mich nachdenklich an, dann machte er eine Kopfbewegung in Richtung Veranda. Ich nickte, und er ging voran, als sei er derjenige, der das Haus in- und auswendig kannte und tausendmal mit Sloane auf den edlen Gartenstühlen gesessen hatte, die Füße aufs Geländer gelegt, den Blick gen Sternenhimmel gerichtet, um dabei stundenlang zu quatschen.

Jetzt war niemand auf der Veranda, vielleicht wegen der hohen Luftfeuchtigkeit nach dem vielen Regen, außerdem waren weitere Wolkenbrüche angekündigt. »Willst du wirklich darüber reden?«, fragte Collins, als ich hinter ihm aus dem Haus getreten war. Ich nickte, und er sagte: »Unter einer Bedingung: Die Wahrheit und nichts als die Wahrheit!«

»Okay«, sagte ich. »Nichts als die Wahrheit.«

Collins wandte sich kurz ab und sah in die Hügellandschaft, die sozusagen Sloanes Hintergarten darstellte. Dann sah er mich wieder an und sagte: »Frank ist mein bester Freund, seit wir Kinder waren. Trotzdem hat er seit Jahren praktisch nur noch Zeit für mich, wenn Lissa was anderes vorhat, wenn er gerade nicht als Jahrgangssprecher unterwegs ist oder eine neue Froschart entdeckt, die dringend gerettet werden muss.«

»Collins«, begann ich, aber er brachte mich mit einer Handbewegung zum Schweigen.

»Ist schon okay«, sagte er. »Es ist, wie es ist, und das habe ich immer akzeptiert. Aber in diesen Ferien, als Lissa nach Princeton fuhr und Frank weder die Welt retten noch das brillanteste Geschichtsreferat aller Zeiten schreiben musste, dachte ich, das würde *unser* Sommer, ein Frank-und-Collins-Sommer. Wir würden zusammen jobben, abends zusammen abhängen und …«

»Aber so war's doch«, sagte ich und merkte selbst, wie defensiv ich klang, denn ich wusste schon, worauf er hinauswollte.

»Ja, ungefähr eine Woche lang«, sagte er. »Bis du aufgetaucht bist.«

Ich musste schlucken. Dass ich mich bereit erklärt hatte, ehrlich zu sein, bedeutete nicht, dass mir dieses Gespräch gefiel. »Aber …«, begann ich wieder.

»Diesen Campingtrip hatte ich schon vor ewigen Zeiten geplant, und als es dann regnete und wir in das unbewohnte Haus umzogen, um die Sache noch irgendwie zu retten, kam Frank auf die glorreiche Idee, dich und Dawn einzuladen.« Collins schnaubte, stand mit eingezogenen

Schultern da und starrte wütend auf die Holzbohlen der Veranda.

»Ich wollte mich nicht zwischen euch stellen«, sagte ich nach einer Weile und hoffte, dass er das selbst wusste. »Es tut mir wirklich leid.«

»Ich weiß, dass du mir keins auswischen wolltest«, sagte er, schüttelte aber frustriert den Kopf. »Auch Frank war gar nicht bewusst, was er da tat. Aber immer nur zweite Wahl zu sein, habe ich, ehrlich gesagt, so was von satt!«

Collins' Gesichtsausdruck kam mir plötzlich sehr vertraut vor. Es war der gleiche, den ich aufgesetzt hatte, als Sam für Sloane wichtiger wurde als ich. Und ich erinnerte mich daran, warum ich nachmittags in der Schule das Laufen geschwänzt hatte: um die wenigen Stunden zu nutzen, die ich noch mit ihr allein verbringen konnte. »Verstehe«, sagte ich leise.

»Allerdings«, sagte Collins bedeutungsvoll. »Oder wenigstens wirst du es bald genug verstehen.«

»Was soll das heißen?«, fragte ich. Collins sah mich an, als überlegte er, wie viel er mir verraten sollte oder durfte. »Die Wahrheit und nichts als die Wahrheit!«, erinnerte ich ihn.

»Okay«, sagte er und verschränkte die Arme. »Was, glaubst du, passiert, wenn Lissa zurückkommt?«

Diese Frage, gepaart mit meinen Erkenntnissen aus dem Zelt, traf mich wie ein Schlag. »Ich ... Was willst du damit sagen?«

»Du glaubst doch nicht im Ernst, dass er dann noch halb so viel Zeit für dich hat! Das Gleiche gilt für Dawn.

Was meinst du, wie viel Zeit sie noch für dich hat, wenn sie wieder in Hartfield zur Schule geht?« Er sah mich aufmerksam an, und mir wurde klar, dass er schon den ganzen Sommer über viel mehr mitbekommen haben musste, als ich ihm zugetraut hätte. »Bis September ist nicht mehr viel Zeit, Emily. Ich weiß ja, dass du deine beste Freundin verloren hast, aber bei deinem Versuch, für Ersatz zu sorgen, hast du dich ziemlich vergriffen.«

Ich trat einen Schritt zurück und hatte das Gefühl, geohrfeigt worden zu sein. »Das war doch nicht ...«, fing ich an. »So war das doch gar nicht!« Offenbar hatten seine Worte einen Nerv getroffen, sonst hätte ich nicht so vehement reagiert. Im Grunde hatte er nur ausgesprochen, was ich selbst schon gedacht hatte.

»Schon okay«, sagte Collins, als sei das Thema für ihn erledigt.

»Und wir?«, fragte ich beinahe herausfordernd. »Bleiben wir denn nicht Freunde?« Noch wollte ich nicht wahrhaben, dass alles, was sich diesen Sommer entwickelt hatte, in ein paar Wochen vorbei sein würde.

»Klar bleiben wir Freunde«, sagte Collins. »Aber ...« Mit diesem Wort kehrte der alte Collins zurück, sogar seine Körperhaltung änderte sich. »Wenn ich die Glückliche kennenlerne, die meine Nummer eins wird, wirst du davon vielleicht nicht mehr so viel merken.« Er zwinkerte mir zu. »Du verstehst?«

»Willst du wirklich die Wahrheit hören?«, fragte ich und hatte plötzlich das Bedürfnis, genauso offen zu sein wie er. Er sah mich misstrauisch an, nickte aber. »Du bemühst dich immer nur um die Ballköniginnen, weil du ganz genau weißt, dass sie dir einen Korb geben werden.« Es war nur so ein Gedanke, aber als er rot wurde, begriff ich, dass ich recht hatte. »Warum sprichst du nicht mal ein Mädchen an, das Ja sagen könnte?«

Er schüttelte den Kopf. »Ich erwarte nicht, dass du das verstehst, Emily«, sagte er nach kurzer Überlegung. »Aber wer will denn schon mit mir ausgehen?« Seine Stimme wurde ganz brüchig, und nachdem ich den ganzen Sommer über sein großspuriges Auftreten bewundern durfte, seine theatralischen Gesten und quietschbunten Polohemden, hatte ich zum ersten Mal das Gefühl, sein wahres Gesicht zu sehen, einen ehrlichen, wehrlosen Jungen. Nicht Cool Collins, wie er am liebsten genannt wurde, obwohl eigentlich nur Doug bei IndoorXtreme das tat. Nein, das hier war der echte Collins, und der war traurig und enttäuscht. Er lachte bitter auf und sagte: »Ich bin nicht gerade ein Hauptgewinn.«

»Klar bist du das«, sagte ich zu meiner eigenen Überraschung. Es machte mich beinahe wütend, dass er sein eigenes Potenzial nicht erkannte. »Frag mal Dawn, wie sie das sieht.« Ich konnte nur hoffen, ihre Bemerkungen über ihn richtig verstanden zu haben, ganz zu schweigen von ihren Schwierigkeiten, mal nicht in seine Richtung zu sehen, als wir nackt badeten.

Collins sah mich überrascht an, dann senkte er den Blick. »Meinst du wirklich, sie würde Ja sagen?«, fragte er schließlich so nervös, wie ich ihn noch nie gesehen hatte.

Gern hätte ich das bestätigt, aber ich war mir über gar

nichts mehr sicher. Also fragte ich nur: »Was wäre denn das Schlimmste, was passieren kann?«, und versuchte zuversichtlich zu lächeln. Er lächelte unsicher zurück, und in dem Moment ging die Verandatür auf.

»Matthew!« Eine ältere Frau winkte ihn herein. Zusammen mit einem älteren Mann hatte sie fast den ganzen Abend auf Frank eingeredet. Collins sah mich an und schien das Gespräch noch nicht beenden zu wollen, aber die Frau ließ nicht locker und gestikulierte mit schwer beringten Händen, die das Licht aus dem Wohnzimmer reflektierten und als helle Punkte auf die Wände zurückwarfen.

»Sorry«, sagte Collins zu mir. »Ich muss dann wohl ...«

»Geh nur«, sagte ich. »Ich komme allein zurecht.« Er nickte und ging ins Haus, und eine Minute später folgte ich ihm. Als ich durchs Wohnzimmer ging, spürte ich, dass Frank Blickkontakt suchte, aber ich sah stur in mein Glas. Hier und da schnappte ich Gesprächsfetzen auf – architektonische Fachbegriffe, die ich nicht verstand, aber auch andere rätselhafte Bemerkungen.

Ja, atemberaubend, dieses Haus, nicht wahr? Alles original Harrison-Möbel ... treuhänderisch verwaltet ... Erbschaftsstreitigkeiten ... vermieten, denke ich ... nein, nein, schon länger nicht mehr ...

In jedem Zimmer, das ich betrat, sah ich Sloane. Auf der Couch hatten wir uns komplette Fernsehserien reingezogen, auf dem Tisch hatten wir einen ganzen Becher Eis verputzt, während sie mir von ihrem ersten Kuss mit Sam erzählte, auf der Arbeitsplatte hatte sie sämtliche

Lidschatten ausgebreitet, die sie besaß, und versucht, meine Augen so zu schminken, dass die unterschiedlichen Farben nicht auffielen.

Ich übergab mein leeres Glas einem gelangweilten Kellner und mein Blick fiel auf die Treppe am Ende des Hausflurs. Jemand hatte eine Kordel davor gespannt und die oberen Räume zur No-go-Area gemacht.

Ich ging auf die Treppe zu und dachte mir eine Ausrede aus, falls ich eine brauchen sollte. *Ich suche die Toilette. Was? Eine Kordel? Das habe ich gar nicht gesehen. Ich habe mich verlaufen.* Dann vergewisserte ich mich mit einem Blick über die Schulter, ob auch niemand in meine Richtung sah, und lief schnell nach oben.

Genau wie unten war auch hier alles wie früher – der Flurtisch, die Ölgemälde, die eingerahmten Landkarten. Zuerst sah ich am Ende des Flurs lange aus dem Fenster mit den beigefarbenen Vorhängen, in das ich Sloane bei unserer ersten Begegnung mit einer Räuberleiter hineingeholfen hatte, nachdem sie gesagt hatte, sie habe auf mich – oder jemanden wie mich – gewartet.

Irgendwann riss ich mich von der Erinnerung los und ging weiter zu Sloanes Zimmer – oder besser: Sloanes früherem Zimmer. Vor der Tür blieb ich stehen und betete, dass es nicht abgeschlossen war. Doch der antike Türknauf ließ sich problemlos drehen. Vorsichtshalber sah ich mich noch einmal um, bevor ich das Zimmer betrat.

Es war genauso eingerichtet wie immer, doch irgendwie sah alles anders aus. Als Sloane noch da war, hatten überall Sachen herumgelegen – Schminkutensilien, Klamotten und die britischen Modemagazine, die sie sich mit der Post schicken ließ. Truhen, Kommoden und sogar der größte Teil des Fußbodens waren damit bedeckt. Um den Baldachin ihres Betts hatte sie eine Lichterkette gewunden, und an ihrem Spiegel steckten früher Fotos – von ihr und mir, ihr und Sam – sowie Zeitungsausschnitte. Jetzt war der Spiegel leer, nichts erinnerte mehr an sie. Es war ein x-beliebiges Zimmer, das jedem und keinem gehören konnte.

In diesem Zimmer war der Verlust spürbarer als im Rest des Hauses. Schrecklich! Ich wollte schon wieder gehen, als mir plötzlich etwas einfiel.

Der Teppich war noch derselbe. Ich hob ihn an und versuchte mich daran zu erinnern, welches das lose Bodenbrett war. Als ich es fand, bewegte es sich nur ein bisschen, aber als ich fester zutrat, schnellte es hoch. Zu unterschiedlichen Zeitpunkten hatte Sloane unterschiedliche Dinge darin versteckt – je nachdem, was ihr gerade wichtig war. Jetzt entdeckte ich darin nur eine ihrer Einwegkameras, die mit einer feinen Staubschicht bedeckt war. Ich holte sie heraus und wischte sie ab. Sloane hatte sie nicht beschriftet, aber es sah aus, als sei der Film voll.

Ich weiß nicht, was ich erwartet hatte. Enttäuscht legte ich das Brett wieder ein und deckte den Teppich darüber. Dann verließ ich das Zimmer, schloss die Tür hinter mir und ging schnell die Treppe hinunter, obwohl mich nichts zu der Party zurückzog.

Ich erreichte das Wohnzimmer, ohne angesprochen zu

werden, und sah, dass Franks Eltern jetzt noch weiter auseinanderstanden und ihr Lächeln erstarrt war. Frank selbst war nirgends zu sehen. Ich versuchte, die Kamera in meine Handtasche zu stecken, aber in so eine Clutch passt ja außer Autoschlüssel und Ausweis fast nichts hinein, jedenfalls kein Fotoapparat. Also beschloss ich, die Kamera in meinen Wagen zu bringen, und war froh über eine Gelegenheit, die Party für einen Augenblick verlassen zu können.

»Hey!« Bevor ich die Haustür öffnen konnte, sprach mich jemand von hinten an. Ich drehte mich um und sah Frank hinter mir. Sein Haar war so zerzaust, als sei er vor Verzweiflung mehrfach mit den Händen hindurchgefahren. Trotzdem machte er in seinem Smoking eine umwerfende Figur, und ich zwang mich, woanders hinzusehen, weil ich ihn sonst bestimmt voller Bewunderung angegafft hätte.

»Hey«, sagte ich mit Blick auf meine Schuhe. »Wie geht's?«

Er machte eine Kopfbewegung nach hinten, wo seine Eltern nun in verschiedenen Ecken des Wohnzimmers standen. »Geht so«, sagte er finster. »Wolltest du gerade gehen?«

»Na ja …«, sagte ich und sah auf die Kamera in meiner Hand. »Eigentlich wollte ich nur eben zu meinem Wagen und –«

»Wenn du sowieso gehst«, unterbrach Frank mich, der offenbar gar nicht zugehört hatte, »nimm mich bitte mit. Ich muss hier raus.«

»Oh«, sagte ich. »Ähm, klar.« Die Party verlassen – nichts lieber als das. Aber durfte Frank das überhaupt? Es schien ihm jedenfalls egal zu sein. Er hielt mir die Haustür auf, und als ich an ihm vorbei ins Freie trat, hörte ich ihn japsen.

»Was für ein Wahnsinnskleid!«, sagte er mit Blick auf meinen unverhüllten Rücken.

Zusammen gingen wir die Stufen vorm Haus hinunter – die Stufen, auf denen ich neben Sloane gesessen hatte, während wir Berge von Illustrierten lasen und uns sonnten, die Stufen, auf denen ich gesessen hatte, als ich Sloane verzweifelt suchte. »Was soll das heißen?«, fragte ich. »Findest du es gut oder nicht?« Frank wollte gerade antworten, als in der Ferner Donner grollte. »Wir sollten uns lieber beeilen«, sagte ich. »Mein Verdeck ist offen.«

Wir gingen Sloanes Einfahrt hinunter. Um zu verhindern, dass irgendwelche Bediensteten meinen Wagen parkten, hatte ich ihn am Ende einer endlosen Reihe parkender Wagen selbst am Straßenrand abgestellt, deswegen mussten wir ein Stück laufen.

»Danke«, sagte Frank.

»Kein Ding.« Ich sah aus dem Augenwinkel, dass er die Hände in die Taschen grub. Ich kannte ihn gut genug, um zu wissen, dass ihm etwas auf der Leber lag. »Darfst du überhaupt schon gehen?«, fragte ich.

»Was soll's?«, sagte er nur. »Ich hätte gar nicht erst hingehen sollen. Tut mir leid, dass ich dir das zugemutet habe.«

»Schon okay«, sagte ich. In dem Moment donnerte es

wieder, und wir begannen zu laufen. Der Wind wurde stärker. Plötzlich merkte ich, dass wir uns genauso positioniert hatten (er am Straßenrand, ich in der Straßenmitte) wie sonst beim Laufen, nur dass wir Abendgarderobe statt T-Shirts und Shorts trugen. Aber die Stimmung war anders. Schon den ganzen Abend lang hatte eine gewisse Spannung zwischen uns geherrscht, und ich hatte nicht das Gefühl, dass es nur an mir lag. Ich schloss den Wagen auf und wir stiegen ein. Ohne Musik einzuschalten, wendete ich und fuhr auf dem Weg zur Hauptstraße noch einmal an Sloanes Haus vorbei. Hinter den hell erleuchteten Fenstern sah ich das Partyvolk in Smoking und Abendkleidern, was dem Bild entsprach, das ich immer von diesem Haus gehabt hatte, und heute Abend war ich dabei gewesen, als es seine Funktion als perfekte Kulisse erfüllte. Aber es hatte sich ganz anders angefühlt, als ich es mir immer vorgestellt hatte. Es war einfach nur traurig gewesen.

Ich bog in die Straße ein, die zu Franks Haus führte, und fuhr etwas schneller als sonst, weil ich befürchtete, dass es jeden Moment anfangen würde zu regnen. Andauernd musste ich an die Plane und das Brett denken, die beide warm und trocken in unserer Garage lagen. Auf halbem Weg sah ich Frank von der Seite an. Keiner von uns hatte bis jetzt etwas gesagt. Mit verkniffenem Mund saß er da und sah aus dem Seitenfenster. Spätestens jetzt wusste ich, dass etwas nicht stimmte. »Alles in Ordnung?«, fragte ich.

»Weiß ich nicht«, sagte er und warf mir einen kurzen

Blick zu. Plötzlich wusste ich, dass es nicht nur um seine Eltern ging. Vielmehr war er wütend auf mich. »Was ist mit dir los?«, fragte er. »Du verschwindest aus dem Zelt, ohne dich zu verabschieden, du beantwortest meine SMS nicht, und dann tauchst du heute Abend in diesem Kleid auf …«

»Was hast du gegen das Kleid?«, fragte ich und zupfte unsicher am Ausschnitt.

»Nichts«, sagte Frank und schüttelte unwillig den Kopf. »Ich hab mir bloß Sorgen gemacht, das ist alles.«

»Tut mir leid«, sagte ich. »Ich habe bloß … über ein paar Dinge nachgedacht.«

Einen Moment lang sah er mich an, bevor er den Blick wieder abwandte. »Ich auch«, sagte er. Ich nickte, traute mich aber nicht zu fragen, worüber. Was, wenn Collins recht hatte und Frank klar geworden war, dass es mit unserer Freundschaft aus war, sobald Lissa zurückkam? »Emily«, begann er, aber in dem Moment fing es an zu regnen.

»O Gott«, sagte ich und drückte aufs Gas. »Tut mir wirklich leid.« Der Regen wurde stärker und ich schaltete die Scheibenwischer ein. Obwohl ich nicht direkt unter dem offenen Verdeck saß, wurde ich ganz nass, weil es so stark regnete. Je nach Windböe bekam ich den Regen direkt von oben oder von der Seite ab. Ich griff ins Türfach, holte Sloanes Kamera heraus und gab sie Frank. »Legst du die bitte ins Handschuhfach?«, sagte ich laut, um den auffrischenden Wind und den immer stärker werdenden Regen zu übertönen.

Frank sah mich fragend an, als er die Kamera entgegennahm, aber ich konzentrierte mich aufs Fahren, weil ich sein Haus erreichen wollte, bevor er völlig durchnässt war oder einer von uns etwas Dramatisches sagte.

Ich bog in seine Einfahrt, legte den Parkgang ein und dachte, er würde aussteigen und schnell ins Haus rennen. Doch er sah mich durch den Regen, der meine Becherhalter volllaufen ließ, nur ernst an.

»Worüber hast du nachgedacht?«, fragte er. »Du hast die ganze Woche nicht mit mir geredet. Also sag schon, was los ist!«

»Nichts«, sagte ich und mied seinen Blick. »Ich hab doch gesagt, dass es mir leidtut. Du solltest jetzt lieber reingehen, sonst weichst du noch durch.«

»Ist doch egal«, sagte er und beugte sich vor. »Ich will wissen, worüber du nachgedacht hast!«

»Nichts«, sagte ich wieder und wollte jetzt wirklich nicht darüber reden. Ausweichend suchte ich Zuflucht bei der Redensart, die uns durch den ganzen Sommer begleitet hatte, und sagte: »In einem wohlgeordneten Universum ...« Aber dann hielt ich inne und sah ihn nur an. Der Regen rann ihm übers Gesicht, sein weißes Smokinghemd war klatschnass, und ich merkte, dass ich nicht weitermachen konnte.

Jedenfalls nicht mit Worten. Stattdessen beugte ich mich vor und küsste ihn.

Und er küsste zurück. Nur kurz, aber ohne zu zögern und so selbstverständlich, als hätte er das schon tausend Mal getan.

Doch dann zog er den Kopf zurück und sah mich an. Beide saßen wir vorgebeugt da, was absolut lächerlich war, weil die Dachöffnung genau über uns lag.

Ich sah ihn durch den strömenden Regen an und holte Luft, weil ich etwas sagen wollte, doch dann beugte er sich wieder vor, nahm mein Kinn in die Hand und küsste mich noch einmal.

Bei diesem Kuss hatte ich das Gefühl, die Zeit stünde still. Der Regen prasselte auf uns herab, aber das spielte keine Rolle. Wir küssten uns, als hätten wir eine Sprache wiedergefunden, die wir einmal fließend beherrscht hatten. Oder als täten wir etwas, wonach wir uns schon lange gesehnt hatten. Frank fuhr mir mit den Händen durchs Haar, dann streichelte er mir über den nackten Rücken. Dass ich zitterte, hatte nichts mit dem kalten Regen zu tun. Ich streichelte Franks triefendes Kinn und seine Wangen, dann zog ich ihn so nah an mich, dass mein Herz direkt an seinem schlug. Trotz des Regens und all der anderen Schwierigkeiten hätte ich ewig so dasitzen können.

Doch dann zog Frank sich ganz plötzlich zurück, warf sich an die Beifahrertür und murmelte: »O mein Gott!«

Ich lehnte mich ebenfalls zurück und musste erst mal wieder zu Atem kommen. »Frank …«, begann ich, ohne zu wissen, was ich eigentlich sagen wollte.

»Nicht!«, sagte er schnell und sah mich an. Ich merkte, wie unglücklich er war – meinetwegen! Was hatte ich ihm bloß angetan! Brutal holte mich die Realität wieder ein. Er hatte eine Freundin. Schon lange. Ich wusste das und hatte ihn trotzdem geküsst. Mir wurde ganz übel und ich senkte den Blick auf meine zitternden Hände.

»Tut mir leid«, flüsterte ich mit rauer Stimme. »Ich hätte nicht ...«

»Ich muss jetzt gehen«, sagte er. »Ich ...« Er sah mich an und blieb noch einen Moment so sitzen. Dann öffnete er die Tür, stieg aus und schlug die Tür so hart zu, dass es knallte. Mit eingezogenem Kopf, aber ohne die geringste Eile ging er die Stufen zu seinem Haus hinauf und ließ sich vom Regen noch mehr durchweichen. Ich sah ihm nach, bis er im Haus verschwand. Dann blieb ich noch eine Weile sitzen und hoffte, er würde wieder herauskommen und ... Ich wusste selbst nicht, was ich erwartete. Wahrscheinlich, dass er unsere Probleme wegzauberte und alles gut würde.

Doch das geschah nicht, und so machte ich mich auf den Heimweg.

Als ich in unsere Einfahrt bog, war es mit meiner Selbstbeherrschung vorbei, und ich ließ meinen Tränen freien Lauf. Falls jemand mich sah, konnte ich behaupten, dass mein Gesicht vom Regen so nass war. Dass ich schon wieder einen Freund verloren hatte, brauchte ja niemand zu wissen.

* * *

»Em?« Meine Mutter klopfte an die Tür und steckte besorgt den Kopf in mein Zimmer. »Alles in Ordnung mit dir?«

Ich hockte auf dem Fußboden und versuchte, meinen

Kleiderschrank auszumisten, um wenigstens dort Ordnung zu schaffen, wenn schon alles andere in meinem Leben in Unordnung war. Ich sah zu ihr auf.

Am Morgen nach dem Kuss hatte ich Frank eine SMS geschrieben, die er aber nicht beantwortet hatte. Den ganzen Tag hatte ich auf mein Handy gestarrt und auf seine Reaktion gewartet. Dass keine Kunden ins Eisparadies kamen, war mir mehr als recht, denn in meinem Zustand hätte ich wahrscheinlich nicht gewusst, was ich tun sollte, hätte jemand ein Eis kaufen wollen. Am Abend hatte ich meine guten Vorsätze dann über Bord geworfen und ihn angerufen, aber nur die Mailbox erwischt. Auch am Tag danach hatte ich nichts von ihm gehört und schließlich Beckett gebeten, mein Handy irgendwo in luftiger Höhe zu verstecken, weil ich nicht länger wie paralysiert darauf starren wollte. Am dritten Tag hatte ich mir eingeredet, dass es kein Stalking, sondern nur ein Spaziergang war, als ich an seinem Haus vorbeiging. Sein Truck stand aber nicht in der Einfahrt. Ich vermutete, dass er bei der Arbeit war, aber als ich am Abend noch einmal bei ihm vorbeifuhr, war er immer noch weg. In dem Moment hatte mich die Angst gepackt, ihn womöglich nie wiederzusehen, aber später kam endlich eine SMS.

Hey, kann gerade nicht reden. Habe ein paar Dinge zu klären. Demnächst mehr.

Als Kind schreibender Eltern hatte ich gelernt, Texte zu interpretieren, und dieser hier – plus die Tatsache, dass ich drei Tage lang nichts von Frank gehört hatte – bedeutete zweifellos, dass er mich abservieren wollte. Es klang, als schriebe er einer Fremden. Also wollte er vergessen, was passiert war, und so tun, als hätte es diesen Kuss nie gegeben.

Dawn hatte ein paarmal angerufen, aber ich war nicht rangegangen, denn ich wollte ihr nichts erzählen, solange ich nicht mit Frank gesprochen hatte. Nach seiner SMS hatte ich aber nicht mehr das Gefühl, ihm etwas schuldig zu sein, also ging ich ran, als Dawn am nächsten Tag anrief.

»O mein Gott!«, rief sie, bevor ich Hallo sagen konnte, und klang furchtbar aufgeregt. »Ich bin ja so froh, dass ich dich endlich erreiche! Warst du krank oder so?«

»Ich ...«, begann ich, aber da redete sie schon weiter.

»Ich hab heute Abend ein Date! Mit Matthew! Gestern hat er mich gefragt. Wir gehen ins Kino. Ist das nicht toll?«

»Allerdings«, sagte ich und grinste zum ersten Mal seit Tagen. Dass Collins meinen Rat angenommen hatte, machte mich richtig froh. »Fantastisch«, sagte ich.

»Du musst mir mit meinem Outfit helfen«, sagte Dawn. »Aber erst später. Ich bin noch bei der Arbeit, und vor meinem Kleiderschrank ist es bestimmt einfacher, als jetzt darüber zu theoretisieren.« Sie redete ohne Punkt und Komma und musste erst mal Luft holen, bevor sie fragte: »Was ist eigentlich mit dir los? Alles in Ordnung?«

»Frank und ich haben uns geküsst«, platzte es aus mir heraus, aber das war okay, denn ich wusste, dass ich ohnehin nicht in der Lage war, Small Talk zu machen, solange ich an nichts anderes denken konnte – was seit immerhin drei Tagen der Fall war. »Genauer gesagt habe *ich ihn* geküsst«, gab ich zu. Dawn sagte nichts und ich sprudelte los: »Und jetzt weiß ich nicht, was los ist. Er hat mir zwar geschrieben, aber mit mir reden will er offenbar nicht. Dabei will ich doch nur, dass zwischen uns alles wieder so wird, wie es war …« Noch während ich das sagte, wurde mir klar, dass es nicht stimmte. Nein, das wollte ich ganz und gar nicht. Aber immerhin wäre es besser als die jetzige Situation.

»Emily!« Dawns Stimme war eisig. »Er hat eine Freundin.«

Dawns Stimmungswechsel erschreckte mich, und ich spürte mein schlechtes Gewissen. »Ich weiß«, sagte ich. »Es tut mir ja auch leid, aber …«

»Ach, wirklich?«, fragte Dawn. »Du wusstest doch schon vor dem Kuss, dass er eine Freundin hat.«

»Dawn«, sagte ich, als mir klar wurde, dass dieses Gespräch eine unerwartete Wendung genommen hatte. Ich hatte gehofft, mit ihr über alles reden zu können und dass sie mich verstehen würde, doch stattdessen machte sie mir Vorwürfe. »Ich …«

»Du glaubst doch wohl nicht, dass ich das gutheißen kann!«, sagte sie, und ihre Stimme wurde immer schriller. »Nach allem, was Mandy und Bryan mir angetan haben!«

Ich schloss kurz die Augen und nahm das Handy vom Ohr. »Nein«, sagte ich dann. »Tut mir leid, aber ich weiß nicht, was ich tun soll, und …«

»Hör mal, ich hab jetzt keine Zeit zu reden«, sagte sie ungeduldig. »Ich bin bei der Arbeit.«

»Okay«, sagte ich etwas irritiert, denn Dawn hatte ihren Job nie besonders ernst genommen. »Soll ich dich später anrufen?«

»Ich muss Schluss machen«, sagte sie und klang jetzt eher traurig als wütend. »Ich muss arbeiten und mich dann für ein Date zurechtmachen, also ...«

Erst jetzt begriff ich, dass sie nicht mehr mit mir reden wollte. Sie wollte auch nicht mehr meine Freundin sein, denn sie hatte keinerlei Verständnis für das, was ich getan hatte. Wir verabschiedeten uns voneinander wie Fremde, und als ich auflegte, hatte ich das Gefühl, dass alles wegbrach, was mir im Leben wichtig gewesen war – gerade jetzt, als ich es am dringendsten brauchte.

Nach dem Gespräch mit Dawn rief ich Collins an. Schon als er sich meldete, klang er abweisend, und ich war mit meinem Rechtfertigungsgestammel noch nicht weit gekommen, als er mir das Wort abschnitt.

»Ich hab gehört, was passiert ist«, sagte er und seufzte. »Ziemlich blöd gelaufen, was?«

»Ich weiß«, sagte ich. Meine letzte Hoffnung, dass Frank mein Freund bleiben und die Krise überwunden werden könnte, schwand, als ich die Resignation in Collins' Stimme hörte. »Ich wollte doch bloß ...«

»Du solltest wissen, dass du damit bei mir an der falschen Adresse bist«, sagte er und klang gar nicht mal wütend, sondern eher niedergeschlagen. »Ich kann wohl schlecht deine Partei ergreifen. Er ist mein bester Freund.«

»Ich weiß«, sagte ich. »Aber du könntest doch mal mit ihm reden und …«

»Kann ich nicht«, sagte er. »Selbst wenn ich wollte, was übrigens nicht der Fall ist. Er ist in New …« Plötzlich hörte Collins mitten im Satz auf zu sprechen, aber ich hatte schon genug gehört, um mir den Rest denken zu können. Ich hatte nicht für möglich gehalten, dass ich mich noch mieser fühlen könnte, aber genau das war jetzt der Fall. Plötzlich verstand ich auch, warum Franks Truck nicht vor seinem Haus stand. Er war nach Princeton gefahren, weil er sich für seine Freundin entschieden hatte. Was sonst? Er hatte sogar bei ihr übernachtet.

Ich wusste, dass ich kein Recht hatte, ihm das übelzunehmen, aber Tränen kamen mir trotzdem. Sie galten dem, was Frank und mich einmal verbunden hatte und was nun zerstört war. Was ich zerstört hatte.

»Tut mir leid, Emily«, sagte Collins. Wenigstens klang es echt.

»Schon gut«, murmelte ich. Mehr wollte ich lieber nicht sagen, denn er sollte nicht hören, dass ich gleich losheulen würde. Es gab wirklich niemanden mehr, der auf meiner Seite stand. »Viel Spaß heute Abend.«

»Danke«, sagte er und fügte dann etwas sanfter hinzu: »Pass auf dich auf, ja?«

Ich nickte, was Collins natürlich nicht sehen konnte, und legte auf. Ich wusste, dass er sich soeben für immer von mir verabschiedet hatte. Ich hatte ihn genauso verloren wie Dawn und natürlich Frank. Mit einer einzigen

Dummheit hatte ich alles ruiniert, was ich mir im Laufe des Sommers aufgebaut hatte.

Und jetzt stand meine Mutter an meiner Zimmertür, weil sogar sie gemerkt hatte, dass etwas nicht stimmte. »Hi«, sagte ich und holte ein Paar Schuhe aus dem Schrank, das Sloane mir bei unserem letzten Flohmarktbesuch gekauft hatte. Ich sah meine Mutter an, die überraschend gut gekleidet war und sich sogar die Haare gewaschen hatte. »Seid ihr mit eurem Stück fertig?«

Meine Mutter lächelte müde, aber glücklich, und sagte: »Seit gestern Nacht.«

»Wow!« Ich zwang mich zu lächeln. »Super! Herzlichen Glückwunsch!«

»Danke«, sagte sie, aber ihr Lächeln verschwand, als sie in mein Zimmer kam. »Was ist mit dir los, Em? Irgendwas bedrückt dich doch!«

»Mir geht's gut«, sagte ich schnell. Wäre meine Mutter immer noch mit ihrem neuen Stück beschäftigt gewesen, hätte sie sich damit abspeisen lassen, aber jetzt sah sie mich genauer an, und ich spürte, dass sie wieder ganz präsent war. Die Narrenfreiheit, die ich den ganzen Sommer über gehabt hatte, war vorbei.

»Wir unterhalten uns später«, sagte sie, und ihr Ton ließ keinen Zweifel daran, dass sie es ernst meinte. »Jetzt hast du Besuch. Frank wartet unten auf dich.«

Ich sah sie völlig entgeistert an. »Frank?«

Sie nickte und ging aus meinem Zimmer. »Ich glaube, du musst ihn retten. Beckett hat ihn mit Beschlag belegt.«

Mehr brauchte ich nicht zu hören. Ich sprang auf, warf einen schnellen Blick in den Spiegel und lief dann die Treppe hinunter, immer zwei Stufen auf einmal nehmend. Ich sah nicht besonders toll aus, aber Frank hatte mich schon oft gesehen, wenn ich morgens gerade erst aus dem Bett gefallen war. Und da er nur gekommen sein konnte, um mir zu sagen, was ich längst wusste – dass wir keine Freunde mehr waren – war es wohl nicht nötig, mich als strahlende Schönheit zu präsentieren.

Ich fand ihn und Beckett auf der Veranda. Beckett führte ihm seine Kampftritte Ninja-Style vor, die nur knapp an Franks Kopf vorbeigingen. Als ich Frank sah, hatte ich das Gefühl, Becketts Tritte träfen mich, und zwar in die Magengrube, denn sein Anblick machte mir umso bewusster, wie sehr ich ihn vermisste. »Beck«, sagte ich und mied Franks Blick, weil ich mir nicht sicher war, ob ich schon in der Lage war, mit ihm zu reden. »Sei bitte vorsichtig.«

Mein kleiner Bruder warf mir einen verächtlichen Blick zu und sagte: »Ich bin immer vorsichtig.« Dann setzte er zu einem Tritt mit voller Drehung an und landete flach auf dem Rücken. »Autsch!«, murmelte er und ließ sich nicht anmerken, wie weh es tat. Hastig stand er wieder auf.

»Können wir reden?«, fragte Frank mich, als wir uns davon überzeugt hatten, dass mit Beckett alles in Ordnung war.

Mein kleiner Bruder schien gar nicht daran zu denken, uns auf der Veranda allein zu lassen, deswegen zeigte ich auf die Einfahrt und fragte: »Wollen wir ein paar Schritte gehen?«

»Gern«, sagte Frank so unbekümmert, dass ich ihn erstaunt ansah. Erst jetzt erkannte ich, wie glücklich er aussah. Offensichtlich hatte er die letzten Tage anders erlebt als ich. Mir gegenüber hatte er sich zwar zerknirscht gegeben, aber in Wahrheit war für ihn alles ganz wunderbar gewesen.

Ich merkte, dass ich wütend wurde, als er mir in die Einfahrt folgte. Sein Wagen war nirgends zu sehen, deswegen fragte ich ihn: »Bist du zu Fuß gekommen?«

Frank nickte und lächelte mich an, als fände er das Leben fast zu schön, um wahr zu sein. »Ich hatte Lust, mich zu bewegen.«

Ich schluckte und wünschte, dass wir es schnell hinter uns brachten. Als nach der einen SMS nichts mehr von ihm kam, hatte ich gedacht, das sei unser neuer Beziehungsstatus: dass wir nie wieder miteinander sprechen und einfach vergessen würden, was uns im Laufe des Sommers immer stärker miteinander verbunden hatte. Aber da hatte ich wohl vergessen, dass ich es mit einem Frank Porter zu tun hatte, der sich natürlich vergewissern musste, dass es mir nichts ausmachte, so zu tun, als seien wir nie Freunde gewesen. Denn erst wenn alles sauber und einvernehmlich geregelt war, konnte er die Sache zu den Akten legen.

Nachdem wir in die Straße eingebogen und ein paar Schritte gegangen waren, blieb er stehen und sah mich an. »Hör zu«, sagte er und lächelte wieder, als sei er zu glücklich, um es zu verbergen – selbst auf die Gefahr hin, dass es mir das Herz brach. »Emily, ich wollte dir nur sagen, dass ich –«

»Spar dir deine Worte«, unterbrach ich ihn. Ich konnte zwar nichts an der Sache an sich ändern, aber wenigstens die Anzahl der ausdrücklichen Abfuhren, die ich mir diese Woche einfing, konnte ich minimieren. »Ich habe schon verstanden.«

Er sah mich überrascht an. »Ach, wirklich?«

»Ja, klar«, sagte ich und verschränkte die Arme vor der Brust. »Die Botschaft ist ja mehr als deutlich.«

Er wirkte immer irritierter und legte den Kopf schief. »Welche Botschaft denn?«

»Dass wir keine Freunde mehr sind«, sagte ich und versuchte mich zu beherrschen, aber beim letzten Wort wurde meine Stimme ganz heiser. »Und soll ich dir was sagen? Vielleicht waren wir das nie. Sobald die Schule wieder anfängt, hätten sich unsere Wege ja sowieso getrennt. Vielleicht ist es sogar besser, die Sache gleich zu beenden.«

Frank schüttelte den Kopf. »Wovon redest du eigentlich? Ich wollte dir ...«

»Ich muss das echt nicht haben«, sagte beziehungsweise krächzte ich. »Wir können uns das wirklich ersparen.«

Franks Selbstsicherheit schien zu bröckeln, und er fragte: »Ist das dein Ernst?«

Ich nickte und war wild entschlossen, sein Spiel nicht mitzuspielen. Dieses eine Mal musste er damit leben, etwas nicht sauber beenden zu können. »Ich verstehe ja, warum du noch mal herkommen und die Sache offiziell beenden wolltest, aber das ist wirklich nicht nötig.« Als ich das gesagt hatte, hielt ich es nicht mehr aus, ihn zu sehen. Also drehte ich mich um und ging zu unserem Haus zurück.

Ich hörte Frank nach mir rufen, drehte mich aber nicht um. Als er noch einmal rief, begann ich zu laufen. Kaum hatte ich damit angefangen, wurde mir bewusst, dass ich es zum ersten Mal in diesen Ferien allein tat.

15

Alles auf Anfang

Alles war wieder so wie am Anfang der Ferien.

Ich war allein, hatte keine Freunde, niemanden, mit dem ich etwas unternehmen oder auch nur reden konnte. Aber dieses Mal war ich selbst daran schuld. Trotzdem stand ich fassungslos vor der Tatsache, dass ich eben noch Freunde und Pläne und ein Leben gehabt hatte – und von heute auf morgen hatte ich gar nichts mehr.

Wenn ich zur Arbeit ging, mied ich das Captain Pizza. Nur einmal sah ich Dawn, als ich vom Parkplatz ins Eisparadies ging und sie vor der Pizzeria stand und telefonierte. Unsere Blicke trafen sich kurz, bevor wir wieder wegschauten. Von ihrem Telefonat schnappte ich nur ein paar Worte auf. Sie schien auf Wolke sieben zu schweben und sagte ein paarmal »Matty«. Also nahm ich an, dass ihr Kino-Date mit Collins gut gelaufen war. Es war schrecklich, nicht mehr darüber zu wissen. Wie gern hätte ich mir hinterher eine detaillierte Schilderung angehört! Und obwohl ich mich für die beiden freute, fühlte ich mich umso einsamer.

Ich ging jetzt allein laufen, meist längere Strecken, die ich so wählte, dass sie nicht durch Gegenden führten, in denen ich mit Frank gelaufen war. Überhaupt tat ich alles, um ihm nicht zufällig über den Weg zu laufen. Seit ich ihn auf der Straße hatte stehen lassen und einfach weggelaufen war, hatte ich ihn nicht mehr gesehen. Obwohl ich nicht bereute, das getan zu haben, fragte ich mich manchmal, was wohl passiert wäre, hätte ich ihn ausreden lassen. Doch dann sagte ich mir, dass ich das Richtige getan hatte. Als er vor zwei Jahren Jahrgangssprecher wurde, hatte er mich einmal davon überzeugt, dass der Unterricht eine Viertelstunde früher beginnen sollte – das beste Beispiel dafür, was für ein brillanter Redner er war. Bestimmt hätte er mit einem rhetorischen Feuerwerk zu beweisen versucht, dass es besser wäre, unsere Freundschaft zu beenden, und bestimmt hätte er es so dargestellt, als hätte er mich nicht zurückgeküsst. Summa summarum wäre seine Argumentation darauf hinausgelaufen, dass alles nur ein bedauerlicher Fehler war.

Natürlich war es ein Fehler. Der beste Beweis dafür war, dass ich jetzt keine Freunde mehr hatte. Aber ich war nicht bereit, so zu tun, als sei das alles nicht passiert und als habe es mir nichts bedeutet. Dafür dachte ich viel zu oft an Franks Hände auf meinem nackten Rücken, an seine Finger in meinem Haar, an seinen Mund auf meinen Lippen, an seinen Daumen an meinem Kinn und an die Tatsache, dass es der grandioseste Kuss war, den ich je bekommen hatte.

Fakt war, dass ich ihn schrecklich vermisste. Erst jetzt wurde mir klar, wie sehr ich ihm vertraut und mich darauf verlassen hatte, dass er für mich da war. Wie viele SMS ich ihm jeden Tag geschickt hatte. Wie wichtig mir seine Sicht der Dinge war. Wie langweilig mein I-Pod ohne seine Playlisten war.

Da ich plötzlich viel Zeit hatte, beschloss ich, sie produktiv zu nutzen. Ich hatte beide Einwegkameras zum Entwickeln gebracht, meinen Kleiderschrank aufgeräumt, Beckett zum Friseur gebracht und den ersten Band der Reihe gelesen, von der Doug so geschwärmt hatte.

Und immer wieder ging ich an meine Kommode und holte die Liste heraus. Ich hatte sie abgearbeitet, jeden einzelnen Punkt.

1. ~~Einen Fremden küssen~~
2. ~~Nackt baden~~
3. ~~Etwas klauen~~
4. ~~Etwas kaputt machen~~
5. ~~Penelope~~
6. ~~Reiten wie ein Cowgirl~~
7. ~~In der S. Ave. 55 nach Mona fragen~~
8. ~~Das rückenfreie Kleid kaufen und einen Anlass finden, es zu tragen~~
9. ~~Bis zum Morgengrauen tanzen~~
10. ~~Ein Geheimnis im Dunkeln teilen~~
11. ~~Eine Person namens Jamie umarmen~~
12. ~~Nachts Äpfel pflücken~~
13. ~~Unterm Sternenzelt schlafen~~

Diese Aufgaben zu erfüllen, war mein großes Ferienprojekt gewesen, und ich hatte es geschafft.

Also wo, zum Teufel, blieb Sloane?

Als ich mit der Liste anfing, dachte ich, wenn ich damit fertig wäre, würde ich die Antworten bekommen, die ich suchte. Dass ich dann erfahren würde, wo Sloane steckte und was passiert war. Aber inzwischen fragte ich mich, ob ich mich so intensiv mit der Liste beschäftigt hatte, um nicht weiter nachzudenken – zum Beispiel darüber, warum meine beste Freundin ohne jede Vorwarnung oder Erklärung verschwunden war. Stattdessen hatte ich gehofft, dass sich das Mysterium irgendwie aufklären würde, wenn ich die Liste abarbeitete. Aber vielleicht war das ein Fehler gewesen. Vielleicht war es bloß eine Liste wie alle anderen, die Sloane für mich geschrieben hatte, und stellte einfach nur einen Katalog von Dingen dar, vor denen ich so viel Angst hatte, dass Sloane sie mir nicht zutraute.

Wieder einmal hielt ich die Liste in der Hand und starrte auf Sloanes ungelenke Schrift und all die Punkte, die praktisch eine Aufzählung meiner Charakterfehler waren. Und ich merkte, dass ich wütend wurde. Ich zerknüllte den Zettel, und da ich schon mal dabei war, zerknüllte ich auch gleich noch den Umschlag. Dann schnappte ich meinen Autoschlüssel und nahm Liste und Umschlag mit, um sie in den Küchenmüll zu werfen. Ich rannte die Treppe hinunter, und als ich am Fernsehzimmer vorbeikam, wo mein Vater etwas las und sich den neuen Bart kratzte, während meine Mutter in ein

Makrameeprojekt vertieft war, rief ich ihnen zu, dass ich rausginge.

Ich fuhr stundenlang durch die Stadt, bis die Sonne unterging und die ersten Sterne am Himmel erschienen. Ich hatte kein Ziel, sondern wollte einfach nur durch die Gegend fahren. Wenn ich an Plätzen vorbeikam, an denen ich mit Sloane oder Frank gewesen war, schmerzte der Verlust wie eine frische Wunde. Wie sollte ich in dieser Stadt weiterleben, wenn ich an allen Ecken und Enden daran erinnert wurde, was ich verloren hatte?

In der Plantage fand wieder eine Party statt, was unschwer an den parkenden Wagen zu erkennen war. Ich stellte mich auf einen freien Platz, ließ den Motor aber laufen und sah zu den Leuten hinüber, die mit ihren Freunden zusammen waren. Es war gar nicht lange her, dass ich dazugehört hatte. Ich wendete und fuhr weiter. Inzwischen musste mein Tank ziemlich leer sein, und ich wollte kein Risiko eingehen, zumal ich jetzt niemanden mehr hatte, der mir helfen würde, wenn mir das Benzin ausging. Also beschloss ich zu tanken. Den Weg kannte ich ja.

Ich betrat den Minimarkt, wo James wieder an der Kasse stand. Er lehnte am Tresen, ein dickes Buch in der Hand: *Sudokus meistern – Ratgeber für Fortgeschrittene*. Seit der Umarmung hatte ich ihn nicht mehr gesehen, und ich hoffte, dass keine peinliche Situation entstehen würde, als ich ihm einen Zwanzigdollarschein reichte. Aber er grinste nur und fragte mit Blick auf den Volvo: »Soll ich mal deinen Ölstand checken?«

Ich fragte mich, ob er das auch ohne die Umarmung angeboten hätte, wollte ihn aber nicht zurückweisen, zumal ich mich nicht erinnern konnte, wann ich das letzte Mal nach dem Öl gesehen hatte. »Gern.« Er folgte mir nach draußen und ich machte die Motorhaube auf.

»Wann warst du denn in South Carolina?«, fragte James, während er den Ölstab an einem Lappen abwischte, bevor er ihn erneut in die Ölwanne tauchte.

Ich sah ihn irritiert an, bis ich begriff, dass er die Sticker gesehen hatte, die an meinem Wagen klebten. Dann sah ich sie selbst an, um rauszukriegen, was genau er da gesehen hatte. »Warum fragst du?«

Er tippte auf einen Sticker, den ich mir noch nie richtig angesehen hatte. Er war ziemlich verblasst und musste einmal dunkelrot gewesen sein. Der Schriftzug darauf lautete: *Rettet die Meeresschildkröten von SC!* Daneben war das Emblem des Bundesstaats zu sehen, eine Palme mit Mondsichel.

»Noch nie«, sagte ich. »Der Sticker klebte schon auf dem Wagen, als ich ihn bekam.«

Er nickte. »Schade. Ziemlich schön da.« Er schloss die Motorhaube und klopfte darauf. »Für die nächsten paar Hundert Kilometer reicht dein Öl noch.«

»Super«, sagte ich. »Vielen Dank.« Er nickte, lächelte und ging in den Minimarkt zurück.

Hinter mir hielt jemand, der unbedingt an die Zapfsäule zu wollen schien, an der mein Volvo stand. Also beeilte ich mich mit dem Tanken und fuhr nach Haus. Unterwegs dachte ich darüber nach, woran mich der

Sticker erinnerte. Es schien etwas ganz Naheliegendes zu sein, aber ich kam nicht drauf, bis ich an einem Stoppschild halten musste.

Der Umschlag!

Ich gab Gas, fuhr bei Hellrot über Ampeln und bog mit quietschenden Reifen in unsere Einfahrt. Ich nahm mir nicht die Zeit, meinen Wagen ordentlich auf seinen angestammten Platz zu stellen, und schloss ihn nicht einmal ab, sondern rannte sofort in die Küche und wühlte den Mülleimer durch.

Der Umschlag war noch da. Glücklicherweise war nichts Ekliges obendrauf geworfen worden. Auch die Liste holte ich heraus und glättete beides mit klopfendem Herzen. Wo normalerweise der Absender stand, befand sich auf dem Umschlag ein Stempel mit Palme und Mondsichel – das Staatswappen von South Carolina.

Ich nahm Liste und Umschlag mit in mein Zimmer, um in Ruhe darüber nachzudenken, was das zu bedeuten hatte. Ich setzte mich aufs Bett und starrte auf den Umschlag, bis mir die Augen brannten, aber mir fiel nichts Konstruktives ein.

In dieser Nacht konnte ich kaum schlafen, weil ich das Gefühl hatte, einem Rätsel auf der Spur zu sein, das kurz vor der Auflösung stand. Irgendwann fiel mir ein, dass Sloane eine Tante in South Carolina hatte. Aber ich konnte dort ja nicht von Haus zu Haus ziehen und an alle Türen klopfen. Ich schloss die Augen und versuchte mich zu konzentrieren. Die Antwort war ganz nah. Ich musste sie nur erkennen.

***

Ich stand schon vor dem Drogeriemarkt, als ein unausgeschlafener Mitarbeiter mit einem Coffee to go in der Hand um sechs Uhr morgens aufschloss. Wahrscheinlich war auf den Fotos nichts zu finden, aber als ich um fünf Uhr früh aufgewacht war, hatte ich plötzlich an die Kameras gedacht, und da ich sonst keinen Plan hatte, konnte ich wenigstens nachsehen, ob die Bilder irgendeinen Hinweis enthielten.

Die Fotoabteilung war noch nicht geöffnet, aber nach der fast schlaflosen Nacht konnte ich nicht bis zehn warten und überredete den unausgeschlafenen Mitarbeiter, mir die Fotos auszuhändigen. Wahrscheinlich ließ er sich darauf nur ein, um mich loszuwerden, aber das war mir egal, als ich kurz darauf mit zwei Fototüten unterm Arm den Laden verließ.

Erst als ich wieder in meinem Wagen saß, öffnete ich sie. In der ersten Tüte befand sich das Foto, das Dawn von mir auf Butterscotch gemacht hatte. Deswegen wusste ich, dass diese Bilder aus der Kamera stammten, die ich in meinem Wagen gefunden hatte. Außer dem Pferdebild war da noch das von dem Stau auf dem Highway, das ich an Franks Geburtstag gemacht hatte, aber alle anderen zeigten Sloane.

Sloane, wie sie im Autokino Cola mit einer Lakritzstange trank, den Blick fasziniert auf die Leinwand gerichtet. Sloane, wie sie auf einem Flohmarkt mit entschlossener Miene den Preis einer Lederjacke herunterhandelte und auf dem nächsten Foto triumphierend in der Jacke posierte. Sloane auf dem Dach meines Volvos, mit herzförmiger Sonnenbrille aus den Fünfzigern, wie sie lachend eine Tüte Chips in die Kamera hielt. Sloane auf einem Picknicktisch der Plantage am letzten Schultag, als wir uns eine XXL-Pizza teilten. Sloane am Strand, wie sie mich über den Rand ihrer Sonnenbrille hinweg anlächelte. Sloane am Morgen nach einer Übernachtung bei mir, gähnend und mit zerzausten Haaren.

An dem letzten Foto konnte ich mich gar nicht sattsehen, aber dann steckte ich alle wieder in die Tüte. Sie hatten mir nichts gezeigt, was ich nicht schon kannte. Nichts, was mir einen Hinweis auf Sloanes jetzigen Aufenthaltsort gab. Nichts als meine beste Freundin, die zwei Jahre lang der Mittelpunkt meiner Welt gewesen war.

Ich öffnete die andere Tüte, blätterte durch die Fotos und machte große Augen.

Das erste Foto zeigte Sloane und mich. Es war ein Selfie und stammte vom ersten Tag des letzten Schuljahrs. Ich trug ein brandneues Outfit, in dem ich ziemlich steif wirkte. Sloane dagegen war ganz relaxed in ihrer Latzhose, und ihr Lächeln war nicht für die Kamera bestimmt, sondern galt mir. Ein Foto zeigte ein Rezept, ein anderes nur mich, im Schneidersitz auf einem Sofa des Stanwich Cafés über unser Geschichtsbuch gebeugt. Auf einem anderen sahen Beckett und ich fern. Dann wieder Sloane und ich, wie wir uns vor Lachen so bogen, dass wir im wahrsten Sinne des Wortes aus dem Rahmen fielen.

Dann ich, wie ich mir die Laufschuhe zuband. Auf dem nächsten Foto strahlte ich nach einem Lauf mit hochgereckten Daumen in die Kamera. Dann der Vordersitz meines Volvos, bepackt mit Proviant für einen Trip zu verschiedenen Flohmärkten. Dann meine Mutter und ich am Küchentisch, offenbar in ein Gespräch vertieft, denn meine Mutter gestikulierte wild, und ich hörte aufmerksam zu. Dann Beckett, wie er vom Türsturz des Hauseingangs in die Kamera runtergrinste. Dann wieder Sloane und ich mit tropfenden Eiswaffeln, in denen das Eis vor lauter bunten Streuseln kaum zu sehen war. Dann ich in dem Kleid, das ich zum Abschlussball tragen wollte, wie ich mir vor dem Spiegel die Haare hochsteckte. Sloane und ich auf einem Picknicktisch der Plantage, allerdings kaum zu erkennen, weil es schon dunkel wurde. Dann wieder ich, wie ich lachend die Hand vor die Kameralinse hielt. Noch mal ich, am Steuer des Volvos, mit verschwommenen Händen, weil ich aufs Lenkrad trommelte. Zum Schluss noch einmal ich, wie ich Sloane glücklich anlächelte. Ich legte die Fotos beiseite und wischte mir die Tränen ab, aber es kamen immer neue. Ich hatte immer gedacht, dass Sloane mir wichtiger war als ich ihr. Dass sie quasi über alles erhaben war und mich nicht vermisste, wenn wir getrennt waren. Genauso wenig wie es ihr etwas ausmachte, aus unserem gemeinsamen Leben endgültig zu verschwinden. Aber was ich jetzt gesehen hatte ...

Ich nahm die Fotos wieder hoch und sah sie mir noch einmal an. Manche waren sorgfältig arrangiert, andere spontane Schnappschüsse. Sloane musste mich genauer beobachtet haben, als mir bewusst war. Manchmal hatte ich nicht einmal gemerkt, dass sie mich fotografierte. Sie brauchte mich genauso sehr wie ich sie. Das erkannte ich jetzt, und ich schämte mich dafür, dass ich das je anders gesehen hatte.

Ich wischte mir wieder über die Augen, fuhr mir mit den Fingern durchs Haar und versuchte mich zusammenzureißen, während ich mir die Bilder noch ein drittes Mal ansah. An dem Foto von dem Rezept blieb ich hängen und sah es mir näher an. Es war nicht ganz scharf, aber ich konnte erkennen, dass es das Arrabbiata-Rezept von Sloanes Tante war, das Sloane nicht wiederfinden konnte. Jetzt wusste ich, warum. Sie hatte die Bilder dieser Kamera nie entwickeln lassen. Ich merkte, wie mein Herz zu rasen begann.

Es war ein handgeschriebenes Rezept, aber es stand auf einer personalisierten Rezeptkarte. Oben auf der Karte stand: *Aus der Küche von Laney Alden*, darunter in etwas kleineren Buchstaben: *River Port.*

Alden war Millys Mädchenname, das wusste ich. Ich sah noch die Sporttasche vor mir, die Sloane den ganzen letzten Sommer über den Strand gezogen hatte; sie trug die Initialen ihrer Mutter. Und ich wusste, dass das Arrabbiata-Rezept von Sloanes Tante stammte, und zwar von der Tante, die in South Carolina wohnte.

Ich griff zu meinem Handy und googelte *Laney Alden South Carolina.* Das ergab sieben Treffer – Menschen, die in allen Teilen des Bundesstaats zu wohnen schienen. Ich gab ein: *Laney Alden South Carolina River Port.* Ein Treffer –

mit Adresse! Ungläubig starrte ich auf mein Handy und begriff, dass ich die Antwort gefunden hatte. Ich wusste jetzt, wo Sloane steckte. Ich spürte es.

Gegen sieben war ich wieder zu Haus. Unterwegs hatte ich mir überlegt, wie ich vorgehen wollte: Ich würde meinen Eltern Kaffee kochen, bevor sie aufstanden, um sie positiv zu stimmen, bevor ich ihnen die Wahrheit über Sloane gestand und ihnen sagte, wo Sloane jetzt wohnte. Und dann würde ich auf der Erlaubnis bestehen, zu ihr zu fahren.

Hatte ich erwartet, das Haus im Schlafmodus vorzufinden, so hatte ich mich getäuscht. Beckett balancierte auf dem Verandageländer und drei Gepäckstücke standen vor der Treppe.

Als ich auf meinen Bruder zuging, machte ich mich rechtzeitig bemerkbar, damit er nicht erschrak und in die Einfahrt stürzte. »Hey«, sagte ich, und er sah gelangweilt in meine Richtung.

»Hey«, sagte er und begann, rückwärts zu balancieren.

»Was ist hier los?«

Beckett seufzte. »Dad will mit mir zum Baseballmuseum in Cooperstown.«

»O Gott!«, sagte ich. Mein Vater sah sich und Beckett gern als große Baseballfans, aber im Grunde waren es beide nicht. Meine Mutter glaubte, er habe sich *Feld der Träume* ein paarmal zu oft angesehen und den Film dahingehend missverstanden, dass sich eine stabile Vater-Sohn-Beziehung nur über Baseball herstellen lasse. »Das tut mir leid.«

»Was tut dir leid?«, fragte mein Dad, der gerade mit einer Baseballkappe vom Stanwich College auf dem Kopf auf die Veranda kam. Dafür, dass es noch nicht mal acht war, war er erstaunlich gut gelaunt. »Wo warst du heute Morgen, Em? Dein Wagen stand nicht in der Einfahrt.«

Ich musste mir schnell etwas einfallen lassen und sagte: »Ich habe ... eine neue Laufstrecke ausgekundschaftet.«

»Aha«, sagte mein Dad. Überzeugt wirkte er nicht, aber er zuckte nur mit den Schultern und fuhr fort: »Jedenfalls bin ich froh, dass du schon wach bist. Deine Mom und ich wollen verreisen, aber vorher wollten wir mit dir reden.«

Das erklärte das dritte Gepäckstück. »Dann kommt Mom mit nach Cooperstown?«

»Nein«, sagte meine Mutter, die gerade aus dem Haus kam und mit einer vollgestopften Tasche die Treppe hinunterging. »Gott behüte!« Sie strich mir übers Haar. »Du bist früh auf. Alles in Ordnung?«

»Aber wo willst du denn hin?«, fragte ich und beobachtete mit wachsendem Entsetzen, dass sie auf meinen Wagen zuging und ihre Tasche auf den Fahrersitz warf.

»New Haven«, sagte sie. »Ich helfe einer Freundin bei einer Durchlaufprobe und bleibe bis zur Kostümprobe am Sonntag.«

»Und wie lange ist Dad weg?«, fragte ich, als er seinen Koffer und Becketts Reisetasche nahm und damit zum Wagen meiner Eltern ging.

»Er kommt auch Sonntagabend wieder«, sagte meine Mom und wühlte in ihrer Tasche, bis sie ihre Sonnenbrille fand, die sie sich ins Haar steckte.

»Moment mal!«, sagte ich und beobachtete meinen Dad, der den Kofferraum seines Wagens aufschloss und nach Beckett rief. Das ging mir alles viel zu schnell. »Dann lasst ihr mich also übers Wochenende allein?«

»Möchtest du mitkommen?«, fragte meine Mutter und strahlte. »Bestimmt kannst du bei meiner Freundin auf der Couch schlafen.«

»Oder du kommst mit nach Cooperstown«, rief mein Dad auf dem Rückweg zum Haus. »Es ist der Geburtsort des Baseballs, weißt du.«

»Nein, danke«, sagte ich und sah zwischen den beiden Wagen hin und her. Dass meine Eltern mich allein ließen, machte mir nichts aus, aber dass ich übers Wochenende kein Auto hatte, war ein Problem. »Wie soll ich denn von A nach B kommen?«, fragte ich.

Meine Mom zog die Augenbrauen hoch. »Es ist doch nur übers Wochenende«, sagte sie. »Frank oder Dawn können dich sicher fahren, wenn du irgendwo hinmusst. Essen ist im Kühlschrank, deswegen musst du also nicht aus dem Haus.«

»Aber ...« Ich wurde ganz panisch. Das war jetzt die Quittung dafür, dass ich mich meinen Eltern nicht anvertraut hatte, denn sonst wüssten sie, dass ich nicht auf Franks und Dawns Fahrdienste zurückgreifen konnte. Aber das änderte nichts an der Tatsache, dass ich hier festgenagelt war.

»Für den Fall, dass du wirklich mal wegmusst und keine andere Möglichkeit hast, kannst du dir von dem Geld in der Muschel ein Taxi nehmen«, sagte mein Dad. Wahrscheinlich hatte er meinen Gesichtsausdruck gesehen. »Aber wenn du nicht allein hierbleiben möchtest …«

»Nein, nein«, sagte ich schnell, um nicht überrumpelt zu werden und mich in einem Baseballmuseum oder einem zugigen Theater wiederzufinden und den Anweisungen für den Beleuchter zu lauschen. Ich zwang mich zu lächeln und sagte: »Das geht in Ordnung.«

Kurz darauf fuhren meine Eltern mit Beckett los, um dem Verkehr zu entgehen, der ihrer Meinung nach stündlich dichter werden würde. Ich sah meiner Mutter nach, die mir aus dem Fenster zuwinkte und aus der Einfahrt fuhr. Mit meinem Wagen. Dann setzte ich mich auf die Stufen vor der Veranda und dachte nach.

Seit ich Laney Aldens Adresse gegoogelt hatte, wollte ich nur eins: mich ins Auto setzen und hinfahren. So weit war ich zwar noch nie gefahren, aber es war machbar.

Ich sah mir die Adresse noch einmal an und wählte die angegebene Nummer. Es klingelte und klingelte, dann ertönte eine freundliche Frauenstimme vom Band und informierte mich darüber, dass ich die Nummer der Aldens gewählt habe und nach dem Signalton eine Nachricht hinterlassen könne. Ich legte auf, bevor das Signal ertönte. Meine Enttäuschung hielt sich in Grenzen, denn ich hatte nicht ernsthaft damit gerechnet, Sloane zu erreichen. Wenn sie schon nicht an ihr eigenes Handy ging, würde sie das Telefon ihrer Tante erst recht ignorieren.

Wieder sah ich auf die Adresse. Jetzt, da ich endlich wusste, wo Sloane steckte, sollte ich keine Möglichkeit haben, zu ihr zu kommen? Das konnte doch nicht wahr sein! Ich wusste, dass meine Eltern nicht gerade begeistert gewesen wären, wenn ich ihnen gesagt hätte, ich wolle nach South Carolina fahren. Aber da sie nun selbst weggefahren waren, stand mir plötzlich ein Zeitfenster von zwei Tagen für dieses Unternehmen zur Verfügung. Nur dass sie dummerweise dafür gesorgt hatten, dass ich nicht mobil war. In einem wohlgeordneten Universum, dachte ich, dürfte eine Siebzehnjährige zu einer Autovermietung gehen und sich einen Wagen leihen.

Plötzlich fiel mir eine Lösung ein. Allerdings war sie so ungewiss und barg so viel Peinlichkeitspotenzial, dass sie gut als Nummer vierzehn auf Sloanes Liste gepasst hätte. Ich checkte die Uhrzeit auf meinem Handy. Ob Frank noch seine Morgenläufe machte, wusste ich nicht, aber wenn, dann wäre das Timing perfekt.

Ich stand auf, ging die Einfahrt hinunter und zog meine Flip-Flops an der Straße aus. Dann holte ich tief Luft und lief los.

Als ich das Haus erreichte, setzte ich mich vor die Einfahrt und wartete. Wenn Frank laufen gegangen war, müsste er jeden Moment zurückkommen.

Die Vögel sangen, und obwohl es noch früh war, war es schon so warm, dass es bestimmt ein ungewöhnlich heißer Tag werden würde. Ein warmer Wind wehte mir die

Haare ins Gesicht, und ich dachte darüber nach, wovor ich mehr Angst hatte: dass Frank gleich auftauchte oder dass er es nicht tat.

Dann hörte ich ihn, noch bevor ich ihn sehen konnte. Mit schöner Gleichmäßigkeit trafen seine Sneakers auf den Asphalt. Dann bog er um die Ecke, den I-Pod an den Arm geschnallt und die Kopfhörer in den Ohren. Er hielt sich so nah am Straßenrand, als ließe er Platz für mich. Es machte mich beinahe stolz zu sehen, dass er ein ziemliches Tempo draufhatte, ohne außer Atem zu sein. Ohne unser Training hätte er das nicht gekonnt. Ich fragte mich, welche Musik er wohl hörte, ob es eine Playliste war, die ich kannte.

Als er mich sah, war er so überrascht, dass er immer langsamer wurde, bis er nur noch ging. Dann nahm er die Kopfhörer ab. Obwohl ich weiche Knie bekam, stand ich auf und zwang mich, ihn anzusehen, was umso schwieriger wurde, je näher er kam. Er war wieder der Frank, den ich im Sommer kennengelernt hatte, mit dem ich gelaufen war, Geschichten und Playlisten ausgetauscht hatte. Ich merkte wieder, wie sehr ich ihn vermisste, und beinahe drehte sich mir der Magen um. Der Wind blies ihm das Haar aus der Stirn, und seine Schnürsenkel waren so locker, dass sie bald aufgehen würden. Wir standen beide da und sahen uns nur an.

»Hi«, brachte ich schließlich heraus. Ich fand, dass ich den Anfang machen sollte, wenn ich ihn hier schon auf seinem eigenen Territorium heimsuchte.

»Hey«, sagte er. Seine Stimme war angespannt, und er

sah mir so forschend ins Gesicht, als erwartete er etwas Bestimmtes. Ich wusste nur nicht, was. Nach einer Weile brach er den Blickkontakt ab und sah auf den Boden und meine nackten Füße.

»Das ist der neueste Trend«, sagte ich. »Barfuß laufen …« Er setzte ein schiefes Grinsen auf. »Ich habe Sloane gefunden«, platzte es dann aus mir heraus. Das war sicherer als die anderen Dinge, die mir auf der Zunge lagen. »Sie wohnt jetzt in South Carolina.«

»Aha«, sagte er, und es war klar, dass es nicht das war, was er von mir hören wollte. Er nickte. »Dann ist ja alles klar.«

»Ich muss zu ihr«, sagte ich so hastig, als wollte ich jegliche Diskussion über die Sinnhaftigkeit dieses Vorhabens verhindern. »Ich muss sie finden, aber meine Eltern sind übers Wochenende verreist und haben beide Wagen genommen.« Frank sah mich an, als verstünde er nicht recht, und ich merkte selbst, dass ich bis jetzt nichts besonders Zusammenhängendes von mir gegeben hatte. Ich atmete tief durch, bevor ich ihm die entscheidende Frage stellte. Wahrscheinlich war die Antwort Nein, sodass ich mich nicht nur nicht auf den Weg zu Sloane machen könnte, sondern mich gleichzeitig komplett zum Affen machen würde. Aber da ich nun schon mal barfuß in seiner Einfahrt stand, konnte ich es genauso gut schnell hinter mich bringen. »Würdest du mich hinfahren? Ich könnte auch allein fahren, wenn du mir deinen Wagen leihst, aber … ich glaube nicht, dass ich mit deiner Gangschaltung umgehen kann.«

Frank legte den Kopf schief und sah mich weiter an. Er brach nicht gerade in Begeisterungsstürme aus, aber er sah auch nicht aus, als würde er Nein sagen.

»Natürlich bezahle ich das Benzin und so weiter«, sagte ich schnell. »Wir wären auch nicht lange weg. Ich muss morgen Abend zurück sein.«

Immer noch sah er mich an, ohne etwas zu sagen. Dann holte er tief Luft, und ich dachte, jetzt würde er endlich antworten, aber stattdessen atmete er nur wieder aus. Da ahnte ich, was er sagen würde, und ich begriff, *wie* lächerlich ich mich gemacht hatte.

»Ich weiß ja, dass es blöd ist«, sagte ich und hob den Blick zu einem Baum, wo sich ein Vogel gerade auf dem obersten Zweig niederließ. »Und ich hätte garantiert nicht gefragt, wenn es nicht megawichtig wäre.«

»Du willst also nach South Carolina und morgen Abend zurück sein?«, brach er schließlich sein Schweigen. Es klang nicht wie eine Frage, sondern eher, als wolle er sich klarmachen, worum es genau ging. Ich nickte und er wandte den Blick ab.

Ich wartete und wartete.

Als er mich wieder ansah, glaubte ich in seinem Gesicht die Spur eines Lächelns zu entdecken, und er sagte: »Dann sollten wir uns lieber beeilen.«

16

Roadtrip

Eine Stunde später waren wir unterwegs.

Ich war noch mal nach Haus gegangen, hatte geduscht und versucht, mich an den Gedanken zu gewöhnen, dass wir es wirklich tun würden.

Nachdem ich mich angezogen hatte, legte ich nicht mehr Make-up auf als sonst, und auch mit meinem Haar stellte ich nichts Besonderes an. Nach dem Kuss wollte ich auf keinen Fall den Eindruck erwecken, als hätte ich mir diese Sache mit South Carolina nur ausgedacht, um mit ihm allein zu sein und ihn verführen zu können. Einen Moment lang überlegte ich sogar, ob ich ein hochgeschlossenes, langärmliges Shirt anziehen sollte, aber dafür war es einfach zu heiß. Als mein Blick auf meinen Pyjama fiel, begann ich zu rechnen. Laut Wegbeschreibung musste man für die Fahrt ungefähr zehn Stunden rechnen – pro Strecke. Irgendwann irgendwo würden wir also schlafen müssen.

Doch dann verließ ich mein Zimmer ohne Pyjama oder sonst etwas, das ich normalerweise für eine Übernachtung mitnehmen würde. Ich hatte keine Ahnung, wo wir heute Abend sein und welche Bedingungen wir dort vorfinden würden, und es war mir zu mühsam, mich auf alle möglichen Eventualitäten vorzubereiten. Außerdem war ich ganz durcheinander von der Vorstellung, Sloane schon in wenigen Stunden wiederzusehen, und hatte keinen Kopf für etwas so Banales wie das Packen einer Übernachtungstasche.

Ich zog sämtliche Jalousien im Haus herunter und schüttete Trockenfutter in den Fressnapf des Katers, obwohl er sich schon seit einer Woche nicht hatte blicken lassen. Als ich aus der Küche ging, nahm ich das Notgeld aus der Muschel mit, obwohl ich mir ziemlich sicher war, dass ich im Eisparadies genug verdient hatte, um Benzin und Verpflegung davon bezahlen zu können. Dann ging ich aus dem Haus und schloss ab, und da bog Franks Truck auch schon in unsere Einfahrt.

Ich setzte mich auf den Beifahrersitz und legte den Sicherheitsgurt an, während Frank wendete und losfuhr. »Die Fünfundneunzig Richtung Süden?«, fragte er am Ende unserer Straße, und ich nickte. Ich hatte mir die Wegbeschreibung aufs Handy geladen und zusätzlich ausgedruckt, falls mein Handy auf dem Rückweg keinen Akku mehr hatte. »Alles klar«, sagte er und bog Richtung Highway ab.

Eine halbe Stunde oder so sagte keiner von uns etwas, und langsam begriff ich, worauf ich mich eingelassen beziehungsweise in welche Situation ich uns beide gebracht hatte. Gar nicht mal so sehr in Bezug auf die Fahrt, obwohl ich wusste, dass sie allein schon verrückt genug war. Viel schlimmer war, dass wir mindestens zwanzig Stunden auf engstem Raum miteinander verbringen würden. Hinzu kam, dass wir seit über einer Woche nicht miteinander gesprochen hatten. Das alles hatte ich nicht bedacht, als ich mich an Frank gewandt hatte. Als wir durch New York und dann New Jersey fuhren, bedauerte ich, dass ich mich nicht wenigstens erkundigt hatte, wie teuer die Fahrt mit einem Taxi oder einem Bus gewesen wäre. Bis jetzt hatte sich unser Gespräch auf das Nötigste beschränkt – *Ist die andere Fahrbahn frei? Wie viel Benzin haben wir noch? Nimm die linke Spur.* Von Kilometer zu Kilometer wurde es bedrückender, schweigend neben jemandem zu sitzen, mit dem ich bis vor Kurzem permanent im Gespräch gewesen war.

»Musik?«, fragte ich, als wir seit gut zwanzig Minuten durch New Jersey fuhren und ich die Stille nicht mehr ertrug. Frank sah zu mir herüber und zuckte mit den Schultern, dann zeigte er auf seinen I-Pod, der in einer Halterung der Mittelkonsole steckte.

»Vielleicht findest du ja was, das dir gefällt«, sagte er, als sei ich eine Fremde.

Ich wurde sauer, obwohl ich wusste, dass es nicht fair war, denn er tat mir ja einen Riesengefallen. Also verkniff ich mir eine ätzende Bemerkung und schaltete das Radio ein. Dann suchte ich einen Sender, der halbwegs erträgliche Musik spielte, und fand schließlich einen, der hauptsächlich Songs spielte, die vor fünf Jahren aktuell gewesen waren. »Ist das okay?«, fragte ich.

»Wenn es dir gefällt«, sagte Frank genauso distanziert wie eben, und ich wurde noch saurer.

»Gut«, sagte ich und drehte die Lautstärke ein wenig auf, um das Schweigen zu übertönen. Wir waren aber noch nicht viel weiter gekommen, als ich das Radio wieder leiser stellte. »Danke, dass du mir hilfst«, sagte ich. Mir war nämlich siedend heiß eingefallen, dass ich mich noch gar nicht bedankt hatte. »Ich weiß es wirklich zu schätzen.«

Frank sah mich von der Seite an, dann wandte er seine Aufmerksamkeit wieder dem Verkehr zu, der trotz der Befürchtungen meiner Eltern, weder stark war noch stündlich dichter wurde. »Ist doch klar«, sagte er so superhöflich und supersteif, dass ich langsam richtig wütend wurde. »Dafür sind *Freunde* doch da, oder?«

Er betonte das Wort so eigenartig, als sei es ironisch gemeint, und ich wusste nicht, was ich davon halten sollte. Also lächelte ich nur süffisant, drehte die Lautstärke wieder auf und sah aus dem Seitenfenster.

Vielleicht war Frank genauso sauer wie ich, denn als wir die Grenze nach Pennsylvania passierten, wurde die Spannung zwischen uns direkt spürbar. Vor uns auf dem Asphalt begann die heiße Luft zu flirren, und je länger wir schweigend nebeneinander saßen, desto fremder schienen wir uns zu werden.

Den Radiosender mit der einigermaßen erträglichen Musik hatten wir inzwischen verloren, und meine Suche nach einem neuen brachte nur Werbung und Volksmusik, hauptsächlich Polkas. Schließlich gab ich es auf und schaltete das Radio aus, aber dann wurde die Stille wieder bleischwer, und ich begann mich schon nach den Akkordeons mit den Polkas zu sehnen.

»Wir müssen tanken«, sagte Frank vier unerträglich schweigsame Ausfahrten später, und ich hatte das Gefühl, es seien Stunden vergangen, seit wir das letzte Wort gewechselt hatten.

Ich beugte mich vor und sah nach den Schildern, die vor jeder Ausfahrt darüber informierten, was hier zu finden war. Meist wiesen sie nur auf Supermärkte, Tankstellen und Motels hin, aber ich hatte auch schon welche für Campingplätze und Schwimmbäder gesehen. Als wir das Gewirr von Ein- und Ausfahrten des »Dreistaatenecks« hinter uns gelassen hatten, wurde die Straße übersichtlicher, die Landschaft offener, der Horizont weiter. Vor uns erstreckte sich ein endloser blauer Himmel und Wiesen säumten den Highway. Die Fahrbahnen waren frei und Frank hielt sich meist auf der linken Spur. Er fuhr ziemlich schnell, aber innerhalb eines tolerablen Limits über der Geschwindigkeitsbegrenzung. »In fünf Kilometern gibt es eine Tankstelle«, sagte ich, als wir an dem entsprechenden Schild vorbeikamen, und Frank wechselte auf die rechte Spur. Immer noch schweigend. Ich sah ihn so lange an, bis er es zu merken schien.

Er rutschte auf seinem Sitz herum, dann sah er mich an und fragte: »Was ist denn?«

»Nichts«, sagte ich und sah wieder aus dem Fenster. Frank nahm die nächste Ausfahrt. Außer Benzin und Lebensmitteln gab es hier laut Beschilderung auch eine Angelstelle. Früher, als wir noch miteinander redeten, hätten wir uns bestimmt über den Fisch lustig gemacht, der auf dem Schild abgebildet war, denn er war riesig und stürzte sich wie ein Monster auf einen winzigen Köder. Vielleicht hätte ich Frank davor gewarnt, dass es hier mutierte Riesenfische gab – oder er mich. Stattdessen fuhren wir schweigend weiter, bis wir die Tankstelle erreichten, die zu einem großen Supermarkt gehörte.

»Ich zahle«, sagte Frank, als er eine Zapfsäule ansteuerte, aber ich schüttelte den Kopf.

»Kommt gar nicht infrage«, sagte ich und meinte es ernst. Dass Frank diese lange Fahrt auf sich nahm, war schon großzügig genug. Ihn dafür auch noch zahlen zu lassen, wäre eine Frechheit gewesen.

Er gab mir den Schlüssel und sagte: »Normal. Brauchst du Hilfe?« Ich schüttelte den Kopf und er ging in den Supermarkt. Ich benutzte meine Bankkarte, weil ich das Geld aus der Muschel nur im Notfall anrühren wollte. Dann beobachtete ich die Tankuhr und begriff langsam, dass der Truck einen riesigen Tank haben musste, sodass ich für das Benzin mehr bezahlen würde als je zuvor für eine Tankfüllung. Es war so deprimierend wie alles, was dem Tanken vorausgegangen war. Dabei hatte Frank mir gar nichts getan, aber sein Ton, diese höfliche Distanziertheit war frustrierend. Ich überlegte, ob er sich auf diese Fahrt nur eingelassen hatte, weil er eben Frank Porter war, der vorbildliche Pfadfinder, Jahrgangssprecher und Retter in der Not. Sollte das seine Motivation sein, war es ihm vielleicht ganz recht, wenn wir zwanzig Stunden lang kein Wort miteinander redeten. Plötzlich fiel mir ein, wie seine Eltern auf der Gala den ganzen Abend lang nebeneinander gestanden hatten, ohne ein Wort miteinander zu reden. Doch falls dieses Verhalten für Frank okay war – für mich war es das nicht. Der Tankstutzen klickte und ließ kein Benzin mehr durchfließen, und ich erschrak, als ich die Endsumme sah. Die Zapfsäule warf den Bon aus, aber ich ließ ihn vom Wind wegwehen. Dann marschierte ich in den Supermarkt und fand Frank bei den gekühlten Getränken, wo er nach Wasser- und Colaflaschen griff.

»Hey«, sagte ich. Frank sah mich an und ließ die Glastür des Getränkeschranks zufallen, sodass mich ein eiskalter Luftzug streifte.

»Vollgetankt?«, fragte er in demselben desinteressierten Ton, den er schon während der ganzen Fahrt anschlug.

»Hör mal, ich glaube nicht, dass du Grund hast, auf mich sauer zu sein.« Es platzte aus mir heraus, ohne dass ich darüber nachgedacht hätte.

Frank sah mich irritiert an, dann blickte er auf die Flaschen in seiner Hand und wischte das Kondenswasser vom Etikett der Wasserflasche – Lancaster Blue, eine Marke, von der ich noch nie gehört hatte. »Das sollten wir lieber nicht tun«, sagte er. »Wir haben noch eine lange Fahrt vor uns.«

»Findest du es besser, wenn wir uns die ganze Zeit anschweigen?«

Frank sah mich wieder an, und mir wurde klar, wie frustriert er war. »Ich habe mich auf diese Fahrt eingelassen und bin bereit, dir zu helfen. Ich finde, dabei sollten wir es belassen.« Er drehte sich um und ging auf das Regal mit den Chips zu. Ich folgte ihm, nachdem ich mir ebenfalls ein Wasser und eine Cola Light geschnappt hatte.

»Das sehe ich aber anders«, sagte ich lauter als beabsichtigt, sodass eine Frau, die gerade nach einer Tüte Fritos griff, irritiert zu mir herübersah. Ich ging einen Schritt auf Frank zu und senkte die Stimme. »Falls du wütend auf mich bist, kannst du es ruhig zugeben. Das ist mir lieber, als so zu tun, als sei alles in Ordnung.« Was ich nicht mitformulierte, war die Tatsache, dass *ich* wütend *auf ihn* war, aber inzwischen wusste ich nicht mehr, wer von uns beiden im Recht war, denn wir hatten uns beide danebenbenommen - ich, indem ich ihn geküsst hatte, er, indem er mich danach eine Woche lang ignoriert hatte.

Die Frau mit den Fritos sah uns immer noch an, und Frank musste es wohl gemerkt haben, denn er ging weiter zu den Süßigkeiten, und ich folgte ihm. »*Falls* ich auf dich wütend bin?«, sagte er und blieb vor der Schokolade stehen, als sei es eine rhetorische Frage, deren Antwort auf der Hand lag. »Du bist vor mir weggelaufen, Emily. Buchstäblich. Du hast mich mitten auf der Straße stehen lassen, weil du dir nicht mal anhören wolltest, was ich zu sagen hatte.«

Ich starrte ihn ziemlich fassungslos an. Dass er *darüber* wütend sein könnte, hatte ich nicht erwartet; ich dachte, es sei wegen des Kusses. »Okay«, sagte ich, etwas aus dem Konzept gebracht. »Vielleicht hatte ich einfach keine Lust, mir anzuhören, dass wir keine Freunde mehr sein können.«

Frank sah mich nur an. »Und wenn ich was ganz anderes sagen wollte?«

»Tschuldigung, Miss!« Ich drehte mich um und sah einen übermüdeten Mann, wahrscheinlich ein Trucker, der an die Erdnussbutterplätzchen wollte, vor denen ich stand.

Während ich zur Seite trat, setzte Frank sich Richtung Kasse in Bewegung. Ich folgte ihm und legte meine Einkäufe neben seinen aufs Band. Tausend Gedanken jagten mir durch den Kopf. Ich sah Frank an, während ich in meiner Handtasche nach meinem Portemonnaie kramte. Ich war mir so sicher gewesen, was er mir an jenem Tag sagen wollte, dass ich gar keine andere Möglichkeit in Erwägung gezogen hatte.

»Also ...«, begann ich, als die Kassiererin unsere Sachen einzuscannen begann. »Was wolltest du denn ...«

»Vier achtzig«, sagte die Kassiererin. Frank fasste in seine Hosentasche, aber ich schob schnell einen Fünfer über den Tresen.

Ich nahm das Wechselgeld entgegen und jeder sammelte seine Sachen ein. Frank war als Erster wieder draußen in der Sonne und ich eilte ihm nach. Auf dem Weg zu seinem Truck fiel mir ein, dass ich noch den Schlüssel hatte und ihn am Einsteigen hindern konnte, bevor er mir alles erzählt hatte, aber wahrscheinlich würde das die Lage nicht besonders entspannen. Also gab ich ihm den Schlüssel und ging auf die Beifahrerseite. Dann wartete ich, bis wir wieder auf dem Highway waren, bevor ich ihm die Fragen stellte, die mir unter den Nägeln brannten.

»Also …«, sagte ich und spielte mit dem Verschluss meiner Wasserflasche. »Was wolltest du mir denn nun sagen?«

Frank atmete schnaubend aus, und ich sah, wie er die Hände ums Lenkrad krallte. »Jetzt machst du mich wirklich wütend«, sagte er schließlich, den Blick stur auf den Horizont gerichtet. »Ich komme zu dir, um mit dir zu reden, nehme meinen ganzen Mut zusammen, und du hörst mich nicht mal an! Aber jetzt, eine Woche später, wenn wir zufällig eine längere Fahrt zusammen machen, willst du es plötzlich wissen.«

Das wiederum machte mich wütend. »Du warst ja tagelang verschwunden und hast nicht mal meine SMS beantwortet!«

»Aber dann bin ich zu dir gekommen«, sagte er laut und wechselte die Fahrbahn. »Und du hast mir keine Chance gegeben, alles zu erklären.«

»Tut mir leid, aber ich hätte es einfach nicht ertragen, das zu hören. Diesen Sommer sind mir schon genug Freunde abhandengekommen.« Ich schrie es heraus, bevor ich wusste, was ich sagen würde. Mir war nicht mal klar gewesen, dass das mein Hauptproblem war.

»Ach so«, sagte Frank, nachdem er einen Moment geschwiegen hatte. Dann sah er mich kurz an, und ich hatte das Gefühl, dass sein Blick irgendwie weicher wurde. »Daran hatte ich gar nicht gedacht.«

Schweigend fuhren wir weiter. Ich streifte meine Flip-Flops ab und zog die Beine an. Unser Schweigen war jetzt nicht mehr so bedrückend wie vorher, aber auch längst nicht so relaxed wie früher. »Willst du mir nicht einfach jetzt sagen, was du neulich sagen wolltest?«, fragte ich nach einer Weile.

Er schüttelte den Kopf und sagte: »Vielleicht später.« Dann schaltete er das Radio ein und suchte einen Sender. Wohl oder übel musste ich das akzeptieren. Ich öffnete mein Fenster und ließ mir vom warmen Fahrtwind das Haar zerzausen.

Ich wusste nicht, ob es an der Hitze oder an dem Radiosender lag, der einlullende Songs mit samtweichen Saxofonpassagen spielte, oder daran, dass ich in der letzten Nacht praktisch nicht geschlafen hatte, aber als wir Virginia erreichten, musste ich gähnen, und meine Lider wurden schwer. Also lehnte ich mich ans Fenster und schloss die Augen.

Ich dachte, ich würde von Sloane träumen, falls ich überhaupt träumte. Doch als ich die Augen wieder öffnete, wurde mir klar, dass ich von Frank geträumt hatte. Wir waren in seinem Zelt, alles war warm und friedlich, und er wollte mir etwas Wichtiges sagen, aber bevor er es tun konnte, wachte ich auf.

Ich setzte mich auf und schaute mich um. Zuerst sah ich nichts als Grün. Der Truck stand auf einem Parkplatz, und ich war allein, um mich herum nur Gras und Bäume. Nach einer Weile begriff ich, dass Frank einen Aussichtspunkt angesteuert hatte. Er war ausgestiegen und machte Handyfotos von der Landschaft.

Die Sonne stand so tief, dass es später Nachmittag sein musste. Ich holte mein Handy hervor und sah, dass es fast sechs war. Es schien nicht mehr so heiß zu sein, aber im Wagen konnte ich das kaum beurteilen. Ich streckte die Beine aus und ließ die Schultern rotieren. Der Highway war noch zu sehen, aber nicht mehr zu hören, stattdessen nur Grillenzirpen und Vogelzwitschern.

Ich wusste nicht, wie lange Frank noch Pause machen wollte, und um mich zu beschäftigen, griff ich nach seinem I-Pod und scrollte durch seine Playlisten. Er gab seinen Playlisten keine Titel und hatte sich immer darüber lustig gemacht, dass ich es tat. Deswegen war nicht zu erkennen, welchen Zwecken die einzelnen Listen dienen sollten. Ich scrollte bis zu seiner Nummer vierzehn, die die aktuellste zu sein schien, und sah mir die Titel genauer an.

MIX Nr. 14

Entertainment	Phoenix
My Racing Thoughts	Jack's Mannequin
I Need My Girl	The National
Let's Not Let It	Randy Houser
Yesterday	The Beatles
Each Coming Night	Iron & Wine
Magnolia	The Hush Sound
I Always Knew	The Vaccines
Little Talks	Of Monsters and Men
You Came Around	Nico Stai
Everybody Talks	Neon Trees
Makes Me Lose Control	Eric Carmen
In My Life	The Beatles

Let's Go Surfing	The Drums
Young Love	Mystery Jets
Emmylou	First Aid Kit
Moth's Wings (stripped down version)	Passion Pit
It's a Hit	Rilo Kiley
Lights & Music	Cut Copy
You and Me	Parachute
Eleanor Rigby	The Beatles
Man/Bag of Sand	Frightened Rabbit
Isn't It a Lovely Night?	The December
Look at Us Now	Math & Physics Club
You Send Me	Sam Cooke

Zuerst fiel mir auf, dass ein Song von Eric Carmen, den er durch mich kennengelernt hatte, und sogar Countrymusik dabei war. Aber als ich mir die Liste genauer ansah, wurde mir noch etwas anderes klar.

Sie enthielt einen Code.

Das konnte kein Zufall sein. Mein Name durchzog diese Liste von Anfang bis Ende. Ich musste grinsen, als ich auf das leuchtende Display schaute, und fragte mich, wann er diesen Mix wohl zusammengestellt hatte. Ich wusste nicht, was das zu bedeuten hatte, aber es fühlte sich wie ein Geschenk an.

Frank war mit Fotografieren fertig und drehte sich zu seinem Truck um. Schnell steckte ich den I-Pod wieder in seine Halterung und lächelte ihm entgegen. Ich dachte nicht mehr an die Spannungen zwischen uns, sondern reagierte ganz spontan auf ihn. Er lächelte zurück, wurde aber schnell wieder ernst. Auch er schien also einen Moment lang vergessen zu haben, dass zwischen uns dicke Luft herrschte.

»Wo sind wir?«, fragte ich, als er einstieg.

»North Carolina«, sagte er. »Wir sind bald da.«

Ich nickte und hätte eigentlich ganz aufgeregt sein müssen, weil ich Sloane bald wiedersehen würde, aber das war nicht der Fall. Stattdessen war ich so ruhig und zuversichtlich wie jemand, der weiß, dass er sich in die richtige Richtung bewegt.

Wir fuhren auf den Highway zurück, und kurz bevor wir South Carolina erreichten, fand ich einen erträglichen Radiosender. An der Staatengrenze sah ich auf das Schild mit der Palme und der Mondsichel, das mir inzwischen so vertraut war. Bis zur Ausfahrt von River Port hatten wir noch circa eine Stunde Fahrt vor uns, aber ich setzte mich auf und betrachtete die Landschaft und die Hinweisschilder aufmerksamer, weil ich wusste, dass Sloane mit jedem Kilometer näher kam.

Ungefähr eine Stunde nach dem Halt an dem Aussichtspunkt schaltete Frank das Radio aus und sah zu mir herüber, als wollte er etwas sagen. Doch dann schaltete er das Radio wieder ein, um es allerdings schon im nächsten Moment wieder auszuschalten. Dröhnendes Schweigen.

»Also ...«, sagte er nach einer Weile.

Ich wartete auf mehr, aber als nichts kam und Frank einfach nur geradeaus auf den Verkehr schaute, hakte ich mit einem »Also?« nach.

»Was ich dir vor einer Woche sagen wollte ...«, begann er so gedehnt, als müsse er sich Wort für Wort mühsam zurechtlegen. »Du willst es doch wissen, oder?«

Ich rang mich dazu durch, »Ja« zu sagen, obwohl ich die Antwort mittlerweile fürchtete, anders als vorhin beim Tanken, als ich ihn regelrecht gedrängt hatte, es mir endlich zu sagen.

Frank sah mich an, und zwar so lange, dass mein Herz wie wild zu klopfen begann. »Lissa und ich haben uns getrennt«, sagte er. Dann schaltete er das Radio wieder ein.

Ich starrte ihn nur an. Wir befanden uns noch auf dem Highway, und ich hielt die Wegbeschreibung in der Hand, um nach der Ausfahrt 14A Ausschau zu halten, die nach River Port führte. Aber jetzt war plötzlich alles anders. Sogar die Luft in der Fahrerkabine des Trucks fühlte sich anders an.

Frank konzentrierte sich mit einer Selbstverständlichkeit auf den Verkehr, als wüsste er nicht, dass er mir gerade den Atem verschlagen hatte. »Wann?«, fragte ich nach einer Weile. Irgendetwas musste ich schließlich sagen, und was ich wirklich wissen wollte, traute ich mich nicht zu fragen.

»Ein paar Tage nach der Gala«, sagte Frank. »Ich bin nach Princeton gefahren, um mit ihr zu reden.«

Das wusste ich schon, aber ich hatte gedacht, er sei hingefahren, um mit ihr zusammen zu sein. Dass er mit ihr Schluss machen wollte, wäre mir nicht im Traum eingefallen. Plötzlich kam mir ein entsetzlicher Gedanke:

War es meine Schuld? Hatte Frank sich von seiner langjährigen Freundin getrennt, weil ich ihn geküsst hatte?

Er atmete tief durch, dann sagte er: »Zwischen uns stimmte es schon seit Monaten nicht mehr. Ich hatte gehofft, dass es im Sommer besser würde, aber dann ist sie allein nach Princeton gefahren, und wir haben uns noch mehr auseinandergelebt. Und zwar nicht nur wegen der Entfernung. Da war noch mehr.«

Ich nickte, obwohl ich ein Dutzend Fragen hatte. Vielleicht merkte er das, denn er sprach weiter. »Wir hatten nicht mehr viel gemeinsam«, sagte er. »Es war fast, als seien wir nur noch aus Gewohnheit zusammen.«

»Dann ...«, tastete ich mich langsam an meine Frage heran und hoffte, dass es nicht die falsche war. »Dann bin ich also nicht daran schuld?«

»Nein.« Frank schüttelte den Kopf. »Jedenfalls habe ich mir nichts dabei gedacht, als wir zu Beginn der Ferien öfter zusammen waren«, sagte er. »Gar nichts. Ich hing an Lissa. Du und ich, wir waren einfach nur Freunde. Aber dann ...« Frank sah ganz kurz zu mir herüber, aber das genügte. Von einer Sekunde auf die andere hatte ich das Gefühl, dass die Temperatur im Truck um mindestens zehn Grad stieg. Frank räusperte sich, bevor er weitersprach. »Ich weiß nicht, wann es sich verändert hat ... vielleicht an meinem Geburtstag. Jedenfalls fing ich irgendwann an ... dich anders zu sehen ... anders an dich zu denken«, sagte er zögernd. »Öfter, als ich sollte. Viel öfter.« Ich brauchte nicht in den Seitenspiegel zu sehen, um zu wissen, dass ich rot wurde. »Aber ich war mir nicht sicher, ob ... wie du die Dinge sahst ... bis du mich nach der Gala heimgefahren hast.«

»Verstehe«, murmelte ich und dachte an den Kuss, der ja von mir ausgegangen war. Das dürfte ihm wohl die nötige Klarheit verschafft haben.

»Aber es war nicht fair gegenüber Lissa«, fuhr Frank fort, während er in den Rückspiegel sah und die Fahrspur wechselte. »Und dir gegenüber auch nicht. Also bin ich nach Princeton gefahren, um reinen Tisch zu machen.«

»Und dann?«, fragte ich und hoffte, dass es neutral klang, unparteiisch – und nicht, als lauerte ich auf eine bestimmte Antwort.

Frank holte tief Luft. »Ihr ging es genau wie mir«, sagte er. »Das war auch der Grund, warum sie nicht zu meinem Geburtstag kommen wollte. Sie wusste, dass sie Schluss machen würde, wenn sie mich das nächste Mal sah, und das wollte sie mir nicht ausgerechnet an meinem Geburtstag zumuten. Aber sobald ich anfing, ihr zu erzählen, wie mir zumute war, zögerte sie mit dem Schlussmachen keine Sekunde.«

»Tut mir wirklich leid.«

Frank nickte und überlegte eine Weile, bevor er fortfuhr: »Ich glaube, es ist gut so. Besonders gute Freunde werden wir in Zukunft wohl nicht sein, aber das ist okay.«

»Gut«, sagte ich, während sich die Gedanken in meinem Kopf überschlugen. Ich erinnerte mich daran, wie glücklich Frank ausgesehen hatte, als er vor einer Woche zu mir kam. Er hatte mir sagen wollen, dass er sich von Lissa getrennt hatte, und ich hatte ihn nicht nur nicht ausreden lassen, sondern war auch noch weggelaufen. Jetzt wünschte ich mehr als alles andere, ich hätte ihn angehört, als er bereit war zu reden, denn jetzt war alles so verquer, dass ich nicht wusste, was das alles zu bedeuten hatte.

»Also was ... ähm ...« Frank schien nervöser zu sein, als ich ihn je erlebt hatte. »Was ... ähm ... würdest du ...«

»O mein Gott!«, rief ich und zeigte aus dem Fenster, weil die 14A unmittelbar vor uns lag. »Da, unsere Ausfahrt!« Frank schaute in die Spiegel, dann überquerte er zwei Fahrspuren auf einmal, um die Ausfahrt nach River Port noch zu erwischen. »Sorry«, sagte ich, als wir die Interstate hinter uns ließen und die gewundene Ausfahrt nahmen. »Ich wollte dich nicht unterbrechen.« Das wollte ich wirklich nicht, denn ich hatte das Gefühl, dass er gerade etwas Wichtiges fragen wollte.

»Schon okay«, sagte er, hielt an einer roten Ampel und sah mich an. »Ich wollte bloß ...« Der Wagen hinter uns hupte und Frank sah irritiert von einer Richtung in die andere. »Muss ich hier rechts abbiegen?«

Ich sah auf die Wegbeschreibung und begriff, dass es so ziemlich der ungünstigste Moment für ein so wichtiges Gespräch war. »Ja«, sagte ich, und Frank bog ab. Ich schaute wieder auf die Wegbeschreibung, die jetzt mehr Richtungswechsel anzeigte als den ganzen Weg zuvor. Zwischendurch sah ich kurz zu Frank auf.

»Wir müssen das nicht jetzt besprechen«, sagte er und

zeigte auf die Wegbeschreibung. »Lass uns erst mal ankommen.«

»Okay«, sagte ich und nickte vor Erleichterung ein paarmal zu oft. Ich war froh, etwas Zeit zu gewinnen und erst mal zu verarbeiten, was ich in den letzten Minuten gehört hatte. Klaren Anweisungen zu folgen, die zur Brookside Lane Nummer 4 führen würden, war mir wesentlich lieber, als zu versuchen, auf die Schnelle den Knoten in meinem Kopf aufzudröseln.

Ich öffnete mein Fenster und Frank seins. Warme Abendluft wehte zu uns herein und ließ die Wegbeschreibung flattern. Wir fuhren durch die offenbar einzige Einkaufsstraße einer Kleinstadt – Drogerie, Supermarkt, Boutiquen, aber auch leer stehende Geschäfte mit Schildern, auf denen »zu verkaufen« stand. Wir bogen in eine Seitenstraße mit schönen großen Häusern, die allerdings ihre besten Zeiten hinter sich zu haben schienen. Große Gärten und ausgedehnte Felder lagen dazwischen. Nach einigen Kilometern stellte ich fest, dass wir fast da waren.

»Die nächste Querstraße müsste die Brookside Lane sein«, sagte ich und beugte mich suchend vor. »Auf der linken Seite.« Gleich darauf sah ich das Straßenschild, das von einem Baum halb verdeckt war. »Hier!«

»Ziemlich abgelegene Gegend«, murmelte Frank, als er abbog. Wir hielten nach der Nummer 4 Ausschau, aber davon war weit und breit nichts in Sicht. Nachdem wir die erste Einfahrt passiert hatten, mussten wir ein paar Minuten fahren, bis die nächste kam. Es war eine lange

Straße, von hohen Bäumen gesäumt, deren Wipfel sich in der Straßenmitte beinahe trafen, sodass wir praktisch unter einem Blätterdach fuhren.

Als wir die dritte Einfahrt passierten, warf ich einen Blick auf mein Handy. Es war fast acht und wurde schon langsam dunkel, sodass die Bäume lange Schatten warfen.

»Bist du dir sicher, dass die Adresse richtig ist?«, fragte Frank und schaltete die Scheinwerfer ein, die alles vor uns so hell erleuchteten, dass er die Augen zusammenkniff. »Ich glaube nämlich nicht, dass wir ...«

»Da!«, schrie ich beinahe und zeigte auf die nächste Einfahrt. Hätte ich nicht danach Ausschau gehalten, hätten wir sie womöglich verpasst, weil zunächst nur zwei Backsteinpfeiler zu sehen waren. Aber sie trugen Messingplaketten mit der Aufschrift *Brookside 4*. Die Steine begannen schon zu bröseln und das Messing war länger nicht poliert worden.

Frank fuhr die Einfahrt hinauf und mein Herz begann zu rasen. Als ein Haus in Sicht kam, löste ich den Sicherheitsgurt, um mich weiter vorbeugen zu können.

Es war ein riesiges weißes Haus, das einmal sehr imposant gewesen sein musste, aber jetzt blätterte die Farbe ab, und der Rasen war völlig verwildert. Das interessierte mich allerdings wenig, denn ich hatte ein Mädchen entdeckt, das auf den Stufen vor dem Haus saß, in einer Illustrierten las und sich gerade eine Dose Cola Light aufmachte.

Frank hatte den Wagen noch nicht ganz zum Stillstand gebracht, als ich schon heraussprang, die Tür zuwarf und auf meine beste Freundin zulief.

Sloane sah von ihrer Illustrierten auf, dann fiel ihr die Kinnlade herunter. Ungläubig starrte sie mir entgegen, und auch ich ließ sie im Näherkommen trotz des schwindenden Tageslichts nicht aus den Augen.

Breit grinsend blieb ich vor ihr stehen und sagte: »Hi.«

17

Wieder vereint

»Emily?« Sloane ließ die Illustrierte fallen, stand auf und kam hastig die Stufen heruntergestolpert. Dann stand sie mit großen Augen vor mir, völlig perplex und offenbar nicht ganz sicher, ob sie ihren Augen trauen konnte.

»Hey«, flüsterte ich und merkte, dass mir die Tränen kamen.

»O mein Gott«, sagte sie, immer noch ganz verblüfft, und schüttelte den Kopf. Doch dann lächelte sie, und ich sah, dass auch in ihren blauen Augen Tränen standen. »O mein *Gott*!«, wiederholte sie, streckte die Arme aus und zog mich an sich. Ich drückte sie und wusste nicht, ob ich lachte oder weinte, aber was immer es war – Sloane tat das Gleiche. »Was machst du denn hier?«, fragte sie, als wir uns wieder voneinander lösten. »Wie hast du mich gefunden?«

»Das ist eine lange Geschichte«, sagte ich, ohne sie aus den Augen zu lassen. Ich hatte die Sloane erwartet, die ich kannte – ein Mädchen mit auffälligem Vintagekleid, knallrotem Lippenstift und Ohrringen, die hin und her baumelten, wenn sie den Kopf bewegte. Stattdessen trug sie Jeansshorts und ein altes T-Shirt, das ihr früher nur als Nachtshirt gut genug war. Das Haar hatte sie nachlässig zu einem Pferdeschwanz zusammengerafft, und der pinkfarbene Nagellack auf ihren Zehennägeln war so abgeblättert, dass kaum noch etwas davon zu sehen war. Trotzdem war sie immer noch Sloane, wenn auch in einer mir unbekannten Version.

Ich holte gerade tief Luft, um ihr alles zu erklären, aber da schlug die Fahrertür des Trucks zu, und wir drehten uns beide danach um. Frank ging ein paar Schritte und lehnte sich dann an die Motorhaube. Jemand anders wäre vielleicht in Deckung geblieben oder zumindest irgendwie überfordert gewesen, aber Frank schien mit der Situation so mühelos klarzukommen, als sei er es gewohnt, alte Freunde wieder zusammenzuführen. »Hi«, rief er uns zu und hob grüßend eine Hand.

Sloane blinzelte in die Dunkelheit. »Ich glaube, ich habe Halluzinationen«, sagte sie und sah mich fragend an. »Ich könnte schwören, dass das Frank Porter ist.«

Ich nickte und winkte ihn herbei. »Wie gesagt, es ist eine lange Geschichte«, sagte ich, während Sloane wieder die Kinnlade herunterfiel.

Zwanzig Minuten später saß ich mit ihr auf den Stufen der hinteren Veranda. Sie war riesig, mit Platz für eine Gartenschaukel, jede Menge Topfpflanzen und Korbmöbel mit sonnengebleichten Kissen. Dahinter floss der Bach, der der Straße den Namen gab. In der Dunkelheit konnte ich ihn besser hören als sehen. Um uns herum war jetzt alles nachtblau, hier und da leuchteten Glühwürmchen. Sloane hatte das Haus für sich allein, weil

Milly, Anderson und ihre Tante Laney übers Wochenende nach Charleston gefahren waren. Seit Ferienbeginn wohnten sie hier zu viert.

Frank hatte behauptet, er sei müde, und gefragt, ob er sich auf der Couch ein wenig aufs Ohr legen könne. Ich war mir nicht sicher, ob er das nur sagte, um Sloane und mir die Gelegenheit zu geben, erst mal in Ruhe miteinander zu quatschen, aber andererseits war es ein anstrengender Tag gewesen ... die lange Fahrt in der Hitze, und im Gegensatz zu mir hatte Frank unterwegs nicht geschlafen. Vermutlich war es eine Mischung aus Rücksichtnahme und Erschöpfung, die ihn jetzt an die Couch fesselte.

Sloane hatte jeder von uns eine Cola Light geholt und wanderte barfuß über die Veranda, zündete Citronellakerzen gegen die Mücken an und stöpselte die blinkenden Lichterketten ein, die ihre Tante hasste, wie sie mir erzählte. Trotzdem hatte sie die ganze Veranda damit eingedeckt.

Als alle Lichter an waren, setzte sie sich zu mir, und wir sahen uns an. Es gab so viel zu erzählen, dass ich gar nicht wusste, wo ich anfangen sollte.

»Ich kann immer noch nicht glauben, dass du da bist«, sagte sie, zog die Beine an und schüttelte den Kopf. »Es kommt mir vor wie ein Traum, aus dem ich jeden Moment aufwachen werde.« Sie legte den Kopf schief und musterte mich. »Deine neue Frisur ist super«, sagte sie dann. »Steht dir ganz hervorragend.«

Ich lächelte und strich mir den Pony aus der Stirn. Etwas in mir sehnte sich danach, die Zeit zurückzuholen, in der es nur Sloane und Emily gab, wenigstens solange ich hier war. Aber das würde nicht einfach sein. Sloane hatte mir schon mehrere *Wir müssen über diese Sache mit Frank sprechen*-Blicke zugeworfen, aber ich wollte keine ernsthaften Themen wälzen, sondern einfach nur mit ihr Spaß haben und das alte Gefühl aufleben lassen, das unsere Freundschaft ausgemacht hatte. Trotzdem brauchte ich ein paar Antworten. Ich hatte diese lange Fahrt nicht gemacht, um ohne diese Antworten wieder abzureisen.

Ich holte ihre Liste aus meiner Handtasche. Im Laufe des Sommers hatte ich sie so oft auseinander- und wieder zusammengefaltet, dass die Knicke ganz scharf waren. Außerdem trug sie die Spuren der paar Stunden, als sie zerknüllt in unserem Küchenmüll gelegen hatte. »Ich hab deine Liste mitgebracht«, sagte ich. »Alles erledigt.«

Sie sah überrascht auf. »Alles?«

»Alles«, bestätigte ich und gab ihr die Liste.

»Im Ernst?« Sie schien es nicht fassen zu können. »Sogar das Nacktbaden?«

»Du warst ja einfach abgehauen«, sagte ich. Meine Stimme wurde ganz brüchig, als ich an den Ferienbeginn zurückdachte, die Wochen der Ungewissheit und dann die Entdeckung der Liste, ohne jede Erklärung. »Ich wusste nicht, wo du stecktest und warum du verschwunden warst. Das Einzige, was ich hatte, war diese Liste.«

Sloanes Blick erinnerte mich daran, wie sehr sie Auseinandersetzungen hasste. Doch dann nickte sie überraschenderweise und sagte: »Ich weiß. Es tut mir leid, aber ich dachte, es sei besser so.«

»Wie das denn?«, fragte ich. »Ich hab den ganzen Sommer darüber nachgegrübelt, was wohl aus dir geworden ist und warum ich dir nicht wichtig genug war, um mir zu sagen, was los ist.«

»Aber das war doch nicht der Grund«, sagte sie schnell und klang gekränkt. »Das hast du nicht wirklich geglaubt, oder?«

»Warum dann?«

Sloane sah Richtung Bach, und ich hätte schwören können, dass ich Frösche hörte. Ich wartete auf eine Antwort und hatte immer noch das Gefühl, dass alles ganz unwirklich und ich eigentlich gar nicht hier war, wieder vereint mit Sloane, an einem schwülen Sommerabend auf einer Veranda in South Carolina, wo ich endlich die Klarheit bekommen würde, die ich so lange vermisst hatte.

»Wenn man so oft umzieht wie ich«, sagte Sloane schließlich, ohne mich anzusehen, »weiß man, wie alles endet. Man verspricht sich, in Kontakt zu bleiben, aber dann tut man es doch nicht. Nie. Mit der Zeit vergisst man die Freundschaft und warum man jemanden so gern hatte. Ich finde das ganz schrecklich und hatte keine Lust, das noch einmal zu erleben. Nicht mit dir.«

Ich sah sie an, aber sie wandte den Blick immer noch ab. Trotzdem kannte ich sie gut genug, um das Zittern in ihrer Stimme zu hören, das sie so tapfer überspielen wollte. »Und das war deine Lösung?«, fragte ich und hoffte, dass es nicht vorwurfsvoll klang. »Einfach abzuhauen, ohne jede Erklärung?«

»Ich hielt es für besser« sagte sie und wischte sich durchs Gesicht. Dann sah sie mich an. »Ich wollte alles so in Erinnerung behalten, wie es war. So schön, wie es war. Es sollte nicht von etwas Hässlichem überlagert werden. Ich wollte dich als die beste Freundin in Erinnerung behalten, die ich je hatte.«

Meine Lippen begannen zu zittern, und ich presste sie zusammen, während ich versuchte, meine Gedanken zu ordnen. Theoretisch konnte ich Sloanes Argumentation verstehen, aber wirklich nur theoretisch. Bevor ich mir einen Reim darauf machen konnte, sprudelte es aus mir heraus: »Das ist doch Schwachsinn!« Offenbar konnte ich in diesem Moment nicht anders, als ehrlich zu sein, auch wenn ich wusste, dass Sloane es hasste, zur Rede gestellt zu werden, und ich es deshalb früher unter allen Umständen vermieden hätte. Entsprechend überrascht sah sie mich an. »Man lässt Menschen nicht ahnungslos zurück, weil man ihnen nicht zutraut, eine Freundschaft aufrechtzuerhalten. So kann man doch nicht leben!«

»Das verstehst du nicht«, sagte Sloane leise. Wieder sah sie Richtung Bach, und ich merkte, dass sie mich in die Rolle drängen wollte, die ich früher in unserer Freundschaft gespielt hatte. Aber das glich dem Versuch, mich in ein Paar Schuhe zu zwängen, aus denen ich herausgewachsen war, denn diese Rolle sah für mich vor, dass ich klein beigab, Sloane nicht bedrängte, alles Problematische überspielte und das Thema wechselte, wenn es eng wurde.

»Dann erklär es mir«, sagte ich und sah sie direkt an. So schnell würde ich sie nicht von der Angel lassen.

Sloane holte tief Luft und es klang beinahe wie ein Schluchzen. »Weißt du eigentlich, warum wir so oft umziehen?«, fragte sie schließlich und senkte den Blick. »Weil meine Eltern ein Vermögen, das sie nur treuhänderisch verwalten durften, durchgebracht haben und beide nie einen richtigen Job hatten. Deswegen ziehen wir von einem Ort zum anderen, in Häuser, die irgendwelchen Leuten als Zweitwohnsitz dienten und uns eine Zeit lang mietfrei überlassen werden. Manchmal lassen wir uns auch von Verwandten in ihren Ferienhäusern unterbringen. Und wenn gar nichts mehr geht, wohnen wir hier bei meiner Tante. Ab und zu gelingt Anderson ein lukratives Investment, dann haben wir wieder etwas Geld, das aber schnell wieder verplempert wird.« Sie war immer leiser geworden, und ich bekam eine Ahnung davon, wie satt sie das alles hatte.

Obwohl ich sie immer noch ansah, hatte ich plötzlich das Gefühl, sie nicht zu kennen – die Person, von der ich bis vor Kurzem gedacht hatte, ich würde sie besser kennen als irgendjemanden sonst. Langsam begriff ich, dass sie ihre größten Geheimnisse für sich behalten hatte, während ich ihr rückhaltlos alles anvertraut hatte.

»Dann hast du mich also angelogen«, sagte ich und merkte, dass ich wieder wütend wurde. Das war mir auch anzuhören. Ich musste daran denken, wie sehr Sloane mich vom ersten Tag an fasziniert hatte, wie sehr ich mich immer danach gesehnt hatte, so zu sein wie sie.

Und jetzt stellte sich heraus, dass ich ein ganz falsches Bild von ihr hatte. So ziemlich alles an ihr war eine Täuschung gewesen. »Warum hast du ...«

»Weil es mir peinlich war.« Die letzten Worte waren nur noch ein Schluchzen, und Sloanes Hände zitterten, aber sie sprach gleich weiter. »Du hast diese perfekte Familie – und ich bloß Milly und Anderson.« Sie lachte bitter auf. »Immer wieder hast du gesagt, wie toll du meine Eltern findest, wie du unser glamouröses Leben bewunderst, wie großartig unser Haus ist ...« Sie schüttelte den Kopf. »Dabei gehörte es uns nicht mal, sondern einer zerstrittenen Erbengemeinschaft, zu der eine Frau gehört, die eine Cousine zweiten Grades oder so von Milly ist. Milly hat sie und die anderen Erben überredet, uns als eine Art Hausmeisterfamilie darin wohnen zu lassen. Als der Erbstreit dann beigelegt wurde, mussten wir natürlich wieder ausziehen.« Sie sah mich kurz an, dann wieder auf ihre Hände. »Es tut mir leid«, flüsterte sie. »Ich wollte doch bloß, dass du ... mich magst.«

Ich lehnte mich zurück, um das erst mal zu verdauen. Aus irgendeinem Grund musste ich an das leer stehende Haus von Franks Eltern denken, das von außen so perfekt aussah. Ich betrachtete Sloane, die in sich zusammengesunken war, und plötzlich begriff ich, wie schwer es gewesen sein musste, ihr Leben lang allen – mich eingeschlossen – etwas vorzumachen. Und dann wurde mir klar, dass all diese Dinge keine Rolle spielten.

»Ist doch völlig egal«, sagte ich. Sie sah zu mir auf und ich schüttelte den Kopf. »Ich meine, natürlich hättest du es mir sagen sollen. Aber die Sache mit dem Haus und so ... das ist doch völlig unwichtig!«

Sloanes Augen wurden ganz feucht. »Wirklich?«, fragte sie so leise, dass ich es kaum hören konnte. Ich nickte und sie wischte sich die Tränen von den Wangen.

Einen Moment lang saßen wir schweigend da, und ich hatte das Gefühl, dass es ein Neuanfang war. Sie hatte mir die Wahrheit gesagt, weil ich mich weigerte, mir etwas vormachen und ihr alles durchgehen zu lassen. Auf dieser Basis konnten wir unsere Freundschaft fortsetzen – wie immer sie sich entwickeln würde.

Sloane lehnte sich an mich, und ich schmiegte mich an sie, bis wir selbst nicht mehr wussten, wer wen stützte.

»Mal im Ernst«, sagte sie nach einer ganzen Weile und sah grinsend auf die Liste. »Du hast nackt gebadet?« Sie setzte sich auf und sah mich gespannt an. »Erzähl!«

Ich lachte und sagte: »Wieso bist du so erstaunt? Es war doch deine Idee!« Ich dachte an die Nacht am Strand. Es war eine tolle Geschichte, und ich konnte mir kaum vorstellen, dass sie sie glauben würde.

»Emily«, sagte sie, »ich hab das doch selbst noch nie getan!«

»Dann kann ich dir ein paar gute Ratschläge geben«, sagte ich grinsend. »Zum Beispiel, dass du dein Handtuch immer im Auge behalten solltest.«

Sloane sah mich an, als sei sie sich immer noch nicht sicher, ob wirklich ich es war, die neben ihr saß. »Hast du dich als Penelope ausgegeben? Und jemanden geküsst? O mein Gott! Wen?«

»Ich hab sogar versucht, dein Schild aus dem Kiosk des Autokinos zu klauen«, sagte ich. »Aber es fiel runter, und um ein Haar wäre ich erwischt worden, wenn Frank mich nicht gerettet hätte.« Sloane sah mich erschrocken an, und ich beruhigte sie, indem ich sagte: »Nein, so schlimm war's nicht. Er hat mir nur Deckung gegeben.«

»Ich kann einfach nicht glauben, dass du das alles getan hast«, sagte sie. »Bist du wirklich geritten?«

»Ich dachte, wenn ich die Aufgaben alle schaffe, würde ich dich wiederfinden«, sagte ich. »Irgendwie.«

Sloane sah wieder auf die Liste, dann lächelte sie nachdenklich. »Vielleicht stimmt das ja sogar.«

Ich dachte daran, wie ich hierhergekommen war und dass ich die Ferien wohl nicht mit Frank verbracht hätte, wäre ich an jenem ersten Abend nicht zur Plantage gefahren, um die erste Aufgabe zu erfüllen. Und dass ich mich nicht mit Dawn angefreundet hätte, wäre ich nicht auf ihre Liefertour mitgekommen, um »eine Person namens Jamie zu umarmen«. Ich dachte auch an die anderen Punkte auf Sloanes Liste, die mich den ganzen Sommer über in Atem gehalten hatten und so vieles in Bewegung gebracht hatten. »Kann schon sein.«

Als die Mücken trotz der Kerzen zu stechen begannen, gingen wir ins Haus, wo Frank gerade aufzuwachen schien. Sloane schob eine Tiefkühlpizza in den Ofen und beklagte sich über den Mangel an Lieferservices in River Port. Wir aßen im Stehen am Küchentresen, und nachdem Frank drei Stücke gegessen hatte, verzog er sich ins Gästezimmer, das Sloane für ihn hergerichtet hatte, um richtig zu schlafen. Wir sprachen noch kurz darüber, dass wir morgen früh um sieben schon wieder abfahren mussten, aber daran wollte ich jetzt noch nicht denken. Trotzdem musste ich unbedingt vor meinen Eltern zurück sein, damit sie nicht erfuhren, dass ich eine Reise über mehrere Staatengrenzen hinweg gemacht hatte, und zwar mit einem Jungen.

Sloane lieh mir Schlafzeug und eine Zahnbürste, und als ich ihr T-Shirt entgegennahm, sah ich, dass es eigentlich meins war – das vom *Bug-Juice*-Kinofilm.

Wir schliefen in dem von Fliegengittern abgeschirmten hinteren Teil der Veranda, den Sloane während der Hitzewelle, die seit Tagen in River Port herrschte, zu einem provisorischen Schlafzimmer umfunktioniert hatte. Sie nahm die Couch, die dort stand, und für mich stellte sie ein Klappbett davor. Wir schoben das Bett ganz dicht an die Couch, weil wir keinen Krach machen wollten, wenn wir die Nacht durchquatschten.

»Okay«, sagte sie, als wir die letzten Kerzen gelöscht hatten und nur noch der Mond etwas Licht spendete. »Frank. Ich höre.«

Ich lächelte in mein Kissen und berichtete in groben Zügen, was passiert war – wie wir uns angefreundet hatten, dass ich mich später in ihn verliebt und ihn geküsst hatte –, und endete mit der Hammer-Info über seine Trennung von Lissa. Dann fügte ich noch hinzu, wie es dazu gekommen war, dass er jetzt zusammen mit mir hier war.

»O mein Gott!«, sagte sie, als ich fertig war. Während

meiner Schilderung hatte sie genauso reagiert, wie ich gehofft hatte, und ich merkte, wie sehr ich es den ganzen Sommer über vermisst hatte, ihr alles zu erzählen. Ihren Enthusiasmus, ihre Vorurteilslosigkeit und ihre unbedingte Loyalität, selbst wenn ich im Unrecht war. »Und jetzt?«, fragte sie, und ich wusste, dass sie lächelte, obwohl ich es nicht sehen konnte. »Wie geht es weiter?«

»Keine Ahnung«, sagte ich, und es stimmte. Ich wusste nur eins: Was immer Frank und ich von jetzt an taten, würde echt und ehrlich sein. Das war beängstigend, aber auch ziemlich aufregend.

»Er hat gerade eine Trennung hinter sich«, gab Sloane zu bedenken. »Kann es sein, dass er nur einen Ersatz für Lissa braucht?«

»Nein«, sagte ich, ohne erst darüber nachdenken zu müssen. Diese Frage konnte Sloane nur stellen, weil sie Frank nicht kannte. Außerdem wusste sie nicht, wie ich mich durch ihn verändert hatte. »Es ist viel mehr als das.«

»Aber ...« Sie kam mit dem Oberkörper hoch und stützte sich auf den Ellenbogen. »Frank Porter ist der seriöseste Mensch, den wir kennen. Als seine feste Freundin ... legst du dich total *fest*.«

»Das will ich ja gerade«, sagte ich, wieder ohne erst nachzudenken.

»Wirklich?«, fragte Sloane, nicht skeptisch, sondern überrascht.

»Ich weiß, dass es keine Erfolgsgarantie gibt«, sagte ich. »Und dass es etwas Großes, Wichtiges ist. Das ist zwar beängstigend, aber ich glaube, das gilt für alle großen, wichtigen Dinge. Und es fühlt sich einfach richtig an.«

»Wie denn?«, fragte Sloane ganz ernst und schien es wirklich wissen zu wollen.

Die Antwort darauf kannte ich genau: wie schwimmen bei Nacht, wie draußen schlafen, wie im Dunkeln auf einen Baum klettern und den Ausblick genießen. Es war ein beängstigendes und sicheres, ein friedliches und aufregendes Gefühl, alles zugleich. Und dieses Gefühl hatte ich immer, wenn ich mit Frank zusammen war. »Wie in einem wohlgeordneten Universum«, sagte ich.

Danach schwiegen wir ein paar Minuten, was ganz okay war. Vielleicht mussten wir nicht jedes einzelne Gefühl des anderen verstehen und analysieren. »Em«, sagte Sloane schließlich. »Ich frage das jetzt nur, weil ich dich vor einer Enttäuschung bewahren möchte: Was, wenn es nicht funktioniert?«

So hoffnungsvoll, dass es mich selbst überraschte, stellte ich die Gegenfrage: »Und was, wenn doch?«

Als ich aufwachte, war es noch dunkel. Um nach der Uhrzeit zu sehen, musste ich mein Handy unter dem Klappbett hervorholen. Ich hielt es so, dass Sloane von dem leuchtenden Display nicht geweckt wurde, denn sie schlief noch tief und fest. Es war halb sechs, und ich staunte, dass ich schon wach war, nachdem Sloane und ich stundenlang geredet hatten.

Es gab so viel nachzuholen, dass jedes Mal, wenn eine von uns etwas vom Schlafen sagte, ein neues Thema aufkam, das wir unbedingt noch besprechen wollten. Wir mussten drei Monate in wenige Stunden packen – ein Wettlauf gegen das Morgengrauen, das wir hinauszuzögern versuchten, indem wir die Nacht durch Nonstop-Reden verlängerten.

Doch dann waren die Pausen immer länger geworden, bis schließlich keiner mehr etwas sagte. Ich war in der Gewissheit eingeschlafen, dass Sloane da sein und mir zuhören würde, falls mir noch etwas Wichtiges einfiel.

Aber als ich jetzt aus dem Bett kletterte und über die Veranda ging, versuchte ich, sie nicht zu wecken. Obwohl es noch dunkel war, verblassten die Sterne schon, und es konnte nicht mehr lange dauern, bis die Sonne aufging. Ich sah mich um und fand die Liste, die wir unter eine Kerze geklemmt hatten. Ich nahm sie hoch, um sie wieder in meine Handtasche zu stecken, doch da kam mir eine Idee. Ich ging in den offenen Teil der Veranda und kramte einen Stift und meinen Dienstplan für die nächste Woche aus der Handtasche. Dann setzte ich mich auf die oberste Stufe der kleinen Treppe, die zum Bach führte, und zündete eine Kerze an, um besser sehen zu können. Ich wusste, was ich schreiben wollte:

1. Zweimal pro Woche deine beste Freundin anrufen!
2. Rangehen, wenn dein Handy klingelt!
3. Wenn du jemanden kennenlernst, der dir gefällt, warte zwei Wochen, bevor du ihn küsst!

3a (Okay, eine Woche.)

4. Suche dir einen Freund, der erst losfährt, wenn du eingestiegen bist!
5. Wenn du auf jemanden wütend bist, sag's ihm! Ich schwöre dir, dass dann nichts Schlimmes passiert.
6. Mach deinen Führerschein, damit du mich herumfahren kannst, wenn ich dich besuchen komme!
7. Umarme eine Person namens Carl!

Ich schrieb immer weiter, um für Sloane das Gleiche zu tun wie sie für mich. Als die Liste fertig war, schrieb ich noch darunter: *Wenn du alles erledigt hast, komm zu mir und erzähl mir, was du erlebt hast!* Dann faltete ich das Papier.

Ich hörte das Fliegengitter zum hinteren Teil der Veranda zuklappen, und als ich mich umdrehte, stand Sloane in ihrem seidenen Vintagepyjama hinter mir, den wir zusammen gekauft hatten, und setzte sich zu mir.

»Hey«, sagte sie und gähnte. »Du warst weg, als ich aufgewacht bin.«

»Das kenne ich«, sagte ich und sah sie herausfordernd an. »Ein schreckliches Gefühl.«

Sloane lachte, aber ich merkte, dass sie verstand, was ich damit sagen wollte. Sie sah auf das Blatt in meinem Schoß. »Was ist das?«

»Für dich«, sagte ich und gab es ihr. Sie faltete es auf, und ich beobachtete, wie sich ihr Mienenspiel veränderte, als sie die Liste las. »Ich dachte, ich helfe dir bei deinem Neustart«, erklärte ich. »Meinen habe ich ja geschafft.«

Sloane grinste und stieß mich mit der Schulter an. Ich fand, dass ich genug gesagt hatte, und lehnte mich an sie. »Ihr müsst bald los, oder?«, fragte sie nach einer Weile traurig.

»Hmm«, sagte ich, aber keine von uns rührte sich, obwohl der Horizont hinter dem Bach heller wurde und der Tag nicht mehr aufzuhalten war.

Um halb acht waren Frank und ich startklar. Ich hatte geduscht und ein Kleid von Sloane angezogen, nachdem sie zugegeben hatte, dass sie mir ein Kleidungsstück schuldete, als Ersatz für mein *Bug-Juice*-Shirt. Ich trat mit meiner Handtasche vors Haus, wo Frank und Sloane standen und sich unterhielten. Als sie mich sahen, hörten sie sofort auf zu reden. Ich fragte mich, was das zu bedeuten hatte, vor allem, als Sloane mir vielsagend zuzwinkerte.

Frank trug ein T-Shirt vom Hilton-Head-Golfturnier, das mich im ersten Moment irritierte, aber dann sagte ich mir, dass es Anderson gehören musste und Sloane es ihm geliehen hatte. Er verabschiedete sich von ihr und ging auf seinen Truck zu. Offenbar wollte er Sloane und mir die Möglichkeit geben, ungestört Abschied zu nehmen.

»Also ...«, sagte Sloane. »Telefonieren wir heute Abend?«

Ich nickte. Nachts im Dunkeln hatten wir abgemacht, dass wir von jetzt an mindestens zweimal pro Woche telefonieren würden, ohne Ausnahme. Und keine von uns würde zulassen, dass die andere noch einmal aus ihrem

Leben verschwand. »Ich rufe dich an, sobald wir zurück sind«, versprach ich.

Sloane sah mich kopfschüttelnd an. »Ich kann immer noch nicht glauben, dass du hier warst«, sagte sie. Ihr Atem war ganz zittrig und ihre Unterlippe zitterte auch. Genau wie meine. »Ich ... möchte ...«, stammelte sie.

Ich nickte. »Ich auch«, sagte ich. Sie nahm mich fest in die Arme und ich drückte sie. Ich wusste, wie sehr ich sie vermissen würde, aber gleichzeitig hatte ich das Gefühl, dass unsere Freundschaft weiterbestehen würde, obwohl ich natürlich nicht wusste, was die Zukunft für uns bereithielt. Vielleicht würden wir später aufs selbe College gehen und uns ein Zimmer teilen – das am fantasievollsten eingerichtete des ganzen Studentenwohnheims. Vielleicht würden wir Brieffreundinnen, die sich gegenseitig immer neue Listen schickten. Oder vielleicht würden wir einfach nur zweimal pro Woche telefonieren oder skypen oder einen Haufen Geld dafür ausgeben, uns an Wochenenden zu besuchen. Ich war mir ziemlich sicher, dass es keine Rolle spielte, was im Einzelnen auf uns zukam. Fakt war, dass sie in meinem Herzen war, ein Teil von mir, und nichts würde daran etwas ändern – ein paar Hundert läppische Kilometer schon gar nicht.

Wir rissen uns voneinander los und Sloane wischte sich die Tränen von den Wangen. »Es tut mir so leid«, flüsterte sie.

»Schon gut.« Ich lächelte sie mit zitternden Lippen an.

»Bis heute Abend«, sagte sie. Es war keine Frage, sondern ein Plan. Ich nickte.

»Bis heute Abend.« Wir sahen uns noch einmal in die Augen, aber nun hieß es wirklich Abschied nehmen, und wir wussten es beide. Es fiel mir schwer, mich in Bewegung zu setzen, aber es musste sein. Langsam ging ich auf Franks Truck zu, und Sloane blieb stehen, wo sie war.

Ich kletterte auf den Beifahrersitz und sah Frank an.

»Alles in Ordnung?«, fragte er, als ich den Sicherheitsgurt anlegte und das Fenster öffnete. Dann ließ er den Motor an.

Ich sah zu Sloane zurück, die immer noch vor der vorderen Veranda stand und keine Anstalten machte, ins Haus zu gehen. »Ja«, sagte ich. »Alles klar.«

Frank fuhr aus der Einfahrt und ich drehte mich zu Sloane um. Sie folgte dem Truck und winkte uns nach. Ich winkte zurück. Sie kam bis zur Straße mit. Als Frank abbog, beugte ich mich aus dem Fenster und winkte wie wild. Ich konnte gerade noch erkennen, dass sie es sah und über mein Gezappel grinsen musste. Immer noch kam sie hinter dem Truck her, und es sah aus, als führten wir eine Winkparade an. Dann machte die Straße eine Kurve und Sloane war nicht mehr zu sehen.

18

Etwas wagen

Dieses Mal schalteten wir das Radio nicht ein. Auch auf dem Highway hatten wir noch beide Fenster offen und der warme Wind zerzauste unser Haar. Franks hatte schon nach dem Duschen komisch gesessen und stand jetzt büschelweise von seinem Kopf ab. Ich musste mich schwer beherrschen, um ihm nicht ständig über den Kopf zu streichen und sein Haar zu glätten.

Wenn er mal nicht auf den Verkehr achtete, sondern mich ansah, wurde ich nicht rot und sah auch nicht weg, sondern erwiderte seinen Blick. Auch jetzt herrschte zwischen uns eine gewisse Spannung, aber im Gegensatz zum Vortag war sie nicht negativ aufgeladen, sondern erinnerte an die Aufregung vor einem großen Ereignis – den Moment, wenn die Achterbahn den höchsten Punkt erreichte, die erwartungsvolle Stille unmittelbar vor einer Überraschungsparty, die Sekunden zwischen Sprungbrett und Wasseroberfläche, wenn man die Augen schloss und das Gefühl hatte, fliegen zu können. Kurz: Es war das Gefühl, dass etwas Gutes bevorstand, etwas, das jeden Moment eintreffen würde.

Frank hatte nur eine Hand am Lenkrad, die andere lag

auf dem Sitz zwischen uns. Ohne darüber nachzudenken, rutschte ich so nahe an ihn heran, wie mein Sicherheitsgurt es zuließ, und legte meine Hand auf seine.

Er lächelte, ohne den Verkehr aus den Augen zu lassen, drehte seine Handfläche nach oben und schob seine Finger zwischen meine. Mein Herz begann zu pochen, aber es beruhigte sich wieder, als Frank die Hand zurückzog und den Blinker betätigte, um die nächste Ausfahrt zu nehmen.

Ich sah ihn überrascht an und fragte: »Wo willst du hin?«

Er lächelte und sagte nur: »Du wirst schon sehen.«

Ich beugte mich vor, um zu sehen, wohin wir fuhren, und wenige Minuten, nachdem er den Highway verlassen hatte, bog er in einen schmalen Weg ohne Straßenschild ein. »Woher wusstest du, dass es hier so einen Weg gibt?«, fragte ich. Die Sonne stand noch nicht im Zenit, aber es war längst hell. Dieser Weg war jedoch so verwuchert und von so großen Bäumen gesäumt, dass es wieder Nacht zu werden schien, je weiter wir hineinfuhren.

»Sloane hat mir von einem ihrer Lieblingsplätze erzählt«, sagte Frank und bog in den nächsten Weg ein.

Hier lichteten sich die Bäume, und es gab genug Platz, um den Truck abzustellen. Frank schaltete den Motor aus und wir stiegen aus. Von der Lichtung hatte man einen fantastischen Blick auf die Landschaft. Da sie nicht als Aussichtspunkt gekennzeichnet war, hatten wir sie ganz für uns allein. Vor uns erstreckte sich ein zauberhaftes Tal, das Stück für Stück von der immer höher steigenden Sonne beschienen wurde.

Frank drehte sich zu mir und sah mich an. Er war mir ganz nah. »Hi«, sagte er.

Ich sah zu ihm auf. Jetzt, da es endlich so weit war, hatte ich überhaupt keine Angst mehr. Was geschehen würde, würde geschehen. Ich konnte es weder voraussehen noch kontrollieren, aber ich war bereit, mich darauf einzulassen. »Hey«, sagte ich.

»In einem wohlgeordneten Universum«, sagte er ziemlich nervös, »könnte ich jetzt das hier tun.« Er beugte den Kopf und küsste mich ganz sanft. Dann zog er sich wieder zurück und vergewisserte sich, ob es für mich okay war.

Ich lächelte ihn an. »Dann befinden wir uns offenbar in einem«, sagte ich. Während die Sonne hinter uns immer höher stieg, beugte Frank wieder den Kopf und küsste mich. Ich war bereit.

Für ihn und alles, was kommen würde.

Danksagung

Justin! Es heißt, die Guten sterben jung, aber nur die Besten lesen ein Manuskript von über vierhundert Seiten mal eben übers Wochenende und geben es mit treffenden Anmerkungen zurück – und das vier Mal. Vielleicht hast du recht, und ich bin wirklich verrückt, aber ich DANKE dir für deine Geduld, dein Verständnis, deine Anregungen und deinen Humor – und dafür, dass du mir nie das Gefühl gegeben hast, ich hätte mich verrannt.

Dank auch dir, Emily Van Beek, meine unvergleichliche Agentin, für exzellenten Rat. Und Tat.

Lucy Ruth Cummins, du bist ein Genie. Danke für das wunderbare Cover und dafür, dass du mich von Anfang an in den Entstehungsprozess einbezogen hast. Die Ponys Butterscotch und Snickerdoodle sind schon unterwegs. Dank auch an Meredith Jenks für die tollen Fotos!

Jessi Kirby, wo wäre ich (oder dieses Buch) ohne dich? Danke für Freundschaft, Güte und Zuspruch – und für den herrlichen Strand, an dem du bedürftige Autoren willkommen heißt. Ohne dich hätte ich das nicht hingekriegt.

Ich habe das Glück, Teil einer Gemeinschaft von Schreibenden zu sein, die mich unterstützen und von denen ich viel lernen kann. Lasst euch danken, umarmen und mit frischen Cupcakes versorgen: Lauren Strasnick,

Rosa Lin, Leslie Margolis, Rachel Cohn, Jordan Roter, Anne Heltzel und Liz Werner. Dank auch an Janet und Lee Batchler.

Alexandra Cooper danke ich für so viel, vor allem aber für jenes erste Zwei-Stunden-Gespräch über dieses Buch in einem Starbucks in Texas.

Ich danke dem fantastischen Team von Simon & Schuster – Danielle Young, Anne Zafian, Mary Marotta, Paul Crichton, Bernadette Cruz, Chrissy Noh, Katy Hershberger, Katrina Groover und Vanessa Carson. Ich hätte nicht in besseren Händen sein können.

Dank in Liebe an meine Familie – Mom, Jason, Amanda und Katie.

Und schließlich danke ich Amalia Ellison, meiner besten Freundin, Komplizin und Reisebegleiterin, von ganzem Herzen.

Huntley Fitzpatrick

Es duftet nach Sommer

ca. 480 Seiten, ISBN 978-3-570-40277-1

Die 17-jährige Gwen kann es nicht fassen: Ausgerechnet der größte Fehler ihres Lebens, Cassidy Somers, lässt sich dazu herab, den Sommer über auf ihrer Heimatinsel als Gärtner zu jobben. Anders als Gwen, die befürchtet, sich wie ihre Eltern mit miesen Jobs durch Leben schlagen zu müssen, ist er einer der reichen Kids vom Festland. Doch Gwen träumt davon, dem allen zu entfliehen. Nur was würde das für ihr Leben bedeuten? Gwen verbringt einen berauschenden Sommer auf der Suche nach Antworten darauf, was ihr wirklich wichtig ist, an ihrem Zuhause, den Menschen, die sie liebt und schließlich an sich selbst. Und an Cassidy, der sie in einen verwirrenden Gefühlstaumel zwischen magnetischer Anziehungskraft und köstlicher Unsicherheit stürzt.

cbj

www.cbj-verlag.de

40260